国蝶《オオムラサキ》の生《あ》れ立つ樹

神山奉子

下野新聞社

目次

第一章
小金井の榎《えのき》

行く手はるかに、松や杉・檜《ひのき》・榎・欅《けやき》の梢を見つけると、旅人たちは足を止めて汗を拭った。もう少しで一里塚だ。旅人たちの足取りは弾んだ。一里塚の木は枝を大きく広げて濃い陰を作り、火照《ほて》った旅人の体をすっぽりと覆ってくれる。一里塚を囲む石組みに腰を下ろして竹筒の水で喉を潤したり、旅金に余裕のある者は側の茶店で麦茶と団子を頼んだりしてしばし憩うと、旅人はまた次の一里塚を目指して立ち上がる。一里塚に立つ木々の中でも、榎は高木になるため遠くからでも目立った。榎は根を広く張るので、どんな嵐に遭っても倒れることはまずなかった。

戦争が終結して八年、人々の暮らしも落ち着き、日本が経済成長の緒についた昭和二十八年春、栃木県南部に位置する国分寺村小金井の一里塚には、戦火を免れた大榎が柔らかい芽吹きを見せていた。榎の傍らには櫟《くぬぎ》が、榎よりも大ぶりの黄味がかった葉をつけている。榎と櫟の根は互いに絡み合い、根元に馬の背のような平地を作っていた。その朝、そこに「いずめこ」と呼ばれる藁製の籠が置かれているのに気づいたのは、馬に与える草刈りに出掛けてきた近所の農家の主、伊沢省平《しょうへい》だった。国道四号線沿いには家が立ち並んでいるが、家々のすぐ向こうは、田畑が広がっている。田の畦道で草を刈って背負い籠に詰め、四号線と東北線の鉄路に挟まれた自宅に戻ろうとした省平は、見馴れた一里塚の二本の木の間の「異物」に目を見張った。朝の早いことで有名な省平の他にはまだ誰も人の姿は見えない。

「何だべ、あれぁ」

こんもりと盛り上がった一里塚を数歩登って籠の中を覗いた省平は、腰が抜けそうになるほど驚いた。籠の中には、絣の綿入れ半纏《ばんてん》に埋もれた子供の顔があった。半纏にも子供の顔にも、若葉を透かした日の光が差している。籠は子供の体を収めるには小さすぎるほどだった。籠にぴったりと身を寄せて、大きな白犬が、伸ばした前脚にあごを乗せて眠っていた。省平が近づく気配を察したのか、白い犬はピクリと耳を動かし、目を開けた。犬はゆっくりと身を起こし、省平を見ると激しく尻尾を振った。人に馴れとる犬みてえだな。省平は思わず「シロ、シロ」と呼んだ。「クウクウ」とシロは甘えるような声を出しながら省平の手を舐めた。犬の声に誘われたように子供が目を開けた。子供は小さな丸っこい手を差し出して犬の顔を撫でた。省平は両手を籠に差し入れて子供の体を抱き起こした。子供は、春にしては着膨れるほど衣服を着せられていた。

「どうした、おめえ」

子供はポカンとした表情で省平を見上げている。二つぐらいになるかなあ、と省平は思いながら、

「名前、言えるか?」と訊いた。

「キイちゃん」と答えて、子供は辺りを見回した。子供の足元には陶製の湯たんぽが入っていて、まだ温かかった。抱き起こした子供の背中の下に、白い封書があった。「小金井　和田医院　和田崇弘《たかひろ》様」とある宛名書きを見て、省平は、これは和田医院の大先生だっぺが、とっくに亡くなられたが……と、困惑した。裏を返しても、差し出し人の名は記されていない。

「これは……」と言いかけて、省平は次の言葉は胸の中で続けた。「捨て子だんべか」

榎の一里塚から十五分も行った所に、国分寺村に二軒ある医院の一つ、和田医院があった。省平は籠はそのままにして子供を抱え、和田医院へ足を向け

た。とにかく手紙を届けるべ。白い犬は何か訴えるようにクウンクウンと鳴いて後をついてくる。子供は大人の胸に抱かれて安心したのか、頭を省平の腕に預けて、スウスウと寝息を立て始めた。

「先生、お早うございます」

省平は、夜でも鍵を掛けたことのない和田医院のガラス戸を叩いた。

「はーい」

のどかな声とともに白い割烹着の端で手を拭きながら、晶子《あきこ》がガラス戸を開けた。

「あらぁ、省平さん。こんなに早くどうしたの？　お孫さん？　熱があるようでもないけど……」

子供の顔を覗き込んで、晶子が首を傾《かし》げた。

「いいや。うちの孫ではないんだ。一里塚の榎の下で眠ってた」

「えっ？」

「ああ、これがあったんで、先生んとこさ連れて来たんだども……」

省平は子供を抱き直しながら、懐から白い封筒を出した。晶子は封筒の宛先をまじまじと見て、受け取ろうとして少しためらい、

「ちょっと待ってて。今、先生呼んでくる」

と言って、診察室の方へ走って行った。

清弘《きよひろ》が勤務医として就職した東京郊外の病院で看護婦をしていた晶子は、結婚してからも、人前では清弘を「先生」と呼んでいた。今も、医院が開いている時間は看護婦をしている。朝食を作って上の男の子たちを学校へ送り出すまでは主婦、医院が開く少し前に滝沢タキがやって来て、下の女の子二人の世話と家事を受け持ってくれると、白衣に着替えて診察室に入った。

「全くねー。滝沢ってヤツのところへ嫁にくれてやるって分かってりゃ、タキって名にはしねがったって、父親がしょっ中言ってた」

と、タキはカラカラ笑う。滝沢タキは、連れ合いを亡くし、子供も家を離れて、寂しい暮らしをしてい

たところへ、「和田医院の奥さんが女の子生みなさって、子育てと医院の仕事とでてんてこ舞いなさってる」と聞きつけ、自ら医院へやってきて奉公させてくれと頼んだ。「食事作り、掃除、洗濯、何でも言いつけてください。赤ちゃんのお世話もさせてもらえたら、うれしいことで――」男の子二人を見てくれていた姑の関《せき》を亡くし、「大奥様のいらっしゃるうちは」と手伝ってくれていたケイ子ちゃんも関の死とともに去ってゆき、途方に暮れていた晶子は、二つ返事で承諾した。

それから五年、タキは和田医院で家族同様の存在になっていた。文弘《ふみひろ》も武弘《たけひろ》も、父や母には秘密にしていることも、タキには話して聞かせた。

「姿川の堰の上に大きなナマズがいるんだ。誰にもないしょだよ。今度タキさんに獲ってきてやる」

と武弘がタキの右耳に口を寄せて言うと、

「祇園原《ぎおんはら》のな、松林にはでっかい蝉がいる。ミンミンじゃないんだ。シャアシャアって鳴くんだ」

と、文弘が左耳に囁く、といった具合だった。

タキは、家事も育児も「神技」と晶子が驚くほど手際がよかった。子供の動きに目を配りながら天婦羅を揚げ、洗濯物を畳みながら佐和子《さわこ》にお手玉を教えた。

「三面六臂《さんめんろっぴ》って言うけど、タキさんも目が六つ、手も六本あるみたい」

と晶子はホトホト感服し、「和田医院の守り神、阿修羅さま」と言い言いした。タキは、晶子の「できれば住み込んで……」という頼みは穏やかに断った。

「父ちゃんを一人で眠らせちゃ可哀相だ」

四月十日のその日から、文弘と武弘は学校が始まる。一番下の、もうすぐ一歳になる千都子《ちずこ》はまだ眠っているが、男の子二人と五歳になる佐和子は、犬の子がもつれ合うように起きてきた。

「お母さーん。どこーっ」と探している佐和子の声にも応《こた》えず、晶子は診察室の隣の書斎に入って行った。清弘は、診察のある日は五時に起きて書斎にこもる。朝食までの二時間が清弘の勉強時間だった。

「医学は日進月歩だ。田舎にいたって、新しい情報を知らなくては来てくれる患者に申し訳ない」と、清弘は東京から取り寄せる医学誌に読みふけった。

和田家は清弘の祖父の代から開業医だった。祖父と父は、「大先生、若先生」と呼ばれ、「小金井の医者さま」と言えば、和田医院を指すようになっていた。祖父と父が低い声で患者の処置について相談したり、時に議論したりするのを、清弘は崇拝をこめて見聞きし、一方、三代目を期待されるのが重荷だった。医者以外の道は自分には存在しないのか、と息苦しかった。それでも、祖父と父の二人に逆らうほどの気力もなく、清弘は東京の医専に入った。祖父は、清弘が医学の道に進んだのを見届けて安心したかのように世を去った。父の崇弘は、祖父亡き後「二人分の仕事をする」を口癖に仕事に励んだ。家族や使用人には厳しかったが患者にはこの上なく優しく、小金井の人々は、「大先生以上の大先生」と慕った。

清弘は医専を卒業し、国家試験に合格しても、小金井には戻らなかった。田舎医者になるのが嫌だったのではない。父の傍に身を置くのが耐え難かったのである。崇弘という人間が、どうにも分からなかった。金の無い患者も、赤痢やチフスのような強い伝染力のある病菌に侵された患者も、厭《いと》うことなく己の医術の限りを尽くして治療に当たった。新薬についてもよく調べていて、自らの金で取り寄せ、幾人もの子供を救っていた。だが、母も自分も寂しかった、と清弘は思った。あの人は父でも夫でもなく、いつも大先生だった、と。その父もまた、清弘が東京で勤務医となって四年後に急逝した。

「和田医院が閉まってしまったら、小金井には医者さまがいなくなってしまう。若先生、戻ってくださらんか」と、村長やら校長やらが葬儀の後、清弘を取り囲んで嘆願した。「若先生」の語に、清弘は見えない糸に巻きつかれたような苦痛を覚えた。清弘が戻る決心をしたのは、医院を引き継ぐというより、母の関を一人にするのが忍びなかったからである。清弘は一人残った息子だった。関は「東京にいてもいいんだよ」と言ったが、戻れば喜ぶのは分かっていた。文弘は三歳、武弘は一歳にもなっていない。幼い孫と暮らせたら、母は寂しがる暇もないだろう。晶子は、

「お母さんが子供たちを見てくだされば、わたし、診療の手伝いができるわ。わたしね、村に住むの楽しみ。ずっと東京だったから」

と、どこまでも楽天的だった。

どういうわけか、海辺の民家のように槙《まき》の木の垣根をめぐらした和田医院は、それほど大きくはなかったが大正モダニズム風の洋館造りだった。清弘が医専に入学した時、祖父が清弘の代まで使えるようにと、かなりの費用をかけて建てた、白いペンキ塗りの二階建てで、屋根はスレート葺き、窓枠は緑色だった。だが、内装も洋風なのは診察室と書斎だけで、居住部分は畳敷きである。さらに敷地の北西部分には小さな和風の離れが建ち、清弘一家が戻って以来、関は離れを寝室にしていた。佐和子の誕生を見届けるようにして逝った関の死後、離れに居住する者もなく、雨戸だけはタキが一日おきに開けて風を通し、夕方には閉めていた。本館との間の中庭には、関が丹精していた草木が、荒れながらも時節時節には花を着けていた。春の桜草と源氏すみれはとりわけ見事で、近所の人が見物に来るほどだった。夏は木洩れ陽の下、升麻《しょうま》類が風に揺れる。更科《さらしな》升麻、蓮華《れんげ》升麻、鳥足《とりあし》升麻。秋には紅葉が槙の緑に映えた。冬は、父の崇弘も自慢にしていた霜柱《しもばしら》が、根本に白い「霜」を吹き上げた。母が心を寄せていた庭を見ると、手入れしなければと思いつつ、手が回らなかった。ああ、今年も咲き出したなあと、書斎のフランス窓越しに桜草に目を止めていると、診察室を抜けてくる足音が聞こえた。

「お父さん、早く来てください」

家族とタキだけの時は、晶子は清弘を「お父さん」と呼ぶ。

「どうした、急患か？」

と振り向いた清弘に、晶子は、

「病気じゃないと思うんですけど、子供が。早く来てください」と早口で言った。

清弘が玄関口に出ると、省平が半起きの男の子を抱いて立っていた。

「中へ入ってもらいなさい」

と晶子に言って、清弘は白衣を羽織った。

「どうしましたか？」

「えーと、あのう、一里塚のところで眠っていて……」

「どこの子なの？」と晶子が尋ねる。

「それが、その……。こんなものがありましたもんで……」

省平は封書を差し出した。怪訝な面持ちで受け取った清弘は、「小金井　和田医院　和田崇弘様」と記された文字に驚いた。もう父が亡くなって七年にもなるというのに、一体誰が――。差し出し人が書いてあるかと、封書の裏を見ようとした時、扉の外で犬の声がした。

「わぁーっ、犬だ、犬だ」

「大っきいなぁ」

何となく大人たちの騒ぎを聞きつけて診察室の方へ飛んできた文弘と武弘は、擦りガラスに映った白い影を見て扉を開けた。犬はまっしぐらに男の子の側に飛んで行って、男の子の足をペロペロ舐めた。男の子は省平の腕を振りほどいて犬にしがみついた。

「シロ、シロ」

「犬は柿の木につないでエサと水をやりなさい。この子は子供たちと一緒に朝ごはんを食べさせてやりなさい。とにかく、この手紙を読んでみる。あ、省平さん。今朝のことは、誰にも言わないでもらえませんか。何が何だか分からないうちに、間違った話が広まるとまずいから」

「大丈夫です。家《うち》の者にも黙ってますで。この子が入ってた籠も急いで取って来て、物置の前に置いときます」


書斎に入って行って一時間、清弘は茫然とした表情で茶の間に入ってきた。文弘と武弘は学校へ行ったのか、姿は見えない。佐和子と男の子が茶袱台《ちゃぶだい》に並んで皿のりんごを食べているのを見て、清弘はスッと青ざめた。晶子は清弘の青ざめた顔を見て、胸がドキリとした。この人がこんな顔をするなんて、手紙に何が書いてあったんだろう。


清弘は男の子を立たせ、男の子と目が合う位置までしゃがんで、

「名前は言えるかな?」と尋ねた。

「キイちゃん」男の子と佐和子が同時に答えた。

「キイちゃんか。いい名前だね。犬はシロって言うんだね」

「シロ、シロ」男の子は急に犬のことを思い出したように辺りを見回し、晶子を見上げて、

「かあたんは?」と訊いた。

「キイちゃんのお父さんとお母さんは、御用があって出かけておいでだ。キイちゃんのことを小父さんと小母さんに頼んで行かれたから大丈夫だよ。キイちゃん、小父さんはお医者さんなんだ。キイちゃんが元気かどうか見せてごらん」


清弘はキイちゃんを抱き上げて診察室に入って行く。清弘を追おうとした晶子を清弘は制した。

「いや、俺一人でいい。千都子が泣いてるぞ」


口調は静かだったが、それ以上自分が関わることを許さない気配を感じて、晶子はたじろいだ。どうしたんだろう。この男の子はどういう子なんだろう。


少しして、清弘がキイちゃんの手を引いて診察室から出てきた。

「大丈夫だ」

「えっ?」

「いや、この子は健康だ。元気な子だ」

「何か分かったの？　この子の素性とか……」

「いや。晶子に話がある。タキさんが来たら子供たちを頼んで書斎に来てくれないか」

と清弘が言った時、

「お早うございまーす」と、タキが勝手口から入ってきた。

「あ、お早う。タキさん、患者さんが来たら少し待っていてくれるよう言ってくれないか」

いつもなら、タキが来るのを待ちわびて用事を頼むのは晶子だったから、清弘から直接指図されて、タキは少し驚いた。さらに、佐和子と並んで食卓に座っている男の子を見つけて、また驚いた。だが、突然見知らぬ子供や老人が和田家の食卓に座っていることは、これまでにもあったので、タキは、「はい。分かりました」と返事をしながらも、男の子の方に顔を向けて、笑いかけた。

「いくつ？　名前は？」


何度も同じことを訊かれて男の子は不服そうな顔になった。

「キイちゃんだよ。二つ。タキさんは何にも知らないんだから」

佐和子がキイちゃんの肩に、宥《なだ》めるように手を置いた。

晶子を伴って書斎に入ると、清弘はくずおれるようにソファーに腰を下ろした。膝に肘を立て掌で顔を覆った。苦悩がにじんだその仕草に、晶子は胸が痛くなった。

「どうしたの？」

「晶子」清弘は自分がそんな仕草をしたことを恥じるように背筋を伸ばしてソファーを叩いて「座ってくれ」と言った。

「晶子、すまないが何も訊かないで、あの子、キイチをしばらく家に置いてくれないか」

「えっ」

「少し考えたり調べたりしたいことがある」

「そう。家に置くのはかまいません。佐和子ともすぐ遊び始めたし、タキさんにも、もうなついているし。――でも、どこの子なんでしょう。捨て子なのかしら。手紙にはなんて――」

「うん。手紙には、この子を頼みます、としか書いてなかった。自分たちには育てられないからと」

清弘は晶子を偽るのが苦しくて顔を伏せた。だが、家の者には言えない。言ってはならない。考えて、考え抜かなければ……。

「あのう、手紙はお舅《とう》さん宛でしたよね。手紙の主は、お舅さんが亡くなったこと知らなかったんでしょうか」

「まだ健在だと思って書いている。父を信頼して、子供を託してるんだ。父はもういない。だったら、俺が父の代わりに引き受けなければならないんじゃないか……。晶子にもタキさんにも面倒をかけることになるが……。」

「大丈夫ですよ。文弘と武弘はもう手が掛からないし、佐和子がね、もうすっかりお姉ちゃん気取りで世話やいてるし。あらっ、キイちゃんはキイチって名前なんですね。どんな字を書くの？」

「ん。輝くって字に一」また嘘をついた、と清弘はどぎまぎした。手紙にあった名は「紀一」。だが、そのまま使うことをキイチの両親は望まないだろう。


清弘が診察室に入った気配が伝わったのか、待合室がざわめき、困惑と苛立ちが、疑問を含んだ安堵に変わった。晶子が診察室との境の扉を開けると、十人程の「待ち人」が一斉に晶子の方を見た。

「皆さん、ほんとにすみません。お待たせしました」

「先生、どうかなさったかね」

遠慮というものをしたことのないタバコ屋のカネさんが、珍しく遠慮がちに訊いた。

「表に犬がいたけんど。なつこい犬みてえだがよ、つないでおかないとおっかねな」

あ、と晶子は慌てた。つないでおいたはずだったのに、武弘が放しちゃったんだろうか。

「すみません。先生がちょっと具合が悪くなって――ずい分お待たせしてしまって。あ、先生はもう大丈夫です」

「あれえ。医者の不養生っつうから、気をつけなんしょ。秋に採ったセンブリ持って来てやっか？」

「バカ言うな。医者さまに薬やるもんがおるか。それに先生は腹痛《はらいた》おこしたとは言ってねえべ」

先代からの習慣で、和田医院には入口のところに置いた箱に番号を記した木札が入っていた。大人札と子供札があって、子供札は朱墨で記されている。

「子供は待ったなしのことが多いから」と崇弘は言い、子供の方を優先的に診るようにしていた。清弘もそのやり方を受け継いでいたが、その日は子供は来ていなかった。

「では、一番の方から入ってください」

晶子は声を掛けると、清弘に「ちょっとだけ、タキさんに」と断って、茶の間に急いだ。朝食が片付けられた食卓の上に絵本を広げ、佐和子がキイちゃんに見せてやっていた。童謡の絵本だった。佐和子は平仮名がポツポツ判り出したくらいで、文章としては読めなかったが、童謡は諳《そら》んじていて、読むというより歌っていた。

　　ちょうちょうちょうちょ
　　なのはにとまれ

キイちゃんは目を丸くして、白い蝶と菜の花の絵に見入っている。

「ちょちょ」と、キイちゃんがたどたどしく真似るのを、「ちょちょじゃなくて、ちょうちょう。言ってみな」と、佐和子が教え込んでいる側を通って、

「タキさん、シロが放れてるみたいなの。患者さんの見えないところに連れてってくれる？」と、流しで洗い物をしているタキの背に呼びかけた。

「あれ。どうしたんべ。はい、すぐ見てきます」

「一人で大丈夫？」

「大丈夫ですよ。わたしは犬遣《つか》いのおタキって言われるくらい、犬の扱いには慣れとりますから」

その時々で、犬遣いにも猫遣いにも押売遣いにもなる頼もしいタキの口癖に、晶子はクスッと笑って診察室へ戻った。

外へ出てみると、シロは綱から離れていたが、いずめこの傍に前脚を立てて座っていた。ああ、これも中へ入れとかんとな。何でも見逃さないカネやんや、お節介のコトちゃんが来てるだに。タキは、籠を両手でかかえ、物置の板敷きの上に置いた。シロがついてきて籠の傍らに腹這いになり、両脚を伸ばして頭を載せた。この犬は、キイちゃんの匂いの側にいるつもりなんだなと、タキは鼻の奥がツンと痛くなった。

「キイちゃんは無事だから安心しな。今、ごはん持ってきてやっかんな」

タキはそっと物置の戸を閉めた。

待っていた患者の診察を終えて、必要な処置を済ませた頃には、もう昼休みに入っていた。午後は往診になる。

「畑中さんのご隠居さんと、駅長さんとこの二軒です」

「今日の往診は――」

「急いで往診して、夕方の診療は休めないかな」

「分かりました。休診の札を出しておきます。カネさんやコトさんが、今日は先生が具合が悪くて、えらく待たされたって、そこら中触れ回ってくれてるでしょうから、ちょうどいいですね」

休んで何をするのか、とは訊けなかった。何をするというのではなく、何もできないくらい清弘は動揺しているのだと、晶子は思った。手紙には何が書いてあったのだろう。往診から帰って来ると、清弘はまっすぐに書斎へ入って行った。

四月十日は始業式だけで、文弘と武弘は昼には帰宅したが、遊び盛りの男の子たちは家にじっとしてはいない。武弘は、「野球するんだ。大塚先生が教えてくれるんだ」と声を弾ませて学校へ戻って行った。文弘は魚網を持って姿川へ行くという。

晶子は千都子をタキに頼んで、佐和子と輝一の手を引いて文弘の後を追った。佐和子は小さな網を持ち、晶子は輝一が歩けなくなった時のことを考え、負んぶ紐を持った。庭へ出ると、輝一が急に思い出したように「シロは？」と晶子の顔を見上げた。

「そうね。シロも連れて行こうか」

佐和子は、母親が一緒に遊んでくれることなど滅多にないため、うれしくてうれしくて、ピョンピョン跳ねた。四月の午後の暖かい野道を、二人の子供と白い犬は、もつれるように走った。姿川に行くには一里塚の傍を通る。シロは一里塚まで来ると、何かに聞き入るように耳を立てて立ち止まると、パッと榎の根元に駆け上がり、籠が置かれていた辺りの土を引っ掻くようにして吠えた。晶子は、

「よし、よし。分かった、分かった。ここでキイちゃんを守れって言われたんだね。よくやったね、シロ」

と、人間に言うように言い聞かせた。シロは、晶子の言葉が分かったかのように、一里塚からトコトコ下りてきて、晶子の足に体を擦りつけた。

川の水はまだ冷たかったが、数人の子供が大はしゃぎで魚掬いに興じていた。佐和子と輝一は本流では危ないので、田んぼの間の堀で魚を掬わせた。田起こし前の澄んだ水には小魚が群れをなしている。紋白蝶がひらひらと飛び回っていた。

「ちょうちょ」と、輝一が手をひらひらさせた。

「キイちゃん、ちょうちょって言えたね」

佐和子が輝一の頭を撫でて「なのはにとまれ」と歌った。晶子は目を細めて辺りを見回した。絵本のままの情景が広がっている。西の空には稜線を霞ませて山脈が連なっている。青々と伸びた麦とモザイクをなす菜の花畑、キラキラ光って流れる川。こんなのどかな春景色の中に、こんな小さな子を置いていかなければならなかったこの子の母親は、どんな

に切なかったことだろう。晶子は母親の心中を思うと胸が詰まった。「かあたん」が、どんなにキイちゃんを大切にしていたかは、キイちゃんの着ているものや、籠に入っていた真新しい衣服を見ればよく分かった。数組の下着、シャツ、セーター、ズボン、靴下が、風呂敷に包まれて入っていた。履き慣れたズック靴と、少し大きいサイズの新しいズック靴。足元に入っていた湯たんぽは、母親でなければできない心遣いだと、晶子は思った。四人が五人になったってどうってことないもの、キイちゃんを預かって育ててもいいな。晶子はそんな気持になっていた。

　帰り道には、うとうとしているキイちゃんを負んぶして佐和子の手を引き、金物屋に寄って犬をつなぐ鎖を買った。

「あれえ。医者さまの奥さん。どこの子だねー」と、金物屋のおフジ婆っぱが目を丸くして背中の子を覗き込んだ。

「ええ。ちょっと今預かってる子で――」

　キイちゃんが家にいることになるなら、どうせ村中に知れることだと、晶子はさらりと言った。佐和子は「キイちゃんって言うの」とは言わなかった。佐和子は、金物屋のフジ婆っぱの金歯が恐ろしくて、絶対にフジの顔を見ないようにしようと俯いていた。「あの人の歯、オニの歯?」とタキに訊いて大笑いされたが、金歯をむき出しにしてフジが笑うと、佐和子は口の中へ吸い込まれそうな気がするのだった。

　清弘は書斎にこもった。もう一度崇弘宛の手紙を取り出して、読んだ。

――和田先生。どうか、この子をお願いいたします。突然、このような手紙をお目にかける非礼を、どうかお許しください。

　私ども夫婦は、どうしてもこの子を連れて行けません。私は里見《さとみ》康平《こうへい》、妻は加奈《かな》、子供は紀一《きいち》といいます。昭和二十五年十一月十日の生まれで、二歳半になります。

私は県境の村で教師をしておりました。妻は、家も近所の幼なじみで、私が戦争から帰るのを待っていてくれました。結婚して子供も生まれ、新しい時代への希望を抱いて、親子三人、幸せな日々を送っていました。でもそんな日々は、あっけなく崩れ去りました。

一年程前から、眉が薄くなり、首から背にかけて紅い斑紋が出てきました。妻も同じ症状が出ていることを知った時の恐怖と絶望。癩《らい》だと思います。私と妻は、子供の頃から、近所の亨《とおる》さんという人のところへ、よく遊びに行っていました。亨さんの家は大きな屋敷で、亨さんは離れに一人住んでいました。眉が無く、手指に疣《いぼ》のようなものが出来ている亨さんは、本をたくさん読んでいて、いつも面白い話をしてくれました。野遊びに飽きると、私たちは亨さんのところに話をしてもらいに行きました。でも、亨さんは次第に寝込むようになり、離れに近づくと異様な臭いがするようになりました。親たちから「亨さんのところには絶対に行くな」と言われるようになり、私と加奈も近づかなくなっていたところに、白い衣服を着た人と警察官がやってきて、亨さんをどこかへ連れて行こうとしました。私たちは恐い物見たさで、遠くから様子を見ていたのです。その日は亨さんは連れて行かれず……。でもその夜、亨さんの離れは火事になり、亨さんは焼け死んでしまいました。

大人になって、亨さんが癩を病んでいたことは何となく分かってきました。でも、「癩は血統」と聞いていましたから、別に気にすることもなく、加奈と結婚して紀一という長男も生まれて、故郷の村で穏やかに暮らしていけるものと信じていました。ところが……。医者に行って確かめるのは余りにも恐ろしく、また、地元の医者には絶対に行けません。私だけ東京の病院で名を偽って診察を受けました。

非常に疑わしい。専門の病院で診てもらえるよう手配するから待つように、と言われて、隔離室に収容されました。その頃は医学書なども貪り読んでいましたから、癩が伝染する病気だということは知っていました。このままでは療養所に送られて、妻と子供の元には帰れなくなってしまうかもしれないと思って、隙を見て逃げ帰りました。伝染病。それでは私と加奈は享さんから感染したのだろうか。では、では、紀一にも伝染《うつ》ってしまうのか。私と妻は泣き暮らし、怒り暮らしました。紀一を残して死のうか、紀一も連れていこうか。私たちの気が狂わなかったのは、紀一の笑顔があったからだと思います。私たちは悩み抜いて、「多磨に行こう」と決心しました。私たちが親だということが誰にも分からないように、紀一を育ててくれる人を探そう。地元の人では駄目です。私たちの行方と享さんを結びつけて考えられるのは必至です。紀一の親が私たちであることを知られてはならない。誰に託せばいいのか、私たちは途方に暮れました。そんな時、子供の頃享さんのところで見た白衣の人のことが思い浮かびました。その人は警察に依頼されたお医者さまだと大人たちが話していました。「小金井の和田崇弘先生だ」と。先生は、享さんの手当てをしてやって、療養所へ入った方がいいと勧めたけれど、「あと少しだけ、待ってくだせえ」と泣きすがる母親の思いを汲んで、一晩待ってあげようと、言ったそうです。その一晩のうちに、享さんは自分で火を放って死んでしまいました。和田先生の温情が、享さんの死をもたらしたわけではない。むしろ享さんは、温かい思いを示してくれた人がいたことを心に抱いて、死んでいったのだと思っています。

先生。紀一をどうか、育ててやってください。どれほど勝手で厚かましいお願いかは、よくよく存じております。孤児院にお願いしようかとも考えました。この子には病気のしるしは、何も出ていません。でも、この子が万一発病するようなことがあったら、孤児院では容易には気づいてもらえないでしょう。お医者さまの傍に置いていただけたらと、それだけが、今の私たちのすがる一縷の糸です。もし紀一が、不運にも発病するようなことがあったら、多磨へ送ってください。

　私たちは、故郷とのつながり、この子とのつながりを絶って、生きても甲斐のない命を生きていこうと思います。たった一つ、紀一が無事成長してくれるのを祈ることだけが、私たちのこの世でなすべき業《わざ》です。この子には「里見」の姓は捨てさせてください。私どものありったけの所持金を、この子に残していきます。どうかどうか、紀一を救ってやってください。犬はシロといいます。親と離れた紀一の、唯一のお供です。おとなしい犬です。どうか、しばらくの間でも紀一の側に置いてやってください。——

「気の毒に……」清弘は深く吐息した。里見康平の思いが、しみ込むように伝わってくる。だが……。

清弘の心は鉛を飲み込んだように重かった。「癩」という語が頭の中で鳴り響いた。清弘は書棚から医専時代に使っていた『皮膚科学』の教科書を引き抜いた。じっくり該当箇所を読む。少し指が震えているのに気づいて、清弘は自嘲した。何をうろたえてるんだ。俺は医者じゃないか。癩についても少しだが勉強したはずだ。自分にそう言いきかせた時、一人の先輩医師の顔が浮かんできた。横浜で開業している岡谷信人《おかやのぶと》。そうだ、岡谷先輩に相談してみよう。そう決めたら、少し心が軽くなった。もう一度、『皮膚科学』を読み返す。「大丈夫なはずだ」清弘は一人ごちた。あの子は発症していない。発症していない者からの感染はあり得ない。目を上げると、母が暮らしていた離れの庭が見えた。一面の桜草。お母さん、お母さんだったらどうしましたか？　お父さんを頼って置いていった子供をどうしましたか？

答えは決まっている、と清弘は思った。お母さんなら、きっと何も言わず子供を引き受けただろう。父が何も説明しなくても、母は父の決めたことに従ったたろう。ただ一つ、自分の子供が傷つくことがなければという条件で。そうだ、そこが問題なのだ、と清弘は低く呻いた。文弘、武弘、佐和子、千都子、そして晶子が傷つかない限り。

父はどんな場合でも医者だった。診療費が払えない者には「いつでもいいから」と言う。貧しい暮らしの者は少なくなかったから、父の姿勢は医者の理想だったかもしれない。だが農家の人たちが診療費代わりに持ってくる大根や菜っぱだけでは薬代にもならない。祖父が健在で病院の運営を握っていた時は、父も父流の診療は許されず、医院は経済的に余裕もあって白い洋館の医院を新築できたが、父の代になると、経営状態は下降し、清弘が引き継いだのは、屋敷と医院の建物と設備、小さな離れだけだった。余裕がない中で、父が和風の離れを建てたのはどういうわけだったのだろう。母に苦労をかけた、という意識があったのだろうか。結果的に母への置き土産になったけれど……。里見康平の手紙に対して父がどう応じたかは明らかだった。父は迷いなく子供を引き受けただろう。母は黙って父に従っただろう。

父への反発を心に潜めながら、自分はどうして医者になったのだろう。せめて、都会で勤務医としてやっていこうとしていたのに、気がついてみれば、父の残した医院で、父と同じく村の人々の暮らしのただ中で、田舎医者をしている。この医院は、倫弘《みちひろ》が継ぐはずだった……と思った時、忘れたはずの鈍い痛みが思いがけない激しさでよみがえるのを覚えた。

親父は自分より弟の倫弘の方が可愛かったのだ。戦時中、既に勤務医になっていた清弘は、後方送還されてくる兵士が収容される病院にも週三日の診療を命じられていたためか、兵役を免れていた。十歳年下の倫弘は宇都宮中から水戸高校に進み、父の「秘蔵っ子」だった。家族には冷淡な父が、倫弘に対してだけは、優しい仕草で応じていたと、清弘は未だに、父が倫弘を抱き上げて、木に留まった蝉か何かを見せているのを、一人離れた茂みの陰から見ていた時の胸苦しさを忘れていない。倫弘は学校の成績も自分より優秀で、旧制高校に入った。「東大に入って医学の道に進む」と言う倫弘を、父は掌中の玉のように慈しんでいた。祖父は磊落《らいらく》で、二人の孫には公平だった。長男が跡を取るのが当たり前と言い、自分が医専に入ったのを喜び、新しい医院を建てた。

「水戸へやるのではなかった」と父が嘆いたように、倫弘は霞が浦を飛ぶ飛行機に魅せられたのか、学徒出陣に応じ、二十歳を目前に戦死してしまった。父は遺骨代わりの石が入った白木の箱を庭に投げ捨て、男泣きに泣いた。どんな時も淡々と事に対していた父が獣のような声を上げて泣くのを、自分は心も身体《からだ》も無感覚になって、ぼーっと見ていた。そして、俺が死んでも父さんはこんなに泣かないだろう、と思った。父さんは立ち竦んでいる自分を見て、「おまえが……」と言って言葉を飲み込んだ。「おまえが死ねばよかったのだ」そうに違いない。倫弘はいいヤツだった。俺だってあいつが死んでしまったのは悲しい。悔しい。だが……。父が村の人に慕われていたのはよく分かっている。今だって自分はしょっ中、「先代の先生は……」「大先生は……」という言葉を聞かされている。その父宛の手紙の依頼を、自分は引き受けなければならないのだろうか。子供たちを危機に晒しても……。ああ、しかしここで父宛の依頼を引き受けなかったら、俺は生涯、父を越えられないことになる。終生、父には敵《かな》わないという思いを引きずっていかなければならないだろう。

いつの間にか、窓の外は薄暮になっていた。書斎を出て診察室のドアを開けると、茶の間の方から子供たちの声が聞こえてきた。

「フナとドジョウ。タキさんこれ煮てくれる?」文弘の声だ。

「そんなちっちゃい魚、食うとこなんかないよー」

「なにおー」そこでもう、とっ組み合いになったらしく、ドタンバタンと音がした。清弘は玄関から外に出て離れの庭へ回った。陽の光に輝くように咲いていた桜草も、色を失ったシルエットになっていた。家の中に戻ろうとぐるりと裏庭を回っていくと、薄闇の中に白い犬がうずくまっていた。物置の差しかけ屋根の柱に、鎖でつながれている。清弘が近づくと、立ち上がってクウクウと鳴き、訴えかけるような目で清弘を見上げた。

「シロ、おまえとキイちゃん、どうしたらいいのかな」

頭を撫でると、清弘の手を柔らかく舐めた。勝手口の戸を開けて、「タキさん、犬に何かやってくれないか」と声をかけた。

「あ、皆さんの御飯が済んだら、魚の汁か何かかけてやるつもりですが……」

子供たちが、清弘とタキのやりとりを聞きつけて飛んできた。

「シロのごはん、佐和子がやるー」

「お父さん、シロ飼うの？」武弘が期待をにじませて尋ねる。文弘は晶子とタキの顔を見た。こういうことはお母さんとタキさんが決めるんだと知っている目だった。

「うん。まだ分からない。とにかくエサはやらなくてはな。夕食の残りでもやってもらおう」

「じゃ、佐和子、ごはん残す」

「だめですよ。佐和ちゃんはちゃんと食べないと」

タキがたしなめる。

御飯と味噌汁と菜の花のお浸し、大根、人参、牛蒡、里芋にさつま揚げの煮物、鯖の塩焼きが、その日の夕食だった。鯖は一尾まるごと買って家で二枚に下ろす。いつもは頭と腸《はらわた》は捨ててしまうのだが、タキは一番古い鍋を流しの下から出して、鯖の粗《あら》をグツグツ煮はじめた。

夕食の席についた皆の顔を見回して、清弘はさり気なく言った。

「日曜日、横浜の岡谷先生のところへ行ってくる」

「岡谷先生？　日曜日は休診でしょうけれど、一応、確かめた方がいいんじゃないかしら。せっかく伺って、お留守だったりすると……」

「そうだな。電話しておくよ」

「いいなあ、お父さん。汽車に乗るんでしょう？」

「ああ。夏休みになったら、お前たちも乗せてやる。文弘はどこに行きたい？」

「東京。僕たちが住んでたとこ、行ってみたい。まだ、あの家はあるんだよね？」

「覚えてるの？　文弘は三つだったたし、武弘は赤ちゃんだったけど……」

「うーん、覚えてるってわけではないんだけど、東京って聞くと、僕は東京で生まれたんだぞって威張りたくなるんだ」

　そうか、この子は二歳半って書いてあった。じゃあきっと、何も覚えていないんだな、と清弘は紀一を見やった。

　タキが鯖の頭と腸を煮た鍋に、味噌汁とお昼の残りのうどんを入れて、半分を縁の欠けた丼に移した。

「半分は明日の朝の分にします」

「シロのごはん、シロのごはん。キイちゃん、シロにごはんやりに行こう」

　佐和子が紀一の手を握って立ち上がった。

「食べ物を見ると、おとなしい犬でも噛んだりするから、タキさんにやってもらって、子供は見てるだけにしなさい」と晶子が言った。子供たちは、丼を持ったタキの後にぞろぞろついて行った。思わず、清弘と晶子も後に続いた。物置の軒下にいるシロの前に丼を置くと、シロは口をつけそうになってハッとタキの顔を見上げた。クークーと悲しげに鳴いている。「どうしたシロ、食べていいんだよ」とタキが声をかけても、シロは食べようとしない。体を震わせ、口の端からは、ダラダラとよだれが垂れている。その時、紀一が甲高い声で「ヨシ」と言った。

その声を聞くや否や、シロは丼にかぶりついた。ワシャワシャと音を立てて、たちまちのうちに平らげ、ペロペロと丼を舐めている。

「そうか、よくしつけられている犬なんだな、シロは。ヨシって言われないと食べないんだ」清弘が言うと、「朝はどうしたのかしら」と晶子がタキの顔を見た。

「わたしがヨシって言ったのかもしんね」と、タキはあやふやな顔をした。

「まあだ、欲しそうだよ」と、佐和子は未練気に言った。「おまんじゅう、やってもいい？」

昭和二十八年、まだ甘味は自在に口に入るものではなかった。その日、午後の診療は休みにした医院へ、近所のタケノさんが自家製の小麦まんじゅうを持ってきてくれたのだった。「急に休診したわけを探りに来たんですよ」とは、タキの言である。冷めてしまっていたのを、タキが蒸し器で温め、食後の楽しみに出してくれていた。あんこが大好きで、兄二人に取られまいと必死になる佐和子が、大好物のおまんじゅうを、シロに分けてやりたいと言う。「佐和子の分半分と、お母さんの分半分、やっていいわよ」と言いながら、動物を飼うってことは、子供にとって、何ものにも代えがたい何かを与えてくれるものなんだなと、晶子は悟っていた。

翌日は土曜日で、男の子たちは始業式に続き学校は昼で終わるので、昼食が済むと、それぞれに遊びに飛び出して行った。医院も土曜日は午後は休診なのだが、「昨日の分もあるから」と、午後も開けることにした。清弘が昨日よりはずっと落ち着いた様子なのを見て、晶子はほっとした。きっと岡谷先生に相談してくることに決めて、気持が鎮まったのだろう。清弘が、手紙について、キイちゃんについて相談しに行くのだと晶子は確信していた。

「土曜日の午すぎもやっとるってよー」〝小金井の拡声器〟の渾名を持つタケノさんが触れ回り、「昨日は薬がもらえんで困ったよ」「先生は、あんばいどうだね」などと言いながら、午後もポツポツ患者がやって来た。「休みの時、診てもらえるのはほんとに有難い」と、学校の教師や、親に連れられた子供も来院した。

「土曜日は、午後も開けるべきなのかもしれないね」

最後の患者を送り出した晶子に、清弘はしみじみと言った。

　翌朝、清弘は子供たちを待たずに朝食をとり、駅へ向かった。混乱を極めた列車のダイヤも時刻表通りに運行されるようになり、清弘が乗ろうとした七時半の上野行きも、時刻丁度に発車した。日曜日なので通勤通学の乗客はなく、列車は座席が半分ほど埋まるくらいの乗客を乗せてガタンと動き出した。朝日の直射を避けて西側の座席に腰を下ろした清弘の目は、一里塚の榎の梢をとらえた。思わず体を捩じって梢を振り返りながら清弘は思った。紀一というあの子の両親は、今頃どうしているだろう。目的の地に着いただろうか。


　岡谷信人の住まいは、横浜の山の手にあった。戦災の復興目覚ましい港町は、休日の昼近く、華やかに賑わっていた。日本経済にとっては起死回生と言うべき朝鮮戦争の「特需」により、横浜港は大型船が入港、出港するようになり、米兵とおぼしきセーラー服の若者の腕にぶら下がるようにしている紅い唇の日本娘を見かける一方、駅頭には、傍らに松葉杖を置いて、白衣の傷痍《しょうい》軍人がうずくまっていた。

　小金井ののどかな春景色とは全く様相の変わった横浜の喧騒《けんそう》に戸惑いながら、清弘は電話で教えられたバス停を探した。三番のバス停はすぐ見つかって、数名の列の後ろに並ぶと、海の方からふわっと潮の香が寄せてきた。清弘の乗ったバスは、海とは反対側の高台の方に登って行く。お下げ髪の年若い車掌が切符を切りに回ってきた。

「老松町の岡谷医院前まで」

「あ、岡谷医院なら五つ目です」

意外に近かった。バスを降りると、すぐ目の前に白いペンキ塗りの看板があった。「岡谷医院　内科小児科　皮膚科　院長岡谷信人　副院長岡谷綾子」と記してある。医院はレンガ造りで、屋根にはガラスを嵌めた二つの塔が設《しつら》えてあった。「全くもう、横浜だからって、レンガの家なんか建てて。三匹の小豚みたいで俺は恥じている」と、岡谷が言っていたのを思い出しながら、清弘はドアの側のベル紐を引いた。中のほうでカランコロンとカウベルのような音がしている。岡谷の家も父の代からの医者で、祖父は貿易商をしていたらしく、医者になった息子が自慢で、洋館風の医院を建ててやったのだという。

岡谷信人は清弘を住居部分の応接間に招じ入れた。清弘の書斎とは比べ物にならない、大きなフランス窓が庭に面している。その窓に触れんばかりに桜の枝が広がっていた。既に花の盛りはすぎて、風もない空間を花びらが過《よ》ぎっていく。

「晶子ちゃんは元気かな」と信人が言った。

「ええ。晶子も子供たちも元気でいます」

「君のところは四人も子供がいるから大変だろう。晶ちゃんはエライよなー。四人生んで育てて、旦那の助手やって、慣れない土地で、地元の人ともうまくやってくのは大変だ」

信人は、清弘の「相談」が、晶子に関することとでも思っているかのように、ひとしきり、晶子のことを話題にした。晶子は、清弘と信人が勤務医をしていた病院で看護婦をしていたから、信人も晶子のことはよく知っていて、楽天的で心根の優しい晶子を妹のように慈しんでいた。

「まあ、晶子はよくやってくれています。……今日は、先輩に医者としてアドバイスしてもらえたらと……」

「医者として？　難しい病気の者がいるのか？」

「今は病気ってわけじゃないんですが……」

と口ごもりながら、清弘はカバンから「和田医院和田崇弘様」と宛名書きしてある封書を取り出した。

「読んでみてください」

「和田崇弘……君の父上じゃないか。僕が読んでいいのか?」

「お願いします」

　信人は封書から数枚の便箋を取り出して読み始めた。清弘は信人が読んでいる表情に目をやることができず、椅子から立ち上がってフランス窓の側に行った。先輩はどう思うだろう。どういう判断を下すだろう。窓の外の桜は、あとからあとから散っている。「桜の闇に迷いぬるかな」脈絡もなく、そんなフレーズが頭に浮かんだ。

　ガタンと音がした。振り返ると、信人が戸棚から酒とグラスを取り出そうとしていた。

「横浜なんでな、こんな物も手に入る」

　信人はウィスキーのボトルを傾け、グラスに少量注ぎ入れた。香りが馥郁《ふくいく》と立ち昇る。

「水が要《い》るか」

「いえ、このままで」

　二人はしばらく黙って、生のままのウィスキーを舐めた。グラスが空になっても、信人はしばらく黙っていた。今度は信人の方がフランス窓まで立って行き、桜の散る庭を見ていた。そのままの姿勢で信人は言った。

「親と子を引き裂く病か……かわいそうに」

　清弘も立ち上がって、信人と並んで桜に見入った。

「引き受けてやれないか。親たちは自分たちのすべてを捨てて、その子を生かす道を考えたんだ。僕たちも親だ。親の気持を受け止めてやれないだろうか。父上が亡くなっているとは知らず、里見夫婦は父上を信じて子供を託したんだ。この子を引き受けなかったら、君は父上のお人柄を傷つけることになる。――そして、君は生涯父上を越えられないぞ」

　清弘はガツンと殴られたような衝撃を覚えた。そうだ、その通りだ。だが……。

「しかし、うちには子供たちが……晶子も」

「感染《うつ》らないよ。この病は滅多なことでは感染しない。君は、子供を診察したんだろ？」

「いや、ええ、診ました。今のところは何の兆候も見当たらない」

「僕は皮膚科も興味があって、結構気を入れて学んだ。もし心配なら診てやってもいい。だが、大丈夫だろう。まだ三歳にもならないんだから、発症するはずはないよ」

「発症しなければ……」

「感染らないよ。落ちつけ。君は医者だろう。科学的に考えろ。京大のな、小笠原《おがさわら》登《のぼる》先生、二十三年に京大は退官されたが、小笠原先生は癩の隔離医療の誤りを説いて、患者の外来治療を実施してこられた。先生の論文は僕もずっと読んできた。患者を隔離して社会的に葬り去る施策は、医者が加担すべきものではないと、先生は医学的根拠を挙げて、論じておられる。隔離は、事実上の死だよ。この子の親は、自分たちは死んでも、この子を生かしたかったんだ。僕もバックアップするよ。この子、紀一を育ててやれ。育ててやってくれ」

信人の熱をおびた口調に圧倒されて、清弘は戸惑った。小笠原登医師って？　だが、戸惑いながらも、自分がどこかほっとしているのを感じていた。キイちゃん。あの子を孤児院へ送るようなことをしたら、佐和子がどんなにがっかりすることだろう。晶子だって、俺に失望するんじゃないだろうか。晶子ほどまっすぐな心の持ち主はいないものな。

「晶子には……」

「……言わない方がいい、と思う。晶ちゃんは看護婦だし、話せばきっと、きちんと理解するだろう。だが、晶ちゃんは母親だ。母親は我が子が傷つけられる恐れを抱くと、ひどく利己的になる。それが当たり前だ。知れば晶ちゃんは悩み苦しむだろう。今は何も知らせず、お前が子供の体に気を配ってやれ。それに、癩との戦いは、病気だけじゃなく社会との戦いだ。秘密というものは、少しでも表に出してしまったら、必ず広がる。君が自分の胸の内だけにしまっておくのは、想像以上につらいと思う。そういう時は、ここへ来て話せばいい」

　信人は、応接間の一隅のアルコーブに入って行き、書棚から薄い冊子を二冊取り出して来た。

「小笠原先生の論文が載っている。僕は医学校時代から小笠原先生に憧れていたんだ。だが、先生のような志を貫く仕事は、僕にはとても……。だが、少なくとも、隔離政策が正しいとは考えていない。なぜ、日本はこうなってしまったのか……。今、君のところに天が、そう天がだよ、もたらしたその子が、差別に晒されることなく育っていけたら、それは、医者が医者の犯した誤りを償う機会を恵まれたことになる。僕たちは天に試されているのかもしれない。勝手なこと言ってるなあ、僕は。育てるのは和田の方なのにな。……そうだ、その子には新しい戸籍を作ってやらないと」

「戸籍？」そんなことを全く考えていなかった清弘は驚いた。

「里見の名は捨てさせてくれって、親は書いてる。そうだな、姓から素性を探られる可能性があるから。うん、そうだ、僕が園医をしている孤児院で、いったん戸籍を作ることにしよう。赤ん坊の時に捨てられて身元の分からない子供には、孤児院の住所を本籍地にして、新しい戸籍を作るんだ。横浜じゃあ、アメリカ兵の子供だと判断できる赤ん坊が、園の門の前に置かれていたりするから――。君は里親という立場で、預かってやればいい。手続きが済んだら連絡するよ。僕もその子に会いたくなった。そのうちに小金井を訪ねさせてもらうよ」

　それから二人は、紀一の姓をどうするか、しばし相談した。日本人に多い姓が無難かとも考えたが、小笠原医師の姓で守ってやろうと意見がまとまり、そのまま用いるのは避けて「笠原」に決めた。「紀一」は、晶子にとっさに言ったように、音は同じで文字を変え、「輝一」とした。

「笠原輝一。うん、いい名だ」と、信人は目を細めた。

帰りの汽車の中で、清弘は信人が貸してくれた小(注1)笠原登医師の論文を読んだ。多くの臨床経験や綿密な調査に基づく科学的実証と、浄土真宗の寺に生まれ、自身も僧籍を持つ筆者の優しさが相俟って、読む者の心に染み入ってくる論文に、清弘は、汽車がどのあたりを走っているのかも忘れて没頭した。

この時清弘が読んだ小笠原登医師の論文は、一つは昭和六年に『診断と治療』誌上に発表した「癩に関する三つの迷信」であり、もう一つは昭和十四年の『医事公論』に発表した「癩と体質」であった。

小笠原医師の言う「三つの迷信」とは、癩を不治の病とする迷信、癩を遺伝病とする迷信、それに癩を強烈な伝染病とする迷信である。第一の不治という迷信について小笠原医師は、結核と比べて治りやすい病気だと記していた。自然治癒する患者は少なくなかったし、ある程度進行しても種々の後遺症を残して病勢の進行が止まることがあり、また大風子《だいふうし》油《ゆ》の注射で治癒する患者もいたと述べる。二つ目の癩と遺伝との関連については、江戸時代の人々がこの病を血筋の病気、すなわち遺伝する病と考えていた事実をあげ、そう考える原因は、江戸時代には家庭内感染が主になっていたことにあったとするが、現実には孤発例も少なくないことをあげて、遺伝病ではないと主張していた。三つ目の伝染性についての迷信は、小笠原医師の癩病の疫学に関する考察の中心をなしていることが読み取れた。小笠原医師は「癩は我が国では古き時代からの病気である。それにもかかわらずこれが伝染病であることが観破せられなかった。……千有余年の間何等予防施設を施す事なく放置せられたにかかわらず……全国民悉く癩によって犯されるに至って居らぬ」との歴史的事実をあげて癩病の伝染力は微弱なものに過ぎないと主張していた。

患者と接触してもごく少数の特定の人だけが発病するという論は、清弘を安堵させた。だがでは、その「少数の特定の人」とはどのような人なのか。清弘は『医事公論』のページを逸《はや》る思いで繰《く》った。論文「癩と体質」に小笠原医師は次のように記してい た。「文献を繙《ひもと》く時は、恐怖の念を唆《そそ》るが如き感染報告が縷々《るる》見られる。しかし、これ等の事実の反面には、癩に接触しても、到底比較しがたきほど多数の人が感染しなかった事を思ふならば、それらの感染現象は単なる除外例であるに過ぎぬと見られる。即ち癩は菌の輸入を受けたものは高率に発病すると云ふ疾患では無く、菌の輸入が起こった後、或る少数の特定な人のみが発病する疾患である。故に、発病には、癩菌の輸入を受けると云ふ事以上に人体の感受性なるものが大なる役を務めると考へられる。……この感受性の研究は、発病する身体は如何なる状態の下にあるかの研究であり、従って体質の研究が主要な問題である」

人体の感受性、体質——清弘は暗澹《あんたん》とした思いに陥った。あの子は、親の体質を受け継いでいる。しかし先を読んでいくうちに、清弘の抱いた闇に一筋の光が差してきた。小笠原医師は言う。「天地間に不変なものは一つも無い。環境によりて存立を支持せられると共に又環境によりて破壊を受ける。癩の感受性も亦この鉄則に漏れる事は無いのである。環境の改良生活の改善等によって——消滅せしめられるものである」そして論文は「……癩患者が多き事はそれ自体何の恥辱でも無いのであるが、癩患者を多からしめるが如き文化程度の低い事が国家、社会の恥辱になるのである。我等国民は本末を誤ってはならぬ」と結ばれていた。

すごい人だ。清弘の心に賛嘆と感動が湧き上がった。癩が忌み嫌われ、患者の人権を無視して絶対隔離が進められていた昭和十四年当時、この人は、癩を無くすためには環境の改善、国民一人ひとりが豊かに暮らせる社会をつくる以外にないと論じたのだ。

「おやまー、おやまー」駅のアナウンスが耳に飛び込んできた。ああ、もう小山か。清弘はフーッと詰めていた息を吐いて雑誌を閉じた。小笠原医師の論文は、清弘の癩への認識に居座っていた誤謬《ごびゅう》と恐怖を、柔らかい布で拭き去るように拭ってくれた。紀一は両親から体質を受け継ぎ、発症した両親とともに過ごしていた。それはあの子にとって悲運としか言いようがない。だが、と清弘は両手を握りしめた。「環境如何で、癩に対する感受性を消滅させることができる」という説を信じよう。岡谷さんは、戦時中、癩の発症者が増加した事実があると言っていた。さらに、兵役中に発症し、悪化した者もいたと。栄養失調と肉体の酷使、絶えず死の恐怖に晒される精神的圧迫は、他の疾患とともに、確実に癩の発症を進めたに違いない。よし、自分はあの子に、発症しない環境を与えてやろう。自分は医者だ。あの子を注意深く見守りながら、できる限りの「環境」を与えてやろう。そう思った時、汽車は小金井駅のホームに着いていた。

清弘が横浜で買ってきた焼売《しゅうまい》を、「一人五個ずつですよ」と晶子に言われながら、子供たちは次々と口に運んでいく。二十個入りの箱を二つ買ったのだから全部で四十個、大人三人と子供四人で五個ずつ分けると、「五個残るよ」と武弘が目を輝かせる。

「千都子にもあげてみましょう。タキさんが蒸し直してくれたから、ほんとに柔らか」

晶子が皿に取った焼売を小さく千切って千都子の口に入れてやると、千都子は口をモグモグ動かしてゴクンと飲み込み、また口を大きく開けた。「千都ちゃんにも美味しいって分かるんだねえ」とタキが微笑んだ。

「えーっ、赤ん坊も五個、僕も五個？」と武弘が口を尖らせる。

「千都子は二個ぐらいでいいかな。文弘と武弘にあと一個ずつね。最後の一個は——」

「シロ！」と佐和子が叫んだ。

「シロ」と紀一もまねをする。

「シロにはちょっと勿体ないかなー。お父さんに食べてもらいましょうか。お疲れさまって」

大騒ぎの夕食が終わると、清弘は、皆を見渡して、「少し話があるんだ」と切り出した。

「キイちゃんは、しばらく家で預かることにしたい。晶子、タキさん、相談もしないで決めてしまってすまない。キイちゃんのご両親はどうしても今はキイちゃんと一緒に暮らせない事情があるようだ。崇弘お祖父さんを頼って、キイちゃんを預かって欲しいと言われる。お祖父さんは亡くなってしまっているから、私がお祖父さんの代わりにキイちゃんを引き受けようと思う。キイちゃんと仲良くできるかな？」

「キイちゃん、うちの子になるの？　キイちゃん、佐和子より小っちゃいから弟だよね。ワーイ!!」

「ほんとの兄弟ってわけじゃないよね、お父さん」と武弘が何か腑に落ちないといった顔つきで訊いた。

「うん。兄弟というわけじゃないが……でも仲良くするんだよ」

「キイちゃん、名字は何ていうの？」と、文弘が利発そうな目で訊いた。岡谷さんと決めておいて良かった、と清弘は胸を撫で下ろした。「笠原というんだ。笠原輝一。だからキイちゃんなんだね」

文弘は納得したように頷いた。

「お父さん、もういい？　あっちで遊んでいい？」

佐和子が立ち上がりながら言った。

子供たちは輝一を囲むようにして、茶の間に続く板の間の方へ移動して行き、大人三人と千都子だけが残った。

「実は、あの子の本当の名も住所も分からないんだよ。岡谷さんが、横浜の施設の子供ということにして戸籍を作ってくださることになった。タキさん、晶子、あの子は名さえ携えず、たった一人で一里塚に置かれていた。このことを知っているのは、私たち三人と省平さんだけだ。しばらくの間、あの子が一里塚で見つかったことは、他の人に知られないようにしたいんだ。親に捨てられたと知ったら、子供は、どんなに悲しむことだろう。父宛の手紙では、子供を置いて行ったわけは、はっきりしないんだ。大人の事情はともかく、大事なのは子供だ。あの子が傷つかずに育っていけるようにしてやらないと……」

タキは大きく頷いた。先代の先生とあの子の間にどんな関わりがあるのかは分かんねけんど、いずめこに入れられて一里塚の榎の下に捨てられてたなんて、子供には絶対に知られてはなんね。世間にも知られてはなんね。

この人は、岡谷先生のところへ行って、ずい分気持が落ちついたみたい、と晶子は自分も気持が落ちつくのを覚えた。「明日、省平さんに来てもらいましょう」と晶子は言った。「うん。そうしてくれ。私から話そう。子供のために、どうか黙っていてくださいと、頼もう」

こうして里見紀一は、笠原輝一の名で、小金井の和田医院で育てられることになった。

(注1)小笠原登医師(一八八八~一九七〇)愛知県海部郡甚目寺町円周寺に次男として生まれる。京都帝大医学科を卒業して薬物学を研究後に皮膚科泌尿器科に転じ、大正十五年より癩治療を担当。昭和十三年、皮膚科特別研究室主任に任じられ、昭和二十三年まで在職。この間、当時の強制隔離・断種に反対し、外来治療を実施した。小笠原医師の論に関しては、『医者の僕にハンセン病が教えてくれたこと』61~69頁に依拠。

第二章
河津屋敷

四月の夜は明けて、康平と加奈の目の前に浅緑の平地林と麦畑が広がっていた。昨夜、小金井の一里塚の榎の根元に紀一を置いて、二人は小山駅まで脇道を辿って歩いてきた。国道四号線を通れば楽だったが、夜ではあっても二人連れの男女は人目につく恐れがあった。少なくとも小山に着くまでは、小金井に置いてきた子供と自分たちを結びつけて考えられる危険があった。

二人は空に浮かび上がる榎が見えなくなる所までは振り返ることなく歩いた。一度振り返れば、紀一の元に走り寄ってしまうことは分かっていた。長い坂を登り、そこからは下りになる坂の上で、二人は足を止めて振り返った。濃い灰色の空に、黒々とした榎の輪郭が浮かんでいた。榎の真上にたった一つ、白い星が光っていた。

行く手に小山の町並みが見えてきたが、まだ始発には大分間があった。

「少し休んでいくか。待合室には長くいない方がいい」

「そうですね」

道端に辛うじて赤い色が見分けられる鳥居が立っていた。鳥居の向こうには杉の木立が並んでいる。二人は何かに導かれるように鳥居をくぐった。幅の狭い石畳を踏んでいくと、社殿があった。社殿の扉は開いていて、板の間が見え、板の間の奥にさらに本殿に続くらしい扉が見える。二人は一礼して板の間に上がり、身を寄せ合って座った。座ったとたん、歩いているうちは意識に上らなかった疲労が押し寄せてきた。四月になっても夜明け時は気温が下がり、寒かった。加奈は自分の肩に巻いていたショールを広げて、康平の肩に掛けた。康平は黙って加奈を抱き寄せた。互いに何を考えているかは分かっていた。このまま死んでしまいたい。享さんのように。二人の脳裏に赤々と空を焦がす炎が浮かんでくる。

康平と加奈が子供だった頃、同じ集落に「トオルさん」と呼ばれている青年がいた。集落の中でも裕福な河津家は、広々とした母屋と何棟もの蔵や納屋を有し、屋敷は、きれいに刈り込まれた樫の生垣で囲まれていた。東側だけは生垣はなく、庭は直接畑に続いていた。畑との境に、初めて訪れる者でもすぐ河津家と見分けられる目印の大木が聳《そび》えていた。欅が二本と榎が二本。大木は大量の落葉を降らせ、河津家の田畑に鋤き入れる堆肥の原料になっていた。ハラハラ、サラサラ、音を立てて振る落葉を空中で摑まえるのは、集落の子供たちの秋の遊びの一つだった。欅は黄褐色から小豆色まで、さまざまな変化を見せて色づいた。榎は欅よりも早く、ほぼ黄色に色づく。さらってもさらっても降ってくる落葉。さらい残した落ち葉の下には、冬の間小さな幼虫が眠っていた。榎が芽吹くと幼虫は目を醒まし、榎の葉を喰んで育つ。幾度もの脱皮をくり返し、初夏、幼虫は蛹に身を変える。葉裏に隠れるようにして、蛹は最後の眠りに就く。陽が中天にかかる頃、蛹の背が割れて蝶が生まれる。少しずつ少しずつ、細かに震えながら、蝶は蛹の殻から身を出し、羽が伸び切るのを待つ。羽を広げた蝶は息を飲む美しさだ。大きな羽の先端の方は黒味を帯びた茶に黄色の斑点が飛び、中心部は鮮やかな紫に白い斑点が散りばめられている。二枚の下羽には絵筆で置いたような紅い斑紋が一つずつ。羽が伸び切った蝶は、しばらく陽の光を浴びて動かないが、突然ふわりと飛び立つ。一気に梢近くまで上昇し、空を旋回する。子供たちは、首が痛くなるほど河津屋敷の榎の梢を見上げ、蝶の舞に見入るのだった。

「オオムラサキって言うんだよ」

と教えてくれたのは享さんだった。享さんは榎からはさらに南の、河津屋敷の隅に建てられた離れに住んでいた。土間の奥に板張りの台所があり、縁側のついた八畳二間には本棚が並び、本に埋もれるようにして、享さんは一人で暮らしていた。いつも頭には帽子をかぶり、手袋をした左手を袂に入れていたが、病人のようには見えなかった。集落の子供たちは、よく河津屋敷の欅と榎の下で遊び、享さんの縁側で遊んだ。次第に享さんの病気のことが知れてくると、親たちは子供が河津屋敷へ遊びに行くことを禁じるようになったが、忙しく働いている親たちは、ずっと子供たちに目を注いでいることはできず、子供たちは吸い寄せられるように享さんの縁側に集まった。一人の時は、享さんは障子を閉めて部屋に閉じこもっていた。「享さーん」と呼ぶと、享さんは障子を開けて縁側に出てくる。享さんは決して子供たちを部屋の中には入れなかった。「本、読んで」と加奈が頼むと、享さんは部屋から数冊の絵本を取り出してくる。「どうしても、人魚姫は王子さまを刺せませんでした。早く早くと、海の中から姉さん人魚たちが妹人魚に呼びかけます。とうとう、太陽が水平線に血のように赤い一点を現した時、姉さん人魚たちは『アアーッ』と悲鳴を上げて、海に沈んでいきました。朝の光が人魚姫を照らした時、人魚姫は、安らかに眠る王子さまの顔を一目見て、海に身を投げました。人魚姫の体は一瞬のうちに水の泡となり、魂は高く高く天に昇っていきました」

　加奈は目にいっぱい涙を溜めて享さんの声に聞き入った。康平も眉根を寄せて黙っている。

「天人の輿《こし》が近づいてくると、かぐや姫を守っていた侍たちはみな手が萎えて、矢を射ることができません。五色の雲に乗った天人たちがふわりと降り立つと、お祖母さんがかぐや姫を抱いて籠っている奥の部屋までの幾つもの扉は音もなく開きました。かぐや姫はスッと立って、迎えの天人の方へ向かっていきました。天人の一人が、『さあ、御薬《みくすり》をどうぞ』と薬を差し出すと、かぐや姫は『このお薬を飲みますと、地上のことはすべて忘れて何の憂いも覚えぬようになりますそうな。その前に……』と言って薬を懐紙に包み、翁と嫗に差し上げました。『これは地上の人が飲めば不死となる薬です。どうぞいつまでもお健やかに』と言うや否や、天人はかぐや姫に御薬を差し上げ、かぐや姫は地上のことをすべて忘れて、何の憂いもなく、天へ帰っていきました」

「享さん、絵本のお話って悲しいね」

「そうだね。悲しいお話が多いかもしれないね」

「どうしてなの？」

「うーん、悲しいことの方が心に深くひびくからかな」

「悲しくない話はないの？」と康平が訊くと、

「楽しい話も、勇ましい話もあるけどな、どんな楽しい話でも裏側には悲しさがあるんだよ。サルカニ合戦だって、カニは子供を残して死んでしまうし、サルだってハチやクリに惨々な目に合わされて、臼に押しつぶされて死んでしまう。花咲かじいさんだって、ポチは打ち殺されてしまう。何だって昔話には死がいっぱい出てくるんだろう……」

　小さな加奈や康平が聞いていることも忘れて、享さんは独り言のように呟いた。

　集落の子供たちの中でも、絵本が大好きな加奈と、いつも加奈の傍にいた康平は、享さんの縁側で過ごす時間が一番多かったかもしれない。

　そのうちに気がつくと、享さんは子供たちの前から姿を消していた。どんなに子供たちが呼びかけても障子は開かず、享さんは返事をしなくなった。

「臭いね」

「うん、何の匂いだろう」

　加奈も康平も他の子供たちも、享さん家《ち》の「匂い」に気づいた。形容のしようのない、ムッとする臭気。

親に言われなくても、子供たちの足は河津屋敷の離れから遠のいた。集落の中で「ライビョウ」という語が公然と口にされるようになった。享さんの父親は村の役職を退き、享さんの姉の縁談も破談になった。目には見えない黒い雲が河津屋敷を覆い隠しているかのようだった。

　そしてとうとう、その日が来た。警察官と白衣の人が河津屋敷を訪ね、享を療養所へ入れるよう勧告したのである。集落の人々は、河津屋敷の門口に群がり、固唾を飲んで様子を伺っていた。

「お宅の息子さんは、外には出ず家にこもっているので、今まで目こぼししておったが、これ以上は無理だ。この病の者はみんな療養所へ送らなくてはならない。そう、法律で定められていてなあ」

　河津家が集落で果してきた役割も知っていて、自身も懇意にしている駐在の警官は、気の毒そうに切り出した。「感染《うつ》ったら大事《おおごと》だから……近所の子供らが遊びに来とるそうじゃないか」

「うつる？　血統じゃないのかね」享の母親が悲鳴のような声をあげて訊いた。

「お宅には、他にも発病してる者はいますか？　私に診察させてください」と、白衣の人が言った。

「おらん。一人もおらん。今までは血統血統って言われとったが、感染るっていうんなら……じゃあ、うちの享はどこで、誰から感染ったというんですか」

享の父親が噛みつくように言った。

「どうして病気になったかは、詮索しても仕方がない。今では、この病は伝染すると判明しています。だから、病人を健康な人と一緒にしておいてはならないのです。病人も治療してやらないと。療養所には専門の医者もいるし、看護人もいて世話をしてもらえるから」

「あなたは――お医者さまですか？」

「ええ。駐在の橋本さんに、診察と入所勧告を頼まれて――」と白衣の人は言った。「地元の医者に断られて」と知り合いの警官から頼みこまれたことは黙っていた。

「享は――帰って来られるかね」

「治れば帰れますよ」

「治る？　治るんかね、この病は」

「……」医者は無言だった。

「今すぐ連れてくわけではないべ。明日まで待ってくだされ。本人にもよく言い聞かせて得心させますで」

母親が畳に額を擦りつけて頼んだ。警官がどうしたもんか、と困惑した顔つきで医者を見やった。

「明日でいいでしょう。今日は車の用意もしてこなかったのだから。私はこれから家族の方を診察します。息子さんは、療養所へ持って行きたい物を選んでおくといい。金も持たせてやっていい」

しばらくして、二人は河津屋敷を後にした。

「息子だけでよかった。他の者は今のところ発症の兆候はない」医者は門口に残っている村人に聞こえるように言った。だが村人たちはほっとするより「やっぱり」という恐怖と嫌悪の方が大きかったらしく、強張った顔つきで散っていった。

警官にも医者にも一言も口を利かなかった享の祖父仁《ひとし》は、肺の中の空気をすべて吐き出すように息を吐いた。

「享の好きな物を作って食わせてやれ」

「享を療養所にやるだかね」

「やらないわけにはいかない。国の決まりに逆らうことはできん。この部落の者にも迷惑をかける。いや、部落の者が、許してはくれまい」

その夜、河津家の座敷では人寄せの時に使う塗りの膳が並べられ、家族だけの別れの宴が催された。享は帽子をかぶったまま、床の間を背に座った。眉はほとんどなく、頬から首にかけて赤褐色の斑紋が盛り上がっている。仁は気丈に背を伸ばしていたが、祖母の和歌《わか》は消え入りそうに背を丸めていた。父の勝《まさる》と母の正乃《まさの》は享を挟んで並んだ。姉の秋乃《あきの》と妹の花乃《はなの》は、正月の晴れ着を着て俯いていた。享は左手にはめた手袋を脱いで、瘤の出た指をついて頭を下げた。

「すみません。俺がこんな病になったばっかりに――」

「なりたくてなったわけじゃない。謝らんでくれ」

と勝が言うと、

「享がこげな病に罹ったわけはわからんが……」と、仁が低い声で言った。「誰だって病に罹ることはある。病気は悲しいもんだが、病人に非があるわけではない。享、いつか特効薬ができるかもしれんから、望みを捨てるな」

仁は享の盃に酒を満たした。

「手紙を書いてくれ。欲しい本があったら送ってやろう。おまえはどこにいても、河津家の長男だ。療養専一にして、きっと帰ってこい」

もう既に村の店屋では河津の家に物を売るのを避けるようになっていた。分家に頼んで買ってもらった酒、刺身。山椒の芽で和えた筍は享の好物だった。畑に穴を掘って貯蔵しておいた里芋と干した芋柄の味噌汁、塩のきつい沢庵、たっぷり砂糖を入れた餡でくるんだ団子、みんな享が食べ慣れた、祖母と母の味だった。

食事が済むと、正乃が享に呼びかけた。

「今夜は母屋で寝ろ、な」

享は一瞬笑顔になったが、かぶりを振り、

「いや」と言った。

「持っていく本も選びたいから……離れで寝るのも今夜限りだから」

「そうか。じゃあ風呂に入れ。きれいにして旅立て、な」

「みんなが入ってからでいいよ。後で入りにくる。秋乃姉ちゃん」

享は秋乃の方を向いた。

「なに、享？」

「すまなかった。俺のせいで破談に――なって」

「……」秋乃は答えなかった。答えても無意味だった。癩病の者が一人出れば、十五人の縁者が苦しむという現実を、秋乃は破談という痛手によって思い知っていた。

「享、わたしは花ちゃんと東京へ出て行く。看護学校に入ろうと思う。看護婦になれば一人でも生きていけるし、いつか享のことも看てやれるかもしれん」

「秋乃はそんなこと考えてたんかね」正乃が驚いて言った。

「お母《か》さま、ごめんな。わたしが花ちゃんを連れてって面倒みるから。この村にいても……つらいだけだし」

「お母さまも行くよね。花は、お母さまと一緒でなけりゃどこにも行かん」

享は思わず花乃の頭を撫でようとした。女学校にも入っていない小さな妹が不憫でならなかった。だが花乃は、享の手を避けて身体を捻った。花乃の目に浮かんだ怯えに、享はたじろいだ。オレの病は、オレの周りに壁を作り、あらゆる人からオレを遠ざける。

「雨かな」勝が外の気配に耳を澄ませるように首を傾けた。朧月はいつの間にか雲に隠れて、細い糸のような春の雨が降り出していた。雨は茅葺の屋根を濡らし、樫の葉に当たって小さな音を爆《は》ぜさせ、欅や榎の葉を濡らした。傘もささず、春の雨を背に受けて、享は自分の離れに戻って行った。

未明、加奈と康平は、それぞれ、打ち鳴らされる半鐘の音で目が覚めた。

ジャンジャンジャン

ジャンジャンジャジャーン

恐怖と焦燥にかられた激しい連打が、集落の人々の眠りを破った。子供たちが起き上がってフラフラと囲炉裏端へ出て行った時は、親たちは既に家にいなかった。

加奈が家の外へ出ると、キナ臭さがあたりに満ち、立ち昇る煙と炎が見えた。

「河津屋敷の離れだと」と、母が震えながら言った。

「加奈ちゃーん」小道一本隔てた家から、康平が走って来た。「康ちゃん」と答えて、加奈はゴクンと唾を飲み込んだ。声が出ない。

「康ちゃん、享さんち!?」河津屋敷の方へ駆け出そうとした康平と加奈を、母親たちが抱き止めた。

「行くな。危ないから近づくんじゃねえ」

「今、消防団の手押車が行ったからよ。子供が行っても邪魔になる」

「享さんは——?」

「分かんね。足が不自由なわけじゃねから、きっと逃げてるべ」

　二人の母親は、目を見合せ、互いの顔に張りついた恐怖を見た。

「炊出し、するようかね」

「うん。組当番から何か言ってくると思うけんど、ご飯だけは炊いとくべよ。加奈、洋服に着替えて手伝え」

「うん」加奈は母親に返事をして家へ入って行った。が、入る寸前、康平と加奈は素早く秘密の合図を交わした。自分の両手の小指を絡めて「二人指切り」をする。康平の口が「え・の・き」と動いた。河津屋敷の門口も南側も人でいっぱいだろう。東側の畑から回って榎の木の下を抜けて行こうと康平は伝えたのである。それは、二人が大人に見とがめられずに享さんの離れに近づくルートだった。が、榎の木の下で落ち合った二人は、それ以上進めなくなった。

　小さな離れ屋は、煙の間から炎を吹き出して燃えていた。宵からの雨は夜半には上がっていたが、濡れた家は燻《くすぶ》るように燃え、水さえ届けば消し止められたかもしれないと、後に大人たちは言っていた。が、生憎、河津屋敷の井戸は広い敷地の北西の端にあり、手押し車のホースは届かなかった。

「享、享」と叫んで正乃が離れに飛び込もうとするのを、勝が抱き止めている。

「享を助けてやって——」と、正乃は消防団の男たちに向かって手を合わせた。

男たちはためらっていた。炎の中に飛び込むのも恐ろしいが、同時に享そのものが恐ろしかった。業病だという享を背負ってくることなんかできない。何で昨日のうちに収容所へ行ってくれなかったのか。何で今日という今日、火事なんか出すのか。だが、今日という日だからこそ火事を出したのだということは、集落の者にも分かっていた。

燻っては燃え、燃えては燻りしていた屋根が、一気に炎を上げた。獣の吼えるような音を立てて燃え盛る炎。木材の片がボンボンと夜明けの空に飛び散る。加奈と康平は、太い榎の陰に隠れて、離れの炎に見入っていた。大音響とともに屋根が落ち、刃が薙ぎ払うように、二人の足元を熱風が吹き過ぎた。

その時、一度止んでいた雨が再び激しく降ってきた。炎は雨に抗いながら、少しずつ収まっていった。人々の群れが動きはじめる。「雨がよ、消してくれるべ」消防団の男たちは、ほっとしたようにその場を離れ始めた。

「皆さん、ご苦労さまでした。炊き出しができてますで、河津さんの分家の方へおいでくだされ」消防団長が拡声器で呼びかけた。

「加奈ちゃん、みんながいなくなったら、享さん探してみっか?」

加奈は激しく首を振った。「やだ。見たくない。享さんが中にいたら……」

人影が無くなった河津屋敷は、世界中の雨がそこにだけ降り注いでいるかのように、激しい雨に打たれていた。

仁は座敷で瞑目して身じろぎもしなかった。和歌は仏間にこもって祈っている。勝は気を失った正乃を布団に横たえると、傍らに座って話しかけた。「一緒に死ぬか」

秋乃と花乃が入ってきて、父の側に座った。花乃は半ば眠りかけている。「花乃は母ちゃんと寝な」と、秋乃は花乃を母の布団に入れてやった。

「お父《と》さま、兄《あに》さまは――」

「死にたかったんだろう、享は」

　勝と秋乃は、昏々と眠っている正乃と花乃を見つめていた。秋乃が花乃の額に手を当てて言った。

「眠ってるといいね。何も感じないで……」

　襖が開いて、仁が入ってきた。

「勝、享を連れて来よう」

「はい」立ち上がった勝は、同じく立ち上がろうとする秋乃を制して言った。

「ここにいて、二人を見てやってくれ」

　外に出ると、雨は嘘のように上がり、庭の土はしっとりと水を含んで湯気が立っている。樹々の葉は濡れそぼち、水滴がしたたっている。雨に洗われた空は秋の空のように青い。輝くような春の朝だった。

　ブルルルル、自動車の音がした。門口を一台の自動車が入ってきて止まった。昨日やってきた駐在の橋本巡査が、大慌てで車から飛び出してきた。白衣の医者が後に続く。

「河津さん……」と言ったきり、橋本巡査は茫然として火事跡を見つめた。「昨夜は県警の方へ呼ばれていて――知らなかった。いったい何が……」

「息子さんは――亡くなったか？」医者が訊いた。

　勝は、黙って頷いた。橋本巡査は、勝を痛まし気に見て言った。

「朝方、一番の汽車で帰って来て、聞いた。今日収容されるのを苦にしたんだろうと、みんな噂しとるそうだ。自分で付けたんか、火」

「おそらく。享はここで死にたかったんだろう。自分で自分の身の始末をつけたんです」

「一日待ったのが敵《あだ》になってしまった。昨日連れていけば、命を失くさずにすんだものを。すまないことをしました……」

　医者が深々と頭を下げた。

「いえ。この方がよかった。享は自分が生きていては迷惑をかけるだけだと、思案したのだろう。みんなの目にわが身を晒したくはなかったんだろう。これが、あの子が人としての誇りを守る手だてだったんです」

仁が自分に言い聞かせるように言った。

四人は離れに近づいて行った。ほとんど焼け落ちて残骸と化した家の真ん中に、焼け残った柱が立っていた。その柱に寄り添うように、黒々とした塊があった。四人の足が止まる。

「皆さんはここにいて。本官が見てきます」

橋本巡査が緊張に身体を強張らせて近づいていく。黒い塊の傍らに屈み込んでいた橋本巡査が「ワアッ」と声を発した。仁と勝が駆け寄る。医者は立ち竦んでいた。黒い塊に、何か巻きついている。真っ黒に煤《すす》けたそれは、焼け切れることなく形を保っていた鎖だった。仁と勝は、震える手で鎖を解いた。黒い塊が音もなく倒れる。

「勝、何か掛けるものを。正乃や秋乃は来させるな」

よろめきながら勝は母屋に向かい、掻い巻きを抱えて戻って来た。勝は掻い巻きを享だった塊に掛けて抱きかかえ、号泣した。仁は燃え残った柱に手を置いて、声もなく泣いた。巡査と医者は、なす術もなく立ち尽くしていた。少しして、勝が身を起こし、懐から畳んだ半紙を取り出して仁に渡した。「玄関の大戸に挟んであった」仁は文字をたどり、紙を巡査に渡した。半紙には墨で八行の文字が認《したた》められていた。

お父さま　許してください
お母さま　許してください
お祖父様　すみません
お祖母様　すみません
秋乃姉さん　ごめんなさい
花乃ちゃん　ごめんなさい
みなさん　お許しください

病気になることは罪なのでしょうか

巡査はくり返し読んで、医者にも見せた。医者は半紙の文字に目を通すと、畳んで勝に渡し、自分も膝をついて掻い巻きを抱き締めた。

「病気は罪ではないよ。かわいそうに。私は君をどうしてやることもできなかった。すまなかった。すまなかった」詫びる医者の目からも、あとからあとから涙が滴り落ちた。

「これは、息子さんの文字に間違いないかね」

勝は黙って頷いた。

「自分で自分を縛りつけたんだな。どんなに苦しくても逃げ出せないように。自殺に間違いないと思うが……事故、失火による事故死にすることもできる。本官がそのように報告すれば、そうできるだろう。先生もおいでだから、検視も済んだことにできる。先生、引き受けてくださるかね？」

「大丈夫です。引き受けます」

「そうできるならお願いします。秋乃と花乃のために。その方が享の気持も生かしてやれる。頼みます」

勝が頭を下げた。

「鎖は隠した方がいい。葬式は……どうするね？」

「身内、いや家の者だけでひっそりと。墓はうちだけの墓だから大丈夫だろう」

「享を家に入れてやりたい……」勝が仁を見て問いかけるように言った。

「勿論だ。皆のいる母家へ運ぼう。——だがこのままでは——」

「私が棺桶を調達してきてやる。急いで松やんのところへ連絡するから」松やんは、村で柩を作る仕事をしている職人だった。自動車を運転して去った橋本巡査が、間もなく自動車の後ろに柩を乗せたリヤカーを結びつけて戻ってきた。

「一つ、作り置きしてあったのがあってな。それを融通してもらってきた」

仁と勝は、箪笥から出してきた享の紬の着物で亡骸を包み直し、棺に納めた。屋敷の門口に重いほど花を着けていた八重桜を折ってきて紬にくるまれた享を埋め尽くした。

「棺に釘を打とう。女たちには絶対に見せてはならん」

　棺を閉ざし終わった時には、九時を過ぎていた。四人の男たちが棺の四隅を持って母屋に入って行った時、女たちは茶の間で肩を寄せ合って魂を失ったような白々とした顔をしていた。女たちの中では、やや、自分を取り戻したように見える秋乃が、祖母と母、妹の世話をしていた。誰が置いていったのか炊き出しのお握りと漬物が卓に出ていた。棺が運び込まれると、正乃はふらりと立ち上がって「享、享」と呼んだ。「享の部屋に運ぼう」と仁は言い、発病するまで享が使っていた部屋に棺を導いた。

「享、お帰り。よく帰ってきたなあ」勝が棺を撫でながら言った。

「お父さま、享には会えんのか」正乃が棺の蓋を開けようとにじり寄る。

「あの火の勢いだ。享だとは見分けがつかないほどになって……。享も、お母さまに見てほしいとは思うまいよ。な、正乃」

　女たちは棺に取り縋って泣いた。

　夜、荷車に乗せた棺が、ひっそりと河津屋敷の門を出た。仁と勝、正乃、秋乃、花乃が付き添い、梶棒は隠亡《おんぼう》の七《しち》さんが握った。橋本巡査が「事故のないように」と一家を守るように同行した。一町ほどは集落の道を通らねばならない。一行は声を潜め、足音を忍ばせて歩いた。荷車の音だけが夜空に響く。家並が途切れると左に折れ、切り通しの道に入った。山を切り開いた赤土の道は、昨夜の雨で泥濘《ぬかる》んでいて、後戻りしそうになる荷車を仁と勝が押し上げた。切り通しを抜けると山と山の間に田が開かれていて、大半は河津家の所有だった。山の斜面に石垣を積んだ河津家の墓所があった。仁の父、享の曽祖父の墓の傍らに、黒々とした穴が掘られていた。七さんが夕刻、掘っておいてくれたものである。七さんの合図で、橋本巡査と勝、仁と秋乃が棺に掛けた綱を握って、そろそろと穴の底に棺を下ろした。一行は、無言で土を掛けた。花乃は母親の袂を握って放さず、片手でパラパラと土を掛けた。大きくもない盛り土ができ上がると、仁と勝が塔婆立てに新しい塔婆を立てながら言った。

「田植えも稲刈りも、ここから見えるからな。おまえの好きな蝶も来る。山鳥の声も聞こえるよ」

「もう、おまえは病気じゃない。よかったな、享」

正乃と秋乃が湯呑み茶碗と飯茶碗を乗せた膳を供え、花乃が線香立てを置いた。線香に火を点して一人一人供え、手を合わせる。

「さっ、夜の明けないうちに」と橋本巡査が促し、さびしい弔いが終わった。言葉もなく帰る一行に、何か語りかけるように線香の赤い小さな火が瞬いた。

享が火事で亡くなってから半年後、秋乃が東京へ出て行った。誰にも素性を知られないところで看護婦になる勉強がしたいと秋乃は両親に訴え、両親は山の樹を売って費用を作った。「花乃は、小学校を卒《お》えたら東京の女学校さ入れる。ここにいれば、つらい思いをするばかりだもの。花乃の面倒はわたしが見るから」と言った秋乃の言葉通り、間もなく、花乃の姿も村から消えていた。

河津屋敷の離れの焼け跡は、焼けた木材を土に埋め、地均《じなら》ししてみると、家が建っていたのが嘘のような、狭い更地になった。勝と正乃は、そこに三本の榎の若木を植え、木を囲んで小菊を植えた。大榎は離れに近い枝は少し傷んだが樹勢は衰えず、毎年、春にはオオムラサキが羽化して空に飛び立った。閉じ込められた青春の日を過ごした享が、死後やっと「自由」を得たように思われ、「享の魂のようだ」と勝は呟いて蝶の舞う空を仰いだ。秋になると、小菊が地を埋めて咲いた。噎《む》せるような菊の香に包まれて、正乃はそこが享の墓所であるかのように手を合わせた。子供に先立たれた親は、悲運を嘆き、己を責める。勝も正乃も、ただただ享に詫びた。すまなかったな、享。おまえがあんな病に罹って、あんなふうに死なねばならなかったのは、きっと、この父と母の罪の報いだべ。何の罪なんだか、何の報いなんだかは分からねども……ああ、おまえの代わりに、わしらが死にたかった。先に逝きたかったよーっ。

だが、二人の心の奥には、耐え切れない苦痛の底に、ひそかな安堵があった。享が生きながら腐っていくさまを見ないで済んだ。生き永らえるよりも死の方が、あの子にとっては幸せだったのだ。そして、そのさらに底に、これで集落の「差別」から逃れられるという、自分でも認め難い安堵があった。

仁と勝は、享が己を縛りつけていた鎖を忘れることができなかった。あの鎖で、享は何を守ろうとしたのか。自分さえいなくなれば河津の家は救われると思ったのか。多磨に行くのがそれほど嫌だったのか。いや、橋本巡査と医者が来たのは、享の決意を実行に移すきっかけにすぎなかったのだろう。享はもう何もかも諦めていたのだろう。ただ死ぬのではなくて、自分の体を消し去ってしまいたかったのだろう。業病。だがそれは病気だ。病人は罪人ではない。どうして病人を警察が取り締まるようになったのだろう。あの時、医者は涙ながらに享に詫びてくれた。「何もしてやれずにすまない」と。勝は、死亡診断書を書いてくれた医者の名を、胸に刻んでいた。死亡診断書には、和田崇弘と署名されていた。

火事の後、康平と加奈は、長い間河津屋敷を訪れることはなかった。享が焼死したことで、河津屋敷へのあからさまな差別は収まったかに見えたが、それでも、人の胸に棲みついた暗い恐怖は、払拭されなかった。「火事で死んだように見せかけて、どこかに匿《かくま》っとるとよ」といった流言が飛び、秋乃と花乃がいなくなったのも、発病したからだ、という噂が流れた。河津の分家にも差別が及び、縁談は悉《ことごと》く壊れた。

榎の若木が二年目の春を迎えた頃、康平と加奈は密かに享さんの離れがあった庭を見に行ったことがある。

「こんな狭いとこだったんだね。ここに家があったなんて、夢みたいだ」

「亨さん、火事の時死んだって聞いたけど」

「うん。そうなんだって。いい人だったのに」

「そう。いい人だったね」

二人は亨さんの優しい口調を思い浮かべた。亨さんが業病を患っていたらしいことは、二人も自《おの》ずと理解していた。

第三章 多磨《たま》へ

康平の家は肥料屋を営んでいて裕福だった。田畑や山林も所有しており、畑は自作していたが、田は小作に出していた。加奈の家も中程度の規模の農業の傍ら、父親は村役場に勤め、暮らしには困らなかった。二人は河津屋敷にまつわる影を伴う記憶を胸にしまいながらも、幸福な子供時代を送った。

康平は中学校を卒業した後、師範学校に進んだ。「田地は多少分けてやれるが、里見の家の財産は代々引き継がねばな。一人立ちできる職に就いた方がいい」という父親の判断だった。康平は隣村の国民学校に奉職し、自分でも意外なほど、教師という仕事に「やり甲斐」を覚えていた。戦時色が濃くなり、学校で教える読本も戦意高揚を図る内容が増えていく中、康平は享さんが読んでくれた物語を子供たちに読んで聞かせることを続けていた。あの頃の康平と加奈のように、子供たちは「悲しみの物語」にシンとして聞き入った。教員は仕事の性質上召集を免れていたが、康平の姿勢を苦々しく思う上司の「画策」があったのか、消耗する兵士の補充のため、康平は昭和十八年の秋、召集されて戦地に赴いた。

康平と生まれ年は同じだが早生まれの康平より学年は一年下の加奈は、康平が中学校を卒業した年に女学校を卒業した。一緒に遊んだのは小学生の時までで、中学校と女学校に分かれると、ほとんど言葉を交わすこともなく、康平が師範学校に入学して県都の街に下宿してしまうと、音信は絶えてしまった。女学校を卒業して、加奈は父親の伝手《つて》で村役場の職員となり、土曜の午後や日曜には和洋裁や編み物を習いに行ったりして、穏やかな日々を送っていた。

兵士は出身地から出征する決まりだったから、康平も数人の出征兵士とともに集落の人々から見送られて駅に向かった。開戦当初のような華々しい見送りは既になく、里見家が中心の寂しい見送りだった。加奈も父母とともに見送りの人々に加わった。加奈の兄は、出征して二年が経っている。感情を失ったような康平の顔を見て、加奈は胸を衝かれた。康平ちゃん。加奈は声に出さずに呼んだ。その音のない声が聞こえたかのように、康平が目を上げて加奈を見た。加奈は、自分がずっと康平の面影を胸に抱いてきたことを、この時はっきり悟った。無事に帰ってきて。加奈はそれだけを胸の中で何度も繰り返していた。

昭和二十年秋、康平は痩せ細って、十歳も年を取ったような顔になって帰って来た。無事に戻ってきてくれたことがただただうれしく、加奈は感情のコントロールがきかず、泣いたり笑ったりして、母にあきれられた。康平は、隣村から自分の村の国民学校に配置換えになり、教師として再スタートした。軍国主義は否定され、民主教育・平和教育が推し進められ、「悲しみの物語」もいくらでも読んでやれるようになったのだが、康平の表情は晴れなかった。子供たちには優しかったが、時折、ひどく暗い目をして放心していることがあった。「体は帰って来たけんど、まるで魂を抜かれちまった者のようだ」と、康平の母が、加奈の母に嘆いているのを、加奈は、胸が締めつけられる思いで聞いていた。「戦場でよほどつらい目を見たんだろう」と言う人もいて、加奈は気長に見守ろうとしたが、自分にも心を閉ざし、避け続ける康平を案じながらも傷ついていた。もう自分のことは忘れてしまったんだろうか。あの時の康平の目は何でもなかったんだろうか。康平ちゃんは、まるで「影」のようになってしまった――。

そんな康平が、役場から帰る道筋で加奈を待っていたのは、康平が戦地から帰って一年後の秋だった。

「あしたの朝、河津屋敷の菊を見に行かないか？」

「えっ、あ、うん。行く」朝って何時？と思ったのは、全速力で自転車を漕いでいく康平の後ろ姿を見送りながらだった。翌日は十一月三日で日曜だった。秋の朝はなかなか明けず、六時になってやっと明るくなってきた。七時まで待って、加奈は裏口から家を出た。父と兄は田んぼの見回りに出ているらしい。母が台所で朝餉を作っている気配がする。休日はいつも朝寝坊をする加奈だったから、母は加奈がまだ寝ているものと思っているのだろう。役場に行く時の黒いズボンと、お気に入りの水色のセーターに、レンガ色のマフラーを首に巻いて、加奈は歩くのがもどかしく、走った。河津屋敷までは走って七分ほどだった。朝霧の中を加奈は息を弾ませて走った。霧の中にぼうっと榎の若木が見えてきた。立ち止まると足元に色とりどりの菊があった。人影が近づいてくる。「加奈ちゃん」康平は呼びかけて、両手を広げた。そんなことができるとは思ってもみなかったのに、加奈はまっすぐに康平の胸に飛び込んでいった。康平は加奈を抱き締め、次いで腕をいっぱいに伸ばして加奈と向き合う姿勢になり、

「加奈ちゃん、俺の嫁さんになってくれ」と言った。加奈は声が出ず、ただ頷いた。再び加奈を抱き寄せた康平の肩に額をぶつけるように、何度も何度も頷いた。そして拳で康平の胸を叩いた。

「どうして、どうして……」

康平は加奈の握りしめた拳を掌で包んで、

「うん、分かってる。心配かけたな。もう大丈夫だ。俺はもう大丈夫だよ」

「大丈夫」の意味が何なのか、加奈はよく分からなかった。ただ康平が闇から抜け出し、前を向いて歩き出してくれたことが何とも言えずうれしかった。そして、あふれる喜びに体中が震えた。康平さんはわたしを想っていてくれた。わたしが康平さんを想っていたように。

昭和二十二年秋、康平と加奈はそれぞれの生家に近いところに小さな家を借りて新婚生活をスタートさせた。戦後の学制改革に伴い、康平は新制中学で理科の教師として仕事を続けることになり、加奈も、子供が生まれるまではと、役場の勤務を続けていた。

すぐにも欲しいと思っていたのに、子供はなかなか生まれなかった。結婚して二年が過ぎる頃になると、加奈は沈んだ表情をすることが多くなった。恵美ちゃんはもう二人目、良子さんも間もなく生まれるっていうのに。同級生や役場の同僚の出産のニュースを耳にすると、人前では祝福の言葉を口にしても、家に帰ると自分を抑えることができなかった。もしかしたら、わたしは子供が生めないんじゃないか。両腕で自分の身体を抱き締め、畳に座り込んでハラハラと涙をこぼした。

が、ついに加奈の愁いが晴れる日が来た。結婚して三年目の秋、紀一が生まれた。妊娠が分かった時の、天にも昇るような喜び。加奈は大事をとって、誕生を待たずに勤めを辞めた。末っ子の康平に子供が生まれることを知らされた康平の父親は大喜びし、康平に山林の一部を譲り、自作していたため農地解放を免れた畑の一角に家を建ててくれた。屋根はトタン葺きで、少し広めの茶の間の他は和室が二間の小さな家だったが、持ち山から切り出して製材してあった杉を使って建てた家は木の香が匂い立ち、障子の白がまぶしかった。紀一が生まれる少し前、康平と加奈は新築の家に引っ越しをすることになった。

「おまえは何もしちゃいけないよ。産気づきでもしたら大事《おおごと》だから」

と母が言い、康平の母も「そうだよ、加奈ちゃん。母ちゃん二人に任せておきな」と言う。思うように動けない自分を情けなく思いながらも、加奈は生まれてくる子供のことを思って母たちを頼ることにした。大きな荷物は康平の父の店の従業員にも手伝ってもらって無事引っ越しも済み、二人の母たちは、新居での初めての夕食は二人だけで食べたかんべよと相談して、赤飯やらキンピラやらを置いて帰って行った。「後でよ、引っ越し祝いはやるべ」「んだな、誕生祝いもすぐだしねー」

弾んで話しながら帰って行く母たちを見送り、加奈は一人縁側に座って茜色に染まる空の下に広がる里芋畑を見ていた。涼風が渡って、大きな芋の葉を揺らせている。ああ、いい気持。もうすぐ康平さんも帰ってくる。もうすぐ赤ちゃんも生まれてくる。ここで、親子三人で、いっぱい楽しいことをして生きていける。こみ上げてくる幸福感で、加奈は涙ぐんだ。

加奈の目がちらりと動くものを捉えた。目を凝らすと、里芋の太い茎の間に、小さい白い犬が座っているのが見えた。加奈は踏み石に出しておいた庭下駄をはいて庭に降り立った。里芋の茎に摑まるようにして屈んで、「シロシロ」と呼んでみた。白いふわふわのボールのようなものが、転がるように近づいてくる。「シロ」は、ためらう様子もなく、差し出した加奈の手を舐めた。首輪はしていない。加奈が抱き上げると、少しもがいたが、ピタッと加奈の胸に体を寄せて加奈を見上げた。紺色の瞳。加奈の胸を甘い痛みが走った。「ワァーッ、かわいい」思わず声が出る。その時、門口の方でガタンと自転車を降りる音がした。康平さんだ。

「お帰りなさい!!」

「ただ今。もうすっかり片付いたの？　すまなかったね、今日はどうしても学校休めなくて……。あれっ、その犬は？」

「今、うちの子になったの」

「えーっ、うちの子はまだ――。ああ、そうか、その犬を飼うってこと？　だけど、加奈に犬の世話までできるんか？　赤ん坊だけで大へんだっていうぞ」

「犬はお産の守り神っていうもの。今、犬を粗末にするとバチが当たりますよ――」

こうして「シロ」は、赤ん坊より先に里見康平と加奈の「うちの子」になった。シロはほぼ全身まっ白で、耳の先と四本の足の先だけが茶色だった。加奈を擒《とりこ》にした紺色の瞳は、成長するにつれて焦げ茶色に変わっていったが、加奈を見上げる目に浮かぶ絶対の信頼に、加奈はそれまでに味わったことのない愛しさが込み上げてくるのを覚えた。シロは、玄関の三和土《たたき》に置いた蜜柑箱で眠った。康平が四苦八苦して作った犬小屋では眠ろうとしなかった。夜《よる》中《じゅう》、悲しげに鳴いて加奈を呼び続ける。自分も眠れないし、隣家にも迷惑をかける。加奈は三日目にとうとう根負けして、犬小屋の傍らで脚を踏ん張って鳴いているシロを抱き上げた。とたんにシロは鳴き止み、ピタリと加奈の胸に身を寄せて、クウクウと鳴いた。

　里芋の陰から見出されたシロが加奈の元に来て二《ふた》月《つき》が経ち、里芋が掘り出される頃、加奈は、シロに対する思いとはまた別の、たとえようもなく愛しいものが存在することを知った。「紀一」と思い浮かべるだけで、乳房の奥がズンと疼《うず》き、先端から乳が滴《したた》る。理屈も何もない、ただひたすらに心に懸かる存在。赤ん坊の目は、仔犬の目のようにシンプルではなく、自分を取り巻く世界に対する好奇心に満ちているように見えた。じっと何かを見つめては、加奈に「あれは何？」と問いかける目をする。加奈が何とか一人で家事と育児ができるようになるまで、実家の母が毎日加奈の家に来て世話をやいた。シロは、加奈の母にもすぐ懐《なつ》き、足元に身を擦り寄せて甘えた。初めて紀一を抱いた加奈を見た時、シロは激しく吠え立てた。

「どうしたの、シロ。おまえは紀一よりお兄ちゃんだろ。仲よくしてやってよ」と言う加奈に、「犬や猫は、赤ん坊にヤキモチ焼くんだよ。シロのことも可愛いって言ってやりな」と母が諭した。加奈はハッとして紀一を母の腕に預けて、シロの頭を撫でた。シロは、ちぎれんばかりに尾を振って加奈に飛びついた。ずっしりと重くなったシロを抱き上げ、「シロ、いい子だねえ。大好きだよ。紀一は赤ちゃんで、何もできないんだから、見守ってやってね」とシロの丸い目を見つめて言った。シロは、初めて問いかける目をして加奈を見た。次に赤ん坊に目を移し、じっと考える目をしていたが、再び加奈を見て、小さく鳴いた。「はいって返事したのよ」と、加奈は、夕方帰って来た康平に告げた。シロは這い出した紀一が縁側から落ちそうになっているのを、洗濯物を干していた加奈のスカートを引っ張って知らせたり、庭まで入り込んできた蛇を追い払ったりして、加奈の言いつけを守っていた。紀一も少しもシロを恐がることはなく、初めて立ったのもシロの背に摑まってのことだった。康平と加奈と紀一とシロ、三人と一匹の、ささやかな変化を喜ぶ平和な日々が過ぎていった。

紀一が歩き出し、トコトコ走れるようになった頃から、康平の様子が変わった。それまでは、帰ってくるとまず紀一を風呂に入れ、「紀一がふやけちゃうよー」と加奈が心配して呼びに行くくらい、長いこと紀一と風呂で遊んでいた康平が、紀一を風呂に入れる時間に帰って来なくなった。

「今、仕事が忙しくて。家庭訪問なんで遅くなる」「今度、研修会があるので、その準備をしなければならない」などと説明し、「紀一は先に風呂に入れといてくれ」と、加奈の方を見ずに言った。風呂のみならず、康平は紀一をそれとなく避けるようになった。といって、紀一を可愛く思わなくなったのではないことは、加奈にも分かった。康平が紀一に向ける眼差しには、切ないほどの愛しさが込められていた。その眼差しに悲痛な焦燥が混じるようになり、さらに康平は紀一から目を逸らすようになった。夜も「少し本を読みたいから」と、座敷で一人で寝るようになった康平に、加奈は何とも言えない不安を感じていた。どうしたのだろう。康平さんに何が起こっているのだろう。何度も康平に変化のわけを聞こうとしたが、加奈には言い出すことができなかった。茫然として庭の闇に見入っている康平の顔は、加奈の心まで闇に引きずり込むように陰鬱《いんうつ》だった。かと思えば、紀一を空に放り上げたり、お馬さんをしたり、玩具《おもちゃ》を山ほど買ってきたり、異常なほどはしゃぐこともあった。

康平に起きていたのは、肉体の変化だった。冬の月が冴え渡る夜、ついに康平は加奈を座敷に呼んだ。加奈と紀一が寝ている部屋との境の襖を開けて、「加奈」と呼ぶ声に、加奈はビクッとして起き上がった。加奈はずっと眠りが浅く、神経が張りつめていた。傍らを見やると、紀一はぐっすり寝入っている。

康平は加奈を自分の布団の足元の方に座らせ、自分も枕元の方に座った。

「寒くないか」康平は少しためらってから、自分の搔い巻きで加奈をくるむように覆った。以前通りの康平の優しい仕草に、加奈は胸がいっぱいになった。

康平はしばらく黙って俯いていたが、思い切ったように顔を上げ、絞り出すように「すまない」と言った。

加奈は、不安と恐怖に震えながら康平を見た。どんな言葉が康平の口から出ようとしているのか、加奈には見当もつかなかった。

「加奈、加奈ちゃん。オレは病気だ。病気になってしまった」

「病気って……病気ならお医者さんへ行って……」

康平は首を横に振った。

「享さんと同じ病気、だと思う」

少しずつ、加奈の意識に康平の言葉の意味が染み透っていった。

「ああーっ」加奈は悲鳴を上げた。

「そうなんだ。兵隊から帰ってきた時も体に違和感があった。恐くて恐くて、誰にも言えなかった」

あの頃、あの頃も康平さんは病気の疑惑に捕えられていたのか。だから、あんなふうに沈み込んで、わたしを避けて――。あの頃の悲しみが一気に蘇っ

てきた。はっと我に返って、

「どうして、病気だって思うの？　元気そうに見えるのに」

康平は綿入れを脱ぎ、寝間着を脱ぎ、肌着を脱いだ。康平の首筋から胸にかけて、紅い斑紋が浮き上がっていた。

「兵隊から帰ってしばらくしたら、この斑紋が消えて……ああ、病気じゃなかったんだって思って、これで加奈ちゃんと結婚できると思った。紀一も生まれた今になって、なんで、なんで……」

加奈は、涙も出てこない虚ろな目で康平を見た。康平の眉が、心なしか薄くなっているように見えた。

「享さんと同じ病気だって、間違いない――の？　医者に診てもらったの？」

「医者には行っていない。どこの医者に行けばいい。近くの医者に行って、このことが周りに知れたら……」

「でも、昔とは違うもの。特効薬ができたって、新聞に出てたの見たことあるよ。享さんも今だったらって、その時思ったの。どこか遠くへ行って診てもらいましょう」

加奈は、康平の紅い斑紋をじっと見つめた。ハッとした。こんな斑紋なら自分にもある。左の太股《ふともも》に、蝶の羽を広げたような紅い斑紋ができたのは、いつ頃からだったろう。初めは、虫か何かに喰われた痕が脹れたのかと思っていた。痛くも痒くもない。むしろ、触っても感覚がない感じがした。だが加奈には、康平のように、斑紋と享さんの病気を結びつける認識はなかった。

加奈は無我夢中で、康平に太股の紅斑を見せていた。二人とも、思い当たるのは享さんしかいなかった。

「享さんの病気。癩病――」

「二人とも……」

加奈はパッと立ち上がって、襖を開けた。

「紀一は、紀一は」

紀一を抱き上げようとする加奈を、康平が止めた。

「小さい子供は発症しない。この病気は潜伏期間が長いんだ。俺たちが河津屋敷へ行っていたのは十年も前のことだ。この病気のことは、いろいろ調べた。紀一はまだ病気にならない」

その夜から、康平と加奈は、毎日どう過ごしたか、はっきりした意識もなかったといってよい。今まで通り。気づかれないように。これからどうしたらいいかは分からなくとも、秘さねばならないことだけは分かっていた。首筋が見えないように詰襟のシャツを着、間違っても太股を人の目に晒すようなことは避けた。意を決して、康平だけ東京の病院へ診察を受けに行ったが、限りなく疑わしいと告げられ、そのまま療養所に送られるのではないかと恐れ、逃げ帰った。

まだ周囲から気づかれることは無く、このままで暮らせるかもしれないと、二人は甘い幻想を抱くこともあった。しかし紅斑は少しずつ広がり、加奈の眉も薄くなってきた。

「加奈、どこか具合悪いか。少し痩せたな。滋養のあるもん食べて体大事にせんとな。キイ坊も二歳を越したし、そろそろ次の子もな」と気遣う母の言葉が針のように突き刺さる。痩せたろうかと、しばらく覗くこともなかった鏡の前に座った。不安と恐怖に強張った顔がこちらを見返した。眉も明らかに薄くなっている。電灯も点けずに暗い茶の間に座している加奈を見た時、康平は、もうこのままの暮らしはできないと悟った。「二人で死のう」という思いは絶えず康平と加奈を襲った。「紀一は、父ちゃんと母ちゃんに頼んで育ててもらおう。きっと育ててくれるよ」

だが、死後の二人の体を調べられて、病気のことが知られたら、紀一は癩病の父と母を持つ子供として社会から忌避されながら生きなければならない。自分たちは死体を残してはならない。今にして二人は、享さんが火事で死んだことの意味を痛切に理解した。

どうして自分たち二人が病気にならなければならなかったのか。自分たちと同じように河津屋敷へ遊びに行っていた者は、少くとも五、六人はいた。あの人たちは誰も発病してはいないのだろうか。どうして自分たち二人が、結婚して子供の親となった二人がそろって発病しなければならなかったのだろう。せめて、せめてどちらか一方だったなら、一人が密かに病院に入って、一人が紀一を育てることもできたのに。繰り返し、二人は嘆き合った。自分たちは病気になっただけだ。何も悪いことはしていない。医学だって進んでいるはずだ。病院へ行って治療すれば……と、冷静な判断が働くこともあった。

だが、何よりも人に知られることが恐ろしかった。享さんの死後、秋乃さんと花乃ちゃんも家を出、ひっそりと息を潜めるようにしていた河津屋敷は、今は住む人もなく、大きな茅葺きの屋根にも木や草が生い繁っていた。田畑は半分は売りに出されて、代金は秋乃、花乃姉妹に送られたと噂され、半分は分家が耕作していた。経済的には潤ったかに見える分家は、日常生活での差別こそなかったが、縁談となると見合いに漕ぎつけることとさえなく、一人の癩患者が出れば九族にまで累が及ぶと言われる差別の現実は続いていた。自分たちは紀一の親であってはならない。二人には、少しずつ自分たちの取るべき道が見えてきた。紀一は誰か育ててもらえる人に託して、自分たちは姿を消そう。紀一を誰に頼んでいったらいいだろう。紀一が、もし万が一、親と同じ病を発症した時、きちんと対応してもらえる人、と思った時浮かんできたのが、「小金井の和田先生」だった。享さんの悲劇は、集落でいつまでも、集落全体にも災いをなす「災害」のように語られ続けた。そんな話の中に、享さんの祖父や父が口にしたのか、「小金井の和田崇弘先生」の名があった。「医は仁術そのもののお医者さま」だと、河津屋敷の人たちは有り難がっていたと。紀一を和田先生に頼んで、二人で多磨の病院に入ろう。多磨の全生園《ぜんしょうえん》は、癩患者を収容し、治療を施してくれる所だという。そこへ行かなければ、癩の治療を受けることはできない。このまま日を重ねれば、病勢が募って隠し切れなくなる。紀一にも感染《うつ》ってしまう。急がなければ。これが、死の誘惑と戦いながら出した、二人のぎりぎりの結論だった。

父にも母にも兄弟にも告げず、二人は密かに出立の準備をした。加奈は家の中を片付け、康平は、それとなく勤務先の学校で書類を整理した。普通にしていなければと思っても、校庭で遊んでいる子供たちの姿が目に入ると、涙がこみ上げてきた。もうこの子たちに会うことはないだろう。

人目に立つのを避けて、加奈と紀一は一足先に家を出て、宇都宮で待つことにした。康平は暗くなってから、大きな荷物を持って列車に乗った。荷物は紀一を入れる籠と、身の回りの品々だった。誰にも気づかれませんように。康平はそればかり念じていた。

宇都宮発の上りの最終列車に乗り、小金井で降りる。和田医院の場所は、前もって下見してあった。だが、医院は家並みが続く街道筋にあったため、見咎められるのを恐れて、医院の門口ではなく、一里塚の榎の根元を、二人は紀一との別れの場所に選んだ。榎の葉が、雨や陽差しを除けてくれるだろう。シロ、紀一を頼むよ。和田先生、どうか紀一をお願いします。

故郷を捨て、子供を残して、二人は今、小さな社殿の中で互いの体を確かめ合っていた。発病が分かってから、二人は愛を交わすことができなくなっていた。理不尽な運命への嘆き、怒り、不安と恐怖でズタズタになった心には、性欲など吹き飛んでいた。だが今、最も愛しく思う者を置いて、二人だけで身体を寄せ合うと、何かにすがるように、二人は互いを求めていた。互いに、求められるもの、与えられるものは、それしかなかった。性ではなく、生の証しのように、二人は泣きながら紅い斑紋の体を重ね合った。

束の間まどろんだ二人は、鳥の声で目を覚ました。チチチチチ、雀が花を終えた梅の枝で鳴き交わしていた。何羽かの雀が手水の水に嘴《くちばし》を入れては空を仰いで水を咽に流し込むようにしている。雀につられて見上げた春の空は、のどかに優しく、薄紫の広がりにピンクの横雲が棚引いている。康平も加奈も、手水の水で顔を洗い、口を漱《すす》いだ。六時。もうすぐ一番の汽車が小山駅を出る。加奈は襟巻きを巻き直し、康平は目深《まぶか》に帽子を被った。生涯、名を秘す覚悟の故郷の面影を胸に、二人は見知らぬ地への最後の行程を踏み出した。

上野駅で降りた二人は、桜並木を通って不忍池へ足を向けた。桜は花から葉に移ろうとしている。全生園に入る、と覚悟を決めたはずなのに、二人は上野駅から東村山に直行することはできなかった。お互いが何を考えているか、二人はよく分かっていた。このまま、東京の人の波の片隅でひっそりと生きていくことは叶わないだろうか。

「無理だよ。どこにも治療してくれるところはない。薬も医者も療養所にしかないんだから。それに、仕事に就くことができなければ、遅かれ早かれ、俺たちは生きていけなくなる」

「うん。分かってる。――そこで、療養所で、生きていたら、いつか会えることもあるのかしら……。秋乃さんと花乃ちゃんは、どこでどうしているんだろう」

「発病さえしなければ、故郷と縁を絶って暮らしていけるよ。享さんのことを隠し通して」

二人は、開いたばかりの精養軒に入って遅い朝食をとった。ビーフシチューとパン。二人はゆっくりシチューを口に運び、パンも小さく千切って噛みしめた。ここでこれを食べている間は、この世界にいられる。そんな思いが二人を捉えていた。

「動物園に行ってみるか？」と康平が言った。加奈は首を横に振った。上野動物園は、二人が新婚間もなく遊びに来た思い出の場所だった。白い襟のついたワイン色のワンピースの加奈が何とも言えず可愛くて、康平は、「俺の嫁さんだぞ」と、大声で叫びたい思いだった。

「紀一をね、連れてきてやりたかった」紀一の名を口にしたとたん、加奈の目から涙があふれ出た。

それから二人は、池袋へ向かった。昼下がりの山手線は空いている。二人は並んで座席に座った。自分たちに視線を向ける人もないことに安堵しつつも、二人は俯きがちだった。東京の街は、どんな人間をも呑み込む無関心な寛容さを持っている。だが、この寛容な人々も、自分たちの病気のことを知ったら容赦しないだろう。同じハコに乗り合わせた不運を歎き、自分たちを憎悪するだろう。忌避するだろう。透明人間になって自分たちの姿を見えなくしてしまいたい。二人は息苦しい思いに耐えて、座っていた。

池袋で乗り換えて東村山駅に着いた時は、三時になっていた。日は少し陰って、雲が広がっている。「バスに乗るか？」康平が加奈を振り向いた。加奈は目を細めて、見知らぬ駅頭の風景を見やった。何の変哲もない小さな町。この町のどこに全生園があるのだろう。

「歩いても行けるの？」

「三十分ぐらいかな。荷物は俺が持とう。歩くかい？」

「道、分かるの？」

「うん。前に一度……来てみたことがあるから」

そうか、康平は自分の病に悩んで、一人ここまでやってきたのだ。わたしは何も気づかなかったけれど。駅を離れると、故郷とよく似た田園風景が目に入ってきた。藁葺《わらぶ》きの農家が点在し、故郷よりは丈高く伸びた麦が風に揺れていた。

柊《ひいらぎ》の垣根が見えてきた。康平は足を止めた。低い柊の垣根の両側に道が二本伸びている。右側は、さらに高い柊の垣根に挟まれた狭い道。左側の道は右側の三倍ぐらいの幅があって、片側には平地林や畑が広がっている。康平は、思い切るように右側へ歩を進めた。「ここが三途の川」胸の内で呟いて、康平は加奈を振り向いた。

二本の門柱の立った門をくぐり、守衛所のような建物に向かう。国民服に似た色合いの服を着た人がいて、康平と加奈の顔を探るように見た。

「入所、お願いします」康平が言った。

「何か、連絡はもらっていますか？」

「あ、いや、何も……」

「一人は付き添いかね？　それとも……」

「二人です。二人で入所したい」

守衛のような人は少し思案する表情をして、

「今、先生を呼んでくるから、こちらで待っていなさい」守衛の物言いは、少しの間に、命令口調に変わっていた。

二人は、病院というより、学校か兵舎のような平屋の建物の一室に導かれた。木のベンチと長机が置かれた殺風景な部屋で、窓から庭の緑が見えた。緑は微妙に揺れていた。その揺れが古い窓ガラスのゆがみによるものと判って、康平は、振り払うように頭を振った。待つほどもなく、白衣をまとった医者が入ってきた。康平は立ち上がって丁寧にお辞儀をし、首の襟巻きを外した。帽子は部屋に入る時、脱いでいる。医者は、康平の首から胸にかけての紅斑をじっと見つめ、眉の薄くなった顔を見つめた。

「ああ。本病《ほんびょう》に間違いなかろうと思うが、もう少し調べるから診察室の方へ来なさい」と言ってから、加奈の方に顔を向けて、「あなたは？」と訊いた。

「妻も兆候が出ています」

「妻……あなたたちは夫婦かね――」

診察室には、診察用の幅の狭いベッドと丸椅子があった。戸棚には、ぎっしりと厚表紙で綴じた書類が並んでいる。医者は康平に衣服を脱ぐよう命じた。

「まだ軽症だ。新しい薬もできているから、完治しないこともない。精一杯、養生しなさい。もう服を着ていいよ。妻君の方を見よう。夫婦が同時に発病することは稀だが……。親戚筋だとか……？」

「いえ。でも幼なじみでした」

「何か思い当たることがあるのか。子供の頃患者に接したことがあったか？」

「――はい」

「そうか。詳しい事情は、向こうで婦長に話してくれ。では妻君の方だが……ああ、あなたも眉が薄いなあ。あとは……」

　加奈は手で太股を押さえた。「このあたりに……」

医者は診察台に横たわった加奈の紅班に触れた。

「同じ種類の癩だなあ。――子供は？　子供はいるのかね」

　加奈は思わず答えていた。「二歳半になります。置いてきました」

「あなたは旦那よりもっと軽症だ。治ることもあるから悲観せんように。治れば子供と一緒に暮らせるからな」

　年齢よりはずっと若々しい、可憐な雰囲気の加奈を憐れんだのか、医者の物言いは優しかった。

　医者が去ってから、康平と加奈は、婦長と名告る中年の看護婦から、本籍をはじめとする詳細な身上調査を受けた。

「病院の原本には事実を記さなければならない決まりです。いつ、どこで、あなた方の本当の身の上が分からないと困る状況になるか知れませんからね。今は治って退所する人もいます。自分を消してしまわない方がいいですよ。もちろん、原本は絶対に外には出しません」

「ここでは、本名を名告らなくてはならないのですか？　自分たちは、子供の将来を思って、子供を置いてきたのです。親がこの病気だと知れたら、あの子の生涯はまっ暗になります」

もなかった。

「ここでは、本名を名告る必要はありません。自分で考えて、別名を名告っていいのですよ。あなた方は他にも本病の人を知っているの？　家族にいるの？」

康平は、決して忘れることのできない河津屋敷の享さんの運命を話した。

「私と加奈が、いちばん享さんの離れに遊びに行っていました」

婦長は深い溜息をついた。「だからね、隔離が必要なんです。明日、もう一度先生に診ていただいて、治療に入ります。今晩は男部屋と女部屋に分かれて寝《やす》んでもらいます。二人は夫婦部屋を希望する？」

どんな部屋で、どんなふうに暮らすのかなど、二人は何も考えていなかった。漠然と、病院の大部屋のようなところと思っていた。

「夫婦で暮らせるんですか？」

「ええ」婦長は短く答えた。「夫婦で暮らす」ことが二人にもたらす苦難を、その時の二人は知るはず

第四章
和田医院の子供たち

土曜日の夕方、和田医院の風呂場は大騒ぎになる。一か月に一度のつもりだった輝一との風呂は、今や毎週になっていた。己の臆病さを「冷静さ」だと言い訳して、清弘は一か月に一度、輝一と風呂に入って、輝一の身体を「診察」した。木の椅子に腰掛けた輝一の小さな肩にお湯を掛けながら、輝一の身体に変化がないことを確認していく。輝一はじっとしているのが我慢できず、体をくねらせ始める。

「お父しゃん、もういい？」輝一は返事を待たずに、湯舟に浮かんでいるセルロイドのアヒルに手を伸ばした。「うん。じゃ、立ってごらん」と輝一を立たせ、太股に手を滑らせる。よし、大丈夫。清弘は胸の中で呟いて輝一を抱き上げ、湯舟に入った。湯が大きく動いて三羽のアヒルを揺らした。輝一と佐和子と千都子のアヒルである。文弘と武弘は、さすがにアヒルは卒業して、手作りのスクリュー船に夢中になっていた。

「これ、キイちゃんの」と、三羽のアヒルから一羽を摑んで、輝一が差し出した。大人の目にはほとんど同じように見える黄色いアヒルだが、子供たちには特別の目印があるらしく、自分のアヒルを見分けていた。

その時、物置側に面している窓がガラッと開いて、武弘と文弘の顔が窓敷居に並んだ。

「いいなあ、キイちゃん」

「お父さん、僕たちも入っていい？」

清弘は慌てた。清弘は輝一とだけ、入るつもりだった。ゆっくりと輝一を診るために、そして何よりも子供たちと輝一を裸で触れ合わせたくなかった。凝然として黙っている清弘に、二人は戸惑っていた。叱られると思ったのか、文弘の顔が泣きそうにゆがんだ。と、その時、高く澄んだ声がして、重苦しい空気を払った。

「わーい。武ちゃん、文ちゃん。これキイちゃんのアヒルー」輝一がアヒルを摑んで二人の方へ差し出す。そうか、この子たちは、俺が入らない時は、一緒に入ってるんだ。当然だ。輝一はうちの子として育てるって言ったんだから。晶子にも何も知らせずに。

「ああ、早く来なさい」清弘は二人に笑顔を向けた。

和田医院の風呂場は、当時としては珍しいタイル張りだった。湯舟は白、洗い場は水色で、ところどころ紺色のタイルが嵌め込んであって、アクセントになっていた。大きく開いた東側の窓は、二間ほど離れて建つ物置の外壁に面していて、ひどく殺風景な眺めだったが、タキが物置の壁に沿って朝顔や風船かずらの蔓を這わせたので、今は大きな天然の壁掛けのように見えた。武弘と文弘が手の平いっぱいに風船かずらの実を載せて、風呂に飛び込んできた。アヒルの背に風船かずらの実を乗せて、フーフーとアヒルを吹く。実を落とさず、お風呂の端から端までアヒルを早く進ませることができるかどうかの競争だった。清弘は、輝一に頬を寄せて一緒に吹いてやった。輝一のアヒルがスイスイ進むと、輝一は、「早い、早い」とはしゃいだ。素直ないい子だ。かわいい子だ。清弘は温かい思いが胸に広がるのを感じた。自分は父親と、こんな感情のやりとりをしたことはなかった。父親は自分には手の届かない、遠い人だった。無論、一緒に風呂に入った記憶はない。患者や町の人が敬慕する父ではあったが、清弘はろくに父と話したこともない、と思った。自分も、佐和子はもちろん、文弘や武弘と風呂に入ることはなかった。子供と風呂に入ることなど考えもしなかった。父の崇弘を無条件に信頼して輝一を託していった輝一の両親は、輝一を介して、自分に今、子供たちとのこんなひとときを与えてくれた……人間の出会いとは、何と不思議なものか、と清弘は思った。

この時以来、土曜日の夕方は、男の子三人と清弘が「お風呂で遊ぶ日」になった。佐和子も一緒に入りたそうだったが、晶子から「佐和子はお母さんと入ろうね。千都ちゃんを入れるの手伝ってくれる?」と言われて、男の子たちと入るのは諦めたようだった。千都子を先に洗ってタキに受け取ってもらい、着物を着せてもらっている間、佐和子はぴたりと晶子に体をくっつけていた。千都子に母親を取られてしまったと感じていた佐和子にとって、母親と二人お風呂ですごせるひとときは、かけがえのない時間になった。

輝一は、独特の可愛さのある子供だった。細い体に、幼児らしい大き目の頭で、まるでマッチ棒のようだった。大きな目に濃い睫《まつげ》。この子の母親はどんなにこの子が愛しかったことだろう、と晶子は思った。こんな可愛い子を榎の木の下に置いて行くには、どれほどの事情があったのだろう。晶子は、清弘は少なくとも事情の一端は知っているのだろうと感じていた。横浜の岡谷先生のところへ相談に行って、横浜の施設を住所とする戸籍を作ってもらったことからして、もしかしたら、岡谷先生と何らかのつながりのある子なのかもしれない……。清弘に尋ねたい思いはもちろんあったが、晶子は問いの言葉を飲み込んでいた。話してもいいと判断したら、清弘は必ず話してくれるだろう。夫婦は、互いにすべてを相手に曝《さら》け出せないこともある。夫婦だからといって、百パーセント所有し合えるわけではないと、晶子は思っていた。『つるの恩返し』のつるは「わたしが機を織っているところは決して見ないで」と頼んだのに、与ひょうは秘密を覗きたい欲求を抑えきれず、つるの姿で機を織っているのを見てしまった。豊玉毘売《ひめ》の産屋を覗いた山幸彦。秘密は、人の心を深く傷つけ、人間関係を損なっていく。しかし秘密を暴くことも、決定的に人と人との関係を破壊することがある。生涯、秘密を負う苦しさに耐えていかねばならないこともある。子供と一緒では自分の髪を洗う余裕もなく、千都子を寝かしつけてから一人、そっと風呂に入り直して髪を洗った晶子は、窓を開けて風を入れた。薄闇に朝顔と風船かずらがぼんやり見てとれた。目を凝らすと、朝顔がいくつもの蕾を巻いて、朝の光を待っているのが分かった。固く巻いた蕾がゆっくり解けて、目の醒めるような花を開くように、輝一について清弘が抱いている秘密も、いつかきっときれいな花になって、自分の目に映ることだろう。

晶子はほんのりと微笑みながら髪を拭いて二階へ上がる階段の方へ曲がった。一番下の段に、輝一が体を手摺りに預けて座っていた。

「どうしたの、キイちゃん？」

輝一は半ば眠りかけていた。晶子は輝一の頬に乾きかけた涙の跡があるのを見つけてハッとした。「どうした、キイちゃん。恐い夢みた？　どこか痛いの？」小さな体を抱き上げると、輝一は頭を晶子の顎の下に入れて、「かあしゃん」と言った。母親を思い出したんだ、と晶子はドキリとした。晶子はそのまま、千都子と佐和子と自分と清弘が寝んでいる部屋に輝一を抱いて行って、自分の布団に入れた。横向きにして背中を撫でてやっているうちに、輝一はぐっすり眠ってしまった。

輝一を和田医院で育てることになって、輝一をどこで寝ませるか、晶子は迷った。和田医院は狭くはないが、それほど余裕があるわけではない。階下の半分は書斎を含む診療区域で、生活に当てられている部分は、台所や風呂と、茶の間に続く板の間があるだけだった。二階には三つの和室が並んでいる。東側の八畳には、晶子の両隣に佐和子と千都子の子供布団が敷かれ、千都子を挟んで清弘の布団が敷かれた。文弘と武弘は、襖を閉めて次の八畳に眠った。

この部屋には文弘と武弘の勉強机もあったが、二人はここでは全く勉強しなかった。ここでのみならず、二人は家で勉強することなど全くなかった。「中学生になればするさ。しないわけにはいかなくなる」と清弘は言い、「勉強しなさい」とは、一度も言ったことがない。西側の部屋は、六畳の控えの間のような造りだった。三つの部屋の南側と東側の部屋に廊下が通っていて、木製の手摺りがついていた。

千都子が生まれるまで、佐和子だけが両親と同じ部屋で眠っていたが、千都子が生まれてからは、千都子の赤ちゃん布団を挟んで清弘と晶子の布団を敷き、間の襖を開けて佐和子、文弘、武弘の布団を並べたが、佐和子は頑強に抵抗した。

「やだ。佐和子もお母さんの傍で寝る。そうでなきゃ、佐和子は寝ない」と言って廊下に出て行き、手摺りにしがみついて、どんなに晶子がなだめても布団に入らなかった。「千都ちゃんが生まれたら、お父さんとお母さんは佐和子のことといらなくなったの……?」と泣きじゃくる佐和子に、晶子はハッとした。千都子が生まれるまでは、末っ子の女の子で、甘えっ子だった佐和子は、千都子が生まれてから、どんなにか寂しい思いに苛《さいな》まれていたのだろう。「お姉ちゃんになったんだよ」と言われても、それがこれまで許されていたことを諦めねばならないことになるとは、納得がいかないのだろう。千都子がおっぱいを飲み、湯浴みをするたび、みんな大騒ぎをする。今まで安心して眠っていた場所まで取り上げられてしまい、佐和子はどんなに悲しかったことだろう。晶子は、自分の布団の隣に佐和子の布団を敷き直した。

「佐和ちゃん、こっちへおいで」佐和子は晶子を見上げ、晶子の手を摑んで部屋に入った。晶子は、自分の布団に佐和子を入れた。佐和子は晶子にしがみついて、やっと笑った。

一騒動あってやっと落ち着いた寝室が、輝一がやってきたことで、また一波乱起きそうだ。

「俺が六畳へ移ろう」突然、清弘が言った。

「あ、起こしてしまって……すみません」

「真ん中の部屋に晶子とチビ三人が寝めばいいだろう。文弘と武弘は東側に移して。うん、子供三人と寝るのは大変だろうが、子供はすぐ大きくなるさ、な」

次の夜から、晶子の隣に千都子、次に佐和子、輝一の順に並んで、襖を開けて清弘が寝んだ。佐和子は「キイちゃんと一緒」と自分の布団を引っ張ってきて輝一の隣に並べた。しばらくの間、大きい男の子二人の片隅で心細そうに寝ていた輝一は、佐和子の傍で安心したのか、夜、泣き出すこともなくなった。

「時々さ、子供たちが眠ったら六畳においでよ。襖を閉めて大人の時間になる。名案、名案」と清弘は言い、晶子は顔を赤くした。こうして、輝一という一人の子供の存在は、一家に微妙な影響を及ぼしながら、受け入れられていった。


佐和子と輝一とシロは、いつも一緒だった。佐和子は、一緒に遊べてしかも自分に従う輝一と遊ぶのが気に入って、ままごとや人形遊びの相手をさせた。シロがつながれている木陰に薄縁《うすべり》を敷いてもらって、日光土産の木製の茶道具でお客さんごっこをする。

「ごめんくださいって言うのよ」と、佐和子が教えると、輝一は素直に口まねをする。

「ごめんくだしゃい」

「そう。お家の人はね、いらっしゃいませって言うの」

「らっちゃませ」

幼児特有の、強く聞こえる音だけを聞き取っての発音だった。時に音の順序が入れ換わることもある。「いちご」は「ご」、「うばぐるま」は「ばるくま」、「おつきさま」は「おっきま」。

「キイちゃん、『ご』じゃなくて『いーちーご』、言ってごらん」佐和子が、これ以上重大なことはない、といった顔つきで教えているのを横目で見ながら、タキはとにかく二人で遊んでてくれて助かる、シロも側についてるしと、洗濯物をパンと叩いて干し広げた。

だが、二人は時折「行方不明」になって周囲を慌てさせた。二人は離れに入るのが大好きだった。離れは、週日は一日おきぐらいにタキに風入れを頼んでいた。日曜日は週一回、晶子が離れの風入れをする日だ。タキが休みの日曜日は、晶子はいつもより忙しいくらいだった。看護婦としての仕事はないけれども、三回の食事を作らなければならないし、小さい子三人の相手もしなければならない。上の男の子たちがどこで何をするつもりなのかも頭に入れておかなければならない。それでも、離れの風入れをタキだけに任せるのは、清弘にも、亡くなった清弘の両親にも申し訳ない気がして、日曜日には自分の手で雨戸を繰り、障子を開けることにしていた。日曜日の夕方、雨戸を閉め、玄関も台所口も鍵を掛けた――と晶子は思っていた。

月曜日の診察室は忙しい。土、日に体調を崩した患者が、診療開始を待ち兼ねたようにやってくる。

「昨夜、じいちゃんが血を吐いた」と、ハッハッと息を切らしながら、瀬川茂《しげる》が飛び込んできた。「できるだけ早く和田先生に来てもらいたいって頼めって言われた」小学校六年の茂は晶子にそう言うと、ペコリと頭を下げて学校の方へ走って行った。午後三時からの往診時間を待ってはいられないと思いながら、晶子は茂の伝言を清弘に伝えた。急を要する患者を優先的に診て、途中で一区切りつけ、瀬川家の隠居所を訪ねたのは十二時を回っていた。清弘も晶子も自転車である。

「自動車があればなあ。親父の頃は人力《じんりき》だったけど、今はそんなもんないし。せめてオートバイがあれば、ずい分早く着けるんだが」そんなことを言いながら二人は自転車を連ねて、大きな長屋門をくぐった。

瀬川頼蔵《らいぞう》は一応落ち着いて浅い眠りに入っていた。肝臓癌だろうという見立ては、当主の友頼《ともより》にしか告げていない。宇都宮か小山の病院に入院した方がよいと前々から勧めていたが、頼蔵は何としても、入院を――というより、家を離れることを承知しなかった。頼蔵は自分の病が不治であることは気づいているようだったが、死ぬまでにはまだ間があると思っているようだった。「あと半年ぐらい」と清弘が友頼に告げてから既に八か月が過ぎている。頼蔵の顔には既に死の気配が色濃く漂っていた。痛み止めと栄養補給の点滴をする以外、対処法はなかった。清弘は点滴が終わるまで見守ることにし、晶子を先に帰した。輝一が来た時は一面の黄色だった菜種もすっかり実になり、薄茶と灰色と小豆色が混じったような、微妙な色合いに変わっている。白衣に白いピケ帽の晶子は、四人の子の母親とも思えぬほど若々しく、近辺の少女たちの憧れだった。晶子が和田医院で看護婦の仕事をするようになって以来、「看護婦を志望する女子が増えましてね」と、中学校の校長が言ったほどである。

家に戻って、タキが用意してくれた昼食を佐和子と輝一と一緒に食べ、千都子にも食べさせて昼寝をさせていると、清弘が帰ってきた。

「瀬川の隠居は、いよいよかもしれない……」

「……そうですか。よく頑張ったけど……」

「静かに逝きなさるといいですね」と、タキが言った。清弘が昼食を終えると、もう午後の診療が始まる三時になっていた。三時から六時までは、往診に行く予定が入っていれば往診に出掛け、予定がなければ医院で診療する。午前中と違って、待合室に人が溜まるほどではなく、一人終えると一人入ってくる、といったペースで診療していると、再び瀬川の家から使いが来た。

「大旦那さんが目を覚ましなさって、先生を呼んどります。患者さんがいなかったら、おいで願えんかと旦那さんが」

心臓の悪い須山のばあちゃんに薬を出して、待合室は空になった。

「もう一度、瀬川さんとこへ行ってくる」

「わたしも行きますか？」

「いや、一人でいい。晶子は少し休むといい」

夏に向かう田舎道は、埃っぽく暑かった。何だろう、頼蔵さんが呼んでるって。もう嘘は通じないかもしれない……。門を入って自転車を止めると、表玄関から友頼の妻寿美《すみ》が清弘を迎えに出て来た。

「先生、こちらへ。さきほど、義父《ちち》は座敷の方へ移しました。瀬川の当主は表座敷で往生するのが決まりだと、主人も申しまして。すみません、先生。義父が先生に一言御礼を申し上げたいと言うものですから……」

「患者さんも途切れたところですから、お気遣いなく」

座敷に通されると、驚いたことに頼蔵は積み上げた布団に寄りかかって、上半身を起こしていた。周囲を家族が取り囲んでいる。朝方、医院に立ち寄った孫の茂も、ひどく神妙な顔つきで膝をそろえている。清弘が布団の側に座ると、頼蔵は少し苦しげに、頭を下げた。

「先生。一言御礼が申し上げたくて。御礼を言う方が呼びつけては申し訳もないが、もう動けない。先生、わしはもうすぐあっちへ行く。先生、お世話になり申しました。小金井の者は、先生がいてくださるお陰で、どれだけ心強いか分からん。大先生が急なことになって、先生が小金井に帰って跡を継がれたことは、先生にとっては不本意だったかもしれんが、ここらの者にとっては、ほんに幸せなことじゃった。どうか、これからも小金井の和田医院を続けてくだされ」

清弘は何と答えていいか、言葉に詰まった。

「おやじ。そんなにしゃべると体に障《さわ》る――」友頼が制すると、頼蔵はわずかに笑みを見せて、「大丈夫。言いたいこと言わんうちは死なんから。先生、大先生は、先生のことを頼りにしてなさってたで。俺よりも医者に向いとるってな。友頼、寿美、世話になったなあ。茂、じいちゃんは、ずっとおまえを見守ってるぞ」と言い、目を閉じた。

「ああ、小金井の大榎が見える。大っきな蝶が飛び立っていく。榎をな、守ってくれ」と言い終えると、布団に寄りかかっていた上半身がぐらりと右に倒れた。友頼と寿美が慌てて頼蔵を布団に横たえると、頼蔵は目を堅く閉じ、深い下顎《かがく》呼吸を始めた。家族と清弘が見守る中、十分後、頼蔵の心臓は停止した。

「午後六時四十五分でした。御臨終です」

　死を確認した時点で、患者は医者の手を離れる。茂の下の孫二人も呼ばれて、少し怯えながら、白い布を掛けられた祖父を、まじまじと見ている。

「組内に報せなければ……」大人たちは、歎き泣く暇《いとま》もなく、死者を弔う準備に入る。ぽつぽつと集まって来た組内の者と入れ換えに、清弘は瀬川家を辞した。七時を過ぎても、晩春の夕べは暮れ切らず、家までの道を辿るのは容易だったが、人一人の死を見届けた神経の高ぶりと、病を治し得なかった無力感、古武士のような風貌の瀬川頼蔵という人物への畏敬が胸に渦巻いて、清弘は喘いだ。父が自分を頼りにしていた？　どうして瀬川さんはそんなことを言ったのだろう。胸のどこかに棘《とげ》が刺さったような苛立たしさを覚えた。

　家に着いた時は、日も暮れかかり、玄関灯が点いていた。六時を過ぎたら「閉院」の方に裏返すはずの木札は「開院」のままで、玄関の扉も半開きになっていた。どうしたんだ、何かあったかと、急に現実に引き戻された。台所からタキが慌ただしく走り出てきた。

「先生、佐和子ちゃんとキイちゃんがいません。道の方で見かけんかったかね！」

「いや。いないってどういうことだ――？」

「奥さんは千都ちゃんに添い寝して、少しうとうとなさって――六時頃でしたか、文ちゃんと武ちゃんが帰ってきて『腹へったー』って言うんで、御飯前だけど少し何かって思って、大学芋作って、佐和ちゃんとキイちゃんも一緒にって呼んだんだども、返事がなくて、どこにもいなくて――。今みんなで家中を探したところです。二階も、診察室の方も、物置も全部。文ちゃんと武ちゃんは、田んぼや川の方へ探しに行きました」

「川？　佐和子と輝一だけで川まで行くのか!?」

「いえ、絶対に家の庭から外へ行ってはいけないって言ってあります。でも万が一……」

「シロもいないわ」晶子が外から入ってきた。青ざめて、目がうつろだ。

「シロは、つないでなかったのか？」

「つないでますけど、佐和子でも綱は外せるので

……」

「離れは？」

「離れ？　離れは昨日風を入れて、鍵を掛けました

――ああ、でも」

その時、ガタガタ、カリカリと物音がして、クウークウーンという声がした。離れの方角。晶子と清弘は顔を見合わせて離れの裏口に走った。朧月の淡い光に照らされた東向きのガラス戸がガタガタ揺れている。シロがガラス戸に体を押しつけて鳴いていた。「シロシロ」と声を掛けながら、清弘がガラス戸を開けようとしたが、内側から鍵が掛かっているらしく、開かない。急いで表口の鍵を取ってきて入った。雨戸の閉まっている家の中は、まっ暗だった。パチンと電灯のスイッチを捻った二人は、びっくりして立ち尽くした。茶の間には卓袱台が出してあり、外から採ってきた草木の葉や花が、小皿に入って並べられていた。とっくりと盃も出ている。ままごとをしていたのだろう。少し前までは、ガラス戸側から入る光で、十分見えたのだろう。二人は座敷でぐっすり寝入っていた。座布団を並べ、関の箪笥から引っ張り出した和服に埋もれるように眠っていた。佐和子が掛けてやったのか、輝一は蝉の羽のような水色

の夏の着物にくるまり、佐和子自身は、灰紫の地に薊の花を置いた小紋を掛けていた。しつけがついたままのその袷《あわせ》は、「晶子さんに」と、関が作ってくれたものだった。和服を着る機会の少ない晶子は、一度も袖を通さないまま、関の箪笥に入れておいたのだった。

子供たちは、まるで人形のように、扇形の睫を頬に伏せてぐっすり眠っていた。はかなげで壊れそうだ、と清弘は思った。頼蔵の見事な死に立ち合った後の目に映った子供の顔は、大人が必死につなぎ止めていないと、スーッと魂が抜けていってしまうのではないかと思わせる危うさを漂わせていた。

「佐和子、佐和ちゃん」と晶子が呼びかけると、佐和子はうっすらと目を開け、晶子に気づくと、にこっと笑って晶子に抱きついた。

「ほんとに、もう……」安堵の反動で、思わず叱責の口調になった晶子を制して、清弘は輝一を抱き上げた。

「今日は一日、この子たちをちゃんと見てやらなかった。――見ていてやらないと、子供はどこかへ行ってしまう。なあ」

清弘の声の調子にハッとするものを感じて、晶子は清弘を見上げた。

「今しがた、瀬川の隠居が息を引き取った。榎の木を守れって言い残して。輝一のことは何も知らないはずだが、何だか輝一を守ってやれって言われたような気がしてなあ。もうじき、死亡診断書を取りに使いが来る。書いておかないと。さっ、向こうへ戻ろう」

周りの物音にも目を覚まさず、輝一は清弘に体を預けて寝入っている。裏戸を開けると、弦を放れた矢のように、シロが飛び出して行った。柿の木と栗の木の下の茂みに飛んで行って、シロは長々とオシッコをした。

「やれやれ。シロも災難だったなー」

懐中電灯の光を揺らしながら、文弘と武弘がしょんぼりと戻ってきた。

「どこにもいなかった――」

「見つかったよ。離れにいた。遊んでいるうちに眠ってしまったんだね。二人ともご苦労さま。大変だったね」

「離れ!!　鍵掛かってなかったの？」

「昨日風入れして、鍵掛けたつもりだったけど、裏戸を忘れたのかも。入ってから佐和子が中から鍵掛けたのかもしれない」と晶子が面目なさそうに言った。

「何だかバタバタしてしまって、夕食の支度ができていません。お味噌汁と干物と卵焼きだけで、朝ご飯みたいですね。すみません」

「上等、上等。今日は大変な一日だった。こういう日は、腹いっぱい食べて、ぐっすり寝よう。佐和子も輝一も、まだ小さい。みんなで見ててやらないと、子供はどこかへ行ってしまうんだね。晶子、タキさん、二人のことは怒らないでやってくれ」


医院の玄関がドンドンと叩かれた。

「ああ、瀬川さんの組内から使いが来たんだろう。少し待っててもらってくれ」

清弘は席を立って診察室の方へ行った。少しして戻ってきて、封をした書類を使いの者に渡した。

「明日は友引ですんで、葬式は明後日の午後一時からになります。先生にお伝えしてくれと、友頼さんが」組の者はそう言って、夜道を帰って行った。いつの間にか朧月はみえなくなり、雨になっていた。


文弘と武弘は、母の傍で遊ぶ年頃を脱していた。野球をしたり、川遊びをしたり、日暮れまで遊び興じて腹を空かせ切って帰ってくる。勉強は学校でするだけで十分だった。文弘も武弘も、通信簿はたいてい「オール5」で、それが当たり前と思っていた。二人は、学校でも地域でも、自分たちが特別扱いされていることを感じ取っていた。そんな周囲の扱いが、父が医者であることに由来していることに、文弘はようやく気づき出していた。「医者の子」というレッテルが自分には貼りついていて、何をしても、最終的にはその一言で締め括られることに、文弘は反発を感じ始めていた。理科研究のコンクールで金賞を取っても、郡の競技会で優勝しても、「小金井の和田医院の長男なら当たり前」になってしまう。理科コンクールは、父の雑誌の記事からヒントを得て考えたから、「医者の子」のおかげかもしれない。でも、足が速いのは医者とは関係ないだろうと、文弘は憤慨した。裕福だと思われているのも癪《しゃく》だった。うちは少しも金持ちなんかじゃない。家だって、瀬川さんとこなんかに比べたら、ほんとに小さい。ほんとは看護婦さんを雇いたいのに、そこまでのお金はなく、お母さんが看護婦をしている。タキさんが来てくれるから、お母さんは佐和子と千都子の面倒を見ながら、何とか診察室で仕事をしている。往診に行くのだって自転車だ。お母さんは座る間もなく働いている。今はキイちゃんまでいる。キイちゃんは、どこの子なんだろう。横浜の岡谷先生から頼れたようなことをお父さんは言ってたけど、シロまで一緒って何なんだろう。お父さんはぼくや武ちゃんとお風呂に入ることなんてなかったのに、キイちゃんとは入って……今は土曜日には男の子三人と入るようになったけど、どうしてそうなったんだか、よく分からない……。

ぼくは……ぼくも、医者になるんだろうか。文弘は自分の前に、冷たい線路が敷かれているような気がした。上りに乗れば小山に、下りに乗れば宇都宮に着くように、ぼくの前の線路も、行き先は決まっているんだろうか。ぼくは、ぼくは、自分で道を見つけたい。レールのようにまっ直ぐじゃなくて、いくつもいくつも曲がり角のある道、あるいは、道なんかない山や野に分け入って、自分の後に踏み跡ができるような、そんな道を行きたい。文弘が最も好きな遊びは、野山を歩き回って虫を見ることだった。野球も好きだし、魚釣りも楽しかったけれど、虫を見て、採ってくることを思うと、理屈も何もなく胸が高鳴った。蝶、蛾、甲虫《かぶとむし》、鍬形《くわがた》虫、玉虫、天牛《かみきりむし》。虫は何でも心惹かれた。学校の図書室で古びた昆虫図鑑を見つけ、夢中になって、自分が見知っている虫と一致する図を見つけ、名前を頭に刻み込む。ヤママユとヒメヤママユとクスサンの違い。信じられないくらい美しいオオミズアオ。葉っぱとしか見えないカレハガ。ドクガにかぶれることがあっても、触った自分が悪いのだと思った。タマムシやカナブンの輝くような緑。

　文弘が友だちと一緒にいない時は、たいていは、野山で虫を探すか、図書室で図鑑に見入っているかだった。虫探しには、武弘も連れて行かない。武弘は乱暴に走り回るし、文弘がじっと音を立てずに虫を見ているのに飽きて、草を払ったり、樹木を揺すったりするので文弘は武弘と行くのは懲り懲りだった。文弘は決して虫を殺さなかった。採ってきて、数日観察すると、採った場所へ返してきた。どの虫も好きだったが、文弘が最も心惹かれるのは蝶だった。樹間を通り抜ける黒揚羽。カラス揚羽のきらめき。ふわふわと優雅に舞うアサギマダラ。何てきれいなんだろう。この薄水色をアサギ色って言うんだな。文弘は図鑑の説明を実物の蝶に当てはめていくのが楽しかった。実物の世界と文字の世界が結びついて、頭の中に揺るぎない世界が出現してゆく気がした。

　蝶は卵で生まれて幼虫になり蛹を経て蝶になる。幼虫でいる間に食べる草木が、蝶によって決まっていることも、文弘には大へんな驚きだった。親の蝶は、卵から孵《かえ》った幼虫が食べる草や木に卵を産みつけるけれど、草木が枯れたりすれば、幼虫は食べるものがなく死んでしまう。他の草木は食べない。子孫に命をつなげるかどうかは、ほんとうに危うい綱渡りのようなものだと、文弘は自然の営みの不可思議に心が戦《おのの》いた。

　一里塚の榎の葉をオオムラサキの幼虫が食べ始め

る頃になると、文弘の心は躍り出しそうになる。太い榎は雨も漏らさぬほど葉を茂らせ、幼虫を太らせた。夏が近づくと幼虫は蛹になって枝先からぶら下がる。文弘は毎日一度は一里塚へ行って榎を見上げた。七月に入ると、蛹はついに、羽化の時を迎える。土曜日の午後、文弘は昼食にも帰らず、一里塚に駆けつけた。見上げると、もう、いくつかの蛹の背が割れ、蝶が少しずつ少しずつ体を現わしている。息をつくのも忘れて、文弘はオオムラサキの羽化に見入った。縮んだ羽がゆっくり伸びていく。羽が伸び切った蝶は、夏の空にふわりと飛び立った。一匹、また一匹。飛び立った蝶は互いの存在を喜び合うように舞い、天空に昇り、また榎の葉に身を沈めた。文弘は夢を見ているような不思議な感覚でオオムラサキの群舞を見上げていた。

蝶に対する熱い愛おしさを胸に抱きつつ、文弘は、「医者さまんとこの総領息子」にふさわしい穏やかな気性の少年だった。成績は抜群、運動神経も良かったから、少年たちの間でも一目も二目も置かれていたが、リーダーシップを取るのは好まず、目立つ立場に立つことはできるだけ避けようとしていた。ただ、誰かが誰かをいじめていると知らされると、いじめっ子と取っ組み合いをしてでも、いじめられっ子の味方になった。

輝一が和田医院の実の子でないことは、文弘は十分に飲み込んでいた。父もそう説明していた。あの日、キイちゃんが突然うちにやってきた日のことは、文弘の頭の中では夢なのか現実なのか区別がつかなくなっている。キイちゃんは一人で家に来たはずはない。あの日、省平じいちゃんの声を聞いた気がする。省平さんが「榎の下に――」と言っていた気がする。では、では、キイちゃんは、榎の下にいたんだろうか、たった一人で。文弘の心に、言いようもない憐憫《れんびん》の思いが込み上げてきた。可哀そうに。父さんと母さんに育ててもらえないなんて。どうしてキイちゃんの両親は、キイちゃんを置いていったのだろう。どこへ行ったのだろう。キイちゃんを育てるのが「医者の仕事」のうちに入るのかどうかは分からないけど、うちでは子供が一人増えても何とかなるんだろう。自分だけでも、お母さんやタキさんの手が掛からないようにしなければ……。文弘は、これまでにも何度も胸に繰り返した「総領の我慢」を自分に命じた。だけど、我慢できないこともある、と文弘は思った。ぼくは周りの人から、医者になるものと決められているような気がする。お父さんもお母さんも、口に出しては何も言わないけど、それは言うまでもないと思っているからではないか。でも、ぼくは医者にはならない。ぼくが惹きつけられているのは蝶だ。蝶に関する仕事があるものかどうか分からないけど、何かあるんじゃないか。図鑑にはたくさんの説明が書いてある。あの説明はどういう人が書いているんだろう。蝶がどうやって生きているのか調べて、説明を書く人になりたい。

武弘は文弘ほどには、輝一に対して優しい気持にはなれなかった。上には何をやっても敵わない総領の文兄ちゃんがそびえ立ち、下にはお母さんを一人占めしたがる妹二人がいる。そこで武弘が自分の存在に気づいてもらうのは本当に大変だ。はっきりそう意識しているわけではないが、何だかムシャクシャして喧嘩をしたり、悪戯がしたくなる。悪戯をすると、否応なしに両親から怒られるけれど、悪戯でもしないと、お父さんもお母さんも、ボクに気づいてくれない。武弘にとって、輝一は、自分の存在をさらに危うくするものでしかなかった。ボクとは一度も風呂に入ったことなどなかったお父さんが、輝一とは入る。何でお母さんもタキさんも、佐和子や赤ん坊の千都子みたいに、キイちゃんの世話をやくんだ。大体、キイちゃんって、どこから来たんだ——。文弘のように大らかではいられなかったが、根は優しい武弘は、輝一を邪険に扱うことはなく、時には集めたベーゴマを見せてやったり、鳥の巣を見せてやったりしていた。

輝一が来て最も喜んだのは、佐和子だった。二人の兄には相手にしてもらえず、周囲の関心を一身に集めていた「末っ子」の座は赤ん坊の千都子に取られてしまって、寂しく不満な思いを燻らせていた佐和子は、キイちゃんが可愛くてならなかった。赤ん坊はしゃべれないが、キイちゃんは「サワしゃん」と呼んでついてきてくれる。ある日突然、佐和子の家に現れた輝一を、佐和子はまるごと受け入れていた。キイちゃんがお母さんのおなかから生まれたのではないことは分かっている。お母さんがちいちゃんを生んだ時のことは、自分は四つになっていたから、ちゃんと覚えている。お母さんは二階で寝ていて、お父さんもタキさんも大騒ぎで、自分のことを気にかけてくれる大人は誰もいなかった。兄ちゃんたちは家にいなかったから、学校だったんだろう。一人で庭で蟻の行列を見ていたら、二階の窓から赤ん坊の泣き声が降ってきて、佐和子はびっくりして二階を見上げた。

「佐和ちゃん、赤ちゃんが生まれたよ。女の子ですよ」と、タキさんが佐和子を呼びに来てくれた。タキさんに手を引かれて二階に上っていくと、真ん中の部屋に少し大きめの布団の中に、お母さんと赤ちゃんが寝ていた。お母さんは、白い透き通るような顔をして目を閉じていた。傍らに、くちゃくちゃの赤い顔をした赤ん坊が、きれいな模様——あとで麻の葉というのだと教えてもらった——の着物に埋もれるように眠っていた。障子を開ける気配に目を開けたお母さんは、佐和子を見ると微笑んで、掠《かす》れたような声で呼んだ。

「佐和ちゃん」

「お母さん、だいじょぶ?」佐和子は心配だった。「お母さん、イタイ、イタイの?」

「ううん、大丈夫よ。赤ちゃんが生まれたの。女の子。佐和ちゃんの妹だよ」

　佐和子は自分でもわけが分からぬうちに、赤ん坊と反対側から布団にもぐり込んで、お母さんにしがみついた。

「あれあれ」とタキさんが佐和子を抱き起こそうとしたが、お母さんは「いいの。このまま」と言って、片腕で佐和子を抱きしめてくれた。佐和子が、この世で哀しみを知った最初の日だった。キイちゃんは妹じゃないもの。佐和子は安らかだった。

第五章
柊の垣

全生園で夫婦として生きるとはどういうことか、康平と加奈は、それまでの人生で思ってもみなかったことを思い知らされることになった。

「こっちが夫婦者の部屋だ。向こうの新築棟に入る準備ができるまでは、ここに居てもらう」と連れて行かれたのは、十二畳半に広縁がついた部屋だった。部屋には既に四人の男女がいた。男二人は将棋盤を挟んで座り、女二人は繕い物らしく、針を手にして背を丸めていた。康平と加奈が縁側に立つと、四人は座ったまま新参者を見上げ、軽く頭を下げた。

「昨日入所した――ああ、名前は直接言ってもらおう。布団はあと二人分入っていたよな」

「ここで六人が……」と思わず出た言葉を康平は途中で飲み込んだ。

「ここは取りあえずの一時的な部屋と思ってくれ。今のところ室長は大場だから、分からんことは訊くように。大場、頼んだよ」

大場良二《りょうじ》が将棋盤の前から立ち上がって、「よろしく」と言い、「荷物はここに入れるといい」と、押入れの左端を示した。押入れの襖を開けようと立っていく大場の片脚が不自由なのに気づいて、加奈は胸を衝かれた。ここはそういう所なのだ。二間の押入れの半間分の上段に布団が入っていた。下段の簀《す》の子の上に、康平と加奈はわずかな荷物を置いた。

「子供はおるんかね」

女の一人が声を掛けてきた。どうしよう。加奈は康平の顔を見た。「いえ」康平が答えた。そうだ、わたしたちは、これから生涯紀一の存在を隠さなければならないのだと、加奈は今更ながら、つらかった。

「まだ生める年齢《とし》だもんなあー」もう一人の女が溜息まじりに言った。

「お二人は？」

　加奈は、普段なら口に出すことはない立ち入った問いを発した。二人が訊いて欲しがっているように感じたのである。

「うん。一人はな、少年舎に入っとる。一人は故郷《くに》に置いてきたで」

「少年舎？」

「ああ、本病の子供の寮。あっちの林の中に建ってる」

「子供もここに入るのですか」

「そう。だって療養所以外、どこで治してくれるかね。わたしらがここに来て一年後に病気が分かってね。会えるのはうれしかったけど、ここへ来るくらいなら、一生会えんでもよかった……」

　女の目に涙が浮かんでる。ああ、ほんとに、と加奈は思った。一生会えなくてもいい。紀一が無事で育ってくれさえすれば。

　仕切る屏風もない十二畳半の部屋の隅に、康平と加奈は一組の湿気を含んだ布団を敷いた。二人分といっても、枕が二つあるだけで、布団は一組だった。どう工夫しても、十二畳半に三組は窮屈だった。眠れるはずもない。すぐ隣には頭の位置を逆にして大場夫妻が横たわり、その向こうには康平たちと同じ向きに桜井夫婦が横たわっている。

　初めは身じろぎもせず仰臥していたが、恐ろしくて心細くて、加奈は康平の方を向いてしがみついた。康平も同じ思いだったのか、加奈の方を向いて加奈を抱き寄せた。恐怖から逃れたくて、加奈と康平は互いを欲したが、他の二組の夫婦が息を殺しているここで、何ができよう。夫婦二人だけの、かけがえのない秘めごと。それはもう、ここでは叶わない。

人の心を持っている以上は。声を殺して泣く加奈の涙を吸い取ってやる以外、康平は何もできなかった。

翌日、康平と加奈は昨日とは別の職員に呼ばれた。

「君たちの仕事の役割を決めたいのだが。故郷《くに》では何の仕事をしてましたか？」

職員は、入所時の書類は見ていないようだった。康平は少しためらって、「教職に就いていました」と答えた。昨日、桜井ようが、子供が祥風寮に入っていると言っていた。子供は勉強させてもらっているんだろうか。もし、子供に教えるような仕事があるなら――と、康平の胸にかすかな希望が兆した。

「ああ、学校の先生だったのか。何を教えていた？」

「中学校で理科を。数学も」

「そりゃあいい。中学校で理、数を教えていた人が病室に入ってしまって困っている。とりあえず、授業の補助をしてもらえるかな」

「はい」

「それと、祥風寮の世話もやってもらえないか」

「祥風寮というと――」

「男の子が収容されている棟の名だ。子供でも発症した者は家には置けないから。今まで粕谷《かすや》さんがずっと寮長を引き受けてくれたが、もう年で、寮暮らしは敵わんって言ってるから、しばらくは見習いで補佐してくれないか」

「寮暮らしっていいますと、寮に寝泊りするんですか？　妻も一緒に？」

「いや、別々になります。寮は男女別々だから。女の子は百合舎で暮らしている。そうだ、奥さんの方も学校の手伝いはできないだろうか。裁縫とか編物とか」

「少しなら、できると思います」

「じゃ、決まりだ。二人とも昼間は学校で子供らに教えて、祥風寮と百合舎の世話を手伝って――まあ、夜は夫婦舎に戻ってもいいことにしましょう。ここに慣れるまでの間」

康平と加奈は顔を見合わせた。「加奈、どうする？」

加奈は俯いて膝の上に置いた手を見つめた。子供を見るのはつらい。でも紀一はどこかで誰かのお世話になっている。せめてもの御礼として、ここの子供たちの役に立つことができるなら……。加奈は顔を上げて康平を見て頷いた。康平も、捉えどころのない闇の中に一条の光を見たような気がした。こんなところでも、子供たちに教えることができるんだ。子供たちは、何を考え、何を望んでいるのだろう。治って、外の世界に出て行く子供はいるんだろうか。生涯を、柊の垣根の内で過ごすことになるんだろうか。自分は、子供たちに、自分がどういう状態に置かれているのか認識できる力を与えてやりたい。訳も分からずに運命に翻弄されるのではなく。

「お願いします」康平は深々と頭を下げた。加奈も康平に倣《なら》って頭を下げた。

「さて、仕事は決まった。――だが、里見の方はワゼクトミーをしてもらわなければならないいな」

「ワゼクトミー？」

「聞いていませんか？　ここでは夫婦として暮らすには――夫の方に断種の手術をする」

「断種……？」言われていることの意味が分からなかった。

「患者が子供を儲けてはならないことは分かるだろう。本病は家族内感染が多い。光田《みつだ》先生は、患者本人だけでなく、未発症の家族も断種すべきだと言われているほどです。ここで子供が生まれたとしても、自分の手で育てられるわけもない。子供はすぐ離されて施設で養育されることになる。熊本の方では未感染児童の収容所が園外に設置されているが、ここでは、患者は子を生《な》すことは許されていない。君たち夫婦は自ら、ここに入所してきた。ここで暮らしたいなら、ここの規則に従ってもらうほかないよ」

規則？　断種を命ずる規則など日本に存在するのか。言われていることの意味が頭に染みてくると、康平は衝撃と憤りで身を震わせた。膝に、握りしめた拳を押し付けて黙っている康平の様子を見て、職員は言った。

「君は教育を受けた者のようだ。いいですか、昭和二十三年に本病患者の断種、中絶を認める優生保護法が成立している。断種は、法律で決まっているんだよ」

「少し、考えさせてください」康平は掠れた声で言った。気がつくと、加奈はいなかった。茫然自失しているうちに誰かが加奈を連れに来ていたような気がする。加奈は、職員の話をどこまで聞いていたろう。

「まあ、よく考えるといい。だが手術を受けないうちは、夫婦舎へは入れない決まりです。昨夜は、とりあえず夫婦用の大部屋に入ってもらったが……」

男子棟から迎えが来て、康平は最初の夜とは別の男子雑居部屋に連れて行かれた。雑居部屋は、昨日の夫婦部屋以上に、冷え冷えとしていた。康平が入って行ってもチラリと目を上げるだけで、すぐ自分のしていることに戻っていく。暗い明かりの下で、紙に目をくっつけるようにして本を読んでいる者、大学ノートに何か書きつけている者、将棋を指している二人と、見物している二人。あと一人、火鉢の火を直している者がいた。康平が加わると全部で八名が、十二畳半の部屋に入ることになる。

「ああ、新入りさん。こっちさ来なせ。今日は何やら冷えるで」

火鉢の火を直していた男が声をかけた。人の好さそうな下がり眉の男だった。康平はほっとして火鉢の傍へ近づき、座って頭を下げた。

「一人で入りなさったか？　何やら夫婦者が来たって聞こえてきたが――」

「妻と一緒です」

「そんなら夫婦舎へは入らんのかね。……ああ、まだなんだ……」

声をかけてきた男は顔を伏せた。奇妙な空気が流れた。康平はハッとした。「まだ」というのは断種の手術のことだと気づいた。怒りと恥辱と諦めが男たちの顔に浮かんでいる。

「ここで夫婦として暮らすなら、手術を受けなくてはなんねんだよ」

「しょうがないさ。もしおかみさんの腹に子供ができたら、つらい目に会うのはおかみさんだ。手術受けてよ、おかみさんと一緒に暮らした方がいいよ」

「一人者だって手術されるさ。癩病は根絶やしにするってのが国の方針さ。今発病してる者が死んで、一人も癩病患者がいなくなるのを、国も世間も待ってるのよ」

　ノートに何か書きつけていた男が、鉛筆を置いて言った。いつの間にか、男たちの大半が、小さい火鉢の周りに集まっていた。

「ここから逃げ出していった者もおるけど、どうやって生きとるかなあ。大体、生きとるかどうか」

「おかみさんには黙ってた方がいいかもしれんよ。悲しむだろうて」

　程なく夕食が配られたが、康平は一口も喉を通らなかった。「もらってもいいかね」と遠慮そうに言う男に膳の上の食物をやって、康平は、下がり眉の男が出してくれた布団を敷いた。近くで見ると、下がり眉と見えた眉は、木炭か何かで描いたもので、本物の眉は抜け落ちていた。

　体はくたくたなのに、神経は少しも休まらず、康平は暗い天井に目を凝らしていた。ごうごうと吹き渡る風の音が聞こえる。園に茂る木という木が風に揉まれてぶつかり合う光景が頭に浮かんでくる。あの、荒廃した河津屋敷の木も、風が吹くと身を捩《よじ》らせて獣が吠えるような音を立てていた。加奈はどうしているだろう。女たちの部屋で、どんな話を聞かされていることだろうか。

　朝食は、部屋の人数分を当番が運んできて、一人一人の膳の茶碗と皿に分ける。麦飯と味噌汁、大根の煮物と漬物だけだった。空腹ではあったが、飯はゴソゴソしていて飲み込めなかった。

「病は体力がなくては勝てん。飯に汁かけて流し込んでみなされ。少しでも腹に入れといた方がいい」

と勧められて、康平は飯に味噌汁をかけた。

「何か仕事は言いつかったかね」と、隣に膳を置いて食べていた男が訊いた。

「仕事って——ああ、子供らに教えてくれって言われました」

「教える？　外じゃあ、先生か何かしてたかね」

「外のことは訊くなよ。自分から話すのは構わんが」

「あ、わりい、わりい。俺は佐山太一。ここではな」

「ここでは？」

「ああ、ここではたいがいの人は本名は名告らないんだ。本名を名告って、自分がここにいるって知れたら、故郷《くに》の家族に迷惑が掛かる。本名は隠しておくのよ。ここで名告るのは仮の名だ。ここにいる俺は、仮の俺だ」

仮の俺？　名を隠すということは、仮の存在になってしまうことなのだろうか。やっとのことで腹に収めた汁かけ飯が、冷たく固い石のように胃を重くした。


「新入りさんは、治療棟へ来いってよ」と、食事を運ぶ飯櫃《めしびつ》や鍋を返しに行ってきた男が康平に告げた。

「すみません」康平は小さな声で挨拶し、部屋を出た。部屋の男たちの、憐れみと諦めの視線が、背中に痛かった。

消毒薬の臭いがひときわ強い治療棟に入ると、看護婦が待っていて、康平を手術室らしい部屋に導いた。癩を確認した医者とは異なる白衣の男が一枚の用紙を渡して言った。

「これから手術をするから、承諾書に署名しなさい」

「承諾書？　私は、少し待って欲しいと昨日——」思わず部屋を出て行こうとした康平を遮って、白い上っ張りを着た初老の男が言った。

「諦めなさい。夫婦としてここに居たいならワゼクトミーをしなければ。夫婦でないというなら、奥さんを他の男と娶《めあわ》せられても文句は言えんぞ。大体あんたは、これから先子供を作るつもりなのか」

体中の血が一瞬沸き経ち、次いで凍りついた。選択の余地はないのだと悟った。康平は操り人形のように筆を手にして名を記そうとした。その時不意に「佐山太一」が言っていたことが頭に浮かんだ。「ここでは本名は名告らない。ここでの自分は仮の自分」そうだ、仮の名を書こう。手術を受けるのは仮の自分だと思いたい。治療室の濁ったガラス窓の向こうに大きな樹の枝が揺れていた。欅だろうか、いや違う、あれは榎だ。紀一を置いてきた榎の木だ。康平は大きく息を吸い込んで、「榎田耕一」と記した。紀一を託した榎の木と和田先生。これから先ずっと、自分と加奈は榎と和田先生に詫びて、すがって、祈って生きていくだろう。だから、だから「榎田」だ。「一」は紀一の「一」だ。そう思ったら覚悟が決まった。紀一さえ無事でいてくれればそれでいい。俺と加奈はそのためにここへ来たんだから。

「これが園名か」用紙を取り上げながら看護助手らしいと分かった男が言った。そうか、園名と言うのか。何があっても紀一が俺たちの子と知れることがないように、俺は榎田耕一になり、加奈は――後で加奈と相談しなければ。

局所麻酔を打たれて、精管結紮《けっさつ》の手術は終わった。

「明日から夫婦舎に移っていいよ。お前たちは運がいい。個室の夫婦舎が建って、これから夫婦者はそっちに入ることになったから」男子部屋にまで付き添った看護助手が言った。「今日は部屋で休んでいなさい」

部屋では、「本田勝利《かつとし》」と名告る室長が残っているだけだった。他の男たちは皆、作業に出ているという。夕方になって部屋に戻ってきた男たちは、気まずさとホッとした思いが混じったような視線を向けてきた。佐山太一だけはカラッとした声で、

「済みなさったかね。さあて、これで明日からは夫婦舎の方だなあ。いいなあ。おかみさん、別嬪《べっぴん》さんだってなあ」

「おっ、さすが早耳の太一さん、もう、女部屋の噂聞きつけてきたか。いや、早目で見てきたか」

男たちの軽口が、康平はうれしかった。康平は半身を起こして改めて頭を下げた。

「榎田といいます。榎田耕一」

「おかみさんは？」

「えーと、まだ決めてない」

男たちは笑って頷いた。

次の日康平と加奈は、建って間もない夫婦舎「柏舎」に入った。夫婦二人だけでいられるのは、信じられないほど、気持が楽だった。柏舎は四畳半一間に一間の押入れがついているだけの部屋が六つ並んでいた。押入れを挟んでいるのが救いだったが、隣の部屋の物音、話し声は聞こえてしまう。それでも人の視線がないということは、これほど安らかなことだったのか。

夕食が済んで、康平は、加奈を誘って庭に降り立った。縁側から直接庭に出られる。春の庭は、人の手が加わった花はなく、花弁を閉じたタンポポの花とスミレが、夕闇に溶け込むように群がっていた。

「加奈」部屋の方に背を向けて、康平は加奈の手を取った。

「俺たちはこれから先、榎田と名告ろう」

「えのきだ」

「ああ。園名って言うんだそうだ」

加奈は頷いた。

「わたしも昨日、部屋の人たちから教えてもらった。ここではほとんどの人は本名を名告ってないって」

「ここで暮らすのは、里見康平と加奈じゃなくて、榎田耕一と――何てする？」

「片仮名でカナ子はどう？」

「うん。それなら呼び間違わないしね」

「康平さん」

「ん。康平さんはまずいな。耕さんはどうだ？」

「コウさん。――部屋の人たちが言ってたんだけど……ここ、夫婦舎に入るには、手術させられるって。もしかして……」

「そうか、聞いたか。加奈に黙って決めてしまって――

すまなかった」

「断れないって、皆が。断るならここを出て行かなければならないって。すまないのはわたしの方。コウさんだけにつらい思いをさせて——」

「手術をね、しなくたって、オレたちはもう子供は持てないんだから、だから……」

「でも、だからって、どうして無理やりそんなことを。まるで……」

「まるで、牛か豚みたいだ」口に出してしまって、康平は己の傷がいかに深いかに気づいた。子を生す生さないじゃない。人が人に対してすることじゃないんだ。ほんとにそんな法律があるのか。癩だからといって、強制的に人間に断種の手術を施す法律があるのか。

「加奈。俺はできる限り加奈と一緒にいたい。だからな、これでいいんだ」

やっとの思いで康平は言った。傍にいて加奈を守ってやる。康平はそれだけを自分が生きのびる意味として胸に落とし込んでいた。

「おーい、お隣さん。雨戸を閉めるから中へ入ってくれ」と、男が縁側から呼ばわった。

「すみません」康平と加奈は慌てて縁側に上がった。縁側に正座して、二人は頭を下げた。

「榎田耕一とカナ子です。よろしくお願いします」

その夜、康平は、幼い子供のように身を寄せる加奈を、両腕で抱えて眠った。お互いの体温だけが支えだった。


翌日から、康平は少年たちの宿舎「祥風寮」で、加奈は少女たちの「百合舎」で、子供たちの世話をすることになった。康平も加奈も、まだ様子が分からないため、しばらくは「助手」という立場である。子供たちは、午前中は宿舎とは別の建物の「全生学園」に登校して授業を受ける。康平は、主に中学生の理科と数学を担当した。年齢も、収容されるまでに受けた教育も差があったから、康平は困惑した。

理科を教えるにも、教科書が読めなければ捗《はかど》らない。まず、小学生のうちからの読み書きが大切だと実感し、初歩的な読み書きや計算を教えてやる者が欲しいと思った。思い切って事務の学校担当者斉田《さいだ》に申し出てみると、

「奥さんは教えられるか」と問われた。

「ええ。免許状は持っていませんが、役場の事務をしていましたから」

「そうか。それじゃあ、奥さんにも学校へ出てもらって、小さい子っていうか、基礎が身についていない子供の読み書きを教えてもらおうか。それと、大きい女の子の裁縫と編物なんか、どうだろう」

昼間も康平の近くにいられるし、何よりも自分が必要とされる場があることがうれしくて、加奈は「教える」という未経験の仕事に不安を感じながらも、子供たちよりは少し遅れて、初登校した。

加奈の入所した年、少女舎の「百合舎」は園内南端のよく陽の当たる地区に新築されていた。松舎、藤陰寮、祥風寮と変わってきた少年舎も、翌年には「若竹寮」として新築落成の予定だった。新入園児の増加を見込んでの新築だったが、百合舎、若竹寮が子供らでいっぱいになっていた時期は予想外に短期間で終わり、昭和三十九年には女子は三名にまで減っていく。

芽吹き初めた若葉がガラスに映る百合舎に、加奈が、学校担当の斉田に連れられて初めて赴いた時には、朝食を終えたばかりの少女たち六名が、朝食の片づけや学校の支度をしてざわめいていた。

「お早う」と声をかけて斉田が入っていくと、少女たちは少し怯えた表情で顔を向けた。

「お早うございます」と年嵩らしい少女が言うと、少女たちは一斉に「お早うございます」と挨拶した。

「皆集まって。寮母さんのお手伝いをしてくださる榎田カナ子さんだ。学園の先生にもなってくださる。小さい子の読み書きと、大きい子の裁縫だ」

少女たちの目が輝いた。最初に「お早うございま

す」と言った少女が、まっすぐに加奈を見つめた。

「何て呼べばいいのですか？　先生？　えのきださん？　それとも……」

斉田が加奈を振り返った。

「昔は寮母をお母さんって呼ばせていたこともあったのですが……」

「それは……」加奈は戸惑った。

「ええ。戦後は、そう呼ばせるのは止めるようになりましたよ。子供たちにとって母親は一人ですものね。わたしは小母《おば》さんって呼んでもらってるけど」

奥の部屋から出てきた寮母の木崎せいが言った。ふっくらとした体つきで、髪は半白だった。

「あ、木崎さん、こちら榎田カナ子さん。昼間は学校で助手をしてもらうし、夜は夫婦舎へ戻るから、あんまり木崎さんの手伝いはできないかもしれんが、いずれ寮母も引き継げるよう、教えてやってください」

「はい。よろしくお願いしますよ。カナさん」

木崎が言うと、小柄な子がうれしそうに言った。

「カナさんだって。かわいいなー」皆が口々に「カナさん」と言い出すと、目のくりっとした子が「カナカナぜみー」と叫んだ。「ほんと、蝉だわねえ」と加奈も笑った。子供たちは、ほっとした表情を見せた。自分たちの日々の生活に密接に関わる寮母がどんな人かは、子供たちにとっては重大事なのだろう。わたしは「合格」したろうか。加奈は覚束ない思いだった。

「一度には覚えきれないだろうが、みんな、自分の名をカナさんに教えなさい。歳《とし》もな」

年嵩の子が「気をつけ」の姿勢をして言った。

「長浜しのぶ　十四歳です」

「松山春子　十三歳」

「長崎真知子　十三歳」

「相川りえ　九歳」

「風戸弓枝　八歳」

「鈴木たみ代　七歳」

長浜しのぶが「よろしくお願いします」と言うと、皆声を揃えて「お願いします」と言ってお辞儀をした。

「長浜、松山、長崎は中学生です。他の子は小学生。あと、今、体調が悪くて百合舎にはおらず、病棟に入っている子が二人います。よくなれば百合舎に戻ってきますが――」と斉田は加奈に向かって言い、子供たちの方に向き直ると、「さっ、早く勉強の用意をして。中学生は榎田さんの旦那さんに教えていただく。小学生はカナ子さんに――いや学校では榎田先生だな、カナ子先生かな、うん、とにかく教えていただくぞ」

一番小さい鈴木たみ代が「わーい」と小さな手を伸ばしてきて、加奈の手につかまった。小さな手の甲に、赤黒い染みのようなものが見えた。ああ！と加奈は胸の中で叫んだ。こんなに小さいのに、可哀そうに――。加奈はたみ代の手を取って握りしめた。

「榎田さんは、寮母の仕事っていうか、心得っていうか、木崎さんに訊いといてください。学校の方へはその後で」

「一緒に行けないの――」とがっかりする女の子たちを送り出して、加奈は木崎に倣って箒を手に取った。

全生学園は独立した建物で、大教室が二つと、小教室が四つあった。板敷きに机と椅子が並び、黒板も調《ととの》えられていて、学校の教室の体裁が整えられていた。加奈が教場に近づいていくと、中学生の教室では康平が黒板に図を描いて、幾何らしい授業を行っているのが窓から見えた。玄関に続く広めの廊下を挟んで、小学生の教室があった。一番手前の教室に入って行くと、上級生の男の子三人が男の先生について国語の授業を受けており、下級生三人は、教室の後方で、書き取りをしていた。相川りえと風戸弓枝は教科書の文章を書き写しており、鈴木たみ代は、平仮名の五十音図を書いている。弓枝は指が強張って、鉛筆が握りづらそうだった。りえと弓枝も漢字はもちろん、平仮名でさえ筆順は身についておらず、でき上がってはじめて、何という文字か分かる有り様だった。読めること、書けることがどれほど子供たちの世界を広げるか、加奈にはまだ分かっていなかったが、このままではいけないと、考えるというより感じた。

「文字が読めれば、お家からのお手紙が読めます。ご本も読める。文字が書ければ、お家へお手紙が書けるのよ。さっ、練習しましょう」と加奈は言った。

「手紙」という言葉に反応したのは、三人の男の子の方だった。授業が終わると、男の子は遠慮しながらも加奈に近づいてきて、問いかけた。

「手紙、書けるかなあ」

「何書けばいいの？　何書いてもいいの？」

「どうやって出すの？」

「もちろん書けるわ。何書いてもいいけど、お家の人を心配させるようなことは、書かない方がいいかもしれません。切手とかのこと後で聞いておくわね」

三人の女の子が、男の子の間から手を伸ばして加奈の洋服を引っ張った。

「先生、本読んで。『人魚姫』」

「先生、百合舎へ戻ったら、りえの宝物見せてあげるね」

「カーナカナカナ、カーナコ先生」たみ代が歌うように言った。

「ご本、あるの？　教室に？」

「あっちの教室。藤沢先生、あっちの教室行ってもいいですか？」

りえが男の先生に訊いた。藤沢教諭は、少し不本意そうに、「ああ、いいよ。休み時間だけだよ」と許可した。

図書室などとは到底言えない、使っていない机や椅子、古びた教具、跳び箱やマットなども置いてある部屋の一隅に本棚があり、雑多な本が並んでいる。誰かの寄附にでもよるものなのか、手擂れのした絵本もあった。『人魚姫』。享さんが読んでくれた『人魚姫』。加奈は本を引き出して開いた。女の子三人は加奈を囲んで加奈が読み出すのを待っている。

「人魚姫の足は刺すように痛みました」

ああ、昔、河津屋敷で享さんが読んでくれた『人魚姫』を、今はわたしが読んでいる。享さんと同じ病のわたしが。大切な人を守りたくて、命を捨てた人魚姫。紀一を守りたくてここに来たわたしたち。この子たちは、誰が何を守るためにここに入れられているんだろう。子供たちが自分の意志で来たはずはないのだから――。ページを繰るのを忘れて心の内に沈み込んでいた加奈を、子供たちが不審気に見ているのに気づいて、加奈は慌てて声を励ました。

「お姉さん人魚たちは波間から半身を出して人魚姫に呼びかけます。早く早く、このナイフで王子さまを――」

百合舎の子供たちは、自然に、中学生の大きい女の子と、小学生の小さい女の子のグループに分かれていた。しのぶ、春子、真知子の三人は、子供から大人になりつつある年頃で、しのぶと真知子は初潮も見ていた。園で大人になったら、その先どうなるのか、中学生たちは、それぞれ将来への不安に心落ち着かなかった。園内の寺子屋式の教育から始まって、昭和六年には全生学園校舎も建設されたが、全生学園は公的には認められていない私的な教育機関で、「卒業証書」も園長名で出されていた。昭和二十五年頃から、療養所内の学園は地域の小中学校の分校となり、「卒業証書」は公的に通用するものとなって、少年少女たちには希望の光が差したかに見えた。だが、現実には、中学校卒業後の子供たちの行く手は閉ざされていた。長島愛生園内に全国でたった一校の、岡山県立邑久《おく》高校新良田《にいらだ》教室が設立開校するには、昭和三十年を待たねばならなかった。

プロミンの投与が可能になり、子供たちの多くは急速に回復するようになった。病気が進行しないうちに治療を開始した者は、手足の欠損や視力の障害のような後遺症もない。細菌学的には無菌で、園の外で生活するのに何の支障もない——はずだった。が、現実には、すんなりと外の世界に入っていくことは困難だった。子供であるから自活していく力はない。家族が受け入れて自活できる力をつけてやればよいのだが、癩の病歴を持つ子供を、父でさえ、母でさえ、拒否する。戦前、戦中、戦後を通しての「無癩県運動」(注1)によって人々の心に染みついた恐怖と差別の意識は、治療した者が郷里へ帰ることを許さなかった。帰って来られては他の子が困る、と親は身を二つに引き裂かれる思いで、病の子を切り捨てる。入所した子供たちが、親が自分たちを家に迎えてくれることができないと悟るのは、もう少し後になってからだ。子供たちは、初めは自分がライと呼ばれる病に罹っていることをよくは分からないまま、ある日親に伴われて入所してくる。「病気が治ったら、すぐ迎えに来るから」と、親も切なくて後ろ髪を引かれながら、子を残して去っていく。

病み果てて失明したり、手足を失ったりしている大人の患者たちの姿を見たり、ものものしい職員たちの態度、年長の子供たちの交わす言葉などから、子供たちは少しずつ自分の置かれている現実を知り、心に絶望の楔《くさび》を打ち込まれていく。それでも子供たちは親を求め、信じようとする。親が面会に来てくれた日は、子供たちは夢のような喜びに包まれる。親からの手紙を握りしめ、一人になれる隈を探して、子供たちは繰り返し繰り返し手紙を読む。真知子の色鉛筆事件は、そんな子供たちの思いを象徴するでき事だった。

「はるちゃん、わたしの色鉛筆知らない？」普段から疳の強い真知子が、おとなしい春子に険しい声で問いかけた。

「またあ。真知子ちゃん、自分の筆箱ちゃんと見たかあ？」年長のしのぶが、真知子の筆箱を開けた。

「三本、入ってるじゃない。赤エンピツもあるよ」

「この筆箱じゃなくて、家から送ってもらった十二色の——」

「ああ、それなら、さっき猫がくわえてったよ」しのぶが、しれっとして言った。

「何で猫が鉛筆とってくのよ。魚でもないのに」

真知子が家から送ってもらった十二色の色鉛筆は、他の少女たちの羨望の的だった。色鉛筆そのものもほんとにきれいで羨ましかったけれど、何よりも家から送られてきたことに、少女たちの胸は騒いだ。お父さん、お母さん、じいちゃん、ばあちゃん。みんなわたしのこと、忘れたりしてないよね。きっともうすぐ迎えに来てくれるよね。入所して二、三年も経つと、子供たちは、自分たちが、檻に閉じ込められていることを否応なしに飲み込まされていく。「すぐ迎えに来るから」と言って背を向けた父、自分が眠っている朝まだきに帰って行った母が、迎えにきてくれることはないのかもしれないと思い始める。自分は人に嫌がられる病気だから、ここに居なければならないんだ。家族とも学校からも切り離されて。たった一人で。さびしくて恐ろしくて、子供たちの心は凍りつく。凍ったまま千切れてゆく。大人と違って自ら死ぬことも思いつかない子供たちは、本能的に、自分をこの世に留める縁《よすが》を求める。縁は、父、母、家族の愛だった。ほんの少しの愛のしるしを、子供たちはどんなに求めていたことだろう。かすかな風を察知して揺れる「風知草」のように、子供たちは家からの風に敏感だった。家から送られてきた十二色の色鉛筆は、真知子にとって、母が自分を愛してくれている証し以外の何物でもなかった。

皆で探しても見つからなかった色鉛筆の箱は、猫がくわえていったはずはなかったが、百合舎の庭と林を区切る平たい石の上に、露にぬれて置かれていた。一本も欠けずに十二色は朝日に輝いていた。

「見つかってよかったね、真知子ちゃん。一晩お月さまが借りて行ったのかもしれんね」

加奈は、丁寧にボール箱の露を拭いて、真知子の手に載せた。誰が置いたのかは、詮索したくなかった。真知子は黙って色鉛筆の箱を胸に抱いて、百合舎から程近い礼拝堂の方へ歩いて行った。ここ以外子供たちが一人でいることのできる場所はどこにもない。母親が送ってくれた色鉛筆の箱と一緒に、少しの間でも一人でいさせてやりたいと、加奈は思った。礼拝堂なら、真知子をしばらくの間一人にさせておいてくれるだろう。

教室に通ううちに、加奈は、図書室兼用具室の中のガラス戸の嵌《はま》った戸棚に、何十冊もの冊子が入っているのに気づいた。

「これ、見せてもらっていいですか」斉田に訊くと、

「ああ、もちろん。ここで発行してきた機関誌です。ここだけじゃなく、他所の園から送られてきたものもある。園では文芸が盛んでね、子供らにも書かせてる。『呼子鳥《よぶこどり》』っていうのが、全生学園のものですよ」

加奈は、授業の合間や土曜日の午後、戸棚の書物を開いた。土曜日の午後だけは、康平も加奈も「仕事」から解放されていた。土曜日の昼食が終わると、夕食まで、子供たちも「見張られない時間」を与えられる。といって、康平にも加奈にも子供たちにも、自由はなかった。鋭い棘を持つ葉が密生する柊の高い垣根は園を一周してとり囲み、出入口には門衛が常駐して、人の出入りを監視している。何をするにも療養所規定に縛られ、常に園の日課に従って動かねばならない。囚われ人であることの苦痛。自分で選ぶこと、自分で決めること、それが何と人間らしいことだったかと、康平は愕然とする思いだった。

(注2)

加奈は夢中になって、戸棚の冊子に読み耽《ふけ》った。『呼子鳥』は、昭和九年に全生学園の教師をしていた入所者が編集者になって創刊された入所児童の作品集だった。『呼子鳥』の他にも、長島愛生園発行の『愛生』『望《のぞみ》ヶ丘の子供たち』、星塚敬愛園の『南風』などが並んでいた。粗末な用紙の、薄い冊子だった

が、表紙は色刷りで、編集者の熱意が伝わってくる。「日本初のライ少女手記」と帯に記された、松山くに著『春を待つ心』もひっそりと読み手を待っていた。加奈は、一枚ページを繰っては胸が痛んで読み続けられなくなり、心を奮い立たせて一ページ読んでは、窓の外を見つめて呆然とした。ここの子供たち、癩を発症した子供たちは、こんな思いを抱いて囚われ人の日々を送っているのだ。

(注3)雲を見て母を思へば母ににる
父を思へば父ににるかな

ふるさとの母を思つて星まつり　（R子）
たなばたに思ひ出ありぬさまざまに　（T美）

てすりにもたれてゐる友
目かくししやうと思つて
そつと後にまわつたら
手紙をもつて泣いてゐた　（T子「友だち」）

「三号で読まう」
と、言ひながら、
友は手紙を持つて
は入《い》つて来た。
火鉢のそばに坐つて
読んでゐる。
読み終わつても
じつと
ふうとうを見てゐる。　（S子「手紙」）

柳の青い芽がでたら
島へ面会に行きますと
桃の蕾がふくらんで

白くなつたら行きますと
胸毛の赤い鳥が来て
鳴くよになつたら行きますと

毎年春の便りには
面会に行くとあるけれど

柳はのびて桃は咲き
赤い鳥も去《い》んだのに

あ、母さまはなぜこない

（Y子「面会」）

思ひ出は
私の胸の
小さな銀の箱にある
そんなものがあるつてことも
中に何が入つてるかも

誰も知らないの
思ひ出は
淋しくなつた時
古い昔の写真のやうに
一人でそつと
広げて見るの

思ひ出は
小さな銀の此の箱は
人にもあげたいけれど
たうてい
わかつてもらへないと思ふの

（Y子「思ひ出」）

ナツカシイ　ナツカシイ
フルサトヨ
ワタシノスキナ
トウサマノ　カアサマノ

オカタヲ
モイチド　タタキタイ
アアナツカシイ
フルサトヨ

（K）

戸があいて、荷物を持つたお母さんが、はいつて来られた。お母さんは、私を見ると「千砂」と言つたまま、お泣きになつた。私も、声を出してわつと泣いた。ものを言うことも出来ない。思つて居《い》た事を言おうとするけれど泣きじやくつて、声が出なかつた。

（T「面会」）

お父さんは四時に帰らなければならないので、本館の下まで見送りに行つた。お父さんと別れる時は何にも言へなかつた。胸が一杯になつて今にも涙が出さうになつた。でも泣いたらお父さんが帰つても心配されると思つて、涙をこらへた。お父さんの顔を見るのも、もうとうぶん見られない。さう思ふとなほ悲しくなつた。お父さんは「もう帰るから兄さんにも言つとけや」と言はれて、振り向き振り向き本館へ上つて行かれた。私はもう悲しくなつて涙が目に一杯たまつて、ぼうつとして見えない。涙をふけば人が見てゐるので、そつとうつむいて帰つた。

（Y子「父の面会」）

親と別れなければならなかった子供たちの苦痛、悲しさ、母を恋い、父を慕う思いの強さは、振り降ろされる鞭のように加奈の心身を打った。紀一を置いてきた自分と康平を、紀一はどう思うだろう。子供を捨てたのではない、己を捨てたのだと思っているが、子供の方は、自分が捨てられたと思うだろうか。

これらの作文や詩を書いた子供たちが入所してい

たのは、加奈や現在の百合舎、祥風寮の子供たちより、二十年から十年前のことだろう。社会の有り様や家庭の状況も違っていたかもしれない。でも、ここに入所してくる子供たちの思いは少しも変わっていないと、加奈は思った。突然放り込まれた混乱と不安の渦の中で、子供たちが思うのは、父、母、兄弟姉妹、祖父や祖母であった。

祥風寮も百合舎も、一緒に住むのは家族ではない。それでもそこに居るしかない子供たち。子供たちは本能的に、周囲の大人の顔色を窺うようになる。一昔前は、少年少女期に発症した者は、成人するまでに多くの者が命を失い、命永らえたとしても完治できず、成人舎に移れば移ったで、「少年舎上がり、少女舎上がり」と、差別を受けたという。戦後プロミン開発により完治例も稀ではなくなった現在、子供たちの将来は、まっ暗闇ではない。だが、ここにいる間に、子供たちが失うものは測り知れない。受けた傷の深さは測り知れない。せめて今日一日、明日一日、どんなにささやかでも、うれしい、楽しいと感じられることを子供たちに与えてやりたいと、加奈は思った。いや、与えてもらっているのは自分の方かもしれない。たみ代の小さな手の温もり、たどたどしく鉛筆を握る弓枝の曲がった指、気が強そうでいて、いつも不安を宿しているしのぶの目。おとなしい春子ちゃん、泣き虫の真知子ちゃん、目立たないけどしっかり者のりえちゃん。目の前にあなたたちがいてくれるから、「カナ子先生」は生きていけるよ、今日も。

（注１）無癩県運動は昭和初年代から戦後まで、「民族浄化」をスローガンに癩患者を強制的に収容し、社会から排除しようとした施策。昭和四年の愛知県を皮切りに、各県が「無癩県」を目指し患者を狩り立てた。
（注２）巻末資料389頁「国立癩療養所患者懲戒検束規定」参照。
（注３）110～112頁の詩文は、国立ハンセン病資料館企画展「ちぎられた心を抱いて」図録より引用。

第六章 末《み》生《お》

全生園での日々は、康平と加奈にとって、鈍いヤスリで心身を削られるようにして、過ぎていった。降り続く雨に、部屋に閉じ込められた子供たちの鬱屈もつのっていたある日、夫婦舎の縁先に独身舎の小菅《こすげ》が駆け寄ってきた。

「福ちゃんがよ、退所するんだって。治ってよ」

夫婦舎の部屋々から居住者が出てきて、小菅を取り囲んだ。衝撃、羨望、疑惑、さまざまの感情が一瞬に人々の顔に浮かんだ。プロミンの効き目は画期的だった。不治の病だった癩は完治可能となり、隔離の檻の扉が開く日の到来は、患者たちが夢にみることさえ諦めていた光だった。もちろん、プロミンの効き目には個人差があり、菌の種類や症状の程度により、菌の排出が続く者もいたが、プロミンは確実に症状を緩和し、結節や紅斑が消え無菌になっていく。無菌になれば、社会へ戻るのは当然だった。全生園における退所者数は、昭和二十四年には五名、二十五年には十名、二十六年七名、二十七年十三名と記録されている。

しかし、退所後の暮らしがいかなるものになっていくか、楽観は許されなかった。癩は完治しても、全く障害の残らない者は少なく、欠損した指、抜け落ちた眉が再生するものでもなかった。退所者を送る人は大勢いたが、迎えに来る家族や親族はほとんどいなかった。いないで欲しい存在として長くその存在さえ伏せられている者も少なくない。故郷は元癩患者をその懐に抱き取ってはくれない。

「ほうか、福ちゃんがのう」

と、金本が吐息のようにつぶやいた。金本は顔の筋肉が麻痺したように引き攣《つ》れていて、社会に出れば好奇と不審の視線に晒されるのは必定と、本人も分かっている。朝鮮半島出身で、発病前から差別に痛めつけられていた金本は、「ここに居る方がまし」と言い言いしていた。

ここに入る時、すべてを諦めたのだと、康平はくり返し自分に言い聞かせていた。ここでこうやって、生かさず殺さずの薄闇の中で命終わる日を待つより他ないのだと。だが、さらに諦めることがあったのだと、康平と加奈は思い知ることになった。

加奈は、数日前から身体に違和感を覚えていた。胸苦しい。全身が何となく怠《だる》い。風邪を引いたのだろうか、夏風邪は治りにくいって言うし、子供たちに感染《うつ》したら困るなあ。そんなことをぼんやり考えながら庭に目をやると、夜は音立てて降っていた雨も上がって、庭からは盛んに水蒸気が立ち昇っている。もやもやとした水蒸気を見ているうちに、加奈は込み上げてくる吐き気に、口を押さえて洗面所に駆け込んだ。起き抜けで、胃には何も入っていなかったため、吐き出されたのは、苦い粘液のようなものだけだった。何かに当たったのだろうか。子供たちは何ともないだろうか。康平さんは――。朝食をとると胸苦しさは収まって、加奈はいつものように、教室で子供たちにノートを開かせた。

たみ代と弓枝は、平仮名は自由に書けるようになり、易しい漢字を覚え始めていた。お父さん、お母さん、大きな山、小さな川、白い花、赤い実。加奈は、童謡や唱歌の歌詞を使って覚えさせることを思いついた。

今は山中　今は浜
今は鉄橋《てっきょう》　渡《わた》るぞと
思う間もなく　トンネルの
闇《やみ》を通《とお》って　広野原

遠《とお》くに見える　村の屋根《やね》
近くに見える　町の軒《のき》
森や林や　田や畠《はたけ》
後《あと》へ後へと　飛《と》んで行く

（「汽車」作詞者未詳）


低学年の子供には難しいかなと考えた漢字には振り仮名をつけた。

「振り仮名の付いている漢字は読めればいいの。黒板に書き出した漢字、書けるように練習しましょう」と言って、加奈は「今、山中、浜、思う、間、広野原、見える、村、近く、町、森、林、田、行く」と書き出した。歌詞の中の漢字は生きているんだなと、加奈は自分の思いつきがうれしかった。

「一ぺん歌ってみようか」と、教場の古びたオルガンを弾くと、子供たちは体を揺らせながら歌った。伴奏もつかないメロディーだけのオルガンでも、子供たちは今まで見せたことのない開《あ》けっ広げの笑顔で歌っている。歌うことは、加奈の心にも、子供の心にも、束の間の「解放」をもたらしてくれた。歌詞を書き写しながらも、子供たちは小さな声で歌っていた。

「榎田カナ子、医務室へ来なさい」

突然、小林看護婦が教室の入り口で加奈を呼んだ。

「えっ、今授業中ですが」

「先生が昼にはお出かけだから、今すぐ来なさい」

加奈は隣の教室で上級生に地図を見せながら授業をしていた藤沢教諭に後を頼んで、小林看護婦に従った。何だろう。胸がざわついた。治療室に入ると、机に向かって何か書いていた杉原医師が振り向いた。杉原医師は週二日通って来る外科の医者だったが、加奈が診察を受けるのは入所以来初めてだった。

「そこに横になって」細いベッドを指し示す。

「あのう、わたし、別に——」

「早くしなさい」小林看護婦が苛立たしげに促した。ここでは職員に従う以外ないことは加奈にも分かっていた。ベッドのシーツが少し湿っぽく感じられて、加奈は思わず眉をひそめた。小林看護婦が加奈の衣服を緩めて、胸部と腹部を露わにした。杉原医師は加奈の胸を見つめ、下腹部を押すように撫でた。

「尿検査をするが、まず間違いない。妊娠しているな、これは」

何のことだろう。加奈は言われていることの意味が飲み込めなかった

「大野先生は、いつ見える？」

「木曜日です」

「僕は金曜日に来るけど、大野先生の方がいいだろう。産科が専門だし」

妊娠――。ああ、そうだったんだ。わたしは妊娠したんだ。ここへ入ってからずっと月のものは無かった。あんまり暮らしが変わったから、遅れてるんだろうと思っていた。いや、月のもののことなんか、気にする余裕もなかった。家にいる時だって……。妊娠。どうしたらいいんだろう。子供が生まれたらどうなるんだろう。子供はどうなるんだろう。

身仕舞をして椅子に掛けて茫然としている加奈に、小林看護婦が言った。

「木曜日に、大野先生に手術していただく。いいですね」

「手術？　手術って――」

「掻爬《そうは》に決まってるでしょう。そうは。中絶ですよ」

加奈は心臓が止まるのではないかと思った。掻爬が何であるかは、世間知らずの加奈でも知っている。

「昔はのう、飢饉《ききん》の年に生まれた赤ん坊は、間引きっちゅうてな――」村の寺の裏手の一隅に祀られている水子供養の地蔵さんの前で、婆ちゃんが話してくれたことがあった。「いいか、加奈。女子《おなご》はな、宿した子は何があっても守らないけんよ。子供は母親だけが頼りなんだからな」

同じ集落の後家の玉枝さんが、もう目に立つよう

になっていた子を流そうとして命を落としたことも、少女だった加奈たちの耳にも聞こえてきて、友だち四人固まって、世の中にはそんな恐ろしいこともあるのだと震えていたっけ。

加奈の耳に小林看護婦の声が聞こえてきた。「連れ合いに黙っているわけにはいかないでしょう。榎田耕一といいますが」

「連れ合いは知っているのか。榎田耕一……ああ、旦那の方は手術済みだったよな。妊娠するはずはないのだが――。ああ、入所直前か」

「康平さん」加奈はこの世でたった一人、自分の心の内を語れる人の名を呼んで立ち上がり、ふらつく足で教場のほうへ向かった。

「いいですね。木曜日に手術だから」小林看護婦の声が追いかけてきた。

教場に戻った時は、午前中の授業は終わっていて、子供たちは百合舎へ戻ろうとしていた。

「あ、カナ子先生が帰ってきた。弓枝、いっぱい書いたよ」

「たみ代も」

弓枝とたみ代がまつわりついて来る。

「先生、どうしたの？　顔がまっ青……」

りえが加奈を見上げた。

「うん。大丈夫。しのぶさん、皆を連れてってね。木崎さんに、先食べててくださいって」

加奈は康平を探した。中学生の教室では、年長の男子生徒二人が、黒板を拭いたり、用具の片付けをしたりして、康平を手伝っていた。加奈は立っていることができず、生徒用の椅子に崩れ落ちるように座った。

「どうした、加奈？」康平が驚いて声をかけた。何か言おうとするが、唇が震えて言葉にならない。

「みんな、もういいよ。お昼に行きなさい。ご苦労さん」

康平は男の子たちが去って行くのを見送って言った。

「医務室へ呼ばれたって、女の子たちが言っていたが、何かあったか？」

「ちゅうぜつ、するって」

「ちゅうぜつ？」

「赤ん坊ね、できたけど……」加奈は顔を両手で覆って泣いていた。

康平にも、加奈の言っていることの意味が分かってきた。ここへ入ってほとんどすぐ、康平は精管結紮の手術を受けた。受けさせられた。それ以来、康平と加奈は身体を合わせたことはなかった。できなかった。互いの体温で温め合って眠っても、愛を交わす行為はできなかった。体というより、脳の中の回路が遮断されて、抱き締める以上のことはできなかった。だから——そうか、あの時、と康平は汽車に乗る直前の、名も知らぬ神社での一ときを思い出した。あの時の二人の、死を前にして燃え上がる今生の名残りのような炎が加奈の体に生命を芽生えさせたなら——。


「ええっ、中絶しろというのか、医者が？」康平は加奈に質《ただ》した。加奈は両腕を自分の体に回して全身を捻るようにしながら叫んだ。

「いやーっ。子供は生まなくちゃ。ねえ、子供は生んでやらなくちゃ」

「俺が訊いてくる。加奈は柏舎の方へ行って寝てろ。百合舎のことは木崎さんに頼んどくから」

加奈を柏舎の自室に連れて行き、布団に寝かせて、康平は医務室へ急いだ。

杉原医師は帰ろうとしているところだった。顔色を変えて飛び込んできた康平を見て、ややたじろいだ表情になり、

「誰？　何なんだ」と、康平と小林看護婦の顔を半々に見ながら言った。

「さっきの、榎田カナ子の連れ合いです」

「ああ、奥さんから話を聞きましたか。木曜日に大野先生がオペしてくださるから」

「オペしてくださる？　オペってどういうことで

す。自分たちは中絶なんて考えてない」

「考えるも何も、ここの入所者は子供を生むことはできない。優生保護法って法律によって癩者の子供は中絶することになっている」

「夫婦部屋の者に聞いてみなさい。みんな子供は諦めてるんですよ」と、小林看護婦も諭すように言った。

「優生保護法ってなんですか。どうして——」

杉原医師は、ガラス扉が嵌った戸棚から分厚い表紙の法律書を取り出して、机の上に置いた。

「『六法全書』。貸してあげるから読んでみるといい。中学校で教えていたそうだから、理解できるだろう。私たちは、法に基づいてここの仕事をしているんだから」

杉原医師は書物を残して部屋を出て行った。小林看護婦が黙って机の上から取り上げて差し出した『六法全書』を、康平は半ば無意識に受け取って、加奈の元に戻った。


柏舎では、それぞれの作業や治療から戻った人たちが、昼食を済ませていた。大声で話す者もなく、シンとしている。加奈の枕元で、玉木トシと国谷英子がもどかしそうに顔を見合わせて座っていた。

「あ、榎田さん、お昼までしょう」と、国谷英子が、部屋の隅にあった布巾を掛けたお盆を差し出した。「祥風寮の子供らが運んで来たよ。カナさんの分もしのぶちゃんと春子ちゃんが持ってきたけど、いらんって、カナさんは食べんとよ」

「すみません」康平は誰にともなく頭を下げて、加奈の枕元に座った。

「これ、法律の本。今、調べてみるから」

康平は、もどかしい指で優生保護法のページを探した。

優生保護法
（昭和二三年七月一三日 法律第一五六号）

第一章 総則
（この法律の目的）

第一条　この法律は、優生上の見地から不良な子孫の出生を防止するとともに、母性の生命健康を保護することを目的とする。
（定義）
第二条　この法律で優生手術とは、生殖腺を除去することなしに、生殖を不能にする手術で命令をもって定めるものをいう。
2　この法律で人工妊娠中絶とは、胎児が、母体外において、生命を保続することのできない時期に、人工的に、胎児及びその附属物を母体外に排出することをいう。
第二章　優生手術
（医師の認定による優生手術）
第三条　医師は、左の各号の一に該当する者に対して、本人の同意並びに配偶者（届出をしないが事実上婚姻関係と同様な事情にある者を含む。以下同じ。）があるときはその同意を得て、優生手術を行うことができる。但し、未成年者、精神病者又は精神薄弱者については、この限りでない。
一　本人若しくは配偶者が遺伝性精神病質、遺伝性身体疾患若しくは遺伝性奇型を有し、又は配偶者が精神病若しくは精神薄弱を有しているもの
二　本人又は配偶者の四親等以内の血族関係にある者が、遺伝性精神病、遺伝性精神薄弱、遺伝性精神病質、遺伝性身体疾患又は遺伝性畸形を有しているもの
三　本人又は配偶者が、癩疾患に罹り、且つ子孫にこれが伝染する虞れのあるもの
四　妊娠又は分娩が、母体の生命に危険を及ぼす虞れのあるもの
五　現に数人の子を有し、且つ、分娩ごとに、母体の健康度を著しく低下する虞れのあるもの

「第二章　優生手術」第三条、一、二と読み進み、三の項に至った時、康平は目を疑った。「本人又は配偶者が、癩疾患に罹り、且つ子孫にこれが伝染する虞《おそ》れのあるもの」

癩に罹った者は、男は生殖能力を奪われ、女は宿した子を中絶させられるのか。法の定めるところにより。康平は、もう一度条文を初めから読み直した。「本人の同意並びに配偶者があるときはその同意を得て」

加奈も俺も同意しない。「同意を得て」とあるのだから、同意しなければ手術はできないはずだ。

「俺は同意しない。認めない」康平は思わず口に出していた。

「誰も同意したものなんて、いねえよ」玉木トシの連れ合いの忠夫が言った。

「ああ、ここにいる限り、子供は持てないんだ」トシも小声で言った。

「俺とトシがここへ収容された時も、トシの腹には子ができてたんだ。――問答無用だったよ」

いつの間に来ていたか、一番西の端の部屋にいる久田《ひさだ》ミツが、右手を腹に、左手を胸に置いて口を開いた。もう目は涙でいっぱいだった。

「あのな、わたしがここへ入った時は、あと二月《ふたつき》で子供が生まれる頃だったんだよ。あと少し待てばあの子は生まれて、それから先は故郷《くに》の祖母ちゃんが引き取ってくれるはずだった。だのにあの子は、無理やり引っ張り出されて、あーって泣き声をあげた。確かにこの耳で聞いたんだ。んでもな、すぐ看護婦が連れてってしまって。少しして看護婦が戻ってきて、早産で死んだって。何が早産だ。注射されて、訳が分からんうちにあの子を引っ張り出したのに。わたしは、一目も子供を見ていない。あんたによう似た女の子だったよって看護婦が言ったのよ。人でなしの看護婦がよ。あー、つらいよう。何でわたしはまだ生きとるんだろう。早くあの子のそばに行きたい。行ってやりたい」

ミツは泣き崩れた。

「そんなこと、今カナさんに聞かせるもんでない」と、ミツの夫の新吉がミツをそっと抱きかかえた。

康平も加奈も、想像もしなかった話に、ただただ驚愕した。ここはそういう所だったのか。ミツを制した新吉だったが、自分もまた怒りと悲しみのにじんだ口調で話し出した。

「光田健輔《みつだけんすけ》っていう、二年前に文化勲章もらった医者がいる。癩医療に貢献したっていうんで勲章もらったんだ。光田は長くこの園にもいた。この医者が、初めてワゼクトミーをしたのは大正四年だ。断種手術をしなければ所内結婚は認められなくなってな。俺たちのように夫婦で入所した者も、手術を強制された。女の腹に宿った子も――始末した。しまいには本人だけじゃなく、家族まで断種するべきだと言い始めた。ここじゃ、男も女も患者は断種するのが当たり前だと、医者も看護婦も思っとる。何が文化勲章だ――」

いつもシンとしている西の端の部屋で、久田新吉は、目を紙にくっつけるようにして本を読んでいた。どういう人なんだろうと思っていた康平は、淡々とした口調の奥の悲しみと怒りに深く共感していた。この人は信頼できる人らしい。

「逃げた者もおるとよ」栗山夏実が声を潜めて言った。

「逃げるって?」

「昔はさ、どうしても子供を生みたい女やら、子供に一目会いたいと思いつめたり、故郷《くに》の田植えが気がかりだったり、うん、ただ街で酒飲みたいもんもな、柊の垣根にビール樽の底を抜いたのを差し込んで逃げたり、逃がしたりしたって聞いてるが。榎田さんの奥さんも逃げたらどうかね」

「うーん。だが、誰か面倒みてくれる人はおるんか、外に?」

康平は、全身から血が引くのを覚えた。誰もいない。どこへも帰れない。もし故郷に帰ったら、皆に迷惑がかかる。

「逃げたらな、治療は受けられなくなる。プロミンは一般の医療機関では扱っていないから。二人とも、まだ完治してはいないのだろう――?」

「外の病院でプロミン打ってもらえるなら、家にいて治療できるのになあ」国谷友雄が英子を振り返って言った。

「ああ。だが、俺たちはここを出られない。[注1]癩予防法には、患者は療養所へ入所させるという大原則が記してある。明治四十年に制定された法律を、昭和二十八年の今、改定しようとしているが、ここでも、患者隔離政策は変わらない。『勧奨』とはあるが、事実上は強制だ。だから、俺たち全患協（注2）は猛反対して運動している。何としても法律を廃案にさせたい」

　久田の言葉に、康平は顔面を殴られるような衝撃を受けた。法律。優生保護法に続いて癩予防法という法律があるのか。漠然と、法とは人を守るものと思っていたが、法は人を損ない傷つけるものなのだろうか。法は人が作る。誰が何を目的として作るのかが問題なのだと、康平の頭はめまぐるしく回転した。

「おろすんなら、早い方がいいよ」久田ミツが掠れた声で言った。「育ってからでは、つらいから、な」

　加奈は耳を塞いで起き上がり、ふらつく脚で百合舎に向かった。柏舎で子供を諦めた女たちの話を聞いているのは耐え難かった。百合舎は、いつもより静かだった。梅雨の最中でも晴れれば気温は高く、庭はいつの間にか乾いている。「カナ子先生」たみ代が目ざとく加奈を見つけて飛んできた。

「先生、大丈夫？」

「ごはん食べた？　今日はおうどんだったよ」弓枝やりえが加奈をとり巻いた。大きい子供たちは午後の授業に行く支度に気を取られている風で、加奈の方を見ない。この子たちは何か聞いているのだろうか。自分が子を堕ろさせられると知ったらどう思うだろう。しのぶは作文の中に「おまえなんか生まれてこなければよかった」と姉から言われた時の苦しさを書いていた。「母ちゃんは姉ちゃんを怒りもせずにため息をつきました」と。堕ろしたくない。この子たちのためにも。

　康平は、昨日借りた『六法全書』を返すことを口実に医務室に小林看護婦を訪ねた。

「納得しましたね？」小林看護婦は言った。

「いや。条文には『同意を得て』とあります。自分も妻も同意しません」

「それでは、ここに置くわけにはいかなくなります。だが、患者は収容しなければならないから、二人の郷里に、実家に、保健所や警察が探しに行くことになりますよ。親兄弟がどうなるか、考えてみなさい。

——先生の診察では、奥さんは出産経験があるとのこと。そうなのでしょう？　子供はどうした？　今二人が郷里へ戻ったら、子供はどうなります？　よく考えてみるといい」

ああ、紀一。紀一はどうしているだろう。無事、和田先生のところで育ててもらっているだろうか。それとも——身元が知れて、河津屋敷のある村へ連れ戻されただろうか。いや、それなら父や母から連絡があるはず……。それとも、孤児院にでも送られて……いや、和田先生はきっと、自分たちの願いを、紀一を、受け止めてくださる。紀一はシロと一緒に暮らしている。康平は小林看護婦が何か言っているのも耳に入らず、頭の中で紀一の面影を追っていた。「たとえ、今ここで生まれても子供は育てられない。しっかり治療して、完治すれば退所できることもあるから、それから晴れて、子供を作ればいい……」

康平は思わず立ち上がった。椅子がガタンと倒れる。

「俺は、俺の体は——。どうやって子供を作るんだ」

小林看護婦は、さすがにハッとしてたじろいだ。気まずさと憐れみが混じった歪んだ笑みを浮かべて、「そうだった。ワゼクトミーを済ませているんでしたね」

康平は医務室を走り出た。それ以上そこにいたら、小林看護婦を殴り倒してしまいそうだった。

康平も加奈も、教室に戻ってはみたが、口を利く力が出ず、書き取りやら計算、図画などを課して茫然として窓の外を見ていた。子供たちは、ただならぬ気配を察して静かだった。黙々と指示されたことをやっては、時折ちらりと先生の様子を窺う。やっと終業の合図が鳴ると、生徒たちは先を争うように、祥風寮と百合舎に戻って行った。加奈と康平も柏舎の自分たちの部屋へ向かった。誰とも顔を合わせたくなかった。加奈の顔を見たとたん、俺よりも加奈の方がずっとつらいのだと康平は悟った。加奈は吸い寄せられるように康平に身を寄せた。康平は、加奈を胸に抱き取って腕に力を込めた。七年前、康平が加奈に「嫁さんになってくれ」と言った時のように。両の拳で康平の胸を叩いた。

「紀一」叩きながら加奈は言った。

「うん、紀一」康平が頷いた。

「紀一を守るために、この子をあきらめる」

二人は互いの思いが重なったことを感じた。梅雨の晴れ間の、湿気に満ちた無風の夕刻、身も心も凍えて、二人は彫像のように立ち尽くしていた。


木曜日の午後、加奈は手術台に上った。全身麻酔が施されようとする時、加奈は、麻酔はしないでいい。痛い方がいい。何をしたって自分の罪は許されるはずもないが、せめて痛みを共にしてやりたいと思った。思わず麻酔器具を払い除けようと上げた手を、看護婦がグイと摑んで引き下ろした。——その後は何も分からなくなった。

しばらく回復室で、半ば意識を失ったまま横たわっていると、康平が迎えに来た。狭いベッドから降りたとたん、グラリと傾いた加奈を支えようと差し出した康平の手に、加奈の体は子供のように軽く、頼りなかった。柏舎の部屋には、布団が敷かれていた。

柏舎の人たちは、何も言わなかった。どう慰めようとしても慰められるものでないことを、皆知っていた。

夕食時になって、玉木夫妻が夕食の膳を運んできてくれた。

「カナ子さん、お粥がついてるよ。少し食べてみな」

加奈は緩く頭を振った。振ったとたん目が回って、天井が波打った。トシは懐から紙に包んだものを取り出した。

「飴だ。カンロ飴。甘いもの食べると力がつくから」

「あれ、トシ。そんないいもの持ってたのか。俺にもくれんと、一人で舐めてたな――」忠夫がわざと剽軽に言った。

「わたしも持ってきた。ビスケット」久田ミツが缶の蓋を開けた。量も不十分な粗末な食事だけで命をつないでいる入所者に、ほんの時たま、面会に来た家族が置いていった貴重な甘味だった。康平は深々と頭を下げた。

「加奈、飴をもらったよ。口に入れてやろう」加奈は、小さな丸い飴を口の中で溶かした。甘い。おいしい。思ったとたん、悲しみが込み上げた。この子は、飴の味も知らないで……。加奈は飴を口から出して、咽び泣いた。

「さっ、失礼しよう。カナさん、よく眠りなさいよ。眠るのが一番だ」と久田新吉が言い、ミツも、「日《ひ》数《かず》が薬さね、ね」と言って缶をしまった。玉木夫妻も黙って立って行った。

深更、うとうとと仮寝をしていた康平は、「みず、みず」と喘ぐ加奈の声に目を覚ました。豆電球を点して加奈の体を探ると、火のように熱かった。薬缶の水を湯飲みに注いで加奈の口に当てがった。

「水だ。飲めるか、加奈」

「湯飲みじゃ無理でしょ。吸い飲みを使うといいよ」玉木トシが顔をのぞかせた。「何だか音がしたから……」

トシが持ってきてくれた吸い飲みの水を、加奈は貪るように飲んだ。

「熱が出たんじゃないの？　手術の後はよく熱出るのよ」

「ええ。ひどく体が熱くて。どうしたらいいか」

「何も薬は出してくれなかったんだね」

「当直の先生は誰だろう。俺、行ってみてやる」忠夫が急いで身支度をして出て行った。柏舎から本館までは廊下続きでは行けず、夜半に降り出した雨の中を外に出なければならない。十分程して戻ってきた忠夫は怒りを露わにして言った。

「島本の若造がよ、朝まで待ってろ、朝になったら連れて来いってぬかす。手術後なんだから手術のせいでどうにかなったら医者の責任だ。あんたが当直なんだからあんたの責任だって脅かしたら、少し怯《ひる》んで、それじゃ連れて来いとさ。この雨の中をさ。あいつはここへは来ない。感染るのを恐がって医務室から外へは出ないって評判だものな。――どうする？　連れて行くか」

加奈は熱に喘ぎ、「みお、みお」と叫んでいた。

「担荷持ってきて運ぼう。早く手当てしないとどうなるか……」久田新吉が言った。いつの間にか、柏舎の全員が集まっていた。

「いや。私が背負っていきます。すみません、誰か傘を」

「おう、わしが傘を持とう」柏舎で一番背の高い国谷友雄が立ち上がり、大きな番傘を広げた。「これで負ぶいなせ」国谷英子が男帯を出した。

ほとんど意識のない加奈を男帯で背負い、康平は足を踏み締めた。背負っていく間にも、加奈の身体の熱さが背中に張りつくように伝わってくる。

アルバイトの島本医者は、不機嫌な顔つきで、それでも起きて待っていた。

「先生、早く診てやってください」

島本は素早く加奈の目を覗き、胸に聴診器を当てた。

「術後の発熱はよくあることだ。解熱剤とリンゲルをしよう」と康平に言って、診察台の上に横たわった加奈の太股に針を挿した。加奈の脚がピクンと動いた。

「朝まではここに置くしかないだろう。看護婦が来たら病棟に移すよう言おう。旦那はどうする？」

「付き添います」

「ん、じゃ、そばにいて、リンゲル液が少なくなったら知らせてくれ。僕は仮眠室にいるから」

様子を窺っていた国谷を見送って、康平は加奈の傍に椅子を引き寄せて加奈の手を握った。「加奈、加奈」もし発病することなく郷里で暮らしていたら、次の子を身籠って、周り中から祝福されていただろう。あの時、小山の神社で加奈を抱かなかったら、こんな苦しみを味わうことはなかったのに。「原罪」という語の意味は、こういうことだったのだろうか。いや、それなら紀一だって同じはずだ。俺たちの唯一の希望の証し、紀一。この苦しみの由来は何なのだろう。俺も苦しいけれど、加奈は俺の何倍、何十倍も苦しいだろう。己の命さえも賭ける女の苦しみ。女の苦しみを、男はどう分け合えばいいのだろう。

すべては病気のせいだ。呪わしいこの病気。——だが、康平の胸に、初めて疑問が浮かんできた。胎内の子を抹殺したのは何なのか、母親の心身を痛めつけるものの正体は何なのか。今まではすべての根源は「癩」にあると思っていた。それはそうに違いないが、果してそうか。子を産んだら母親の命にかかわる場合もあるだろう。そういう場合は中絶もやむをえないかもしれない。だが、癩はそういうわけではない。優生保護法、そんな法律を作ったのは誰だ。優生保護法の中絶の要件に「癩」を入れたのは誰だ。人だ。康平の動悸《どうき》が激しくなった。加奈の胎内に宿った生命を殺し、加奈に死に瀕する苦痛を舐めさせているのは、神でもなく悪魔でもない。人だ、人間だ。

ふっと目を上げると、リンゲル液があとわずかになっていた。康平は慌てて立ち上がり、仮眠室の扉を叩いた。「うーん」と鈍くくぐもった声で島本医者が応じ、汗を拭いながら起き上がった。黙ってリンゲル液の交換をすると、加奈の熱を計った。

「おう、熱が引いている」康平が加奈の額に手を当てると、気味の悪い熱が引いているのが分かった。

「加奈」と呼びかけると、加奈は薄い膜が張ったような目を開いて「みお、みお」とつぶやいた。「ん、みずか？　水が欲しいのか？　先生、水を飲ませてもいいですか」

「ああ、飲めるようなら飲ませていいよ。脱水症状を起こしてたから、リンゲルが効いた。経口で水が取れれば、そりゃあ、いいことだ」

「ありがとうございます」素直に感謝の言葉が出たのが、我ながら不思議だった。断種の手術を受けて以来、康平の心には、怒りと恨み、悲哀と恥辱が渦巻いていた。誰に対しても感謝の思いなど口にすることは困難だった。子供たちには感謝の心、助け合いなどと徳目めいた言葉で諭したりしながら、己の心には憤怒の炎が燃え盛っていた。その内と外との落差が、さらに康平を苦しめていた。今、心の内と外がすっと重なって、島本医者に対して感謝の言葉が口に出せた時、康平はわずかに己を取り戻せた気がした。

加奈は危機を脱した。だが、体力も気力も加奈から抜け出してしまい、加奈は壊れた人形のようにはかなかった。

「しばらくは病棟におくのがいいでしょう」島本医者は出勤してきた小林看護婦に告げた。小林看護婦は婦長や杉原医師に指示を仰ぎ、癩以外の病が重症になっている患者を収容する病室に加奈を入室させた。斉田事務官は、「榎田耕一の方は、当分夫婦部屋でなく、男子部屋に入るように」と康平を杉舎へ連れて行った。加奈と自分の手回り品をまとめて柏舎を出る康平に、玉木夫妻や久田夫妻が声をかけた。

「カナちゃん、早う元気になるといいね」

「また、ここへ戻っておいでよ」

「榎田さん、杉舎へ行ったら樫山さんによろしく言ってください。後で、三人で話がしたい」久田新吉が、小声で言った。

うだるような夏が来た。夏も冬も病む者には厳しい季節だが、汗腺を侵され、汗のでるところは臍の周囲だけになってしまうことがある癩患者にとって、夏は火焙りにあっているような苦しみだった。病室にも扇風機一つなく、窓を開ければ蚊や羽虫に襲われる。しかし、身体を苦しめる夏の暑さ以上に加奈を苛んでいたのは、心の痛みだった。加奈は、決してベッドの真ん中には寝なかった。左端三分の一ぐらいを空けて、加奈は「見えないみお」を寝かせていた。「みお」は、加奈が失った娘につけた名だった。男女の区別もつかないうちに闇に葬られた子を、加奈はなぜか女の子だと信じていた。

「みおってどんな意味？　どう書くの？」と康平が訊くと、加奈は宙に指で文字を書いた。

「未生。まだ生まれてこないの。でも夜になるとここに来て眠るの」昼間は、「未生が泣いてるのに傍へ行ってやれない」と言って、身を捩じって泣くこともあった。どうなってもいいから加奈を連れて逃げればよかったと、康平は何度思ったかしれない。加奈はこのまま現実の世界から離れて、康平の手の届かない世界へ行ってしまうのではないか。康平は自分も気が狂いそうになるほど恐ろしかった。加奈、置いていかないでくれ。腕を、見えない未生を抱く形にしたまま眠っている加奈の傍を離れて杉舎に戻ろうとした康平の目が慌ただしい人の動きを捉えた。大勢の入所者が集会所の方へ集まって行く。久田新吉と本田勝利が何か話しながら歩いている。入所した時から、康平は療養所に何か起きていることは察知していた。康平が勤務していた中学校でも、教職員組合が組織され、勤務条件や給与の改善を求めて職場集会や地区大会が開かれ、管理当局と交渉を重ねていた。指導法を研究する勉強会も盛んになっていた。若い康平は、勤務校でも組合活動の中心メンバーだった——数か月前まで自分が身を置いていたあの熱気、いや、そんなものとは比較にならない、切実な炎が、集まって行く人々の目には燃えている。

　その日は人々の渦に入っていく気力はなく自室に戻ってしまったが、翌日、たまらなくなって久田を訪ねた。

「おおっ、榎田さん、奥さんが……？」

「いいえ、カナは何とか。久田さん、僕は自分たちのことにかまけていて気付かなかった——いいえ、知ろうとしなかった。今、ここで何が起きているのですか？　皆、闘っているのでしょう？」

「そう、闘っている。我々の運命を懸けて。榎田さんに話したいと思いつつ、奥さんのことがあって遠慮していたんだ。——私はこれから会議があって——そうだ、樫山さんから話してもらおう。礼拝堂へ行っててくれませんか。すぐ樫山さんに行ってもらうから」

木々に覆われた、天井の高い礼拝堂は、他所よりは涼しかった。礼拝堂の扉は鍵を掛けていないので、康平は樫山に従って中に入り、二人は並んでベンチに腰を下ろした。

「前から榎田さんと話したいと思っていました。我々の闘いについて説明する前に、少し、私自身のことを聞いてもらえますか？　まだ夕食までには少し時間がある……」

「はい」頷きながらも、康平は不安で胸がざわついた。つらい話はもう聞きたくない。

樫山は淡々とした口調で話し始めた。


「私は勉強は好きだった。東京の商科大学を出て、一流商社に就職して、九州の田舎じゃ、出世頭のように褒めそやされた。親たちもそれは喜んでくれました。だが、戦争が長びき太平洋戦争に突入すると、とうとう私にも赤紙がきた。就職して五年目でした。入隊の時検診があって、医者が怪訝な顔をして私の顔を見つめ、ついで身体じゅうを診た。翌日、別の医者が診に来て、『癩』だと告げられました。即刻除隊、家で待機するように命じられたのです。入所先が決まったら通告するから、すぐ出発できるよう用意しておけと。——家の者にも近在にも、この病の者はいなかった。入所命令が来たのは一週間ほど後だったと思う。その間は、死ぬことしか考えなかった。夕闇に紛れて線路まで歩いていって、何度、飛び込もうと思ったかしれない。橋の上でも、崖の上でも、木の枝を見上げても、頭に浮かぶのは『死』だった。でも、死ねなかった。母親は少し足が不自由だったんだが私が外出すると、必ず後からついて来て、少し離れて見てるのよ。悲しげな目をしてな。母ちゃんは、俺が死ぬのと、癩病で生きてるのとどっちが楽かって訊きたかった。ああ、父は私が就職して二年目に卒中で亡くなった。私の病気を知らずに死んでよかったと、つらかった父の死も、有り難いと思いました。とうとう保健所から役人がやってきて、療養所へ入るよう命じられました。行くより他なかった。私が家にいたら、母も弟も妹も親戚も村八分だ。弟は福岡の工業学校を出て八幡《やはた》で働いていたから入隊は免れていたんです。母は弟に、絶対に帰ってくるなと手紙を書いていました。私が入所して間もなく、縁談のまとまっていた妹は破談を申し入れられて……。うちで一番しっかりしていた妹は、恨み言一つ言わず『病気なんだから治しゃいい。兄ちゃん、わたしが治してやる』って言ってなあ、それから猛勉強して看護学校へ入った。もうすぐ卒業して病院勤務に就くって矢先、アメリカ兵の車に轢かれて死んでしまった。私はここで、おめおめと生きてるのに。どうして神だか天だかは、俺を生かして紀子《のりこ》を死なせたんだろう、なあ、榎田さん。生きてりゃ、いい看護婦になって、この戦後の空気を吸って、伸び伸びと生きていけたろうに」

康平は息を殺して、樫山の話に聞き入った。つらくとも聞こう、と思った。

「入ったのはここではなく、長島愛生園。二年前に文化勲章もらった光田健輔が園長だった。文化勲章って何だ。光田は、患者の隔離に手を尽くし、ワゼクトミーを始めた張本人なのに。光田がいなくても癩の治療はできた。だが、光田がいなかったら、ワゼクトミーは、なかった」

久田新吉の話と同じだな、と康平は思った。康平の屈辱は今も決して薄れない。ワゼクトミーは人としての誇りを奪い去る仕業以外の何ものでもない。樫山はしばらく黙っていた。目が潤み、膝に置いた手が震えている。「樫山さんも……」康平は小声で言った。後の言葉は続けられない。他所よりは涼しい礼拝堂も西陽が射してくるとムッと暑くなってきた。凪はそよとも吹かない。樫山は手拭いに顔を埋め、汗と涙を拭いた。

「この病気に罹る者は、女より男の方がずっと多いことは知っているでしょう。園内婚っていってもなかなか相手は見つからなかったし、私は、愛情があって初めて男と女になれると思っていたから、無理に結婚しようとは思ってなかった。それどころじゃない。我が身一つの処し方に懊悩していたのだから。だが、若い男は結婚するしないに関わらず、勢いで女とどうせんとも限らん。子を生ませることのできない体にしておかなくてはと、私も手術を言い渡された。——私は、海を泳いで逃げようとした。長島というのは文字通り『島』で、本土の虫明《むしあけ》までは、三十メートルしかないが、入所者にとっては無限の距離だ。橋なんぞは懸かっていない。わざと懸けないのだろう。隔離のために。私は、海に足を浸したか浸さんうちに職員に捕まって連れ戻され、まっすぐ手術室に運ばれた。無我夢中で暴れたが、普段は使わない全身麻酔をされて、意識がないうちに手術は終わっていた。目が覚めると——痛かったですよ。体も心も。我慢がならず『自分は承諾した覚えはない』って怒鳴りこんだら、書いた覚えのない承諾書を見せられた。名前が書いてあって、拇印が押してあった。意識がなかったから、その間に誰かが名前を書き、私の指を押しつけたんだろうと思う。右手の人差し指に、朱肉を拭いた痕が薄く残っていたから。それからは何事につけても逆らって暴れていた。そしたら、ここ全生園へ移された。少し前なら草津送りだったたろうが」

「草津送り——？」

「ああ、榎田さんは知らないだろう。昭和二十二年に廃止された、草津の栗生楽泉園にあった重監房だ。(注3)ここにだって、いやすべての療養所には監房がある。不服従と判断された入所者を懲戒する目的で造られた檻だよ。檻の中の檻。栗生は草津の山中にあるから、冬は凍えるような寒さだ。立ち上がる高さもない、小さな窓からわずかな明かりが差すだけの、獣の檻のような部屋に、全国の園から『不良患者』の烙印《らくいん》を押された者が送り込まれた。不良っていったって、何をしたわけでもないんだ。家族のことが心配でならず脱走しようとして捕まった人、ほんの少しの〝改善〟を請求した人。洗濯場で働いていて、長靴に穴が開いたため、新しい長靴が欲しいと言っただけで草津送りになった人さえいる。陽も差さず、火の気もない部屋で、支給されるのは一日二食の粗末な食事だけ。次々と凍死、衰弱死していったそうだ。栗生監房では設置以来、入れられた者は九十三名、うち十四名が『獄死』し、生きて監房を出ても、間もなく死亡した者も少なくなかった」

「現在はないんですね」

「そう。昭和二十二年、楽泉園公会堂で行われた参議院補欠選挙の演説会と懇談会がきっかけになり、重監房の存在や職員の不正と残酷な待遇が明るみに出て糾弾闘争が起こった。国会議員による特別調査団が派遣され、厚生省も実状調査に赴いた。監房に踏み込んだ調査団は壁に記された『私に罪はない』『死んで恨みをはらす』といった文字を読み、人間が考えたとは信じ難い造りの監獄に唖然《あぜん》とした――ついに、その年のうちに重監房は打ち壊され、廃止された。今は、熊笹が根を張っているそうだが――」

「警察は入らないのでしょう？　どうして療養所に懲戒権が認められているのだろう――」

「その通りです。今に至るまで、プロミンも何もなかった明治四十年成立の『癩予防法』がまかり通っているんだ。昭和六年には(注4)『患者懲戒検束規定』が認可され、園長の裁量で患者に懲戒を加えることが認められた。そして今年、明治四十年以来の癩予防法がやっと改訂されることになったんだが、条文案では、『強制隔離』は存続するんだよ。入所強制、所長の懲戒権は残され、無断外泊すると罰せられる。明治の予防法より、むしろ罰則は強化されている。今年（注5）の年明けから全国の療養所で、癩予防法改悪に反対する患者大会が開かれ、抗議活動は大きなうねりとなっていた。作業拒否、ストライキに入り、ハンストも決行された。七月一日には、全生園のバス使用が認められなかったため、全生園滞在中の全国の療養所代表者と全生園の軽症者の四十八名は、私鉄で国会に向かい、夕方までに十七名の国会議員と会って、陳情行動を終えたのです。七月三日、前日全患協の要請に折れて国会に行くことを約束した林全生園長に引率され、全生園と楽泉園のバスで五十四名が陳情に向かったけれど、やっと議員六名に会えただけだった。夕方から雨になり、陳情団は雨に打たれつつ座り込みを続けました。菊池、星塚、大島、長島、栗生、松丘……全国の療養所からハンストに入ったという連絡が届く中、七月四日を迎えた。前日夜『明日、通過の色濃厚』の予測が社会党議員から伝えられていたため、全生園からはさらに応援が到着し、参院通用門前は、二百人近い患者がプラカードを手に法案反対を叫びました。だが、午後三時五分――今もね、はっきりその時間を覚えてるんです――、討論もなく、無修正で法案は可決した。たった三分で」

　自分は、加奈の手術とその後の錯乱に対応するのに精一杯で、周りのことには目も心も閉ざしていた、と康平は忸怩《じくじ》たる思いがした。そういえば学校も休校になり、子供たちはそれぞれの宿舎に閉じ込められるように過ごしていた。子供たちは、大人の闘いをどう聞かされていたのだろう。どう思っていたのだろう。

「榎田さん、これからは参院での闘いになります。一番大事なのは奥さんのことだ。まず奥さんが元気になられるよう、支えてあげて……いや、私はそんなことが言える立場ではないけれど。百合舎の子供らが奥さんを慕ってるって聞いてます。どうか、子供らのためにも……」

「はい。このまま死ぬようなことがあったら、加奈は余りにも可哀相です。もう一度、加奈の笑顔が見たい——。樫山さん、法案が通ってしまって、もう何か手立てはないのですか」

「参院はまだ通っていません。衆院を通った法案の撤回はとてつもなく困難だけれど、目標は廃案です。せめて修正を求めていく。榎田さんも我々と共に闘いませんか。もちろん奥さんを看ながら、できる限りでいいのです」

「お願いします。加奈と私、患者を苦しめる法律。樫山さん、法律は人が作るんですよね」

「そうだ。人が作ったものなら絶対じゃあない。変えられる、きっと。——ああ、もうこんな時間だ。戻らないと。また連絡します」

礼拝堂の外へ出ると、暮れなずむ夏の空も紺色に暮れかけていた。早く加奈のところへ行かなければと、康平は樫山に頭を下げて病棟の方へ急いだ。康平は身内に一本芯柱が通ったような気がしていた。療養所にいても、力を尽くせることがあるのだと。


七月二十二日、全患協は第三次陳情を実施した。同日、作家の阿部知二、平林たい子、詩人の大江満雄、自由人権協会の海野晋吉などを発起人に、総評（日本労働組合総評議会）、全医労（全日本国立医療労働組合）などが発起団体となって、「らい患者の人権を守る会」が結成されることになり、準備会が開催されている。七月二十三日、四日の両日、厚生委員会に山県厚生大臣が出席、原案通り通過しそうだと予測した全患協は、第四次陳情団四十名で厚生委員に面会を申し込み、参院通用門前に座り込んだ。全国の療養所でもそれぞれの所轄官庁への陳情活動を展開した。全生園からは、三十日夜から翌朝にかけて五十五名を増援、松丘、駿河、菊池、栗生からも合流し、午前中のうちに陳情団は百三十三名に達していた。

陳情には参加しない入所者三百五十名も門外に出て国会を目指してデモ行進を行った。加奈の様子が気掛かりではあったが、康平もこの行進に参加した。康平は最後尾の方から、リヤカーに乗せられて進む「不自由者」に付き添うようにして歩いて行った。門を出て程なく、列の先頭の方から、ざわめきが伝わって来た。数人の職員が行進を押し止めようとしているらしい。プラカードが奪われ、畑に投げ捨てられたが、行列は踏みとどまることなく所沢街道(注6)を進んで行った。沿道には地元の人たちが「よっぽど我慢できないことだろう」と言いながら見送っていた。田無近くまで来て休憩し、昼食をとった。暑い日差しの中の長時間の歩行で、どの顔も疲労の色が濃かったが、心は高ぶっていた。こうしているうちにも法案が通ってしまうのではないか。身を励まして行進を開始すると、警官隊二百人が現れて立ち塞がった。デモ隊は路上に座り込み、デモ隊と警官とのにらみ合いは六時間にも及んだ。にらみ合っていた警官たちの中から、康平たちの耳に、信じ難い言葉が発せられた。「心掛けが悪いからそんな病気になるのだ」デモ隊の何人かが警官に詰め寄っていった。康平も思わず立ち上がっていた。だが、「挑発に乗るな」「我々の相手は警官じゃない」という声がデモ隊の中から上がり、衝突は回避された。さすがに警官の暴言と判断したか、田無署の次長がデモ隊に向かって深々と頭を下げた。

その後すぐ、厚生省の予防課長が現場に到着した。課長はデモ隊を阻止する方針でやって来たのだが、デモ隊の勢いに、全員を引き上げさせることはできないと判断し、患者代表との話し合いの結果、バス五台で国会に行き、座り込みを激励して帰ると話がまとまった。バスに乗り切れない者は、そのまま園に帰ることになった。もうあたりは暗くなっている。早朝から無我夢中でデモ隊に加わっていた康平の心に目を閉じた加奈の顔が浮かんできた。加奈はどうしているだろう。康平はバスには乗らず、疲れて脚を引きずるように歩いている仲間を支えながら、園に戻った。

　八月一日、参院厚生委員会は、法案を九項目の付帯決議を付けて原案通り可決した。(注7)六日の本会議通過までの間も、陳情団は厚生省で座り込んだり、厚生大臣に要請書を提出したりして闘い続けたが、八月六日、新らい予防法案は参院本会議において、厚生委員会決定の通り、可決された。

　数か月に渡る闘争は、患者たち一人一人の胸に、「真に恐るべきは自らの諦観以外にはない」という思いを目ざめさせていた。患者同士のつながり、労組やさまざまな団体の支援は、地上のどこにも居場所を失って自己放棄に陥っていた入所者に、他者への信頼と自己への誇りを取り戻す道を照らす明かりとなった。

　予防法闘争から多くの歌も生まれ、雑誌『多磨』などに発表された。

　(注8)国会陳情の報告聞かむと夜の更けを盲の友ら杖鳴らしゆく

　二里余り歩み来りて木の陰に我等たむろす言葉少なに

　廃墟のごと議事堂の影かぶされり荒莚しき寝る顔の上

　座り込むわれ等の前を老婦人合掌しゆけば母ぞとおもふ

　これらの歌を読んで、康平は一首一首にその情景を思い浮かべ、心を熱くした。

　新「らい予防法」(注9)は八月十五日付で制定公布されたが、法律制定は終着点ではなかった。運用面での改善を目指し、全患協は長期的展望で闘う道筋を獲得していた。患者たちは団結して闘うことによって政治を動かすことができることを学んでいた。その根底にあるものは、患者たちの「人間回復」だった。「予(注10)

防法闘争こそは七十年のらい院の歴史をふた分けにした事件であり、歴史の中の一つの『峠』と言える。多くのぎせいを払ってあがなった闘争の成果には多くの有形なものもあるが、最大の成果は患者たちの意識の変革であったと思う。ながい隔離の檻のなかで骨がらみに持たされていた劣等感、自己蔑視、自己差別をなげうって、初めて何ものにも妨げられぬ『人間の声』を、ひとりひとりが放った」のである。

康平が園外デモに参加したのは、七月三十一日のみだった。加奈の病状は予断を許さず、祥風寮の子供たちの監督を頼まれており、園外に出られる状況ではなかった。学校は夏休みに入っており、外部から通ってくる教諭も、争乱を避けて園には足を踏み入れなかった。作業拒否により、外部から雇われた労務者が薬の配達をしたり、職員家族が病室看護に当たったり、子供たちにとって「見知らぬ大人」が出入りし、見慣れていた大人の入所者たちは、鉢巻きを締め、プラカードを持った「見慣れない」恰好で公会堂に集まっている。子供たちは固唾を飲んで、大人たちの闘いを見ていた。闘争の雰囲気に刺激されて、子供たちに事故があったら大変だ。「榎田さんは子供たちを守ってくれ」という樫山の言葉で、康平は自分の役割を認識し、受け入れた。康平はできる限り子供たちと共に過ごし、闘争についても説明した。

「癩は治らない病気ではない。感染力も弱い。隔離は時代遅れだよ。みんな早く治って、社会に出ていきなさい。出た時困らないように、しっかり勉強しておくんだよ。今度提出した要望の中には、高等学校を作ることも入っている。高校ができれば、中学校卒業後も勉強できるんだ」

中学生の子供たちは、目を輝かせた。高等学校、何て魅惑的なんだろう。子供たちは、「高校を作る」のであって、一般の高校へ進むのではないことは、よく分かっていないようだった。康平の頭に、少し前まで教えていた郷里の中学生たちの笑顔が浮かんだ。ここの子供たちが、心から笑えるのはいつなんだろう。

八月十三日の闘争終結後、園は静けさを取り戻していった。患者たちは「人間回復」を内に秘めつつ、長い闘争で疲れ切った身体を休ませていた。康平は柊の垣根に少しだけ風が通るようになった気がした。

（注1）巻末資料386頁参照。明治四十年の制定時には法律名が無く、「癩予防ニ関スル件」として公布された。昭和六年の改正時に「癩予防法」と記載された。

（注2）全患協は昭和二十六年発足時は、「全国国立癩療養所患者協議会」としていたのを、昭和二十六年に「全国国立ハンゼン氏病療養所患者協議会」と改称。昭和三十四年にドイツ語読みから英語読みの「全国国立ハンセン氏病療養所患者協議会」に改称。さらに昭和五十八年にはより一般的な病名に改め、「全国ハンセン病患者協議会」と改称した。本書における「ハンセン病」の呼称は、全患協の名称の変遷による。

（注3）草津の栗生楽泉園の重監房に関しては『無菌地帯』198～205頁に依拠。

（注4）巻末資料389頁参照。

（注5）癩予防法闘争に関しては、『無菌地帯』239～258頁に依拠。

（注6）『無菌地帯』253頁より引用。

（注7）「九項目の付帯決議」については、巻末参考資料396頁参照。

（注8）四首の歌は『倶会一処』186～187頁より引用。

（注9）巻末資料391頁参照。

（注10）『倶会一処』188頁より引用。

第七章
林の千草

加奈を救ったのは子供たちだった。

未生の幻を抱き締めて、現世から飛び去っていこうとしていた加奈の心身を甦らせてくれたのは百合舎の少女たちだった。

「カナ子先生は病気が重いんだから、そばへ行ってはダメだよ。よう勉強して、戻ってこられるのを待ってなさい」

と木崎寮母に諭されても、たみ代、弓枝、りえの三人はカナ子先生の病室をつきとめようと、目を凝らし耳を欹《そばだ》てていた。家族と引き離されて他人の間で生きていくことを余儀なくされている子供たちは、大人の顔色を見ることに敏《さと》くならざるをえない。ただ無邪気に感情を露わにすれば、きっと叱られることになる、と子供たちは悟っていた。子供たちは見えないふりをして何でも見ている。聞こえないふりをして何でも聞いていた。見たり聞いたりしたことの意味は十分には理解できないながらも、核心は察知していた。

「カナ子先生は、病棟に入ってるよ」

「病棟ってどこの？」

「椿舎の向こうの三号棟」

「よく分かったね――」

「祥風の軍《ぐん》ちゃんが、榎田先生が、ほらカナ子先生のダンナさんだよね、藤沢先生と話してるのを聞いたって。軍ちゃんてほら、オルガンの向こうにもぐるの好きでしょ。もぐって本なんか読んでるんだよね。そしたら、榎田先生が涙声で話してたって」

「椿舎の向こうの三号棟なら、林の方から行けば、木崎さんに見つからずに窓の下へ行けるんじゃない？」

「学校から帰るとき、行ってみようよ」

　三人は小さな頭を寄せ合って、相談した。下校時刻になって百合舎に帰る時、たみ代が「あ、忘れ物しちゃった。取ってくる」と引き返した。弓枝とりえは「一緒に行ってあげる」と引き返した。先生たちはまだ教員室で仕事をしているだろうから大丈夫だろうと、上級生たちは三人を気にせず百合舎へ戻って行った。三人は学校の玄関に潜み、上級生たちの姿が完全に見えなくなると、さっと校舎の裏側へ回り、林の道へ飛び込んだ。子供たちにとっては、初めて通る道だった。足裏に柔らかい林の中の道の両側には、アザミやアキノキリン草、フウロ草、リンドウなどが、草に見え隠れして咲き続いていた。子供たちが名を知っているのはアザミぐらいだったが、ほんのりと色づき始めた木々を洩れてくる光を受けて、花々は子供たちの目にも可憐で美しかった。

「カナ子先生に採ってってあげよう」

「渡せるかなあ」

「見せるだけでもいいよ。カナ子先生、お花好きだもん」

　それぞれに一握りの野の花を摘み取り、三人は林の中の道を急いだ。男子寮の椿舎の障子は開け放たれて、何人かの大人の姿が見え、少女たちの鼓動は早くなった。

「見つかったらどうしよう」

「怒られるかな」

「道に迷ったたって、泣けばいいよ。男はね、女の涙に弱いんだって」

「女って？　わたしらのこと？」

「そうだよ。女だもん」

　そんなことを囁き交わして、少女たちは椿舎の大人たちの目を逃れようと、体を屈めて走った。

「大丈夫。みんな昼寝してるみたい」

「大人って、よく寝るよね」

椿舎と病棟の間は板塀で遮られていたが、風通しのため、塀の下の方は板が張られていない。三人は難なく空間をくぐり抜け病棟に走り寄った。切妻屋根の入り口に、一号、二号、三号の札が懸かっていたので、三号棟はすぐ分かった。

「どの部屋かなあ」

「端っこから探していこう」

三人は、入り口の方から一つずつ窓の中を覗いていった。子供たちの背丈は窓の下枠ほどで、背伸びをしてもなかなか室内は見渡せない。一番大きい弓枝がたみ代を抱き上げて部屋を見ていく。りえはピョンピョン跳んで中を見た。「いないよ」「ちがう」と言って頭を振るたみ代に、弓枝もりえも焦りと不安で唇を一文字に引き結んだ。とうとう、入り口から一番遠い部屋まで来た。弓枝に支えられて首を伸ばしたたみ代が「いた！　カナ子先生！」と叫んだ。

二号棟と三号棟の間の中庭に置いてあった縁台のような台を引きずって、三人は加奈の部屋の窓辺に並んで立った。

浴衣を着た加奈が窓際のベッドで目を瞑っていた。

「カナ子せんせい。こっち向いて」たみ代が叫んだ。弓枝は摘んできた野の花を振った。何か気配を感じ取ったのか、加奈が身じろぎをして窓の方を見た。少女たちの顔と振られる花をぼんやり見ていた加奈の顔に驚きが浮かんだ。「あっ、こっち見た。わかったかな」三人はうれしくて、ぱあっと笑顔になった。加奈は上掛けを撥ね除け、起き上がってベッドを降りた。それまで、ベッドを降りることはおろか、半身を起こして食事をとることも拒んでいた加奈だったから、同室の三人は驚いた。最年長のシマが制した。看護婦を呼ぼうとした洋《ひろ》を、「呼ばんとき」

加奈はふらつく足で窓辺に立ち、力の失せた手で窓を開けた。

「ああ、きれい」

子供たちが差し出したアザミの赤紫、アキノキリン草の黄色、フウロ草のピンク、リンドウの青紫、そしてシロヤマギクの白が、加奈の目と心に染み通っていった。ああ、この世には色があったんだ。加奈は手を伸ばして野の花を受け取り、胸に抱いた。

「カナ子せんせい」三人が呼びかけた。

「たみ代ちゃん、りえちゃん、弓枝ちゃん」

加奈が自分たちの名を言うのを聞いて、三人はワアッと声を上げた。

「カナ子先生、もう治った？」

「カナ子せんせい、一緒に遊ぼう！」

「わたしね、足し算、先生にほめられた」

「おとといね、りえ、熱が出たの」

「そう、もう熱は下がったの、りえちゃん？　弓枝ちゃん、足し算出来るようになったんだね」

「いつ、百合舎に帰ってくる？　カナ子せんせい」

加奈は、三人の不安と希望が入り混じった目を見返した。百合舎。百合舎の子供たち。あとからあとから、加奈の目から涙があふれた。

「さあ、今日はここまでにしときな。早く戻らんと寮母さんに怒られるよ。カナ子さんも疲れるでな……よう来てくれたなあ、みんな」三人は急に、自分たちが木崎さんにも上級生にも黙って病棟までやってきたことを思い出した。どうしよう、見つかったら叱られる。シマは、「大丈夫。ここへ来たことは誰にも言わん。ヒミツじゃ。看護婦さんに見つからんうちに早う戻りゃんせ」

三人は台を飛び降りて、「カナ子せんせい、またくるねー」と言って、犬の子のように板塀の下をくぐって見えなくなった。

加奈は滂沱《ぼうだ》と涙を流して子供たちが去って行った方向を見ていたが、力尽きたようにくずおれた。

「あ、いかん。看護婦さんに見つかるといけんから、早うベッドに」

シマに励まされて立ち上がり、ベッドに這い昇った加奈は、気を失ったように眠り込んだ。これまでのような、眠っているのか目覚めているのかも不確かな、闇を漂うような眠りではなく、身も心も休息している眠りであることを見て取って、シマはほおっと長い息を吐いた。子供は何よりの薬だなあ。このまま、正気づいてくれるといいが……。シマ自身、六月《むつき》にも育った子を中絶させられ、予後が悪く、子宮は摘出していた。子供はどんなに望んでも叶わぬ夢だった。今は肝硬変が進み、青黒く浮腫《むく》んだ顔をしている。あと二人の同室人のうち、房子《ふさこ》は心を病んで全く口を利かなくなっており、洋は階段で転んで大腿骨を複雑骨折していた。あとどんだけ生きられるか分からんが、子供らの声が聞けて、子供らの笑った顔が見られりゃ、なんぼうれしいか。カナさん、あんたのお陰じゃ。シマは昏昏と眠っているカナの布団を直しながら思った。

その日から一月ほど、子供たちは大人の目を盗んでは加奈のもとへやってきた。百合舎で折った折り紙、学校で描いた絵を見せて、加奈に褒めてもらうと、満足そうに笑った。歌も歌った。

通りゃんせ　通りゃんせ
ここはどこの細道じゃ
天神さまの細道じゃ
ちっと通してくだしゃんせ
ご用のないもの通しゃせぬ
この子の七つのお祝いに
おふだをおさめにまいります
行きはよいよい　帰りはこわい
こわいながらも
通りゃんせ　通りゃんせ

（「通りゃんせ」わらべうた）

烏《からす》　なぜ啼《な》くの　烏は山に
可愛《かわい》い　七つの　子があるからよ
可愛　可愛と　烏は啼くの
可愛　可愛と　啼くんだよ

山の古巣へ　行って見て御覧《ごらん》
丸い眼をした　いい子だよ
（「七つの子」作詞／野口雨情）

「七つの子」は、加奈も子供たちも大好きで、毎日のように歌った歌だった。

「カナ子先生、この花何ていうの？」

弓枝が花々の中の薄紫の花を指していう。

「野菊よ。きれいねー」

こんな美しい色がこの世にはあったのだと加奈は野菊に見入った。加奈も小声で歌うこともあった。黙って聞いていることもあった。子供たちは、土曜日の午後と、学校が職員打合せのため二時で下校になる水曜日の午後にやってきた。子供たちが大人の動静を察知しているのと同様、大人の方も子供たちの行動は把握していた。療養所に入っている子供たちのつらさの一つは、いつも「見張られていること」だったかもしれない。家庭にいれば子供にも自由な時間がたっぷりある。放課後は、宿題を済ませ、言いつけられた家の手伝いをすれば、あとは遊び呆けていられた。だが全生園の子供たちは毎日、日課表に縛られ、大人たちに「見張られて」いた。大人たちは、それぞれの価値観をもって、子供たちの行動を評価する。Aが叱ることもBなら見逃してくれる。百合舎の寮母さんと学校の先生の考えがくい違うことがあるのも、子供たちは折々に気がつく。小さな子供たちには上級生の目も恐い。上級生は、優しくしてくれる時もあれば、邪険に当たる時もある。大人たちすべての上に立つのがお医者さまだった。園長の存在は、子供たちの思考の範囲外だった。お医者さまに「来年は退園できるよ」と言われて有頂天になっていたしのぶは、半年後、「うーん。まだだめだな。どうしてか、症状が悪化している」と突き放され、ひどく落胆し、荒れた。医者が子供には解るまいと、詳しく説明しないから、子供は「先生のウソツキ」と恨んだ。そんな大人たちが、子供たちの「カナ参り」を黙認していたのはどんなわけだったか――。子供たちのお見舞が加奈の回復の原動力になっていることをシマから聞かされた康平が、樫山を通して看護婦長に頼み込んだためだったかもしれない。上級生たちも下級生三人の「謎の時間」を見て見ぬふりをしていた。三人は、自分たちの「カナ参り」が大人たちに知れ渡っていることには気づかず、季節の移ろっていく林を抜け、椿舎の板塀をくぐる大冒険を楽しんでいた。カナ子先生が目に見えて元気になっていくのがうれしくてうれしくて、子供たちは林の千草を加奈のもとに運んだ。野の花は花から実になり、紅葉の色も濃くなっていった。

子供たちがやってくる時は、数日間溜めておいたエネルギーのすべてを注いで笑顔を見せる加奈だったが、心身の傷は簡単に癒えるものではなく、子供たちの訪れない夜は、相変わらず、見えない未生を傍らに横たえ、声を殺して泣いた。それでも、子供たちが加奈の心の闇に穿った光の楔は確実に加奈の心を開いていった。未生がいたらしてあげることを、あの子たちにしてあげようという思いが芽生え、きっとどこかで紀一を育ててくれている人がいると思った時、加奈は漸くに、未生と自分だけが沈んでいた水底の世界から浮かび上がることができた。紀一、康平。自分には未生の他にも大切な家族がいた。花を持って来て、歌を歌ってくれる子供たちがいた。自分も苦しいのにいつも気遣ってくれるシマさん。松葉杖を突きながらもカラカラと大声で笑う洋さん。目も見え、耳も聞こえるのに、心を閉ざし口を閉ざしてしまった房子さん。どれほどの苦痛を房子さんは味わわされたのだろう。「他者」を心の内に受け止めることができた時、加奈は「こちらの世界」に帰還していた。

加奈と康平は、柏舎の隣の夫婦舎「辛夷舎《こぶし》」に部屋を与えられた。柏舎の人たちは皆、加奈の回復を喜んで、ささやかなお茶会を開いてくれた。花林糖やカステラ、煎餅が出され、熱い番茶が振る舞われた。久田が、ミツの顔色を窺がいながら、懐から二合瓶を出した。「あれ、あんた、こんなもんどこに――」目を三角にして言いかけるミツを玉木トシが笑って制した。「いいじゃないの。お祝いだもの。久田さんが魔法で出したんよ」湯飲み茶碗に少しずつ酒を注ぎ、皆、顔を綻ばせて飲み干した。

「隣の住人もみんないい人だから、安心しな」

「また遊びに来なさいね」

柏舎の人たちは口々に加奈に話しかけた。だが、「ここへ戻ってほしかった」とは言わなかった。余りに苛酷な場に居合わせた者同士は、苛酷な記憶を呼び起こすのがつらくて、少し離れる方向に気持が動く。中絶手術をされた女たちも、苦痛を分かち合いたい思いと誰にも話したくない思いがせめぎ合っていた。他人に知られるのを恥じ、己を責め、ひたすら「子」に詫びた。

柏舎の人たちに見送られて、康平と加奈は辛夷舎に落ち着いた。康平は引き続き中学生を教え、加奈は、まだ癒え切れぬ心身を配慮して百合舎の寮母手伝いのみを続けることになった。寮母は夜も子供の傍に寝むのが原則だったが、加奈は未生を呼んで泣くこともあったため、引き続き百合舎には泊らず、康平が加奈を見守った。子供たちは元気そうに暮らしていても、治り切らない病が「騒ぐ」ことは珍しくない。何日も高い熱が出たり、手足に麻痺が出ることもあった。誰かが風邪をひくと、昼夜生活を共にしている子供たちには、瞬く間に広がっていく。発熱は夜の方が多いくらいだったから、子供たちは、心の底では夜も加奈に側にいて欲しいと願っていたが、加奈の体調を気遣って、「また、あしたねー」と、辛夷舎に戻って行く加奈を見送った。

全生園の林を棲み家にする何種類もの小鳥の鳴き声で目を覚ますと、加奈は急いで身支舞をして百合舎に急ぐ。子供らと一緒に朝食をとり、子供らが学校へ行く仕度をするのを手助けする。子供たちは木崎せいの機嫌を測りながらも加奈に甘え、まつわりつこうとする。「あれー、筆箱がないー」と、りえが騒いでいる。昨日縁側で宿題をやって放り出しておいたのを、加奈は机の上に戻しておいたのだが、それが何かの拍子に机の向こう側へ落ちてしまったらしい。探し出してりえに渡すと、「わー、カナ子先生、ものみっけの名人だね」りえは大喜びだ。

「使い終わったらランドセルに入れとくのよ」と加奈はりえを諭す。「うん」と頷きながらも、りえは「学校から帰ったら、お散歩しよう」とねだる。「暖かかったらね」もう季節は冬に入っていた。襟巻きや手袋をして学校へ向かう子供たちを見送って、部屋の掃除や子供たちの衣類の洗濯をする。しのぶと真知子と春子は下着類は自分で洗うよう言いつけられているが、その他は加奈が洗ってやらねばならない。六人の子供の洗濯はそれだけで半日かかってしまうほどだ。子供たちは学校でお昼を食べることもあり、そんな時は、加奈は辛夷舎で「三人」でとることにしていた。小さな卓の一隅に小さな皿にわずかの御飯を分け、お菜を添えた。「紀一、未生、ご飯だよ」紀一の写真は持って来たが、見るのはつらすぎて、手箱に蔵《しま》ったままだ。未生は写真もない。あるはずがない。「お父さんはお仕事だから、三人で食べようね」そんなお昼は永遠に失われてしまった。加奈はしばらくは箸を手に取ることも忘れて、幻の食事を想った。

百合舎で雑用をしながら子供たちが帰ってくるのを待つ間にも、加奈は子供たちの将来が気になってならなかった。プロミンという特効薬ができた今、子供たちは完治して家へ帰ることができるのだろうか。子供らの家族や故郷はこの子らを受け入れてくれるだろうか。ここに入所していたことは決して明かすことはできず、故郷へ帰ることもできなくとも、どこか都会の一隅で好きな人とめぐり遭って、子供を生《な》すことができるだろうか。

康平と加奈に対しても、入所後間もなくプロミンによる治療が開始されていた。日曜日を除く毎日、血管注射がなされる。定期的に血液検査や菌検査を行い、また休養期間を設けて患者の身体の反応をみながらの投与だった。加奈の場合は、中絶手術と術後の体力低下により、プロミン治療は中断されていた。

「そろそろ再開してみようか」と医者に言われ、加奈は曖昧に頷いた。

「あなたは薬への反応が良いから、一年か二年治療すれば治るかもしれない。旦那さんの方はもう少しかかるかもしれんが……」

「治るって……」

「何年か先になるだろうが、退所できる可能性も出てくるのだから、頑張って治療しなさい」

加奈はふらりと立ち上がった。黙って頭を下げるのがやっとで、挨拶の言葉も出なかった。加奈から話を聞くと、康平もまた顔を強張らせて加奈を見た。二人は茫然として顔を見合わせた。治る。退所。ならば自分たちはここへ来なくてもよかったというのか。紀一を置いて来なくても済んだのか。――だが、と康平は、未生を失わずとも済んだのか。――だが、と康平は、幾度繰り返したか分からない悲痛な「分別」を口にした。

「ここへ来なければ治療は受けられなかった。プロミンは癩療養所でしか投与してもらえないのだから。癩の治療をしている病院は、日本国中どこにもないはずだから。――そして治ったとしても、社会の差別は……変わらないだろう。河津屋敷の悲惨を、僕たちの故郷は忘れないよ、なあ」

「わたしは、もし治ったとしても、ここにいます」

加奈は静かに、だがきっぱりと言った。未生を残しては行けない。わたしたちが未生をここに置いて行ったら、未生は一人ぼっちでどんなにさびしく、悲しいことだろう。二人も子供を置いて行くことなどできない。紀一のためと思って紀一を置いてきた。でも、未生のために、わたしはここにいる。

康平は加奈の思いがよく分かった。

「分かってる。僕は、予防法闘争を見た。樫山さんや久田さんからも教えてもらった。僕と加奈が受けさせられた手術は間違っている。癩は治るようになったのに、患者を隔離し続け、その上子供まで抹殺するなんてことは、どう考えても間違っている。そんな間違いを罷り通らせる法律が、再び成立してしまった。法律を変えるのは大変なことだ。だが、法律は人が作ったものだ。人が作った以上、変えられる。すぐには無理だとしても、粘り強く闘っていくんだ。それに、条文には記されているとしても、運用次第で空文化することもできよう。僕は樫山さんたちと一緒に、この病の者が人間らしく生きていけるよう、活動していこうと思う。それが、これから僕がここで生きてゆく意味になる。患者は患者である前に、人間だ。病は人間の一部に過ぎないんだ」

　ああ、この人は凄い、と加奈は思った。あの屈辱の中から立ち上がって、自分の人生を意味あるものにしようとしている。

「わたしは——わたしはね、ここの子供たちを見守ってやりたい。病室に来て、わたしをこの世に呼び戻してくれた子供たち。教室で文集を読んだの。ここの子供たちは、どれほど深く傷ついた心を抱えて日々をすごしていることか。どんなに自分を可愛がってくれる人を求めていることか。子供たちが何よりも欲しいのは、お父さん、お母さんの愛情だけど、わたしは親の代わりにはなれないけど、でもせめて、あの子たちを大事に思っているよって、伝えたい。子供たちは、いずれ治って出ていくでしょう。少しでも、大事にされた記憶をあげられれば……」

「うん。加奈は偉いな」康平は微笑んだ。

「加奈、戻ってきてくれてありがとう」

　康平と加奈は、自然に一つ布団に身を寄せ合った。お互いの温もりがうれしく、そして悲しかった。二人とも、体を重ねることはもうできないと知っていた。そんなことをしたら未生にすまない。未生、おまえは、私たちの最後の愛の証しだよ。

第八章　果てなき苦難

昭和二十八年夏、全国の療養所入所者が不自由な身体と縛られた心を奮い立たせて成立を阻止しようとしたらい予防法は、原案通り可決、施行された。入所者たち、殊に懸命に反対運動に携わった者は、深い挫折感を味わったが、それ以上に、自分たちの境涯への諦観から抜け出し、自己回復への手応えを感得したことは、何よりの「成果」だった。九項目の付帯決議は、拘束から逃げることのできない入所者の日々の生活を、わずかずつでも暮らし易い方向へ変える拠り所となった。だが、強制入所の法律がある限り、癩を発症した者は自宅には居られず、世の人々の心の垣の棘は、柊よりも鋭かった。らい予防法成立の前後にも、癩への恐怖と偏見は、(注1)惨憺《さんたん》たる悲劇をもたらし続けた。

　らい予防法成立に先立つ昭和二十五年には、熊本県八代郡において、長らく癩を病んで自宅の奥に隠れ住んでいた父親を、思い余った息子が猟銃で撃ち殺し、自分も心臓を打ち抜いて自殺する事件が起きている。

　また、昭和二十六年一月二十八日夜、山梨県で一家九人が心中した。心中の前日、山梨県北巨摩郡多麻村役場から韮崎保健所に(注2)「レプラ患者発生」の報告と、消毒を要請する電話が入った。保健所では即日の対応ができず、村長が医師であったため、村長に相談するよう指示し、翌々日に消毒を行う旨、患者宅に連絡した。癩を疑われた青年は、村長の紹介状を持って山梨県病院の皮膚科で診察してもらうため、一人で甲府に向かった。青年は「異《い》な病気なら帰らない」と言って家を出た。病院の医師は、青年の病気を確認し、連絡を受けた村長は、青年の帰りを待っていたが、青年はその日は帰宅せず、翌日の夜帰宅、一家心中はその夜決行された。家族は「異な病気なら帰らない」と言って出た青年が戻らなかったため、甘酒と農薬を用意して夜を待っていたらしい。遺書には、「伝染する病気であって見れば止むを得ない。取りわけ遺伝説の高い現実では」と心中におもむく心情が記され、家族の名を書き連ねた最後に、改行して青年の名が付け加えられていた。

多麻村役場、韮崎保健所、村長、病院の医師たちの行為は、法律に従ったにすぎない。だがそれは、一家九人を死に追いやる結果につながった。消毒というあからさまな処置とそれがもたらす世間からの反応への予測が、患者のみならず一家を絶望に追い込んだことは容易に推測できよう。

らい予防法成立施行後も、患者と家族の受難は果てしなく続いた。昭和二十九年、大阪で下駄屋を営んでいた男性は、長島愛生園に自発的に入所した。男性の妻が療養所へ送って行った留守中、白衣の十数人がやって来て、手当り次第消毒した上、両隣の家まで消毒液を撒いた。残された家族は、商売は続けられず、その地を去るしかなかった。

このようなニュースが全生園に届くたび、入所者たちはそれぞれの故郷での疎外された日々、故郷を離れた日の痛みをよみがえらせた。

「今でも消毒するんか。少し前は、病人を運ぶ車両は別仕立てで、患者がホームを歩いた後から、白衣の役人が噴霧器担いで消毒して回ったってなあ」

「誰だって、一度も死ぬことを考えなかった人なんていないさ」

「そうだよな。母ちゃんは毎晩のように俺の手を引いて川岸をさまよった」

「それでもなあ、死ぬ前に故郷へ帰って、一日山を見たい、川を見たい……」

昭和三十年（注3）、今井正監督の映画『ここに泉あり』が封切られた。地方都市の市民交響楽団が苦難を乗り越えて成長してゆく物語で、映画館だけでなく学校などでも上映され、大きな感動と反響を呼び、今井正監督の巨匠としての名を高からしめた「傑作」である。しかし、この映画が療養所で上映された時、ある者は席を立ち、ある者は悲しみと怒りの裏返しで、笑った。楽団が栗生楽泉園を慰問する場面で、音の無い拍手、指の無い手にはめられた軍手の指がフラフラと揺れる「拍手」が大写しになった。それは演奏への感動を表現する「絵」であったが、患者たちにとっては、正視に耐えず、面を伏せてしまう映像だった。

「この映画を見た人は、この場面をどう思うのでしょうね」

映画会から部屋に戻って、加奈は康平に言った。

康平はしばらく黙っていたが、

「何なんだろう、あの人たちはって思う人が多いだろうね。病気のことを知っている人は、改めて恐ろしいと思うだろう。そして自分とは関係ない、遠い世界のことだって思うんじゃないかなあ。今井正という監督は、どんな認識であの場面を撮ったのか——あの患者の姿は偽りではないけれど、僕たちからすれば、やはり利用っていうか、自分の作品を際立たせる道具として使われたっていう不快さがある。——映画としてはいいものなんだろうけど」

「紀一は、まだ見ないわね。四つでは」

何を見ても何を聞いても、加奈の思いは紀一に向かう。

映画より一年前の昭和二十九年（注4）、康平と加奈の心を大きく揺さぶる「事件」が伝えられた。「事件」は、全生園から遠く離れた九州、熊本市の黒髪小学校で起こった。

昭和二十九年四月、黒髪校区に属する菊池恵楓園付属保育所「龍田寮」からの新入生四人が、新しいランドセルを背に、黒髪小学校への道を急いでいた。が、四人を待っていたのは「らいびゃうのこどもと一しょにべんきゃうをせぬやうに、しばらくがくかうをやすみませう」と記された大きな張り紙だった。

龍田寮には、二十三人の「未感染児童」と呼ばれる子供たちが収容されていた。当初は主に入所中の患者に生まれた子供のために作られたのであったが、絶対隔離の時代を迎えてからは、強制収容された患者の子弟で保護する者を失った児童が多くなった。学齢に達すれば校区の黒髪小学校に入学すべきところ、学校側がＰＴＡの反対を理由に龍田寮からの通学を拒んできたため、已むを得ず児童たちは寮内で、一人の教師のもと、不完全な単級複式教育を受けてきた。

児童保護施設のありようと、地元学校の対応は、療養所によって、かなり異なる。全生園は保育所を神奈川に作り、「分離保育」をしてきた。栗生楽泉園のように、偏見による抵抗を受けることなく、地元校通学が実現したところもある。星塚敬愛園では、創設とほぼ同時に地元校に通わせてきたが、校区民の理解で特に問題が起きることはなく、長島愛生園でも若干のトラブルはあったものの、昭和二十七年度から、小中学校共に地元校通学が実現し、未通学は恵楓園のみとなっていた。

なぜ、恵楓園龍田寮の子供たちは黒髪小学校への通学を拒否されたのか。その原因の一つは、地域の歴史にあったかもしれない。かつて熊本市には本妙寺癩部落があり、その悲惨を目にしたイギリス人ハンナ・リデルにより、回春病院が設置された。回春病院は戦争の足音とともに昭和十六年に閉鎖となり、龍田寮はその跡地に造られていた。地域の人々にとって、癩患者の悲惨なありさまと癩への恐怖は、記憶から払拭し得ないものだったのかもしれない。

昭和二十八年十一月、恵楓園の宮崎園長は黒髪小学校に龍田寮児童の本校通学の許可を求めた。学校側は「ＰＴＡが了承すれば結構だ」と返答、同年十二月八日、黒髪小学校ＰＴＡ総会が開かれ、宮崎園長は、伝染の恐れのないことを医学的に説明し、通学受け入れを求めた。熊本市教育委員会は、翌年三月、入学の迫った四人の通学受け入れを決めた。だが、入学式当日、ＰＴＡ反対派は前述の張り紙を張り、自分たちの子供を登校させない「同盟休校」を実行した。反対派による登校妨害もあって、当日出席したのは全校生千九百二十八人中わずかに七十六人だった。市教委は二十二日から臨時休校の措置をとった。当時反対派の一人で、デモにも何度か参加したという母親は後《のち》、(注5)「集会でもデモでも、役員の人たちが呼びに来て、行かんならおこらるっですもん。反対せんなら村八分だった」と述べている。

臨時休校にあたって、熊本市教委は龍田寮の一年生四人を、熊本大で精密検診させる調停案を提示、検診の結果、「女子一人は要監察」と診断された。実際には少女の足は栄養不足のためかさかさしていたに過ぎなかったのだが、彼女だけは龍田寮にとどまることとなり、黒髪小は一か月ぶりに開校し、三名は「龍田寮の子」と指さされながら登校した。

十月に、参院文部委員会で黒髪校事件が取り上げられ、参考人聴取が行われた。文部委員会は委員会としての姿勢は示さず、「現地において自主的に解決を図るために一同協力することに意見の一致を見た」との申し合わせ事項が発表されたが、反対派は、あくまでも龍田寮児の通学を拒否する姿勢を崩さず、黒髪地区ではまた、以前と変わらぬ情景が続いた。

再び、三たび、泥沼に陥る中で、熊本商科大学の学長が、龍田寮の新一年生四人を学長宅に引き取って通学させるという解決案を提示した。反対派が「龍田寮以外の場所からなら、受け入れる」と話したことからの発案だった。この案にも一部反対派は拒否したため、入学式は一週間延期されたが、四月十八日、龍田寮の新一年生三人（四人のうち一人は、両親の意向で他園の保育所に転出）は、一年前のような「張り紙」に迎えられることもなく、平穏に黒髪小の門をくぐった。これで、一年余にわたる事態はようやく収束する。

児童たちは、二年に進級する前に、県内の児童養護施設に移って行った。二十九年度入学組も含め、結局龍田寮の入学児童で黒髪小を卒業した者は一人もいない。

このような黒髪小学校通学をめぐる「騒動」は、逐一全国の療養所に報告されていて、康平と加奈も、折々の「全患協ニュース」で、子供らが巻き込まれた状況、通学反対派の迷妄に凝り固まった動きなどは知っていた。まず、「未感染児童」という名称に、加奈は戦慄した。その子供、その子供の、いかなる資質も個性も名前さえも覆い隠す、「まだ癩に感染していない児童」という非情な灰色のレッテル。ここ全生園には患者の子供を養育する施設は置かれていないから、黒髪小のような悲劇さえ起きないのだと、加奈の心はささくれる。紀一は――榎の根元からどこへ行ったろう。もしかしたら、どこかの施設へ送られているかもしれない。でも、少なくとも両親とも癩患者だとは知られていないだろう。和田先生が告げない限りは……。康平が事情を記した手紙を残してきたことを、加奈は恨みたくなることもあった。だがそれは、康平の、人としての誇りだったのだと加奈は思う。子供を託した親の誠意として真実を告げたのだと、加奈は康平の心情を理解していた。時に湧く疑念を、加奈は必死で振り払う。河津屋敷の亨さんをいたわってくれた先生だ。きっと他人に洩らすことなく紀一を守ってくださるだろう。癩患者の子と知られるよりは、「天涯孤独」の方がずっと生き易い。同盟休校中、反対派のオート三輪の宣伝車が龍田寮の周囲を回り、「きたない、きたない、癩病の子供」とスピーカーから流し続けたことを知り、加奈はその言葉が現実に聞こえている気がして、両手で耳を覆った。

（注1）昭和二十五年、昭和二十六年、昭和二十九年の「事件」に関しては、『無菌地帯』225～227、272～273頁に依拠。

（注2）レプラ lepra ラテン語。ハンセン病のこと。

（注3）昭和三十年『ここに泉あり』に関しては、『無菌地帯』273～274頁に依拠。

（注4）昭和二十九年「黒髪小学校事件」に関しては、『無菌地帯』274～281頁、『検証・ハンセン病史』137～150頁に依拠。

（注5）『検証・ハンセン病史』141頁より引用。

第九章
和田輝一

二歳半で和田医院にやってきてから四年が経ち、輝一は小学校へ入学する春を迎えようとしていた。文弘兄ちゃん、武弘兄ちゃん、佐和子姉ちゃんの三人は学校へ通っており、和田家の朝夕の話題は学校のことで占められていたから、輝一が自分も早く学校へ行きたいと、入学をわくわくしながら待っているのが、傍目にもよく分かった。

文弘はこの春、中学三年生になり、武弘は小学六年生になる。四年前に小学校に大塚先生が赴任して以来、男の子たちは野球に夢中だった。放課後になると子供たちは用具室からボールとバットを持って校庭に走る。グラブはやっと九人分がそろい、紅白戦の時は交替で使った。中学生になってからは野球はやらなくなっていたが、小学校時代は、沈着で判断力に秀でた文弘はキャッチャーのポジションにつき、武弘は四年生になるとショートを任されるようになった。「兄ちゃんたち」が他のチームと対抗試合をする日曜日は医院も休診だったから、晶子は佐和子と輝一、千都子も連れて応援に出かけた。農家がほとんどの小金井のあたりでは、日曜日だからといって、子供の野球を見に行ける親は多くはなかったが、日本の経済が上向きになっていくにつれて、人々の暮らしには、働くだけがいいわけではないと捉えるゆとりが生じてきて、和田母子の他にも、ちらほら家族連れが集まるようになっていた。

その日は、四月から中学校に進む六年生の送別試合だった。砂埃の上がる校庭で、選手たちは汗にまみれて投打に興じている。輝一は目を丸くして武弘の動きを追っていた。まだ野球のルールはよく分かっていない。それでも武弘のチームが打つと、跳びはねて喜んだ。輝一は口数が少なく、あまり感情を外に出さない子供だった。叱られるようなことはほとんどしない。聞き分けがよく、手の掛からない子供だった。それだけに晶子は、輝一が不憫だった。もっと甘えていいのに。もっとヤンチャでいいのに。

輝一と佐和子はいつも一緒だった。その日野球を見に来る時も、二人は手をつないで、

「キイちゃん」

「佐和姉ちゃん」

「キイちゃん」

「佐和姉ちゃん」

と呼び合って、弾むように歩いていた。

キイちゃん。輝一の「戸籍」が、しばらく前からの晶子の懸念だった。今までは輝一の戸籍を表に出さなければならないような状況もなく、輝一は、「和田先生んとこの養い子」として、近隣から受け入れられてきた。和田家の子供たちと同様、清弘をお父さん、晶子をお母さんと呼び、五人兄弟の一人として扱われてきた。もし幼稚園に行っていたとしたら、その時点で今と同じ懸念に遭遇していただろうと晶子は思った。だが、和田医院の近くにはまだ幼稚園は開設されておらず、遠くまで送り迎えすることは困難で、子供たちは誰も幼稚園には通わなかった。小学校へ入って、「和田輝一」ではなく「笠原輝一」と呼ばれたら、輝一はどんなに混乱するだろう。名字が違うことをどう説明すればいいのか。六歳の子供に、おまえには父も母もいない、分からないなどと言えようか。

子供たちが寝静まってから、晶子はまだ書斎で書物を広げていた清弘に思い切って声を掛けた。

「キイちゃんの戸籍のことだけど……」

清弘はページを繰る手を止めて、戸口に立っている晶子を見た。身振りで椅子に座るよう促す。

「晶子はどうすればいいと思う？」清弘に訊かれて晶子は戸惑った。わたしはどうすればいいと思っているのだろう。ただ気懸りだっただけで、どうすればいいかとは考えなかった。大事なことはいつも清弘に決めてもらって、自分はそれに従ってきた。清弘の判断は絶対だと思ってきた。輝一を預かることも、清弘が決めたことではないか。

「あなたは？」晶子は訊いた。

「……迷っている……」

「どうして？　輝一の素姓を、本当にあなたは知らないんですか？」

言ってしまえたらいいのに、と清弘は思った。何も知らせずに負担をかけるのは、夫婦として誠実じゃない。だが……。

「輝一を育てるのは大変か？」

晶子はびっくりした。そんなことを言っているのではない。晶子は首を振って、

「いいえ、四人も五人も同じです。輝一は手の掛からない子です。あんまり聞き分けがよくて可哀そうになる。ほんの時たま、わたしに身を寄せてくることがあって——。あの子は不思議な子です。守ってやりたいって気持になるの。佐和子なんか、すっかりキイちゃんの魔法にかかったみたいで、明けても暮れてもキイちゃんのことが気になるようで、輝一を置いて学校へ行くのも心配みたいで、毎日、顔をまっ赤にして走って帰って来ます。キイちゃん、ただいまーって。——だから、だから輝一が学校へ入る時名字が違うって分かったら、輝一だけじゃなく、佐和子も当惑っていうか、理解できないっていうか……」

「養子にするか——」清弘は言った。

「養子にすれば名字は同じになる。いつかは事情を話さねばならないだろうが、今は言う必要はないだろう」

「事情って？　事情を知っているのですか？」晶子の問いが清弘の胸に突き刺さった。岡谷さんにしか

明かしていない輝一の両親のことを、晶子にだけは話そうか、話したい。——だがその時、清弘の脳裏に、輝一の父の手紙が浮かんだ。宛て名は和田崇弘。自分にではない。里見康平と加奈は、輝一を自分にではなく父に託したのだ。里見夫婦は自分に知られることさえ、考えなかったろう。言えない。言わない。

「いや、分からない。すまないね」

「いいんです。どんな事情があっても。輝一は今、ここにいます。養子——。ああ、養子ってことは名字は同じになりますね？」

「岡谷さんにも相談してみよう。輝一の今の戸籍を作ってくれたのは岡谷さんだから、黙って変えたら失礼だ。向こうの都合をお聞きして、できるだけ早く、行ってくるよ」


久しぶりの横浜だった。昭和三十年代になって、日本は復興というより発展の時代に入っていた。岡谷の住む老松町にも新しい建物が立ち並び、瀟洒に見えた岡谷医院も少しくすんで見えた。

「そりゃあいい。晶ちゃんは何て言ってる？」

「小学校に入学するとなると、名字が違うのは困るんじゃないかって、晶子が心配して。輝一も他の子供たちも戸惑うだろうって」

「ああ、晶ちゃんはいい人だなあ。やっぱり母親の視点っていうか、感覚なんだろうね。——でも、電話でよかったのに。ここまで来たのは……そうか、和田自身に何か引っかかるところがあるのか？」

岡谷信人は、清弘の「躊躇《ちゅうちょ》」を見抜き、核心に切り込んできた。

「ハンゼン氏病の親を持つ子供を養子にするのは恐ろしいか？」

清弘は、己の心内が晒されるのを覚えた。自分はやはり輝一の両親の病気を恐れているのだ。万一、輝一が発症するようなことが起きたら、その時、養子にしているのと、他人のままなのとでは、世間の目は大違いだ。文弘や武弘の将来、佐和子や千都子の縁組だってどうなるか知れない。ああ、この恐怖が自分の本心だったのだ。俺は逃げたいのだ、と清弘は思い知って、深く項垂《うなだ》れた。そしてそんな自分を恥じた。

「誰だって、自分の子供は守りたいさ」

岡谷は、清弘の心内の葛藤を包み込むように柔らかい口調になった。

「だがなあ、俺たちは医者だろう？　科学的に判断できるはずだ。もし、輝一くんに病の兆候が見えたら、君にはすぐ分かるだろう。すぐ治療すれば、誰にも病名は知られずに治すことができるさ、今は。現にね、去年、一人患者を診たよ」

「ええっ」

「大学生だった。まだほんの初期で、皮疹だけだったが、自分で疑って受診してくれた。すぐプロミンを注射したら、三か月ぐらいで完治した。一切、病名は表に出していない。カルテ？　カルテにはハンゼン氏病とは記さなかった。——戦前から京都大学の特別研究室で診療されていた小笠原登先生、あ、君も論文を読んだよね。先生はハンゼン氏病の外来治療をやっておられた。隔離政策が進む中で、カルテには、皮膚病とか神経痛とか記してね。医者はまず患者を治すことが仕事だ。だが病気さえ治せばいいと言うわけではない。患者の将来、そして家族をも見渡して治療に当たらなければならない。患者や家族の生活が破壊されたら何にもならない。これからも、俺は必要とあらば嘘をつくつもりだ」

「プロミンが手に入った——？」

「ああ、そのことか。伝手があってね。蛇の道はヘビ——あれ、俺は相当なワルかなあ」

清弘は岡谷の大きさに圧倒されていた。そうだ、恐怖に振り回されてはならない。晶子の感覚を信じよう。あの子を和田輝一の名で育てよう。落ち着きを取り戻した清弘の顔を見て、岡谷は、トンと清弘の肩を叩いた。

入学式が近づくと、佐和子は付きっきりで輝一に「お返事」の練習を始めた。

「わだきいちさん」

「はーい」輝一は照れているのか、間延びした返事をした。

「だめ。お返事はもっと短く、はいって言うのよ。男の子らしく。わだきいちさん！」

「はいっ」

「そう、それでいいよ。キイちゃんの名字は〝わだ〟で、名前の順は男子《だんし》のおしまいだから、よーく聞いてるのよ。ぼんやりしてると女子《じょし》にいっちゃうよ」

「じょし？」

「そう。女の子のこと」

「わだきいち、わだきいち」

「そう。みんなうちは〝わだ〟でしょ。わだ医院の子だもん」

晶子はつくづくと輝一を養子にしてよかったと思った。輝一の教科書やノートに「わだきいち」と墨書しながら、ふっと込み上げてくるものを覚えた。この子の母親はどこにいるんだろう。生きているんだろうか。生きていれば我が子が小学校に上がる姿を、どんなに見たいと思うだろう。生きていてほしい。いつか必ず、この子を迎えに来てやってほしい。その時がくるまで、わたしが輝一をお預かりしますね。

輝一が清弘と晶子の間に生まれた子供でないことは隠しようもなかったけれど、戦争で命を落とした医専の同級生の忘れ形見を養子にした、という説明は、多少の曖昧さを伴いながらも周囲に受け入れられ、里見紀一は和田輝一として、小学校という社会への第一歩を踏み出した。

第十章
蝶を求めて

松本駅に降り立つと、澄んだ冷たい大気が文弘を包んだ。列車の中の濁った生温《なまぬる》い空気で息が詰まりそうになっていた文弘は、思い切り信州の大気を吸い込んだ。「帰って来た」そんな気がした。

春に信州大学理学部に入学して以来、文弘は夏休みにも帰省せずにアルプスの山を歩き抜いた。樹木をさがし、花を見つけ、憧れの高山蝶を追った。栃木も自然には恵まれていたが、松本は格別だった。安曇野、上高地、そして北アルプスの山々で、栃木では図鑑で見るだけだった憧れの蝶が飛ぶ様を、文弘は夢心地で眺めた。ここに来るために自分は生まれた。そんな感傷的な思いになり、一人で顔を赤らめたりもした。

さすがに正月だけは帰省を拒むわけにもいかず、大晦日と正月二日までの三日を、文弘は佐和子と輝一、千都子に囲まれてすごした。武弘は「やあ」と言っただけで、食事以外は茶の間に来ようとはしなかった。晶子とタキはいつもの正月料理の他に食べ切れないほどの肉を用意して文弘を待っていた。年越蕎麦にもトンカツが付き、元日の夜はすき焼き、二日の夜は水炊きだった。

「冬休みはまだ終わらないでしょう？」と口を尖らせる千都子に、「レポートっていうのがあるんだ」と言い訳をして、文弘は三回目の雑煮を食べて小金井を発った。二十個もの餅と干柿、寮の小母さんへの土産の干瓢まで持たされて、文弘はリュックの重さに閉口した。父とは何も話さなかった、と文弘は寂しさと苛立たしさと悔いを胸に、列車の座席に背を預けた。宇都宮高校に入学した時、母はさすがにホッとした様子だったが、父は当然のこととして特に褒めることもなかった。宇都宮高校からどの大学に進むかはともかく、文弘が医学部を目指すことを、父は疑いもしなかった、と文弘は思った。自分がどれほど蝶に夢中になっているか、父は気づきもしなかった。母は知っていたけれど、それは単なる趣味の範囲で、自分が蝶の研究を仕事にしたいと心に決めているとは、思いもしなかったに違いない。――でも俺は、蝶から離れることはできなかった。医学は立派な学問だと思う。学問……そう、俺はたとえ医学の方へ行ったとしても、病理の方だったろう。自分は臨床はできない。他人《ひと》の体に触れ、他人の口の中を覗くのは嫌だ。――ついにそう父に言った時、父は蒼白になり、次いでまっ赤になって激昂した。

「出て行け!!　医者を、俺を馬鹿にするか!!」

　確かに、今思えば自分の言ったことは、父を深く傷つけたと分かる。だがあの時は、初めて父に逆らうことで、自分も自分を見失っていた。言葉を選ぶ余裕はなかった。医者にはならないと、ただそのことを伝えたかった。

「お父さんは、自分から医者になりたかったのですか。お祖父さんに逆らえなかっただけじゃないんですか。ほかにやりたいことはなかったのですか」

　父は再び青ざめ、俺をまじまじと見て、ストンと椅子に座った。俺はそれ以上父と向き合っていることができず、書斎を飛び出した。父は一週間、俺と口を利かず、目も合わせなかった。次の日は学校に受験校名を提出するという日曜日の夜、父は俺を書斎に呼んだ。俺の顔は恐怖と反発で歪んでいたと思う。身体中を強ばらせて椅子に浅く腰掛けた俺に、父は古びた大学ノートを差し出した。ためらいと、そして恥じらいのようなものが、父の顔に浮かんでいた。

「開けてみなさい」ページを繰ってみると、ノートは細かい文字でびっしりと埋まっていた。父の字体である。

「これは――」

「若い頃書いてた小説だ」

「小説!?」俺は心底驚いた。

「親父、おまえのお祖父さんは、医者になる以外の道は和田の家の男子にはない、と言った。小説なんぞが書きたければ、医者をしながら書けばいい。医者をしながら文学をやっている人は大勢いる。鷗外を見ろ、茂吉を見ろと。鷗外も茂吉も天才だ。私には一足の草鞋だって満足に履けない。二足の草鞋なんてとても……。私には父に逆らう気力がなかった。――私は今の町医者の生き方を後悔していない。人の役に立っているという自負もある。――だが、人の生き方は親だって無理強いはできないよなあ。おまえが医学以外の道を選ぶなら、それは――おまえの自由なんだろう。私は、親だからな、どこへ行こうと大学の費用は出してやる。だが、大学を出たら、その先は自分で食べていけ」

「分かりました。すみません……」大学を出たら自立するのは当たり前と思っていた。好きな道に進める、蝶を追えると、俺はうれしかった。高卒では研究者になるのは難しいと知っていたから、大学へ進めるのは有り難かった。母さんはせめて東京の大学をと言ったが、俺は北海道か長野と決意していた。そして今、俺はこうして松本に向かっている。列車の窓の彼方に、男体山の雪が輝いていた。あの雪よりももっと深く、もっと輝く雪の山が待つ地へ俺は行く、帰って行く、と文弘は思った。


海を隔てた見知らぬ地北海道への憧れもあったが、文弘が松本の信州大学に決めたのは、保科耕史《ほしなこうし》の存在があったからだと言ってよい。宇都宮高校の英語教師保科耕史が無類の山好き、虫好きであることを、文弘は入学後間もなく知ることとなった。英語のテキストに太陽神アポロンの化身だといわれる蝶の挿画が載っているのを見て、「あっ、ウスバキチョウだ」とつぶやいたのを聞きつけて、「オッ、君は蝶のこと分かるんだね」と言って、保科はうれしそうに笑った。放課後、キャンパスを横切っている日光線の向こうの運動場でミヤコグサに見入っていた文弘を見つけて、保科が近寄ってきた。

「いるかい、シルビアシジミの幼虫?」

二人はすぐに、お互いの虫好きを悟った。

「虫好きは虫好きを知る」保科はそう言って笑った。陽焼けした顔に白い歯が目立つ、涼しげな面差しの青年教師の顔を、文弘は憧れの眼差しで見つめた。

「僕もなあ、英語屋なんかじゃなくて、虫学者になりたかったんだが――」

「どうして昆虫学者にならなかったんですか?」思い切って文弘が尋ねると、

「うちは信州の寺でね、虫でも蛇でも、何でも殺傷はならぬって、親父が言うのさ。本当は寺を継がせたいだけなんだよ。学校の教師なら寺もやっていけるからと、教員免状をとらせられた。英語でもいいかって言ったら、まあ、今時だからいいだろう、これからは英語は役に立つ、なんてさ。ついこの間まで、英語は敵性外国語だって説教していたのになあ。ところが長野では英語の教員の口がなくて、何の気なしに受けた栃木に合格して、東京より北へは行ったこともなかった僕が、何と宇都宮高校へ採用されたってわけ。面白くも何ともないなあ、僕の履歴書は」

保科の情けなさそうな表情が可笑《おか》しくて、文弘は吹き出してしまった。

「なあ、和田、おかしいだろ」保科も笑い出した。

文弘は、保科から昆虫採集、飼育のやり方や道具類を改めて教えられた。図書館の古びた本で調べ、多くもない小遣いで補虫網や展肢板を購入していたが、保科の持っている道具は本格的で、薄絹のネットや防虫性のある桐製の標本箱に、文弘は目を丸くした。そんな「物」以上に文弘が驚いたのは、昆虫研究の現状を知ったことだった。まだ卵から成虫までの生育歴が分からない蝶がたくさんいること、幼虫の食草は分かっているのに、卵が見つかっていない蝶のこと、長い長い距離を移動する蝶の不思議、同じ蝶なのに春と夏では形や色が異なること。蝶だけではなく、甲虫《こうちゅう》の美しさと不思議さも、保科は熱を込めて話してくれた。

一か月に一度ほど、保科は文弘を山野行に誘った。文弘は晶子には「生物部の活動」と告げていたが、それは事実とは言えなかった。「生物部」は、顧問は保科一人、部員は文弘一人の私設同好会だった。宇都宮高校の教師に対して、保護者たちは絶対の信頼を寄せていたから、「保科先生と部活動」と言えば、晶子は喜んで日曜日の山歩きの弁当を作ってくれた。時には「先生の分も」と、二人分の弁当を持たせてくれることもあった。

信州大学理学部なら、模擬テストの判定もAランクだったから、文弘は三年の夏休みも、学校の課外と自主学習をきちんとしていればいいと、特に焦ることもなかった。戦場ヶ原、霧降高原、那須野が原、塩原渓谷などを回って、二人は蝶を追った。保科の250ccのバイクが二人の足だった。保科はバイクの後部シートに文弘を乗せて、くねくね曲がる未舗装路を辿り、山へ分け入った。今市の小百川の清流には山女《やまめ》が泳ぐ姿が見えた。二人が川岸で小水をすると、どこからともなくアサギマダラが飛来して小水の跡に留まって並んだ。

「和田、アサギマダラが僕たちの小便を吸っている。小便を汚いとか思うのは人間だけだ。自然界の生き物たちにとって、他の生物の排泄物は栄養源の一つなんだよ。いいなあ、自然ってヤツは。大きくて、賢《さか》しらの分別なんか微塵もなくて……」

アサギマダラは、名の謂われである、美しい浅黄色と黒茶の斑模様の大型の蝶で、文弘の大好きな蝶だった。こんなきれいなものがこの世には存在するんだ。文弘はネットを振るのも忘れて、河原の蝶の列に見入っていた。

「アメリカにはな、何千キロも移動するカバマダラがいる。空を暗くするほどの大群で。不思議だよな、どうして何千キロもの空の旅をするのか、どうやって目的の地を見分けるのか。行ってみたいな、アメリカ、カナダ、アフリカ、ブータン」

「ブータン？」

「『ブータンシボリアゲハ』っていう幻の蝶がいるらしいんだ。世界中、蝶を追って旅ができたらいいなあ」

「先生は、外国へ行ったことないんですか？」

「ん。ないんだ。外語大出なのになあ」

「戦争中は……？」

「まだ旧制高校に入ったばかりだったから。それに――体を悪くしてしばらくブラブラして、昭和二十三年に新制大学が発足して、翌年外語大もできた。その一期生さ。僕はまだ、自分が本当にやるべきことと出会っていない気がする。何かなあ、仮定法だの、時制だのって、どうでもいいことしゃべってる」

「どうでもよくないですよ。僕、文法は苦手」

「おおっ、任せとけ。僕が叩き込んでやるよ」

あんなに楽しかった夏はなかったと、文弘は松本駅から寮への道を歩きながら思った。保科先生に会いたかった。

信州大学の合格を知らせに卒業して間もない母校に行った時、保科は心から喜んでくれた。

「おおう、和田。おまえも信州の蝶に会えるなあ」が、保科の第一声だった。さらに、

「向こうで会えるといいな」

「えっ、向こうって信州――ですか？」

「ああ、僕、家へ帰ることになった」

「えっ、じゃ、お坊さんに――？」

「うーん、そのうちには。今はとりあえず体を治す」

「えっ、どうしたんですか。どこか悪いんですか？」

「おまえ、えって何回言うんだ」
「えっ、だって驚くようなことばかりおっしゃるから——」
「若い頃の病気が騒ぎ出したみたいなんだ。おまえたちが卒業してから高熱が出てね。病院へ行ったら、胸に影があるって言われて。結核がぶり返したようだ。年若い者と接触してはならないと思って、退職することにした。いや、菌は外に出ていないから、今はまだ。だけど、和田も少し気をつけてくれ。おまえに結核伝染《うつ》したりしたら、僕は悔やんでも悔やみ切れない。なあに、実家で少しのんびりしていればすぐよくなるさ。経文の英訳でもするか、なあ」

保科は、微笑んだが、目には寂しさが滲んでいた。保科先生に今度は信州で会える。信州の山々へ連れて行ってもらえる。文弘が、保科の病状についての自分の認識がいかに甘いものであったかを知るのは、まだ少し先のことだった。

見知らぬ土地で、一人の知人もいない緊張した生活がスタートして一か月、文弘は五月の連休が心からうれしかった。三日間の休日は、緊張から解放された自由な時間を保証するものだった。やっと保科先生のお見舞に行ける。文弘は保科が渡してくれた住所のメモを頼りに大糸線に乗った。「簗場《やなば》」駅で下車し、木崎湖と青木湖に挟まれた小さな湖「中綱湖」のほとりに立つと、西方に、雪を冠した峰々が迫っていた。北アルプス連峰である。松本からも見えたが、ここまで北上してくると、山々は目前に聳え、文弘は言葉もなく仰ぎ見た。北から鹿島槍ヶ岳、爺ヶ岳、針ノ木岳、蓮華岳、ずっと南に下って、烏帽子岳、野口五郎岳、三俣蓮華岳などの山々が今はまだ名も知らぬ山として、文弘の旅情を誘った。ああ、自分は故郷を離れた旅人だ、と。簗場駅から一時間ほど西に向かって田舎道をたどると、途中、数軒ずつ民家が固まった集落を抜けながら道は狭まり、ここで行き止まりかと見えた平地に、ややまとまった家並みの集落があった。文弘は、人間界と異世界との狭間にいるような不思議な感覚に襲われた。集落の人々は、山仕事を生業にしているらしく、庭には木材が積まれ、大鉈《おおなた》や大鋸《おおのこぎり》を扱っている山人の姿があった。場所を訊くまでもなく、集落の奥に石段と山門が見えた。保科耕史が書いてくれた通り、「美麻《みま》寺」と寺名を刻んだ板が、門柱に掛けてあった。

「美麻っていうのは、本当はもう少し東の方の地名なんだけど、何だかうちの寺名なんだよな。美麻村の方へ行っちゃやだめだぞ。反対側だから」と保科が言っていたのを文弘は思い浮かべていた。

　美麻寺は小さな茅葺きの寺だった。楓や紅葉の、平地よりも遅い芽吹きが寺を囲んでいた。文弘は本殿に礼拝し、あたりを見回した。右手に住職の住まいらしい建物があった。ここだ、保科先生いるかな。文弘は弾む心で案内を請うた。玄関の戸ではなく、縁側の障子が開いて、頭の手拭いを外しながら、老婦人が縁先に膝をついた。

「あのう、突然伺いまして。宇都宮の和田と申します。保科先生はご在宅でしょうか」

　老婦人は、文弘をまじまじと見つめた。目に涙が浮かんでくる。文弘は慌てた。どうしたんだろう、保科先生。

「宇都宮の学生さん！　耕史が話しておりました。宇都宮高校の生徒が松本の大学へ来る。会えるかなって」

「先生は……どこに？」

「入れ違いになってしまいましたなあ。耕史は五月早々に東京の病院に入院しましてなあ」

「東京――」

「三月末から長野の病院に入っておりましたがの、あまりはかばかしくなくて……主治医の先生から東京で新薬の治療を受けたらと勧められましてな。あっ、お立たせ申したままで……どうぞ、中へ。お入りくだされ」

　耕史の母は玄関へ回って文弘を招き入れた。

「歩いてこられて喉が乾きなさったでしょう」

と言いながら大ぶりのコップに注いでくれたサイダーを飲みながら、文弘は悔やんだ。もっと早く来ればよかった。手紙だけでも出せばよかった。何だか、おいしい物は後で、みたいな気分に任せているうちに五月になってしまった。

「東京の病院って、どこですか?」

「清瀬っちゅうところの結核専門病院です。この長野へは、わざわざ転地療養においでなさる方も大勢ですのに、病院の先生が東京へ行くといい、最新の医療が受けられると言いなさって。田舎の病院じゃ手に負えんちゅうことかのう――」

耕史の母は声を詰まらせた。

「うちへ帰ってきたばかりの時は、結構元気そうに見えて――これならすぐ快《よ》くなるじゃろうと思うとったが。一週間ほどすると急に高い熱が出て血を吐いてのう。急いで長野の病院に入院して、やっと一命を取り止めました。あぶないところだったたって、先生が――」

「卒業式の時はお元気だったのに。夏まで、僕を虫採りに連れてってくださったのに」

「ほんになあ。一ぺん治って仕事にも就いたので安心しとりましたに――」

「家と松本との往復には必ず東京を通ります。お見舞に伺ってもいいですか?」

「ええ、ええ。どうぞ行ってやってくだされ。お若い方に結核の病院へ行っていただくのは申し訳ないですがのう。耕史は、もっと宇都宮にいたかったんです。虫の好きな生徒がおるって、それはそれはうれしそうに話していました」

いつの間にか昼どきはとうに過ぎていて、文弘の腹がグーッとなった。「あっ」と顔を赤くした文弘に、

「気のつかんことでした。もうこんな時間になっていたんですね。すぐ用意しますで、どうぞ食べておいでませ」

耕史の母は立ち上がって厨《くりや》に向かった。少しして、

山盛りの飯とお惣菜の入った皿と小鉢が乗った脚付きの膳を運んできた。小鉢には芋柄の胡桃和え、野沢菜の漬物、皿には鰤《ぶり》の塩引きが入っていた。

「肉は食べませんがの、魚は食べんと、体が保ちません。耕史にもなあ、もっと魚や肉を食べさせとったら、あんな病にならんかったかもしれん……」

文弘は母の嘆きを逸らすように言った。

「この魚は？」

「ブリです。宇都宮の方では召し上がらんかの。大糸線が通ってるところは糸魚川《いといがわ》街道といいましてな、昔からの塩の道でした」

「シオノミチ？」

「海辺の糸魚川から山の中の松本まで、塩を運んだ道です。夏には牛の背に乗せて、冬には人が背負って。塩引きのブリも、山国の正月のご馳走でな。さあ、お茶漬けにして召し上がってくだされ。塩の固まりみたいに塩っぱいでな」

昼食が終わると、もう三時になっていた。

「山道は明るいうちに参りませんとな」

耕史の母は名残り惜しそうに文弘を送り出した。山門の下で、振り向いてお辞儀をすると、本堂の傍らに、屋根いっぱいに枝を拡げた榎の木が目に入った。

「榎ですね。大きいなあ」

「おお。耕史が大好きな木でしてな。もう少し経つとオオムラサキという蝶が飛び立ちます」

「そうです、そうです。ああ、懐かしいなあ」

文弘の頭の中に小金井の一里塚の榎が浮かんできた。

美麻寺から帰ってすぐ、東京の病院気付で手紙を出したが、返事はなかった。勉学の傍ら、文弘は日曜ごとに松本を起点として四方の高原に出かけては蝶を追った。蝶を見るたび、文弘は「耕史先生」を思い浮かべずにはいられなかった。日焼けした顔に白い歯を見せて大笑いしていた先生。先生がそんな病巣を胸に抱えていたなどとは思いもしなかった。

八月になって、やっと保科耕史から葉書が届いた。

「やあ、松本で元気にやってるか。僕は元気とはいかないが、生きのびています。美麻寺を訪ねてくれたそうだね。ありがとう。清瀬の病院は信州みたいに林に囲まれている。虫もいるよ。和田の顔見たいけどな、今は僕、無菌じゃないんだ。会えるようになったら、な」

文弘はくり返しくり返し葉書を読んだ。大丈夫なんだろうか、耕史先生。会いたい。でも先生がひどくやつれていたりしたら、あんまりつらくて、会うのが怖い。文弘はためらいながらも手紙を書いた。

「先生。お便りありがとうございました。清瀬は武蔵野のただ中ですから、虫も多いことでしょう。珍種を見つけても追いかけたりしないで、ご養生ください。

僕は安曇野や美ヶ原へ行っては虫を追っています。信州へ来て良かったとつくづく思います。会えるようになったら、標本を持って伺います」


我ながら小学生のような文章だと思ったが、虫のことを書くのが一番いいと、文弘は直感的に悟っていた。

第十一章 夏休みの宿題

　文弘が大学に入った年、武弘は栃木高校に入学した。ガイダンスの時、二年生から大きく文系と理系のクラスに分かれると聞き、武弘は迷うことなく理系を選ぼうと思っていた。数学と物理、化学が好きで、成績も良く、学校の進路希望調査では「理学部・工学部」と記していた。晶子から武弘の志望を聞いて、文弘は、また父さんと揉めるのかなと気懸りだったが、武弘は子供の頃から「オレ、飛行機に乗る」と言っていたので、「お父さん、武弘には反対しないと思うの。言っても聞かない子だって分かってるし、医大へ行けって強制したりしたら、オレは兄さんの代わりじゃないって反発するって分かってるようよ」と晶子は、文弘が松本に出発する少し前に、文弘に言った。

　武弘は口数が少なく、好きな科目は驚くほど粘り強く取り組むが、文系科目は授業で教えられることを咀嚼するだけで、あとの時間はスポーツに明け暮れていた。野球全盛の時代、武弘が夢中になっているのはラグビーだった。栃木県内でラグビー部があるのは数校で、県内では常勝だったが、東京、埼玉、神奈川には強豪チームがひしめいていて、関東で勝つのは容易ではなかった。武弘は百七十六センチでラガーとしては大兵ではないが、めっぽう足が早かった。ボールを手にするや、ジグザグに敵を躱《かわ》してゴールまで突っ走る姿はまるで稲妻のようだと、「和田のイナズマゴール」とチームメイトは呼んでいた。

文弘が中学生になってから、文弘と武弘は祖母が隠居所にしていた離れを居室にしていた。母屋の二階は、成長していく子供五人と夫婦が寝るにはいかにも手狭になってきたからである。離れは茶の間と八畳二間、水回りと便所もついていたから、男の子二人が使うには十分すぎるほどだった。文弘が使っていた部屋は、文弘が松本へ持って行かなかった机と本棚が残っているだけだったが、自室を散らかし放題にしていた武弘はついに文弘の部屋に布団を敷くようになっていた。正月に帰省した晩、武弘は大慌てで敷きっ放しの布団を自室に引き擦っていった。

「いいさ、三晩だけだからこっちに寝ればいい」と文弘は言ったが、武弘はニヤッと笑って首を振った。

年越し蕎麦を食べ終えると、テレビも見ずに自室に入って、大いびきをかいて眠っている武弘に、文弘は、大丈夫なのか、大学入試は高校に入ったらすぐ意識しなければならない関門なのに、コイツはいつもこうなんだろうか、と少し苛立たしかった。が、元日の朝、そっと雨戸を繰る音に目覚めた文弘は、隣室との境の襖の隙間から洩れてくる光に目を瞬《しばたた》いた。「おい」と声を掛けようとしてふっと自制が働らき、文弘は声を飲み込んだ。隙間から、掻い巻きを被って机に向かっている武弘の背が見えた。そうか、武弘の勉強時間は朝なんだな、と文弘は納得した。部活で疲れ切った身体を休めて、賦活した頭で効率よく勉強しているんだ。大晦日とか元旦とかの習わしにも頓着せず、自分のペースで。いかにも武弘らしいと文弘は微笑んだ。

大学二年の夏、文弘は保科耕史から待望の葉書を受け取った。

「どうやら、脱皮できそうです。無菌になりました。暇があったら遊びに来てください。武蔵野の樹液は甘いぞ――」

うれしかった。この一年の間、短い手紙のやり取りが続いて、耕史が快方に向かいつつあることは感じ取っていたが、いよいよ会えると思うと、ノートに挟んだ葉書を取り出しては何度も読み直して一人微笑んだ。

「おい和田、何ニヤニヤしてんだ。メッチェンからか――？」と、大学の同級生の中で一番親しくなった安住《やすずみ》郁雄《いくお》がからかった。

まず、家へ帰ろう、と文弘は思った。正月に帰ったきりだったから、夏休みに帰省すると言えば母さんは喜ぶだろう。武弘にもアドバイスしてやろう。佐和子やキイちゃんとも遊んでやろう。父さんにも大学の様子を話してみよう。自分がうれしい時って、ひとにも優しくなるんだな、と文弘は信州の峰々を見上げて深呼吸した。

佐和子と輝一は長い夏休みに飽きているようだった。学校へ行きたいわけではないけれど、家にいるのもつまらない。医者の家では長い休みは取れないので旅行にも連れて行ってもらえない。佐和子は中学生になってから髪もおかっぱからおさげに変え、少しずつ娘らしい雰囲気がでてきていた。輝一と連れ立って小学校に通った頃のことを、人生で一番楽しい時期だったと、大人になってからも佐和子は涙ぐむ思いで思い返した。「医者の家の子」という、田舎では少し特殊な立場は、気が重いこともあったが誇らしさの方が大きかった。晶子が調えてくれる洋服も贅沢ではなかったがどこかお洒落で、佐和子と千都子がお揃いの白いセーターで歩いていくと、町の大人たちも目を止めるほどだった。佐和子の胸には水色の毛糸でＳＡＷＡと刺繍が施され、千都子の胸にはピンクでＴＩＺＵと刺繍されている。輝一のセーターは紺色の胸に「輝」と一字、白い文字が縫い取られていた。文弘と武弘は中学に入ると、他の子供たちと違った格好をするのを拒否し、できるだけ大勢の中に溶け込もうとしていた。

「母さん、皆と同じ服にしてくれ」と晶子に頼み、暑くても寒くても詰襟の学生服で通した。さすがに夏は上着は着ず、Yシャツのみ、冬は晶子が「これだけは」と懇願して着せる黒のセーターだけは受け入れた。

佐和子は小さい千都子よりも輝一のことが気懸かりだった。千都子は末っ子で人なつこく、誰からも可愛がられるからいい。でもキイちゃんは――。輝一は素直で優しい子だった。人を疑うことを知らない。悪意をもって自分に対してくる人がいるなどとは思いつきもしない。そんな輝一を、男の子たちは時折からかったり、苛《いじ》めるとまではいかなくても乱暴に扱うことがあった。佐和子は決しておお転婆な方ではなく、おとなしかったけれど、輝一が男の子に囲まれているのを見ると、恐怖を忘れて男の子たちの輪に飛び込み、輝一を庇って男の子たちを睨みつけて怒鳴った。

「弱い者いじめするな。キイちゃんに構うんじゃない!!」

「女のくせにナマイキだなー。この男女《おとこおんな》。こっちの弱っちいのは女男《おんなおとこ》だ」

「男とか女とか関係ないよ。わたしはキイちゃんの姉さんだもん。大勢で一人を囲んで、ヒキョウ者」

向こうからタキがお遣いから帰ってくる姿が見えた。

「あっ、医院のタキばあさんだ。つかまると父ちゃんに言いつけられるぞ」

「佐和子、覚えてろ」

男の子たちはパッと走って散って行った。

「佐和姉ちゃん……」輝一は今にもこぼれそうに涙を湛えた目で佐和子を見上げた。

「キイちゃん、どこも痛くしなかった？　さっ、帰ろう」佐和子は輝一と手をつないだ。ホッとした後から恐怖が突き上げてきた。タキは自転車から降りて、腹立たしげに男の子たちが散って行った方向を見た。

「ほんとにもう。親に言っとかなきゃね」

「そしたら、あの子たち怒られる？」

「ええ。うんと怒ってもらいましょう。うちの子を構ったら病気になっても診てやらんって。キイちゃんみたいなおとなしい子を苛めてなあ」

「怒られたら、かわいそう……」

「ほんとにもう、キイちゃんは。人の心配なんかして——」

佐和子は歯痒さと愛しさで胸が一杯になった。


佐和子は、中学生になって以来、二階の六畳を自分だけの部屋として与えられていた。西に張り出し窓のある明るい部屋が自分一人のものになるのは、佐和子にとって思ってもみなかった幸せだった。晶子は、襖があった仕切りは板壁に改装し、清弘と晶子、輝一と千都子が寝む座敷へのドアを付けるよう、出入りの大工に頼んでくれた。佐和子は輝一と千都子の相手をしてやり、二人が眠たそうになると布団に入れて自分の部屋に行く。両親が二階へ上がってくるのは二人が眠ってから一時間もしてからだった。

文弘が松本へ行くことが決まって、清弘と晶子は文弘が使っていた部屋に輝一を移そうとしたが、いつもは何でも素直に従う輝一が、泣きそうな顔で首を振る。まだ一人で寝るのは恐いのかと、晶子は輝一の幼さに戸惑ったが、佐和子は、武兄ちゃんが恐いのかもしれないと察していた。武弘の輝一に向ける視線に不穏なものがあることを、佐和子は漠然と感じ取っていた。

「もう少し経ってからでいいんじゃない？　離れに行ってしまうと、わたしもキイちゃんの勉強見てやれないし、千都子も一人で眠らなくちゃなんなくなるし、キイちゃんがこっちに居た方が安心だよ」

佐和子が晶子にそんなことを言っているのを聞いて、清弘は「安心」という語が頭に響くのを覚えた。そうだ、いつも輝一を傍に置いた方が安心だ。もう一緒に風呂に入るのもためらわれる年齢になってきた。子供たちは少しずつ親から離れていく。だが俺は輝一のことはずっと見ていかなければならない。父としてより以上に医者として——。

夏休みに入って、輝一はシロと近所を歩いてくるだけで、友だちと遊ぶこともなく家ですごしていた。学校では気の合う友だちもいたが、生憎互いの家が遠くて、行き来は稀だった。佐和子に見てもらって「夏休みの友」も、もうほとんど終わっていた。文弘と武弘のお下がりの本も読みおえてしまい、輝一は退屈していた。退屈の中でも気懸かりが一つ、頭にわだかまっていた。「自由研究」が何もできていなかった。

「キイちゃん、宿題は全部終わってるよね」

と佐和子に訊かれて、輝一は首を振った。

「あれ、まだ何かあったっけ？」

「自由研究……」

「ああ、そうか。何かあるかなあ」

聞くともなしに二人の会話を聞きながら、文弘は自分の小学校時代を思い出した。俺は何も困らなかったなあ。毎年昆虫採集だったものなあ。——ああ、そうだ、キイちゃんに虫採りを教えてやろう。もうすぐ夏休みも終わるのに、佐和子もキイちゃんも、どこへも連れてってもらってないようだ。よし、俺が信州へ連れていって高山の蝶を採集させてやるか——。

「母さん、佐和子とキイちゃんを二、三日信州へ連れてってやっていいかな」

「え、二人だけで？」

「僕が松本へ戻る時一緒に行って、帰りは上野から宇都宮行きに乗せます。小金井で降りるくらいは佐和子でもできるでしょう」

佐和子は思いがけない「旅行」に踊り上がって喜んだ。

「キイちゃん、キイちゃん。文弘兄ちゃんがわたしたちを信州に連れてってくれるって」

輝一は晶子が同行しないことが少し不安な様子

だったが、頼りの佐和姉ちゃんと一緒なので、ニコニコして頷いた。

「キイちゃん、自由研究に昆虫採集はどうかな。高い山の蝶の標本作れば、先生たちも驚くぞ」

輝一は、夏休みになって今日ほどうれしい日はないと思った。

「シロ、大丈夫かな――」

「大丈夫だよ、キイちゃん。わたしとタキさんとでちゃんと世話しとくから。散歩はお父さんと千都子が引き受けるって」

「おいおい。俺も手伝わされるのか？」

「お願いしますね。この頃お父さんは、ちっとも千都子と遊んでいないでしょ。ね、千都ちゃん」

「千都子もシンシュウ行くー」と言い出した千都子だったが、

「お母さん、行かないぞ。佐和姉ちゃんだけでいいのか？」

と文弘に言われると、あっさり諦めた。

「お母さん行かないなら、どこへも行かない」

小金井から上野まで三時間、山手線で新宿へ回って特急に乗る。松本までは特急でも四時間かかり、朝早く小金井を出た三人が松本に着いた時は午後三時を過ぎていた。中学三年の佐和子と小学六年の輝一にとっては、初めての汽車の長旅だった。着替えの入ったリュックサックを背負った佐和子と輝一は、半分は眠り、半分は車窓の景色に見惚れて、元気いっぱいで松本駅に降り立った。

寮に泊めることはできないので、文弘は、地元松本の友人安住郁雄に頼んで、急いで宿を探してもらった。

「宿なんか泊らず、家に泊れよ」と安住は言ったが、

「俺だけなら頼むけど、あと二人も一緒じゃな。急な頼みですまない」と遠慮した。

安住の家は、四代続く絹問屋で、長男の郁雄は信州大学の繊維学部に入学していた。

「しょうがないよ。親父は大学へ行くというなら信州大の繊維だ。いやなら同業者の店へ見習いに出すって言うんだからな。まあな、家業は継がなきゃならん。継ぐまでに少しは自由な時間がかせげるってものさ、大学は」

と言い、栃木の方から信州大にやってきた文弘を訝しがった。

「何だって花の都東京を通り越して、こんな田舎に来たんだ――？」

「虫にひかれて――かな」

文弘は、自分の昆虫への傾倒を人に話すことの危うさを十分に知っていた。「へえーっ、楽しそうな趣味ですね」と言う人はいても、誰も「虫」を一生の仕事にするというのは訳が分からないらしく、不審な顔をして文弘を見返す。小金井では「お医者さんにならないんですか」と聞かれることが多く、稀に「昆虫学者？」と訊かれることもあったが、そう訊かれると、文弘の方が答に詰まった。昆虫学者。ああ、ほんとうにそんな仕事につけたら夢のようだけど……。

「おおっ、虫か。俺も虫、やってるんだ。信州には信州独特の虫がいっぱいいるぞ。そうか、そうか」

「虫好き」という、大学生にしては少し変わった「趣味」で、文弘と郁雄はすぐ友だちになった。店の奥の郁雄の部屋で、郁雄のコレクションを見せられた文弘は、その充実ぶりに圧倒された。文弘には図鑑の中の蝶でしかないウスバキチョウ、クモマベニヒカゲが、当たり前のように標本箱に収められている。次々と蝶の名を呼んで驚嘆している文弘に、郁雄の方も感動していた。二人は、受講する科目が同じの時は並んで席に座わり、そうでない日も、日に一度は会って、二人にしか通じない「虫の話」に興じた。だから、「弟の夏休みの宿題にさ、少しこっちの虫を採ってやろうと思って」という文弘の言葉に、「俺にも手伝わせろ。俺が仕込んでやる」と、郁雄は張り切っていた。

宿の夕食が並べられた頃、汗を拭き吹き、郁雄がやってきた。

「やあ、迎えに行けなくてすまん。親父について繭農家を回ってたもんだから。二人ともいらっしゃい。遠くて疲れたでしょう」

郁雄は「おばさん、俺の夕飯ももらえませんか」と頼み、四人で、山国らしい品が並ぶ夕飯になった。佐和子は最初ははにかんでいたが、次第に、いつもの世話やき長女の特性を発揮して、三人の男たちの世話をやき始めた。

「文兄さん、お替わりは？　安住さんも、お替わりいかがですか？　キイちゃん、お魚の骨取れる？　姉ちゃんが取ってあげるから待ってて」

「キイちゃんか。いいな、キイちゃんは優しい姉さんがいて」

輝一は少しはにかんで、郁雄を見つめた。

「和田と佐和子ちゃんは何となく似てるけど、キイちゃんは、あんまり似てないんだね。髪が赤っぽくて天然パーマみたいだ……」

文弘は慌てた。郁雄には輝一が養子だとは話していない。佐和子が微笑んで言った。

「文兄ちゃんより、ずっとハンサムでしょ、キイちゃん。うーん、妹の千都子はね、天然パーマなの。で、武弘兄さんは、誰とも似ていないの、まっ黒で」

「そうか、五人もいると、色々なんだね。そういえば俺と妹も似てないもんなあ」

郁雄は素直に佐和子の言葉を受けて、それから先は、もっぱら、文弘と郁雄の虫の個体変異をめぐる話になった。輝一は二人を見比べながら聞き入った。

「あっ、キイちゃん。ごめんな、分かんない話してて」

「ううん、面白い。個体変異って、種類が同じ虫で、色や模様が違うってこと？」

「すごい。キイちゃん、分かってるんだ」

「そうよ。キイちゃんは、兄弟の中で一番頭がいいの。何でもすぐ覚えてしまうんです」

「また、佐和子のキイちゃん贔屓《びいき》が始まった。佐和子は弟っていうより、子供みたいにキイちゃんのこと構ってるんだ。なあ、キイちゃん」輝一は、何も言わず俯いた。少しカールした髪が細い襟足に掛かっている。佐和子じゃなくても構いたくなるよなと、文弘はおかしかった。

「明日はどこ行く？」と郁雄が訊いた。

「うん、安曇野がいいかな。大糸線で行けるし」

「そうだね、それがいい。俺、明日はまた親父のお伴で岐阜の方へ行かねばならん。明後日は店の軽トラで霧ヶ峰の方に行こうか？」

「軽トラ？　四人乗れるのか」

「俺は運転席、助手席はレディー・ファーストで佐和子ちゃん、お前とキイちゃんは荷台だな。まあ、雨も降るまい」

「キイちゃん、トラック乗せてもらうか？」

「うん」輝一はニコッと笑ったが、いかにも眠そうに目をパチパチしている。

「おお、眠くなったか。長旅だったものな。じゃ、兄ちゃんと男風呂行くか。佐和子も女風呂入ってこい。安住、いろいろすまん。世話になるな」

「貴重な虫仲間だからな。じゃ、明後日八時頃迎えに来るよ」

翌日は快晴だった。大糸線は、古い塩の道に沿って山間を縫って、はるか日本海岸の糸魚川に達する鉄路だ。穂高、信濃大町、白馬といった、北アルプスの名峰を目指す登山者にとっては名を聞くだけで胸がときめく駅ははるか先だが、松本を出ると、沿線は既に緑一色だった。少し考えて、文弘は下車駅を「安曇《あづみ》追分《おいわけ》」に決めていた。安曇追分は、穂高川と高瀬川の二本の川が接近して流れる地だった。河原や河川沿いの林には多くの蝶が棲息している。捕虫ネットや三角紙、毒壺を持ち、長袖、長ズボンに運動靴、帽子に軍手までした完全武装の三人の姿は、山国とはいえ八月の暑さの中では異様だった。窓から入ってくる風は、まだ朝の涼しさを残していて、三人はホッとして帽子と軍手を取った。

　朝食もとらずに七時の列車に乗ったので、三人は座席で宿で作ってもらったお握りの包みを開いた。

「松本の学生さんかね。山へ行くだか。早いねー」

と、行商に行くらしい籠を背負った小母さんが、通路を挟んだ席から声を掛けてきた。

「その網は何するね。魚でも捕るだか？」

「ええ、まあ」

　文弘は曖昧に返事をした。蝶を採りに行くと言ったら、まず、胡散《うさん》臭《くさ》い顔をされるのは経験上分かっていた。小母さんは籠の中から青いリンゴを取り出して、佐和子と輝一に差し出した。

「今年初物のリンゴずら。食べてみな」

　二人は文弘の顔を見た。文弘は笑って頷いた。

「ほら、学生さんにも」

「あ、すみません。おいくらですか？」

「いや、売るんじゃねえよ。嬢さんと坊がめんこいでよ。ついでに兄ちゃんにもよ」

「……」文弘は苦笑いして頭を下げた。酸っぱいかと思ったリンゴは、甘みが勝って瑞々しかった。「おいしい！」佐和子が言うと、小母さんは満足そうに目を細めた。小母さんは終点の糸魚川まで、山国の採れたてのリンゴを売りに行くのだという。安曇追分で降りる文弘たちに、小母さんは「気いつけてな」と名残り惜しそうに言った。

「小母さんも気をつけて」

　三人はホームに立って、汽車が見えなくなるまで手を振った。

　小金井も水と緑は豊かだが、安曇野の光と緑は透き通っていると、文弘は思っている。夏の盛りは過ぎて、樹木はかすかに夏の終わりの色が差しはじめている。駅舎を出て穂高川のほとりの道をたどると、さっそく河原に群れている蝶が目に入った。黒っぽい羽にくっきりとエメラルド色の筋が通っている。

「アオスジアゲハだ。水を飲みに来てるんだよ。ネットを被せてごらん」輝一がネットを被せると、蝶はパアッと飛び立ったが、ネットには二匹入っていた。文弘はネットの上から、そっと蝶の胸を押し、パラフィン紙の三角袋に収めた。

「蝶……死んでしまうの……?」佐和子がショックを受けた顔で口ごもった。

「うん、そうだな。蝶の命をもらうんだから、丁寧にしないとね。採るだけが目的じゃないんだ。卵を見つけ、飼育箱で育てて野山に返すこともするし、それぞれの蝶の生育史――卵から成虫になるまで、どこでどんなふうにすごすのか、何を食べるのか、蝶の一生を調べたりするんだよ。日本の蝶と外国の蝶を比べたり……蝶の中には何百キロっていう大旅行をする蝶もいる。採集は研究の第一歩だ。まず、蝶を知らないと、一歩が踏み出せないだろ?」

小さな生命を奪うことに対する佐和子の罪悪感に応えてはいないことを自覚しつつも、文弘は言葉を連ねた。

「あっ、まっ黒い大きな蝶!」

樹間からふわふわと漂い出した黒い蝶を見つけて輝一が叫んだ。

「おおっ、クロアゲハ――いや、モンキアゲハだ。すごいぞキイちゃん」

文弘はネットを一振りして大型の蝶を捕らえた。文弘が蝶の胸を押すのを、佐和子は目を外らして見ないようにしていた。

「ああ、キハダが生えてる。ミヤマカラスアゲハもいるかもしれないぞ」

樹間からまた別の蝶が飛び立って、さっきアオスジアゲハが吸水していた場所に舞い降りた。黒一色ではなく、緑や青に光っている。

「ミヤマカラスアゲハ」文弘はまたネットを振った。」

「あっ、川岸の草にちっちゃい蝶がいる。これも蝶だよね」

「シジミ蝶だよ」

ウラギンシジミ、ムラサキシジミ、ミヤマシジミ、ツバメシジミ、ミドリシジミ、圧倒的に多いベニシジミ。川岸の草むらは、シジミ蝶の宝庫だった。明るい石ころの河原をたどると、黄色の花の塊が目に飛びこんできた。

「ミヤコグサだ。これを食草にしているのは――ツバメシジミと、おっ、シルビアシジミだ!!」

文弘は、いつの間にか輝一のためでなく自分が夢中になっているのに気づいた。輝一は黙ってついてくる。が、佐和子の姿が見えない。慌てて川岸の道に戻ると、脇道を入った丈高い草の陰に佐和子の白い帽子が見えた。文弘と輝一は急いで脇道を走った。佐和子はヤナギランやアキノキリンソウ、マツムシソウなどの花々を、うっとりと見ていた。

「きれいねえ。ステキねえ」

「少し採ってもいいぞ。宿で桶に入れておいてもらえば、明後日《あさって》は持って帰れる。お母さんにも見せられるよ」

「うん」

だが、花を折ろうとして伸ばした手を、佐和子は途中で引っ込めた。

「わたしが折ったら、実になれないよね」

佐和子らしいな、「いのち」を慈しむ心の持ち主なんだ、と文弘は思った。

「そうか。あ、そうだ。カメラ持って来てたんだ。撮り方教えるから、花を撮ってごらん。蝶ももういっぱい採ったから、あとは写真で撮ろうか」

露出や距離を合わせてやって、シャッターの切り方とフィルムの巻き方を教えると、佐和子は大喜びで花々や草に群れる蝶を撮り始めた。

「キイちゃん。標本だけじゃなくて写真も出すといいよ。さあ、この辺はこのくらいにしようか。佐和子、カメラ貸してごらん。キイちゃんと二人、撮ってやろう」

西の空に続く北アルプス連峰を遠景に、背丈より高いヤナギランに埋もれるようにして並んだ二人を、文弘はフィルムに収めた。

「写真は松本ですぐ現像に出して、新学期に間に合うように送るからね。——そろそろお昼にするか」

佐和子も輝一もホッとしたように頷いた。リュックから昼の分の包みを取り出すと、プンと香ばしい味噌の匂いが鼻をくすぐった。

「ああ、焼き味噌のお握りだ。信州味噌、有名なんだぞ」

竹の皮の包みの中には、焦げ目の付いたお握りの他に、おまんじゅうのようなものが二個ずつ入っていた。

「これ、なに？」

「ん、お焼きって言うんだ。何が入ってるかな」お焼きの一つには野沢菜が入っていて、もう一つには餡こが入っていた。餡この甘味が、疲れを消してくれるようで、うまかった。三人とも無言で、あっという間に平らげた。水筒の水を飲むつもりだったが、すぐ傍に、竹の樋で引いた山清水があった。アルミのコップが鎖で結びつけられている。

「こっちの方がうまいぞ。アルプスの雪解の水だ」

文弘が飲むと、佐和子も輝一も替わる替わるコップ三杯ずつも飲んだ。水筒の水は川に流し、山清水を汲み入れた。

「少し、昼寝するか」文弘はリュックを枕に、木陰に身を横たえた。佐和子と輝一も並んで横たわった。空がまぶしくて目を開けていられない。目を瞑っても、陽の光が透けてみえる。

「ああ、いいなあ。山はいい」文弘が一人言のように言うと、二人も「山はいいね」と声を揃えた。

「おまえたち、ほんとに仲がいいんだね」

「うん」二人はまた同時に返事をした。

「佐和子は将来、何になりたい？　これからの世の中は、嫁にいっても自分の仕事をする女の人が多くなる」

佐和子は即答した。

「看護婦さん。お母さんみたいになるの」

「ほおー。キイちゃんは？」

「お医者さん。お父さんみたいになれたらいいな――」

「そうか、キイちゃんがお医者さんになってくれたら、俺も武弘も助かるなあ。和田医院を継ぐ者がいないと、父さんはがっかりするものなあ」

「武弘兄さん、お医者さんにならないの？」

佐和子が訊くと、

「飛行機乗りだよね、武兄さんは」

「おっ、男同志だな。キイちゃん、武弘に聞いたのか？」

「そうじゃないけど、見てる本もみんな飛行機の本だし。トウコウダイって飛行機の大学？」

「飛行機のってわけじゃないけど――工学に興味があるんだろう。多分飛行機操縦を教える学校は、大学を出てからしか入れないみたいだ。まず東工大ってことかな。すべての道はコックピットに向かってるんだよ、武弘にとっては」

俺たちが和田医院を継がなくてもすむように、キイちゃんは家へ来てくれたのかな、文弘はそんなことを考えながら、いつか、うとうとしていた。

吹き抜ける風を感じて目を開けると、少し空が陰っていた。ゴロゴロと不気味な音がする。

「あれ、雷だ。キイちゃん、佐和子、起きろ、雷様《らいさま》だぞ」

慌てて二人を起こし、リュックを背負わせて、文弘は駅の方へ向かって走り出した。二人も懸命についてて来る。ポツポツと大粒の雨が落ちて来たが、まだ駅までの道の半分も来ていない。川と反対側の山の斜面に、ちらりと屋根が見えた。文弘は、斜面に刻まれた土の段を駆け登った。土砂降りになる寸前、三人は農具置き場らしい小屋へ走り込んだ。土間に鋤や鍬が置かれ、板壁の横木には鎌が掛かっている。板屋根を打つ激しい雨音で、互いの声も聞こえない。

だが、ともかく濡れずに済む。文弘はホッとした。二人に怪我でもされたら、俺の立場がない。母さんに請け合って連れてきたんだもの。リンゴを入れるらしい木箱に腰を下ろして、三人は黙って降りしきる雨を見ていた。雷自体は、栃木の雷に慣れている三人にとって、それほど恐ろしくはなかった。ただ、周囲から切り離された小さな空間に閉じ込められたような不思議な感覚に陥って、三人は肩を寄せ合っていた。

突然雨音が消え、一斉に鳥が鳴き出した。雲の間から、光の筋が地上に降っている。

「虹だよ、虹。キイちゃん、虹が出てる」佐和子が小屋の外へ飛び出した。「あれっ、二つある!!」

小屋の外は雨に洗われて、空気まで清々しい。木々の葉という葉から、雫が滴っている。片方の端は川の向こうの草原に、もう片方の端は山の中腹に消えている虹があった。くっきりとした七色の弧の少し下方に、薄い七色の虹が掛かっている。

「二重の虹、珍しいね」

「これって瑞祥《ずいしょう》？」

「佐和子は難しい言葉知ってるんだね。そう、きっといいことがある印だね」

あの時、自分は何を考えていたのだろう。佐和子は、キイちゃんは……。この後も、文弘は何かの折にふっと、三人で見た安曇野の虹を思い出すことがあった。誰も知らない、三人だけの不思議な二重の虹だったと。

澄んだ川の流れも、さっきの土砂降りで濁っていた。白く乾いていた河原も、今は流れに飲まれている。

「文兄さん、蝶はどこへ行ったの？」

「うん。虫は賢いからね。雨の当たらない木の葉の裏や、草の中に隠れてるんだ。羽が乾いたら、また飛び立つよ。――高瀬川の方にも行くつもりだったけど、高瀬川の河原も水が乗ってるだろうし、しばらく蝶は出てこないだろう。――そうだ、今日はこのまま帰って、松本城を見に行こう。」

「松本城？」

「うん。戦災でも焼けなかった、昔のままのお城なんだ。黒壁の落ちついたお城だ」

三人は安曇追分駅から、朝とは逆に、松本行きの汽車に乗った。座席に座ると、佐和子と輝一は、すぐ頭を寄せ合って眠ってしまった。

日の傾いた松本城は、蝉時雨に包まれていた。蜩《ひぐらし》の大合唱に、夏の終わりを告げるツクツクボウシが混じる。

「お客さんたちで、今日は閉門だよ」と急《せ》かされながら、三人は松本城の階段を昇った。五重六階の天守閣への階段は勾配が急で、所々石落としの仕掛けがあったり、矢狭間から入った光の筋が白壁に当たっていたりする。ハアハア息を弾ませながら昇り切ると、あまりの高さに目が眩むようで、背筋がムズムズしてくる。だが、西の方に視線を向けた佐和子と輝一は、「わあーっ」と叫び、手擦りに駆け寄った。「危ないよ、佐和子、キイちゃん」文弘は思わず二人のシャツの裾を摑んだ。それにしても、何という風景だろう。茜色に染まる空を背に聳え立つ藍色の山々。麓は夕靄《ゆうもや》にかすんでいる。ここへ来てよかった。文弘は心の底から思った。

「いいだろう、松本は。これが信州だ」

「また来てもいい？」

「いいよ。二人だけで来られると、なおいいな」二人は心細そうに顔を見合わせた。

翌朝八時に、郁雄は約束通り軽トラックで迎えに来た。

「朝飯すんだか」

「おお、いつでも出られる。弁当も四人分作ってもらってあるよ」

「霧ヶ峰に行こう。八島ヶ原湿原に行けば、湿原の蝶が採れるぞ」

「シッ。採るっていうと佐和子が嫌がるから」

文弘と郁雄の会話には気づかなかったらしい佐和子を助手席に乗せ、幌を掛けた荷台に文弘と輝一が乗った。

「縁台を乗せてきたから、そこに座ってくれ。座布団もあるからな。ヤカンに麦茶も入ってる。荷台は暑いからな」

松本から諏訪に向かう。篠ノ井線に沿う千国街道は、辛うじて舗装されている。塩尻まで四十分、まだ気温は上がらず、顔に当たる風が心地よい。塩尻からは曲がりくねった道を岡谷を経て諏訪湖を目ざす。カーブの連続に少し気分が悪くなった佐和子も、眼下に諏訪湖が見えると、パッと元気になった。

「わたしも荷台に行っていい？」

「おっ、じゃ、兄さんと交替してみる？」

佐和子は意気揚々と荷台によじ登り、輝一と並んで軽トラの荷枠に摑まった。電車に乗った子供みたいだと、文弘は可笑しくなった。

「よく摑まってろよ。立ち上がるんじゃないぞ」

諏訪湖の北岸に沿う道を、軽トラは二人の歓声を乗せて走った。湖に桟橋が突き出ている所で、郁雄は車を停めた。荷台をすべり降りた佐和子と輝一は、桟橋の突端まで走って行った。湖の水は澄んでいて、底の石ころまで見透かせた。二人は靴を脱ぎ、桟橋から足を下ろして湖の水を撥ね飛ばし始めた。

「冬になるとね、湖は全面凍結して、氷が音立てて盛り上がるんだ。凄いよ。冬にまたおいで。御神渡《おみわた》りを見せてあげよう」

車に戻り、エンジンをかけようとして、郁雄が言った。

「和田、諏訪大社に寄ってくか。二人に御柱《おんばしら》を見せてやろう」

「御柱？　俺も初めてだよ」

下社秋宮から下社春宮へ回る。社の四方に立つ御柱を一行は厳かな面持ちで眺めた。

「切り出した木を運ぶ時、木落としっていって、途中の斜面を下るんだが、木の上に人が乗るんだ。諏訪の男の晴れ舞台さ。寅年と申年に新しい木に換えるから、木落としのある年、またおいで」

「信州大にも医学部があるから、キイちゃんも信州大に来るか」文弘が少しからかい気味に言うと、輝一は真面目な顔で訊いた。

「佐和姉ちゃんは？　姉ちゃんも来る？」

「あれっ、大学も一緒かあ」文弘と郁雄は顔を見合わせて吹き出した。

参道の入り口に、数件の蕎麦屋が「信州蕎麦」と染め抜いた旗をはためかせていた。

「ああ、腹減ったなあ。和田、昼には少し早いが、蕎麦食っていかないか」

「ああ、朝ご飯が早かったからな……弁当があるけど……」

「弁当は山で食おう。二人にさ、信州蕎麦食べさせたいな」

二人は、冷たい蕎麦を食べるのは初めてだった。小金井あたりでは、冷たくして食べる麺類は大方は「うどん」で、大晦日の蕎麦は温かくして食べる。少しだけ箸に摘まんで冷たい蕎麦を口に入れた二人は、二口三口、噛みもせず飲み込んだ。

「おいしい！　いい匂い」

「おいしいだろう。秋になって新蕎麦ができると、もっといい匂いだよ」

「秋にまた来まーす」二人は声を揃えた。ここでも野沢菜が出た。

お八つとも昼食ともつかない蕎麦を食べ終えて、車はいよいよ霧ヶ峰に向かって高原道路に入って行った。カーブの続く未舗装路は、荷台にいると振り回される。

「大丈夫か。よく摑まってろよ」

「平気。おもしろーい」

高原はもう秋の気配だった。丈の低い薄《すすき》の穂が光り、秋の花がとりどりの色を見せていた。やさしいピンクのハクサンフウロ、パッと明かるいアキノキリンソウ、咲き初めたばかりのノコンギク、薄紫のマツムシソウ。

「あっ、リンドウ。リンドウがあった」

輝一が手を伸ばして摑もうとするので、文弘は慌てて輝一のシャツを摑んだ。カーブの山道が危ないので、文弘は荷台に移って二人を見張ることにしたのである。

「佐和姉ちゃんに採ってやるんだ。姉ちゃんね、リンドウ大好きなんだって」

車山《くるまやま》の駐車場に軽トラを停めて、四人は草原を分ける小道に踏み入った。サーッと風が渡り、草が一斉に靡《なび》き伏す。キスゲはもう咲き終え、ほんのわずかの咲き残りが草の間に見えた。濃い紫のリンドウを見つけた輝一は「採ってもいい？」と郁雄に訊き、「少しならね」と許されて、うれしそうに摘んだ。輝一は摘んだリンドウを、「佐和姉ちゃん、はい」と佐和子に差し出した。佐和子は黙って受け取り、胸に抱き寄せた。

「『野菊の墓』みたいだなあ」郁雄がボソッと呟いた。文弘は何だか、ひどく純粋なものに出会った気がして、目を伏せた。

「ここには、蝶はいないなあ。八島湿原へ行こう」

郁雄が促した。車一台がやっと通れるくらいの道を、人が歩くぐらいの速度でたどって行くと、「八島ヶ原湿原」と記した木標が立つところに着いた。

「さあ、着いたぞ」

一行は運動靴を長靴に履き替えて帽子をかぶり直し、水筒を肩に掛けた。子供たちの長靴は、郁雄が母親に頼んで、近所の家から借りてくれたものである。

「湿原はズックでは歩けないからね。長靴でも道を踏み外さないように気をつけて。沈んでしまうところがあるから」

八島園地と呼ばれる地に立つと、八島ヶ池を囲んで湿原が広がっているのが見渡せた。池の面は空を映して青い。アシ、カヤ、カリヤス、イグサなど、細い葉の菅《すげ》類の群の中に、フウロやカワラナデシコのピンクが混じり、ギボシの白が清々しかった。

「ここは、蝶より蜻蛉《トンボ》だな」文弘の言葉に呼び込まれたかのように、サーっとトンボが飛んできた。

「ギンヤンマ」郁雄は言って、ネットを振る。美しい灰青色の胴体を持つシオカラトンボ、赤トンボより一段と鮮やかな紅のショウジョウトンボも採った。ムギワラ色をしたムギワラトンボ。「これはね、シオカラトンボと同種なんだよ。青いのがオスで、ムギワラ色のはメスか子供のオスなんだ」

輝一が振ったネットに入っているトンボを見て、文弘と郁雄は「おおっ」と声をあげた。体長二センチにも満たない、小さなまっ赤なトンボ。

「キイちゃん、すごいぞ。これはハッチョウトンボって言うんだ。日本で一番小さいトンボだ」

オニヤンマより小振りのオオヤマトンボは、池の周りを回るかのように行きすぎてはまた戻ってくる。シオカラトンボよりさらに青いオオシオカラトンボ。

佐和子は、昨日からカメラの擒《とりこ》になっていた。光度計や露出計の使い方も飲み込んで自分で操作し、花や虫、草原や湿原の風景、普段は見たことがなかった文弘や郁雄の虫キチの表情、どこか寂しさを含んだ「キイちゃん」の横顔を写し撮っていった。トンボと花を追っていくうちに、もう一つの、青い空を映した池の辺りに来ていた。

「鎌ヶ池だ。そろそろ昼飯《ひるめし》にしようか」と郁雄が池の端の木製のベンチに腰を下ろした。

「あらあ、もう三時!?」

晶子から借りてきた腕時計を見て、佐和子が声をあげた。「虫採りは時を忘れる」と郁雄が神妙な口調で言った。宿で作ってくれた弁当は、玉子焼き、椎茸、野沢菜、干瓢が入った太巻きとお焼きだった。味噌に漬け込んだ豚肉を焼いたものも添えられている。

「豪華版だなー。しなの屋の小母さん、和田たちを気に入ったんだな。お気に入りの客にしか、太巻き作ってくれないんだ、小母さんは」

「このカンピョウ、家のだよね」と佐和子がうれしそうに言った。

「そうか、小母さんは佐和ちゃんとキイちゃんが気に入ったんだな。俺もな、これくらいの時は美少年で有名で——」

「美少年!?　ゲンゴロウみたいな顔して」

「誰がゲンゴロウだ。俺をゲンゴロウって言うなら、おまえはカマキリだ」

「ゲンゴロウとカマキリだって」

　佐和子は、二人を見やって吹き出した。生ぬるくなった水も乾いた喉にはうまかった。高層湿原は、まるで天国のように美しく、長閑《のど》かだった。輝一は、その後も幾度も、この日の「天国」を思い浮かべることがあった。未だ、本当の悲しみを知らなかった、十一歳の夏の輝くような旅——。

　標本にする蝶、蜻蛉を三角形のブリキの採集箱に収めて、一行は帰路についた。八島ヶ原湿原の道標の空き地に停めた軽トラは、フライパンのように熱かったが、走っているうちに風に冷やされ、佐和子と輝一は、幌の陰でぐっすり眠ってしまった。車は来た道は戻らず、和田峠を越えて扉峠から松本に入る道を行くことにした。

「道は悪いが、近いからな」

「同じ道を戻るより新鮮でいいさ」

　途中、諏訪へ回ればよかったと後悔することもあったが、ミズナラやカラマツ、シラカバが続く緑のトンネルのような道を、軽トラは人にも車にも会わず、揺れ続けた。荷台の二人は目を覚まして、唱歌を歌ったりしている。

とぶよとぶよ白雲
そよぐそよぐ木々の葉
山の朝だ夜明けだ
峰をさしてさ登れ

鳴くよ鳴くよこま鳥
吹くよ吹くよそよ風
山の朝だ夜明けだ
峰をさしてさ登れ

（「山の歌」作詞／久保田宵二）

我は海の子白波の
騒ぐ磯辺の松原に
煙たなびく苫屋こそ
わがなつかしき住み家なれ

（「われは海の子」作詞者不詳）

我は山の子木々の風
渡るふもとの川の辺に
煙たなびく藁屋《わらや》こそ
わがなつかしき住み家なれ

「あれ、替え歌かあ？」

「そうらしい」

「ほんとに、俺も山の子さ。山へ入ると伸び伸びする。自分が居るべき場所にいるって気がする」

「そう——だけどさ、この道は酷《ひど》すぎる」


松本に近づいて舗装路に入った時は、心の底からホッとした。夏の終わりで、少し日が短くなっている。宿に着いた時は、辺りは夕闇になっていた。

「小母さん、風呂、風呂、風呂、まず風呂。上がったらメシ頼みます」

「あれあれ、埃だらけで——。どこまでおいでなさった？」

「霧ヶ峰と八島湿原」

「さあ、キイちゃん、ご飯食べたら標本作るぞ。安住も手伝ってくれるそうだ」

「おいおい」

夕食もそこそこに、男たち三人は標本作りにとりかかった。展肢板は郁雄が持って来てくれたものもあって、間に合った。蝶や蜻蛉の体にピンを刺して羽を広げるのをちらりと見て、佐和子は顔を背けた。

「佐和子ちゃんは押し花を作ってごらん。小母さんから新聞紙もらってあげるから」と郁雄に言われて、佐和子は胴乱の草花を取り出した。佐和子は写真を撮る一方、一種類二本と決めて高原の草花を採取してきていた。

「根は水で洗って、根っこから天辺《てっぺん》まで、できるだけ全体を押花にするといい」と教えられ、佐和子は持ち前の真面目さを発揮して、丁寧に植物の姿を整え、紙に挟んでいった。

「宿題を出すまでには少し日数が足りないけど、まあ、何とかなるだろう。上野までは俺が持ってってやるから、上野から小金井までは座席の下へでも置きなさい。誰か、小金井駅まで迎えに来てくれるよう、電話しとくよ」

草花を挟みながら、佐和子がふと顔を上げて言った。

「草だって、命があるんだよねえ。この花たちもずっと山に咲いていたかったのかなあ」

輝一が手元の虫を見つめながら言った。

「虫も草も、いのちは必ず終わるんだよね」

文弘はドキリとした。どうしてこの子はこんなことに気づくんだろう。

「そう。命あるものは、いつかは命を終える。でも、命は次々と受け継がれていくんだよ。虫たちは卵を生み、花は実を結んで。人間が己の好奇心で虫や草を採集するのは申し訳ないことかもしれないね――人間ってヤツは知りたがり屋なんだ。どこまでも自分の認識の範囲に収めようとする。謎を解きたがる。知りたがる。でも、知ることが、虫や草を守ることにもつながっていくんだと思うよ。人間の知りたがりのために命をもらった虫や草は、せめて大切に扱ってあげないとね――」

「和田先生の名講義、拝聴いたしました」

「バカ。からかうな」

郁雄の戯れ言に救われたと思った。いいヤツだなと、郁雄との出会いがしみじみうれしかった。故郷を離れた地にあって、人は多くのものに出会い、生涯の友を得ると。一方、輝一の繊細さ、鋭敏さが気懸りだった。三つにもならないうちに両親と離れてうちで暮らすようになったキイちゃんに、この先どんな運命が待っているんだろう。

翌朝八時半の汽車で、佐和子と輝一は帰途につい た。新宿、さらに上野までは文弘が同行するので、佐和子も輝一も安らいだ顔をしていた。十枚の展肢板は洋服箱に入れて紐で縛り、押し花を挟んだ新聞紙は大きな風呂敷に包んだ。

「これ、母から。うちで作ったお焼き」と、見送りに来た郁雄が包みを差し出した。輝一がニコッとして、包みを自分のリュックに入れた。

新宿から上野までは、昼どきだったので、それほど混み合ってはいなかった。上野駅の食堂でオムライスを食べさせてもらった二人は、食べ終わると、上野から先の二人だけの汽車の旅への不安が忍び寄って来たらしく、心細気な顔になった。

「大丈夫。座席までついて行ってやるから。今頃なら混まないだろう。家へも何時に着くって電話しとくから、汽車降りる時だけ、荷物がんばれよ」

それから文弘は郁雄からのお土産の包みを開けて、十個あるお焼きの中から三個を取り出した。

「俺はこれから、宇高の時の先生のお見舞に寄るよ。松本よりももっと北の方の出身なんで、お焼き、持ってってあげるよ」

「そう。じゃ、もっとたくさんあげて」

「ん、でも、父さんと母さん、武弘、千都子、タキさん、それにお前たちで——七個はいるだろ?」

「シロの分は?」輝一が小声で言った。

「そうか、シロの分があったな。じゃあ、八個持っておいで。先生には二個でいいよ」食べてもらえるかどうか分からないから、という言葉は胸の内で言った。

宇都宮行きの汽車は空いていて、佐和子と輝一は並んで座り、荷物は座席の下へ入れた。

「五時には小金井に着くからね。終点じゃないんだから、眠ってしまって乗り越さないように」二人は神妙に頷いた。向かいの席の中年の女の人が宇都宮まで行くというので、文弘は「すみません。よろしくお願いします」と頭を下げ、発車ベルに慌てて飛び降りた。

文弘は上野から池袋に向かい、西武池袋線に乗り換えた。保科耕史が入院している結核療養所は清瀬にあった。清瀬駅に降り立った時は三時を過ぎていたが、たいてい面会は三時過ぎだからちょうどいいと、文弘は思った。久米川行きのバスが出ようとしているところで、文弘は飛び乗った。今日は飛び降りたり飛び乗ったりだと、文弘は苦笑した。昨日霧ヶ峰で摘んで水に漬けておいたヤナギランとマツムシソウ、そしてカバンにしのばせたハッチョウトンボ、二個のお焼きがお見舞の品だった。バスは十分ほどで東京病院に着いた。西武池袋線の清瀬と、西武新宿線の久米川を結ぶ街道は、俗に病院通りと呼ばれるように、いくつもの大規模な病院が連なっている。武蔵野の面影を色濃く残す並木は、夏の盛りを過ぎようとする陰りを帯びて、午後の陽に静まっていた。

東京病院は、日本でも有数の結核専門の療養所である。最先端の医療技術と秀れた人材に恵まれた東京病院は、結核を病む患者たち、家族の、最後の砦だった。重症者が多く、従って還らぬ人となる患者も少なくなかった。都心近くにありながら、清澄な大気と樹木に囲まれ、高原のホテルのようなたたずまいを見せながらも、人の苦悩と希望が空中に揮発しているように感じられて、文弘は門の前で覚えず足を止めた。ああ、自分はやはり医者にはなれなかったな。重すぎる。「面会者出入口」と記された窓口で声を掛ける。

「保科耕史さんに面会したいのですが」

「少々、お待ちください。――あ、保科さんでしたら、ご面会いただけます。C棟の七号室。ここをまっすぐに進んで左へ折れると、手前からA棟からE棟まで並んでいます。各棟の入り口に受付がありますから、そこでもう一度声を掛けてください」

受付の看護婦に指示された通り、洗面所で丁寧に手を洗い、マスクを掛けた。各棟はまっすぐに伸びる廊下にずらりと四人部屋が並んでいる造りらしい。部屋の南側と廊下の北側には大きなガラス窓が嵌め込まれ、光と風をいっぱいに取り込めるようになっていた。部屋の窓にはクリーム色のカーテンが懸かり、午後の日差しを遮っている。

保科耕史のベッドは空だった。

「ああ、保科さんなら庭だろう。三日ほど前から庭に出るのを許可されて、朝夕は庭を歩いている。今日は思いの外涼しくて、さっき庭へ行くって。ベンチにいると思うよ」

文弘は受付に戻って靴に履き替え、B棟との間の中庭に回った。中庭には窓下に花壇が作られ、盛りを過ぎた向日葵の下に早くも咲き初めたコスモスが、かすかな風に揺れていた。花壇に沿って石畳の歩道が続き、各棟の北側には大きく育った青桐が影を作っていた。保科は青桐の下のベンチに座っていた。もともと痩せぎすだったのが一段と痩せて、肩が尖っている。

「先生、保科先生」文弘は、掠れた声で呼びかけた。涙声になるので困った。目を上げた保科は、目を細めて笑顔になった。

「おお、来たな、和田」

「先生……」

「バカ。おまえが泣くことはあるまい。おっマツムシソウ。ヤナギラン」

文弘の手にした花に目を止めて、保科は手を差し出した。

「昨日、霧ヶ峰と八島湿原に行ったんです」

「八島湿原……じゃあ」

「ええ。ハッチョウトンボ、持って来ました」

文弘はボストンバッグから、小さな箱を取り出した。保科はハッチョウトンボをじっと見つめた。

「生きて、このトンボをもう一度見られるとは……ありがたいなあ、生きてるってことは」

「先生、お焼きもあります。今朝、松本の友人ができ立てを渡してくれたんです。美麻寺のお母さんからの預かり物も」

「和田は福の神だなあ。……よく志を通して松本に行ったなあ。お父さんは跡を継がせたかったろうに」

「下に弟が二人います。誰かは医者になると思って許してくれたのでしょう。ああ、下の弟と妹が松本に遊びに来てたんですよ。今、上野で宇都宮行きに乗せてきました……。先生、遅くなりました。もっと早く会いに来ればよかった……」

「いや。衰弱してるところは見られたくないもんだ。ここまで回復して和田に会えるなんて、夢のようだ」

二人はベンチでお焼きを頬張った。文弘は遠慮したが、

「一個がやっとなんだ。和田ぐらいの年には五個ぐらいペロリだったが。野沢菜もな、家々で味が微妙に違うんだ。お袋のは塩っ気が強くて、喉が乾いてなあ」

「お母さんからお預かりしていたものが……」

と文弘は包みを取り出した。包みを開けてみて保科は、

「浴衣だ。そういえば毎年、夏には新しい浴衣を縫ってくれたっけ」

「先生。早く、お母さんの元へ帰ってあげてください」保科は黙って頷いた。

「──退院したら、できたら、かな、長野へ帰る。寺の跡を継ぐ。丈夫になったら坊さんになる修業をして得度するつもりだ。俺みたいに死を垣間見た者だからこそ、どんなに生きることが尊いかも分かるようになった。生きてるってことは……」保科は声を詰まらせた。目には涙が浮かんでいた。

「先生、また来ます。今日中に松本へ帰らないと」

「おお、家へは帰らんのか。松本へ向かうなら新宿だな。それなら久米川へ出た方がいいよ」

保科は門まで送ってきて、来る時文弘が降りたバス停を指さした。待つほどもなくバスが来て、文弘

は名残り惜しい思いを引き擦りながら、バスに乗り込んだ。木陰に佇んで、保科は片手に浴衣の包みを抱え、片手を大きく振って見送ってくれた。

街路樹の茂る道を、バスは窓いっぱいに風を取り込んで走った。病院通りの名の通り、いくつもの病院が並んでいる。バスの右側は、切れ目もない柊の垣根が続き、垣根の内は鬱蒼とした林だった。バスの動きにつれて、林の奥に建物の端が見え隠れする。スッと黒い影が窓を横切り、後方へ流れて行った。「クロアゲハ」文弘は心の中で叫んだ。角を曲がっても柊の垣根は続き、垣根の切れ目に門が見え、バスが停まった。門に看板が掛かっている。文弘は素早く読み取った。「国立療養所多磨全生園」ここも病院なんだろうか。どんな病の人が、こんな広い敷地の病院に入っているんだろう。文弘は何がなし切ない思いに誘われて空を見上げた。

九月半ば、輝一から手紙が届いた。

「文弘兄さん、お元気ですか。僕も佐和姉ちゃんも元気で二学期を迎えました。蝶と蜻蛉の標本は、学校でほめられました。写真と兄さんが書いてくれた説明、佐和姉ちゃんが作ってくれた草花の標本もあったので、研究らしくなりました。『信州の花と虫』という題をつけました。僕は三人の名を書こうとしたのですが、佐和姉ちゃんが、小学校の宿題なのだから、小学生の名だけでいいのだと言うので、僕の名前で出しましたが、本当は、きょうだい合作です。ありがとうございました。また、松本に行きたいです」

ところどころ、消しては書き直した鉛筆の跡が見えて、文弘は微笑んだ。「きょうだい」は、兄弟や兄姉や姉弟と書いて、結局、平仮名にしたらしい。そうだな、キイちゃん。俺と佐和子とキイちゃんだったら、どう書くのがいいか、困るものな。

第十二章
青春の門

　春という季節は、どんな家族にも何かしらの変化をもたらす季節だ。和田医院には五人の子供がいたから、どの春にも卒業や入学といった大きなものから、進級するのみの小さなものまで、毎年のように「変化」が訪れた。昭和四十一年春、佐和子は第一志望の群馬大学医学部附属看護学校に合格し、看護婦への第一歩を踏み出した。喜びと期待とそして不安。不安は見知らぬ土地やぎっしり詰まったカリキュラム以上に、輝一と離れることにあった。わたしが傍にいなくても大丈夫だろうか、キイちゃん。

　輝一のほうは、佐和子の合格を自分のことのように喜び、誇らしげだった。

「すごいなあ、佐和姉ちゃん。群馬大学医学部附属看護学校。初志貫徹だね!!」

「キイちゃんのほうがすごいよ。何の苦労もなく宇高に入っちゃって」

　輝一は中学校の先生の保証した通り、十番以内の成績で文弘と同じ宇都宮高校に合格していた。

「輝一の両親は、よほど頭の良い人たちなんだな」と清弘は苦笑した。「生みの親よりも育ての親って言うじゃない。キイちゃんを育てたのはわたしですよ――」と晶子は屈託なく言って宇高の入学式に出かけて行った。宇高の入学式は二回目だった。武弘は「高校に入ってまで兄さんと比べられるのは真っ平」と言って、栃木高校を選んだ。小山から両毛線に乗り換えての通学は、「電車は寝床」と言って苦にもせず、「小金井の和田医院の次男、文弘の弟」

という、武弘にとっては煩わしい先入観から逃れて、伸び伸びと栃高の気風になじんでいた。勉強も部活もエネルギー全開で取り組み、第一志望の東京工業大学に危なげなく合格し、三年に進級していた。武弘は寮を嫌って賄いつきの下宿に入り、下宿の小母さんには、晶子にもタキにも見せたことのない愛想の良さを発揮して、下宿仲間でも「おかず一品多い」と羨まれるほど「ひいき」にされていた。三年生になると、大学はいよいよ専門に分かれる。「飛行機」にたどり着ける講座、教官を、武弘は選び抜いていた。高校時代まで夢中だったスポーツからは未練なく足を洗い、勉学の他はアルバイトに精を出していた。「医者だって言っても、うちはとにかく教育費がかかるもんな。文兄さん、俺、佐和子も進学して、キイちゃんも高校だ。エンゲル係数も大きかったけど、エデュケーション係数はもっとすごいだろ。小遣いぐらいは稼がないとね」と言う武弘に、

「おまえも大人になったもんだ。まあ、俺もバイト探さないと」と、文弘は感心の面持ちで言った。

「でも、理系の大学院ってのは、実験やらフィールドワークで、バイトしてる暇なんか無いんじゃないか。バイトで研究が疎かになったりしたら、父さんも母さんも嘆くよ」

「うん、分かってる。それにしても、何だか俺、北杜夫の後を追いかけてる感じだなあ。信州から仙台。まあ、北杜夫のように医者になる気はないけどな」

文弘は信州大での学部を卒え、東北大学理学部の大学院に進学していた。無論、テーマは蝶だった。

輝一の高校入学を機に、清弘は輝一に、和田家との関わりについて、きちんと話すことを決意していた。高校には戸籍謄本を提出しなければならない。厳封のまま提出させる方法もあったけれど、地元の中学と違って全県から生徒が通う高校は、広い社会への最初の門をくぐることだ。いつ、どんな人から自分の立場について問われることが無いとも限

らない。歪んだ憶測を交えて話されたりしたら却って輝一は傷つくのではないかと、清弘は晶子に言った。

「もう少し年がいってからでも……」と晶子はためらった。「一里塚のことは言わないでください」と雛を守る母鳥のように必死な表情で念を押して、晶子はどうにか清弘の決意を受け入れた。

高校に書類を提出する入学前指導の日の前夜、清弘は晶子と輝一を書斎に呼んだ。滅多に書斎に入ることのない輝一は、少し不安そうにドアを開けて立ち止まった。輝一の背丈が晶子を追い越しているのに気づいて、清弘は胸を衝かれた。湧き上がってきたのは、「この子の両親にこの子を見せてやりたい」という思いだった。そう、輝一には両親のことを教えてもらう権利がある。もちろん、今、すべてを話すことはできないけれど。

「輝一、いよいよ高校生だな。宇高へ十番以内の成績で入るなんて、お父さんも鼻が高いよ」

輝一は、はにかんで俯いた。清弘は決心が鈍るのを覚えた。動揺を抑えて、清弘は晶子に戸籍謄本を出させて、ソファーに座った輝一に渡した。

「見てごらん」

輝一はじっと謄本に目を向けていたが、顔を上げて清弘を見た。目には疑問と苦痛がいっぱいに広がっていた。

「僕のほんとうの両親は……どうしたの？」

ああ、この子は自分が和田清弘と晶子の子供でないことは、とっくに知っていたのだと、清弘は悟った。晶子に目をやると、晶子の顔も凍りついていた。

「キイちゃん、知っていたの……」

「僕が父さんと母さんの子供じゃないってこと？

——それは何となく分かってた」

「誰が——誰がそんなことキイちゃんに言ったの？もしや」

「ううん、文弘兄さんや武弘兄さんが言ったんじゃない。佐和姉ちゃんも、もちろん。でも学校の友だちとか、友だちの家の人とか——」

そうか、そうだったか。世間の人の口に戸は立てられないんだな。清弘は歯噛みするほど悔やしかった。この子はそんな大事なことを他人から聞かされて、家の者には誰にも言わず、胸にしまってきたのか。

晶子は輝一の両手を握りしめ、振りながら叫んだ。

「どうして黙ってたの、どうしてわたしたちに訊かなかったの」

「ぼく、ぼく一人名前も違うし……そうかもしれないって。でも、お父さんもお母さんも、みんなのことも好きだし、タキさんも好きだし。お父さんとお母さんの子供じゃなくてもこの家の子供だって思ってたから——」

「そうだ、ほんとにそうだな、輝一。ずっと黙っててすまなかった。——輝一は、横浜の岡谷先生から預かった。岡谷先生は親を失くした子供の保護施設の担当医をされていて、輝一ともそこで会ったんだ。施設は元々戦災孤児を収容していたところだったから、両親が誰だか分からない子供もたくさんいてね。輝一は戦災孤児というには小さかったから、どんな事情でそこにいたかは分からない。世の中が落ち着くにつれて、施設から家庭に引き取られる子供が多くなってね、岡谷先生は輝一にも育ててくれる家庭はないかと考えた。輝一があんまり可愛かったんだな——。でも施設の医者をしている岡谷さんが直接一人の子供を引き取るのは大勢の子供に対して公平じゃないから、昔からの友人のお父さんに頼んでこられた。子供がたくさんいる家の方が輝一にとってもいいだろうって。だからね、うちに来る前の輝一の本籍は横浜の施設の住所になっている」数日かけて考えた「事情」を、清弘は淡々とした口調で話していった。「シロ」輝一はふっと犬の名を口にした。

「あー、シロはね、施設で輝一になついていた犬。引き離すのは可哀相だって、岡谷さんはシロをお供につけてよこした」ああ、俺は何回嘘をつかなければばならないんだろう。清弘は、思わず目を伏せた。

「僕の、僕の――」

「うん。輝一のご両親のことはなあ、分からないんだ。名前と生年月日は、ポケットに入っていた小さなハンカチに書かれていたようだ。カサハラキイチ・25・11・10って」

初めて聞く話に呆然としている輝一を、晶子は泣きながら抱き締めた。

「キイちゃん、ごめんね。つらいよね、こんな話聞かされて。でも、わたしもお父さんも、キイちゃんのこと、ほんとに大切に思ってる。文弘も武弘も佐和子も千都子だって、キイちゃんのこときょうだいって思ってる」

「養子ってどういうこと――ですか？」

「ですか」と付け加えた輝一の心の翳りが清弘と晶子の胸に応えた。

「小学校に入学する時、他の子供たちと同じ名字でないと混乱するとお母さんが言ってね。私もその通りだと思った。だから、輝一は、和田清弘を父とし、和田晶子を母とする子供になってもらったんだ。法律上、正式に。今、戸籍のことを話したのは、間違った形で輝一が他の人から聞かされたら困ると思ってね。もう聞かされているとは気づかなくて――ほんとに暢気な親だなあ。高校へ入ると、父さんや母さん、タキさんの目の届かない、今までより広い社会に出ることになる。だからね、きちんと話しておくことにしたんだよ。――輝一は、ここへ来た時から家の子になった。家で一番できのいい子だ」

輝一の肩から、フッと緊張が解けるのを感じて、晶子は深く息をついた。自分も息がつけないほど張り詰めていたことに気付いて、晶子は泣き笑いの顔になった。

「宇高に行ったら、しっかり勉強しなさい。中学校までと違って、高校の学習内容は勉強しなくてもついて行けるほど甘くはないからね。輝一は何でもよくできるけれど、本当に好きな分野は何なのか見極めるといい。どんな大学だって、やってあげる。なあ、母さん」

「もちろんです。——キイちゃんを生んでくださったご両親も、キイちゃんのこと、きっと見守ってるでしょう」

「生きてるかどうかも分からないの?」

「すまない。分からないんだ。輝一はほんとに小さくて、ご両親の名も言えなかったから」

輝一は小さく頷いた。輝一が榎の木の下で発見されたことは決して知られたくないと、清弘は思った。まして、輝一の本当の両親の病のことは絶対に言えない。清弘は改めて輝一の背負った運命の酷さに戦《おのの》き、自分が背負っている秘密の重さに戦いた。


高校に入学してからも、輝一は「戸籍」について聞いた夜があったことなど全く忘れたように、晶子にもタキにも接していた。元々清弘との接触は日常ではほとんど無かった。一つだけ変わったことは、目に見えて勉強に打ち込むようになったことだった。佐和子も居ず、千都子は話し相手にはならず、輝一は勉強以外に自分のエネルギーを注ぐ対象が見出せなかったのかもしれない。輝一は数学のセンスがあり、理系科目も得意だったが、文系科目も苦手というわけではなく、宇高の担任に「東大、ねらいますか」と言われたと、晶子は面談から少し上気した顔で帰って来た。輝一自身は「東大」と聞いても現実感はなく、ただ、ひたすら勉強して好成績を上げ、晶子や佐和子が喜んでくれるのを励みにしているようだった。晶子は折々に佐和子に輝一の様子を伝え、佐和子も絶えず輝一のことを心に懸けていて、厳しい看護学校の勉強の合間に、一晩だけの帰省をしては、輝一の話し相手になっていた。

「キイちゃん、宇高でも頑張ってるんだってね。お母さん、すごく喜んでる」

「僕、他にお母さんに喜んでもらえることないから……」

佐和子はハッとした。キイちゃんは和田の家の子供であることの証明のように、勉強に打ち込んでいるんじゃないだろうか。父さんと母さんの子供であるわたしたちは、そのまんまで子供でいられるけど、キイちゃんは懸命に自分の存在証明をしようとしてるんだ。無意識……かもしれないけど。でもね、キイちゃん、育てた者が親、一緒に育った者がきょうだいなんだよ。

輝一は、武弘が家を出た年から離れの一室を自分の部屋として与えられていた。文弘と武弘の置いていった荷物は元の武弘の部屋に収められ、元の文弘の部屋が輝一の部屋になった。

「文兄さんの部屋の方がきれいになってるものね。日当たりもいいし」と佐和子は笑った。看護婦になることは、佐和子には迷う余地のない志望だったが、どんな道筋で看護婦の資格を取るかは、かなり迷った。県内にも済生会病院や国立病院に附属する養成所はあったが、佐和子は大学に設置されている看護学校で学びたいと思った。東京なら何校かあったが、自分の学力、家の経済力を考え、佐和子が受験を決めたのは、群馬大学医学部附属看護学校だった。医者の家で暮らしに不自由はなかったが、文兄さん、武兄さんが家を離れて大学に学び、自分の後には輝一、千都子と続く。キイちゃんがどこへでも志望する大学へ行けるよう、私は国立で生活費もかからないところへ行こう。そんな佐和子の思惑に合っているように思われたのが群馬大だった。

「入った者がいないので、判断がつかないんですよ」と、佐和子の高校の担任は少し困惑した表情をしたが、栃木県内の養成所も受けるという条件で、群馬大受験に賛成してくれた。

夏休み頃から、佐和子は離れの茶の間で受験勉強するようになっていた。母屋の二階の自室は暑くて応えた。待合室や診察室のざわめきも集中を妨げることがあった。離れは涼しく静かだった。廊下を挟んだ、輝一の部屋と茶の間の障子を開け放てば、風は一直線に吹き抜ける。輝一は自室の机に、佐和子は茶の間の卓袱台にそれぞれの受験問題集を広げて勉強した。輝一の方は「まず絶対大丈夫」と太鼓判を押されていたこともあり、生来ののんびりした気性もあり、時には本を読んだり、模型作りをしたりしていたが、模擬テストの判定もBの佐和子は、時には焦り、時には消沈することもあったが、輝一に「心配ないよ。佐和姉ちゃんならきっと受かるよ」と言われると、キイちゃんがそう言うなら大丈夫という気になれた。冬になって晶子が茶の間に炬燵を入れてくれるようになると、輝一も茶の間で勉強するようになった。ミルク入りの紅茶が輝一の大好物で、九時になると佐和子は紅茶を汲れる。甘味は脳のエネルギーになると固く信じている晶子がカステラやビスケットなどのお八つを運んできてくれた。勉強は十一時までと決めていた。「よく眠って、はっきりした頭で授業を受けるのが大事だよ。まず授業で吸収するのが一番効率がいいんだ」文弘は佐和子と輝一にそうアドバイスしていた。輝一は夕食後すぐにお風呂に入ってしまうので、十一時に佐和子が母屋に戻ると、すぐ布団に入り、たちまち寝入ってしまう。佐和子は母屋に引き上げてすぐ風呂に入って寝んだ。炬燵は、万一を心配した晶子が、出初めたばかりの電気炬燵を奮発してくれたのでコンセントを抜くだけでよかった。

あんな楽しい日々はなかったと、佐和子は受験勉強に没頭した半年ほどの月日を、その後もなつかしんだ。努力は必ず報われると信じられた、子供時代の幸せな日々。

前橋に行く準備やら、しばらくは会えなくなる友人たちとのお別れ会やらで慌ただしい日々を過ごす中でも、佐和子はいつも輝一のことが気懸りだった。わたしが傍にいなくなってもキイちゃんは大丈夫だろうか。お母さんはキイちゃんを可愛がっているし、小さい頃と違ってキイちゃんを苛めるヤツもいないみたいだ。でも、特に仲の良い友だちもいないようだし、信頼を寄せる先生にも出会っていないようだ。

わたしは、わたしはやっぱりキイちゃんの傍を離れるべきではなかったのかもしれない。看護学校の入学式より少し早目に前橋に立つことにしていた佐和子は、出発の前夜、入試後は行かなくなっていた離れの茶の間に行った。茶の間には輝一の姿はなかった。


「キイちゃん」

佐和子が声を掛けると、輝一が立ってきて障子を開けた。


「あら、キイちゃん、もう高校の勉強してるの？」

「ううん。本読んでたところ。中学の先生が読んどくといいよって言ってた本」

輝一は少しはにかんだ表情で文庫本を見せた。

「あら、『野菊の墓』……」

「これ、悲しいね。清らかで悲しい……」

輝一がそんな感情を表す言葉を口にするのは珍しかった。


「お嫁にいっても民さんは政夫のことずっと思ってたんだね。女の人が年上だからって、どうしてダメなんだろう」

「明治の昔だからね。封建的っていうか……」

「佐和姉ちゃんは、リンドウみたいだ」

「えっ」

「安曇野にも八島湿原にも咲いていた。しなやかできりっとしてて、きれいな紫色してた」

不意に佐和子の胸がざわめいた。だが、輝一の顔はいかにも子供っぽく、その目にはひたすらな信頼が宿っていた。

「佐和姉ちゃん」

「ん？」

「ぼくもね、群馬大に行く。医学部に入る」

「医学部――。お父さん喜ぶよ。お母さんも、もちろんわたしも。でも群馬大って決めるのは早いよ。キイちゃんなら東京の大学入れるんだから、がんばりなさい」

「ううん。群馬大に行く。国立だし、学費かからないでしょ。それに、佐和姉ちゃんと同じ大学に行きたいんだ、僕」

再び、佐和子の心身がほおっと温かくなった。佐和子は自分の反応に戸惑いつつ、さり気なく言った。

「何よりも大切なのはキイちゃんが本当にお医者さんになりたいかどうかだよ。生涯の仕事として医者を選ぶかどうかだよ」

「ずっと、お父さんの仕事見てたから。心配そうな顔でやってくる患者さんが、帰りはホッとした顔で帰っていく。小さい時は、お父さんって魔法使いみたいだって思ってた」

「へえ。じゃ、お母さんは女魔法使い？　私は魔法使い見習いの学校へ入るんだ」

「アハハハ」

輝一は無邪気に笑った。

佐和子が群馬大医学部附属看護学校に入って最初の夏休み、晶子と輝一と千都子の三人は佐和子と合流して草津温泉に遊んだ。小山からの両毛線に接続できる一番早い列車で小金井を発ち、佐和子の住む前橋で一旦下車した。佐和子にと持って来た米や佐和子の好物の手焼き煎餅を看護学校の友だちに預かってもらって、佐和子を加えて四人となった一行は再び列車に乗り込み、渋川を経て、吾妻線の長野原草津口を目指した。左側に深い渓流を見下ろしながら、前橋駅で買った駅弁を食べた。「駅弁ってこういうものなんだ——」と千都子は初めての駅弁にはしゃいでいたが、食べ終わると晶子に寄りかかって眠ってしまった。長野原草津口で揺り起こされて不機嫌に口を尖らせた千都子は、いよいよ最終コースの草津温泉行きのバスに乗ると、涼しい風に歓声を上げ、道端の花々に目を見張って、すっかり機嫌がよくなった。バスを降りたとたん、プーンと硫黄の匂いが鼻を衝いた。白い湯の花に覆われた湯畑からは、もうもうと湯煙が上がっている。千都子はよ

ほど驚いたらしく「もしかして、ここは地獄？」と訊いた。千都子の言葉を聞きつけた通りすがりの小父さんが、

「いや、いや、お嬢さん。草津は極楽ですよ。どんな病でも治るからね」と言って笑った。

「草津の湯は酸性が強くて、皮膚病によく効くのよ。湯治のお客さんが滞在して、熱い湯に浸かって治すの」と佐和子が説明した。

「熱いの？」

「熱いよお、お嬢さん。んでも草津の湯は水ではうめないで、湯もみで冷ますのさ」

「湯もみ？」

「熱の湯ってとこで湯もみショーをやってるから、行ってみなされ。湯もみを見にゃあ、草津へ来たとは言えんでな」

　佐和子が草津出身の同級生に紹介してもらった「大阪屋旅館」は、上州の養蚕農家特有の建築様式「せがい出し梁造り」を模した、白壁に黒い梁が映える美しい建物だった。

　四人は午後五時からの湯もみショーに出かけた。白地に紺の朝顔模様の浴衣は、晶子にも佐和子にもよく似合った。一人、白地に金魚模様の子供用の浴衣を着せられた千都子は、「こんな子供っぽいのやだなあ」と膨《ふく》れている。輝一には、あまり見なれていない三人の浴衣姿が、ひどく新鮮だった。佐和子や千都子に言うのは何だか照れ臭くて、輝一は「お母さん、似合うね」と言った。さすがに晶子は浴衣を自然に着こなしていて、二十歳を過ぎた子供がいるとは思えないほど若々しく見えた。

「キイちゃんも似合ってるよ。角帯が決まってる」と、佐和子がまぶしそうに輝一を見た。輝一の浴衣は紺地に白で松葉が散らしてある。四人が漫《そぞ》ろ歩いていくと、カメラを首から下げた男が「おっ」と言って走り寄って来た。

「写真、撮らせてくれませんか。草津の観光ポスター作るんで」

「え、ポスターって、大きな写真に――？」

「いえ、湯畑を中心に、何枚かのお客さんの写真を組み込むつもりです。一枚一枚は、そんなに大きくありません。和やかなご家族連れの雰囲気がとてもいい。どうでしょう？」

「お父さん、一緒じゃないけど……」

「お父さんがお撮りになったという感じで」

千都子が晶子と手をつなぎ、少し遅れて佐和子と輝一が歩いてくるところを、町役場の観光課の者だと名告った男は、何度かシャッターを切ってフィルムに収めた。

「出来上がったらお送りします。ご覧いただいた上で掲載を許可していただけましたらと思います。ぜひ、よろしくお願いします」

小金井に帰って一週間ほどして、写真が送られてきた。漫ろ歩きを横から撮っているが、顔はふと呼ばれてカメラの方を向いた構図になっている。

「いつの間にか、キイちゃんが一番背が高くなってるのね」晶子が感慨深そうに言った。

「お姉ちゃんよりわたしの方が美人でしょ、お父さん」と千都子。

「うーん、一番美人はお母さんかな」

めったに冗談を言ったりしない清弘の軽口に、皆少し戸惑い、次いでわあっと笑った。

「ポスターにしてもらっていいよね、お父さん！」

千都子が期待をこめて清弘に訊いた。

「うん、まあ名前は出さないそうだから、差し支えはないだろう。なあ、母さん」

夏も終わる頃、ポスターが送られてきた。湯煙の立ち昇る湯畑を中心に、三枚の写真が組み込まれている。一枚は、「どっこいしょ」とベンチに腰を下ろし、皺深い顔を寄せ合った双体道祖神のような老夫婦の写真。もう一枚は湯煙を摑もうとして手を差し伸べている幼児と、幼児の足元にまつわりつく、湯煙を咥《くわ》えようとする仔犬の、見る者を微笑ませるベスト・ショットだった。子供と老人の写真ほどのインパクトはないが、端々しい少年少女と母親の家族写真は、じんわりと人の心に入ってくる懐かしさがあった。それぞれに、「とも白髪《しらが》」「つかまえた」「カメラマンはお父さん？」のキャプションがついている。人間の一生をたどったかのような趣もあり、「草津よいとこ」の大きな文字に、旅心を誘われるポスターに仕上がっていた。

湯もみショーの迫力に圧倒され、夜の温泉街を、覚えたばかりの「草津節」を歌いながら宿にもどり、女たちは連れ立って大浴場に、輝一は一人露天風呂に入った。露天風呂には誰も入っていなかった。夏空には銀河が霞んで横たわっていた。この銀河の下に、ぼくの父さんと母さんはいるんだろうか。それとも二人とももういないんだろうか。不意にそんな思いが込み上げてきて、輝一はうろたえた。自分が和田医院に生まれた子供でないことは、いつとはっきりとは言えないが分かっていた。近所の小母さんたちとか上級生たちとかが、自分の方をちらちら見ながら何か話をしている。そんなことが何回かあって、それが自分の出生のことだということは、何となく気づいてしまった。だが不思議なことに輝一は、和田の父と母とは別の父と母がいるということは頭に浮かばなかった。自分の記憶は小金井の和田医院の茶の間から始まっている。目を覚ますと、お母さんが抱き起こして膝にだっこしてくれた。佐和姉ちゃんが風車を握らせてフーッと息を吹きかけ、くるくる回して見せてくれた。お父さんとアヒルと、お風呂に入った。——高校生になった時、お父さんから戸籍のことと横浜の施設にいたことを聞かされたけれど、施設のことは何も覚えていない。何も。自分が和田の家に生まれたのではないとはっきり知らされて以来、自分は、自分にできることは、勉強して医者になることしかないと思った。文弘兄さんと武弘兄さんの代わりに——代わりにはなれないけれど、医者になってお父さんとお母さんを喜ばせたい。そう思った時も、父は清弘、母は晶子以外は頭に浮かばなかった。だが今、一人で銀河を見上げていたら、ふっと和田の父と母でない「父と母」の存在を感じた。いたんだ、いるはずだった父と母。どんな人たちだったか、分かる時は来るんだろうか。もしや、会える時は来るんだろうか。気がつくと、輝一は声を忍んで泣いていた。会いたい。父さん、母さん。


　翌日は、野反湖《のぞりこ》の「ノゾリキスゲ」を見る、というのが佐和子の提案だった。野反湖というのは、佐和子の友人で草津町で病院を経営している父を持つ戸《と》崎《さき》桂《かつら》が、「天上の湖」と言って勧めてくれた山の上の湖である。

「少し遠いけど、父の車を運転している小暮《こぐれ》さんに頼むわ。小暮さんは昔は家の馬車を御していたの。戦後すぐ自動車の運転免許を取って、今は車の運転手。わたしが子供の頃からわたしには甘かったから大丈夫。日曜日で病院は休みだから車も空いてるし。前の座席に二人乗れば何とかなるでしょ。朝九時頃には迎えに行くわね」

　一行が宿への挨拶も済ませて玄関を出ると、景気よくクラクションを鳴らして車が到着した。大型の黒塗りの車である。助手席から、白いワンピースの裾を翻えして降りてきた戸崎桂は、学校で見ている制服姿とは異って、どこから見ても病院長のお嬢さんだった。

「そんな格好でいいの？　わたしたちも同じようだけど。山の上の湖なんでしょ？」

「平気、平気。車で行くんだから。小暮さん、お願いします」

「はい。任せてくだせえ。野反湖への道はかなり悪路だもんで、揺れるかもしれんね。しっかり掴まってくだされや」

　桂と佐和子が少し窮屈そうに助手席に乗り、後部座席に晶子を挟んで輝一と千都子が並んだ。

　車は山合いの道を揺れながら走った。しばらくすると、千都子が晶子に寄りかかって生欠伸《なまあくび》を繰り返すようになった。

「どうした、気分悪くなったの？」

「夕べ、騒ぎすぎたんでしょ……」

「おや、少し停めて外の空気を吸ってみるかね」小暮さんがバックミラーを覗いて言った。

「すみません。じゃ、ちょっと」

車は大きな門の立っている砂利敷きの駐車場のような所に停まった。

「ここは――？」

「ああ、ここは」桂さんは、ほんの少し眉をひそめた。

「栗生楽泉園って書いてある」輝一が門柱に掛かった板に記された文字を読んだ。

「ええ、そう。栗生楽泉園。うちも病院だし、和田さんのお宅もお医者だし、わたしたちは看護学生。だから、ちゃんと話します。ここはハンセン氏病の療養所です」

「ハンセン氏病って――ああ」佐和子も驚きの声を上げた。

「そう。ずっと癩病って呼ばれてた。長い間不治の病だと言われてきたけど、でも皮膚病の章でも勉強したように、戦後は特効薬ができて治癒可能になり、病名もハンセン氏病って変わった。でも、日本は明治以降、厳重な隔離政策をとっていたから、患者たちは、必ず療養所に収容された。ここ楽泉園もその一つなんです。もともと草津の湯は、治りにくい皮膚病によく効くって知られていたから、たくさんの人が湯治に来たの。癩を患った人たちも、いつの間にか一縷の望みを託して草津に集まってきた。中には親から棄てていかれた人もいる。そんな人たちがね、自然に寄り集まって住むようになったのが湯の沢って窪地でした。でも、法律ができて、癩患者はみんな療養所に入らなければならなくなった。それがここ」

「よく知ってるのね」

「地元だから。医者の家に生まれたし、少し調べたこともあって……」

桂はもっと言うべきことがあるように、語尾を濁した。らい？　ハンセン氏病？　聞いたことがない、と輝一は思った。法律で強制収容するって、法定伝染病なんだろうか。保健の時間に勉強したけど、確か、その中にはなかったなあ……。考え込んでいる輝一の耳に、不思議な音が聞こえてきた。

「カーン、コーン、カーン、コーン」

「何の音、これ？」千都子も首を傾《かし》げた。ほんとに何の音なんだろう。こんな寂しく悲し気な音がこの世にあるものなのか。輝一は門に続く行き先の見えない道に目を凝らした。

「盲導鈴《もうどうれい》って言うのよ」と桂が言った。

「患者の中には目を悪くする人も多くて、そんな人たちの道標《みちしるべ》の役をしているの。この鐘の音で、どう道をたどって行けばいいか分かるみたい」

静かな明るい山の道に、盲導鈴の音は名状し難い寂しい音色を響かせていた。見えない目を閉じて、鈴の音に耳を澄ませながら、蹌踉《そうろう》として行く手を探る人の姿が脳裏に浮かんできて、輝一の胸は痛んだ。

「千都子、もう大丈夫？」佐和子が訊くと、千都子はこっくり頷いた。「うん。もう平気」今度は晶子と千都子が前の座席に乗り、桂を挟んで、佐和子と輝一が後部座席に乗った。桂の白いワンピースの裾がズボンに触れるのを感じて、輝一は胸がドキンと鳴った。千都子は小暮さんの傍で運転を見ているのがよほど楽しいらしく、時々ハンドルに手を掛けそうになるので、晶子は気が気でなかった。千都子が指さす花々の名を、小暮さんも得意そうに教えている。

「あれは？　あのピンクの」

「あれはカワラナデシコ」

「あっ、すごい朱色の花！」

「センノウだね」

「だめよ、千都子。小暮さんによそ見させちゃ」佐和子が後ろからたしなめる。山道の花々は、鐘の音がもたらした寂しさを、少しずつ晴らしてくれるように感じられた。

「あらっ、白いシャジン」と、桂が輝一の身体ごしに手を伸ばして窓の外を指さした。白い釣鐘形の花が目に入った時、輝一は、「桂さんのようだ」と思った。

　車の行く手に、突然湖が現れた。草の斜面の下に、湖は高原の早い秋の気配漂う空を映して青く澄んでいた。この地の固有種ノゾリキスゲが一面に広がっている光景に、何度も見ている桂でさえ、歓声を上げた。野薊《ノアザミ》、風露《フウロ》、撫子《ナデシコ》の赤紫が、ノゾリキスゲの黄色の間を埋めている。

「すごいねー、野反湖」

　水辺に駆け寄ろうとした千都子を「ちょっと待って。お八つにしましょう」と桂が呼び止めた。桂は、家から持って来たバスケットから、魔法瓶とドーナツを出した。魔法瓶の中身は紅茶で、一行はフウフウ吹きながら香りのよい紅茶を飲み、ドーナツを頬張った。晶子は白地に黒い水玉模様、佐和子は白い襟のついた薄緑色の、千都子は白と水色のチェックの、そして桂はまっ白のワンピース。それぞれの大きく広がった裾が高原の風に翻える。まるで、夢の中にいるようだと、輝一は白樺の木に寄りかかって目を閉じた。

「向こう岸まで行けるの?」千都子が小暮さんに尋ねている。

「道はあるんじゃけど、歩くにはズボンをはいて、運動靴をはいてこんとね、お嬢ちゃん」

「今度はちゃんと身支度をして、ハイキングしましょ」と桂が千都子をなだめた。

「ここのお花採ってもいい?」

「標本にするのならね。一種類二本ずつだよ」

と輝一が言うと、

「あっ、それ文弘兄さんが言ったのよね。信州に行った時」と、佐和子が懐かしそうな目をした。

「お兄さん?」

「ええ。話したことなかった？　上の兄の文弘兄さんは信州大学から、今は東北大学の大学院に進んで蝶の研究をしてるの。次の武弘兄さんは東工大。飛行機乗りになりたがってるのよ。――だから、家の家業を継ぐのはキイちゃんなの」

「そう。輝一君、医学部志望なの？　わたしと佐和子さんの大学へ来ない？」

「ええ。入れるものならば……」輝一は恥ずかしそうに答えた。

「お昼の汽車に乗りなさるなら、そろそろ山を降りませんと――」と、小暮さんが腕時計を見た。

「そうね、長野原草津口駅まで小一時間かかるから」

名残り惜しそうに湖を振り返る千都子を、「また、おいでや。秋は紅葉がきれいだでな」と小暮さんがなだめ、一行は再び車に乗り込んだ。長野原草津口駅に着いた時は、一時の発車までに十五分しかなく、切符を買って、「気をつけて」「佐和子さん、後期にまた」「お世話になりました。お父さまお母さまによろしく」「きっとまたおいでなさいや、嬢ちゃん」と挨拶を交わすのもそこそこ、改札口を通り抜けると同時に、汽車がホームにすべり込んできた。幸い汽車は空いていて、一行はワンボックスを占めることができた。千都子は窓から身を乗り出すように手を振って叫んだ。

「さようならー。小暮さーん。また来まーす」

「もう、すっかり小暮さんに甘えて……」と佐和子が苦笑いした。駅舎も見えなくなると、千都子はストンと座席に座って、「おなか空いた」と晶子を見つめた。桂の家では、和田一家のために折り箱に詰めたお弁当を用意してくれていた。御飯は傷まないように梅肉とジャコを混ぜた味付けごはんで、さっぱりと口当たりがよく、塩ジャケの切り身や、ゆで卵のしょう油煮、大根の漬物が入っていた。お昼を食べ終わると急に眠たくなり、四人は目を閉じて背もたれに寄りかかった。うとうととまどろむ輝一の目裏《まなうら》に桂の白いスカートがひらめき、耳の奥に楽泉園の鈴の音が鳴った。カーン、コーン、カーン、コーン。甘やかな憧れと胸に染み入る寂しさとともに、輝一は青春の門に歩み入った。

二年目は輝一だけ、大学見学を目的に前橋を訪れた。戸崎桂の知り合いの医学部の助手篠田《しのだ》泰之《やすゆき》が案内役を買って出てくれて、部外者は入れない研究棟まで案内し、説明してくれた。

「和田くんは、どんな分野に興味があるの？」と訊かれて、輝一は困惑した。

「えーと、まだ……」

「そうだよね。これからだものなあ。医学もこれからはますます専門化していくだろう。自分がどんな分野に合うか見極めることが大切だよ」

「篠田さんは――」

「僕は呼吸器科――母がね、肺結核で亡くなって。僕が小学六年の時。だから、肺結核で亡くなる人を無くしたい。それが僕の生涯の目標だよ」

その日は桂は親戚の法事で来られず、「わたしがいても医学部の説明はできないし。くれぐれもよろしくと頼まれたんだ」と篠田は笑っていた。見学が終われば佐和子が迎えに来て、篠田と三人で遅目の昼食をとることになっていた。

「地方の大学だけど東京に近いし、教授陣も設備も整っている方だと思う。何よりも、地元の人々が誇りにしていてくれて、学生を大事にしてくれる雰囲気がいいよ。生活費が安いのも助かるし。ああ、和田くんの家は医院だから心配ないね」

「……」

「僕はね、六合《くに》村ってとこの出身なんだ。水呑み百姓でね、高校、大学と育英会と戸崎奨学金でやってきたものだから、つい学費のことなんか言ってしまって……」

「戸崎奨学金？」

「そう。草津の戸崎病院の院長さんは、毎年二、三人、医学を志す学生に奨学金出してくださってるんだ。

立派な人だよ、戸崎さんは」

「それで、桂さんも知っているのですか？」

「そう。それに、小さい時から桂さんは草津じゃ有名な小町娘だったもの。輝くようにきれいな娘さんで、心根が優しくて……」

篠田さんも桂さんに憧れてるんだな、と輝一は思った。

「六合村って、野反湖のある？」

「おお、知っていた？」

「去年、戸崎さんの家の車で母と姉さんと妹で連れてっていただきました。黄色い百合みたいな花が一面に咲いていていて、夢のような湖だった……」

戸崎桂と野反湖という美しいイメージを介して、輝一は篠田に親しみを覚え、医学部の講義や実習についいて、心を開いて尋ねることができた。来てよかった、と輝一は心から思った。

高三になって、輝一はさすがに迷いもあった。高校では、思い切って東京医科歯科大を受けたらどうかと勧めていた。それが不安なら東北大か千葉大にしたら、とも言われた。輝一は国立大と決めていたが、清弘も晶子も「私立でもいい。慶応、慈恵医大も受けて、東京医科歯科大を受けたら」と、大らかだった。最先端の医学が学べると思うと、輝一の心は東京に惹かれるところもあったが、やっぱり群馬大を受けようと気持の整理をつけた。生みの父も母も分からない自分をここまで育ててくれた和田のお父さんに、できるだけ負担をかけたくない。何よりも、佐和姉ちゃん、桂さん、篠田さん、僕が好きな人が群馬にはたくさんいる。桂さんには野反湖以来会う機会もなかったけれど、と輝一は思った。時たま、輝一の脳裏には、戸崎桂の白いワンピースの裾が翻えるさまが浮かんできた。

第十三章
避《さ》らぬ別れ

昭和四十三年、全生園に入所している夫婦は、全組個室を与えられていた。薄い板壁で仕切られている四畳半は、縁側は仕切りがなく、一棟六部屋をつないでいる。便所は一棟に二か所あり、風呂は夫婦舎、独身舎共同の大浴場だった。

毎年、康平と加奈は、ひっそりと十一月十日を祝い、六月十一日を悼んできた。紀一の誕生日と未生の命日。未生には誕生日はない。命日があるだけだった。それぞれの日、二人は二つのケーキを供え、翌朝は二人で食べた。一年一年、二人は紀一と未生の年齢を数えてきた。とりわけ、全生園の桜並木の蕾がふくらむと、康平と加奈は、紀一の成長を思い描かずにはいられなかった。小学校、中学校の入学の年は、矢も盾もたまらず、紀一の姿を一目見たいと思った。高校入学の年は不安だった。どうか紀一が志望する高校に合格できますように。二人は毎日、園内の永代《ながよ》神社にお参りをして、紀一の合格を祈った。紀一がどこの高校を受験するか、いや高校に進学するかどうかでさえ不明だったが、「きっと、必ず」と二人は紀一が高校へ進めることを信じた。知ろうと思えば知ることはできる。思い切って和田医院に便りを出せば、先生は返事をくださるだろう。和田医院で育ててもらっていないとしても、消息を聞くことはできるだろう。――だが、自分たちが接触することで、そこから隠し抜いてきた紀一の出自が世間に知れることになりはしないか。「沈黙」こそが、自分たちが紀一に贈ってやれる唯一のもの。どうか天よ地よ、紀一をお守りください。この沈黙の苦しみを贖いとして、わたしたちの祈りをお聞き届けください。

紀一が高校一年になったはずの年の秋、康平と加奈は、一枚のポスターに出会った。全国の観光地のポスターが、全生園に送られ、集会室に掲示される催しがあった。「行けもしないところのポスター見たって、つれえばかりだ」「温泉か――。俺《わし》らを入れてくれる温泉なんかあるはずない」と、反発する者もいたが、多くの入所者は、自分たちには縁のない場所と思っていた観光地の風景に惹きつけられ、じっと佇んで涙する者もいた。北海道釧路湿原を蛇行する川のきらめきと、雪の中で舞う丹頂鶴を組み合わせたポスター、まっ青な海と奇岩の続く三陸の景色、日光陽明門と三猿を見上げる修学旅行生、東京タワーと羽田空港を離着陸する飛行機を組み合わせたもの、立山の雪の回廊と雷鳥……。出身地に近い場所のポスターには痛みに近い懐しさを呼び醒まされ、行ったことのない地の風景には、叶わぬ夢へのさびしさに胸が震える。出雲大社、熊本阿蘇の雄大な風景、京都清水寺の舞台、奈良の蓮華畑の向こうに霞む三重の塔。そんな中で、加奈は草津温泉のポスターに組み込まれた一枚の写真に、不思議に心が揺れた。何だろう、どうしてこんな気持になるのだろう。初めは、湯畑の湯煙を捕えようとしている幼な子に別れた頃の紀一の面影が重なるのかと思った。だが、くり返し見るうちに、加奈の心の揺れは、「カメラマンはお父さん?」のキャプションのついた小さな写真に由来することが分かってきた。この少年、誰かに似てる気がする……康平が近づいてきて加奈の背後に立ってポスターを眺めた。振り向いて康平を見上げた加奈の脳裏に、何かひらめくものがあった。この男の子、康平さんの中学生の頃によく似てる。――康平と加奈は、穴の空くほど写真を見つめ、黙って部屋へ戻った。

「顔の輪郭がよく似てる――」

「目元は加奈に似てるよ」

「まさか」「……」

「でも草津ですよ」

「旅行中の一家だろう。地元の人じゃなく」

数日考えて、康平は、ポスターに記してあった草津町役場観光課に電話をした。自分たちの居場所は告げない。

「ああ、この夏に撮らせてもらいました。お名前はちょっと外部の方にお教えするわけにはいきませんが、栃木の方から見えたご一家でしたよ。派手じゃないけど、温かい、いい写真でしょう？　――ええ、お父さんはお医者さんで、一緒に来られないのって、年下のお嬢さんが言ってました。まあ、シャッターを切ったのは、観光課の者ですが」

康平の胸の鼓動が激しくなった。栃木の医者の一家……。加奈は康平の話を聞くと、自分の体を両手で抱いて、しゃがみ込んだ。

「じゃあ、じゃあ、この子は……」

「いや、それは分からない。だが……。もっと、問い合わせてみる？」

加奈は激しく頭を振った。

「もし、違ってたら、わたし」

「そうだな。違ってたらもっとつらくなる。そうだって信じよう。あの子は和田先生が育ててくださってるって信じよう、祈ろう」

ポスター展が終わって、康平と加奈は、事務局に頼んで草津温泉のポスターを譲ってもらい、隣の部屋との境の板壁に貼った。涼しげな目をした賢そうな少年。高校一年にしては少し子供っぽいかもしれない。この中年の女の人は――ああ、自分たちが紀一を託した和田医師はもう七、八十歳になるだろうか、だとすればこの女の人は和田先生の息子さんの奥さんだろうか。息子さんが紀一を引き受けてくださったのだろうか。あの手紙を息子さんは見せられたのだろうか。何も分からない。分からないけれど、この子は紀一に違いない。いつの間にか、ポスター

の中の少年を、二人は「紀一」だと確信するように
なり、朝に夕にポスターを眺めては微笑み合った。

　ポスターの中に「紀一」を見出してから一年半が経ち、紀一は高校三年になり、大学を受験する齢《とし》になった。和田先生のところで育ててもらっているなら、大学に進ませてもらえるかもしれない。

「紀一は勉強、好きでしょうか」

「ああ。好きだと思うよ。これ、なあにっていつも聞いていたものなあ。好奇心いっぱいの子だった……」

「大学を受ける齢になりましたね」

「そうだね。大学へは……行っても行かなくてもいい。丈夫で、友だちがいて、自分のしたいことを見つけてくれれば……」

「お医者さんにならないかしら。お医者さんになって、ここへ来る――」

「それは、すごい夢だぞ、加奈ちゃん」

　康平は笑った。叶うはずもない夢、叶ってはならない夢だ。俺たちとは関わらない場所で、のびのびと生きていけ、紀一。

　入所以来、康平は中学生を教え、加奈は百合舎の寮母助手をするのを、自分たちが園で生きていくよすがとしてきたが、入所してくる子供は年々減って、ここ数年、小学校も中学校も五名前後になっていた。

昭和三十年《（注1）》は、療養所の子供たちにとっては画期的な年だったと、康平は当時の子供たちの希望を見出した顔を思い出す。園内の、何もかも不足がちの学級で中学校までの教育を終えた子供たちは、そこまでで教育を受ける機会を奪われていた。多くの子供や子供の将来を心配した大人たちが待ち望んでいた高等学校が、ついに、長島愛生園に設立された。岡山県立邑久高校新良田教室である。定員三十名、治療を受けながらの勉学であるため、修業年限は四年の定時制だった。開校に際して全生園からは六名が応募し、全員が合格、一名は辞退して五名が期待の声に送られて、各地の療養所からの入学者を運ぶ列

車が着く品川駅に向かった。高校で学ぶという夢の実現は、どれほど子供たちを励まし支えたことだろう。勉強したって何になる、という空しさは、子供たちの意欲を削ぎ、心を荒ませずにはおかなかった。「必ず役に立つ時が来る。おまえたちは治って、社会へ出て行ける」と励ましても、自分でも信じてもいないことを言うのはつらく、空しかった。「勉強して高校を卒業して、病も治って社会へ出られる」と嘘でなく言えることは、康平の心をも救ってくれた。未来があれば、人は生きていけると。

だが、その後邑久高校新良田教室へ入学した生徒たちからもたらされた「ニュース」は康平の心を弾ませるものばかりではなかった。入学した若者たちの前には、これまでと変わらぬ「差別」が立ちふさがっていた。生徒が職員室にいる教師に用がある時は、入り口にあるベルを鳴らして呼び出さねばならない。生徒が職員室へ立ち入ることは絶対に許されなかった。それでも生徒たちは懸命に勉学に励んだ。もしここに来なかったら、退院できる状態になるまでの間、中学校卒業だけの資格で、無為の時間をそれぞれの園で過ごす以外なかったのだと思うと、高校卒業資格取得を目ざして、夜遅くまで机に向かった。全生園から新良田教室に進み、無事卒業した者のほとんどは社会復帰を果たしていた。彼らは出身高を隠し、生まれ故郷を隠して、この病気だったことは死んでも口にするまいと決意を固くして、心細さに震えながら「社会」へ出て行くのだ。子供たちの無事な暮らしを、康平はどれほど願い、祈ったことだろうか。つい最近、「高校教師になりました」と知らせてきた手紙を、小躍りして加奈に見せ、自治会にも知らせて、康平は久しぶりに夕食に加奈と酒を汲み交わした。

「お祝いだよ、加奈」

「ええ。ほんとに」

縁側に出ると、天空に春の月が霞んでいるのが見えた。月を見上げていると、入所してからの月日が胸に去来する。この十五年、自分はここでどうやって生きてきたか、いや、どうやって死んでいたかだと、康平は喉に込み上げる苦渋を飲み下して思った。プロミンを始めとする複合薬剤の使用でらいは完治する病となりつつあった。元々、らいそのもので命を落とすことはない。しかし、視力を奪い、身体を欠損させるらいの後遺症は、療養所の外で暮らすことを許さなかった。この身体で、どうやって生計を立てることができようか。虜囚のように囲われた日々は、人の心を確実に蝕《むしば》んでいく。人の心は一筋縄ではいかない。初めは自分を取り囲む「壁」を憎み、抵抗するが、次第に「壁」に慣れ、受け容れ、しまいには「壁」に依存していく。物理的に「壁」が取り払われたとしても、見えない「壁」は存在し続けて、虜囚の心を縛る。ここから出ても暮らしを立てる術はなく、らいへの偏見が根強い社会に身を置く覚悟はなし難かった。自分は何のために生まれたのか。誰に何をしてやることもできぬ日々。何よりつらいのは、意味なく生きていることだった。康平は、自分の心が日に日に空洞化していくのを、どうすることもできなかった。

人間として生きる意味を求めて、ある者は文学へ傾倒していった。死の淵に立たされた者は、ぎりぎりと油汗を流して生の意味、死の意味を問い、己の内なる苦悶を言葉によって表現することを、己をこの世につなぎ留める錘《おも》りとすることができた。宗教にすがる者も少なくない。療養所を訪ねる外来者は、まるで宗教の見本市のように、さまざまな宗教施設が建ち並んでいる一角に、驚愕を抑え切れないだろう。入所者の信仰に合わせて真言宗、日蓮宗などの会堂が犇《ひし》めく傍らに、キリスト教の礼拝堂が並ぶ奇妙な風景。だが、宗教で心を救われたとしても、それは「まやかし」のように康平には思えた。「カミの御心のままに」「カミに委ねよ」そんな考え方もあるかもしれない。だが、カミなんてあくまでも個人の心の在り方のレベルにすぎないと、康平は思う。

カミなんてどこにいる？　カミが存在するなら、こんな病は人の世から消滅させるはずではないか。天刑病？　何の刑だ？　俺たちが何をした？

康平は、信じられるのは「科学」だと思っている。大風子油からプロミンへ。いつかきっと、科学の力で地上からもらいが消滅する日がくる。天然痘だって、今や日本では発症例はほとんど無いというではないか。一方、らいに対する恐怖と差別は、依然として人々の心に染みついている。その恐怖と差別は人の手によって生み出されたと、康平は思う。明治四十年に成立し、昭和二十八年に改訂施行された「らい予防法」こそが、人の心に、闇雲な恐怖と理不尽な差別を植えつけたのだと。らい予防法の条文を読み込み、全生園始め全国の療養所で発行する機関誌、会報、全患協ニュースを丹念に読み、患者集会に参加していくうち、「らい予防法廃止」こそが、患者を解放する最大の要諦だと確信していった。この確信に至る道筋そのものが自分が生きる意味と言える

だろうかと、康平は思った。もう一つの意味は、もちろん、園内の中学校で子供たちを教えてこられたことだ。これ以上ない、悲惨な立場の子供たちに、自分はどれほど支えてもらったことだろう。今日の授業、明日の準備。子供らの喧嘩の仲裁をしたり、発熱や神経の痛みに苦しむ子を病室に見舞ったり。子供たちの存在があって辛うじて、自分は無為の寂寞《せきばく》から目と心を外らすことができた。本来なら、ここにいるべきではない子供たちに、自分は狂気に陥ることから救ってもらったのだと、康平は涙ぐむ思いで、今は療養所から巣立ったあの顔、この顔を思い浮かべた。

そして加奈。加奈が傍にいてくれたからこそ、自分は自ら命を絶つことを免れた。加奈を守るために生きねばならないと自分に言い聞かせ、そこに自分が生きる意味を見出そうとしてきた。

「加奈ちゃん」康平は洗濯物を干している加奈に呼びかけた。

「ええ、なあに？　加奈ちゃんなんて呼んで」

と、加奈は振り向いて笑った。

「散歩しないか。いい天気だ。望郷の丘へ登ってみよう」

暖かい日で、上着は要らなかった。加奈はあずき色のカーディガン、康平は濃いグレイのセーターで、運動靴を履いた。桜は盛りを過ぎ、椿はつややかな葉の間に真紅の花を散りばめている。桜の咢《がく》を踏みながら、小高い丘に向かう。

大正十一年、全生園では人員が増えてきたため、東南の方角に二万坪を越える土地を購入した。(注2) しかしそこは、雑木と松が生い繁る荒れ地だった。園は、開墾すれば耕地として貸し与えるとして、入院者に開墾させた。わずか一年ほどで、入所者たちは鍬と丸太棒だけの道具で、荒れ地を畑に変えてしまった。畑の側には掘り起こした木の根などが山積みになっていて、誰いうとなく築山を造ろうということになった。「業病」を背負って柊の垣の内に閉じ込められてしまった入所者たちは、園の周囲を「見る」ことは不可能だった。故郷の記憶と今ここにいる自分は、点と点でしかない。点をつなぐ線を、人々は求めていた。懐かしい故郷は、「ここ」とつながっているのだと実感できたら、どれほど心強いだろう。「ここ」は絶海の孤島ではないと、「見る」ことができたなら……。「築山」の原型は、園の中央部に以前から造られていて、高さは二間ぐらい、上部は九坪ぐらいの広さがあった。この「築山」をさらに高く広くし、塀の彼方を見渡せるようにできないか。そんな折、官舎地区も広げられることになり、患者地区との間に堀を造る必要が生じてきた。掘り上げた残土を運んで積み上げれば、一挙両得になる。堀から「築山」までトロッコの線路が引かれ、木の根を重ね、土を積む工事は、再び、患者の手に委ねられた。築山は、ほぼ一年で形を成したが、踏み固めて低くなるとまた土を盛り、完成までにはさらに二、三年を要した。「築山」には螺旋をなす道が造られ、入所者たちは、四季折々に築山に登った。しかし期待に反して、周囲の人家は、木々の間から農家の屋根が一つ見えるだけだった。だが、所沢街道を、農民が荷車に農産物を満載して急ぐ提灯の明かりが見えることもあったという。日々の生業に勤しむ人の存在があることは、入所者たちの心にも、小さな明かりを灯した。

　この築山が「望郷台」と呼ばれるようになったわけを康平は、古参の入所者に聞いたことがある。自分も短歌を詠むその人は、「歌人の土屋静男先生の歌だよ」と言って、一首の和歌を教えてくれた。

　　望郷台のいはれを我は聞き終へて垂りし涙に気
　　づきたりしか

　自分よりも少し激しい息づかいをしながら望郷の丘の天辺に辿りついた康平を、加奈は心配そうに見上げた。


「大丈夫？　何かこの頃疲れ易くなった？」

「いや、大丈夫だよ。だが、こんな低い山でハアハアいってるようじゃ、ダメだな……」

「もうすぐ、躑躅が咲くわ。藤も、山吹も」

「……うちの庭にも藤棚があったなあ。小さい頃、花房まで届くか競争した……ピョンピョン飛んで。花を採ったらいかんって、母ちゃんに怒られて……」

「母ちゃん、父ちゃん」加奈も呟いた。

「なあ、加奈。親父やお袋は、俺たちのことを、黙っていなくなったことを、どう受け止めたろうか。どんなにか案じ、怒り、悲しんだことだろうなあ」

　加奈は黙って頷いた。加奈の脳裏にも故郷の家の春景色が浮かんでいた。父が大事にしていた躑躅の古木は、木の下を通り抜けられるほど大きかった。

「兄さんにだけは、ここへ来ることを言ってきた。兄さんが親父とお袋に伝えたかどうかは分からない
――きっと、何も言わずに一人胸の内へ仕舞ってく

れたんだろう。大へんな重荷を、俺は兄さんに負わせてしまった……」

「知らない方がいい。どんなに怒ってもいいから、知らずにいてくれた方がいいわ」

あの、河津屋敷の悲惨さ、ここに入所してからも伝えられる一家心中のニュース、黒髪小事件。

「親は、子供の幸せだけを願うんだって、紀一のことを考えると、よく分かる。だから、だから父ちゃんと母ちゃんも、わたしたちが良ければそれでいいって思うでしょう。子供さえ幸せならそれでいいって。子供がこの病気で苦しんでるなんて知ったら……。知ってほしくない、わたし」

今はもう木々が生い茂って遠くは見晴らせない「望郷台」だが、今も限りなく故郷への思いを掻き立てる場所だと、康平は思った。いつかもう一度、藤棚の下に立つことはできるのだろうか。父や母は、今も藤の花を眺めていることだろうか。

その夜、康平はいつものように「日記」を開き、「望郷台に行く。若葉が光っていた」と記した。一年に一冊の大学ノートは、一ページびっしり埋められることもあれば、一行で済まされていることもあった。入所して数か月の記述はない。激流に放り込まれ、岩に打ちつけられ、滝壺に落ち、溺れ死ぬような日々だった。何かを記述しようという気力はまるで無かった。加奈が、子供たちに支えられて何とか生き延びる気力を取り戻した時、何か記しておきたいという衝動が湧き起こった。書く、という意識をもって見ると、宿舎の前の庭も、病棟を取り囲む木々も、見上げる空も、「色」が見えてきた。ここへ来た当初は、何を見ても、いや見てはいない。ただ外界が目に映るだけで、「見る」という意識はなかった。目に映る外界は、色のない、乾いたモノクロだった。

毎日の食事の内容は、必ず記すことにした。朝——麦飯・大根の味噌汁・漬け物・イワシ缶詰め　昼——うどん・お浸し　夕——麦飯・カレー。「カレー」の文字の後に「大ごちそうなり」と記してある。

昭和二十八年は、全生園始め、全国の療養所入所者が、「新らい予防法案」の改訂を目ざして闘った年だった。七月四日、法案は、またたく間に、衆院を通過、以後闘争の舞台は参院に移り、康平が、闘争への意識を持ったのもこの頃からだった。七月三十一日には、康平も三百五十名の一人となって正門を突破、国会に向かってデモ行進に参加した体験が記されていた。この頃の記述はまだ、日記の体裁はなしておらず、日付も飛び飛びだ。「暑い暑い一日だった。六時間にも及ぶ警官とのにらみ合いにも負けず、バス五台が国会へ向かった。私は加奈が心配で、バスには乗らず園へ戻った。加奈は眠っていた」。八月六日、らい予防法案は参院本会議で原案通り通過、十五日から施行された。「闘争終結。敗北ではあるが、我々は、自分を取り戻した。今後は条文は条文として、療養所の実質的向上獲得を目ざすのだ」と記してあるノートは、既に古びて、紙も黄ばんでいる。康平は、何故ともなく、古いノートを見返していった。毎日、淡々と記してある記述の中でも、印象に残る記録に出会うと、ふと日付を追う目が止まる。

(注3)昭和二十八年

十月一日　全生学園小学部、化成小学校分教室となる。藍田教諭赴任。生徒六名。

十二月一日　全生学園中学部が東村山第二中学校分教室となり、中野教諭が赴任。生徒九名。引き続き、中学校の授業の補助をすることになった。

昭和二十九年

四月五日　新購買部が新築落成。記念大売出しがあった。加奈、女の子の洋服を買ってくる。夜、懐に洋服を抱いて眠る。抱いてやれるものができて、良かった。

四月十日　ここに来て一年。紀一と別れて一年。

一年という時間の何という重さ。

昭和三十年

一月十五日　多磨盲人会結成、会員百五十九名。らいは視力を奪う。それが何より恐ろしい。自分も加奈も今のところ無事だ。

九月十六日　長島愛生園内に邑久高校新良田教室が開校。五名の新入生を送り出す。子供らの前途に光あれ。

ほぼ二年分の日記に目を通し終えた時は夜も更けていた。

「康平さん」もう眠ったと思った加奈がそっと声をかけた。

「もう寝ないと。咳してるでしょ」

「ん、そうか。何時かな」時計を見ると、長針と短針が重なろうとしていた。

「電気代がかさむって、事務から怒られるな」

読み進んだページに栞を挟んで、康平はノートを閉じた。いろんなことがあったと、覚えず深呼吸をした。少し咳込む。

「ほらまた。風邪だと思うけど、診てもらった方がいいですよ」

「ああ。もう寝るよ。起こしてしまって悪かったなあ」

並べて敷いてある布団に横たわった。加奈が右手を差しのべて康平の手を握りしめる。温かかった。加奈の手の温かさに誘われるように、康平は眠りに引き込まれていった。

翌日も翌々日も、康平は夕食が済むと、憑かれたように日記を読み返した。

昭和三十一年

十一月十五日〜十八日　留置所設置反対運動が続いた。「ハンゼン氏病患者の保護および社会復帰に関する国際会議」において決議された「ローマ宣言」に拠るまでもなく、患者を罰する施設など論外だ。

十二月三十一日　ここに来て四度目の大晦日だ。

今年はプロミンの効果で退所者が激増した。いつか、私と加奈も柊の垣の外へ出られるのだろうか。

昭和三十二年

六月三日、眼球銀行（アイバンク）設立。私も登録しておこうか。もらう側でなく、もらってもらえる側になりたい。

八月三十一日　光田健輔愛生園長退官。「救らいの父」などと呼ばれているが、断種を発案したこの人を、自分は絶対に許さない。

十一月二十日　優生手術を受けなくても結婚が許可されるようになった。間に合わなかった。私と加奈と……未生は。

昭和三十三年

三月八日「藤本松夫を救う会」発足。らい患者であることを理由に、殺人の罪を着せられた藤本さんを、何としても救いたい。偏見のない捜査、裁判を切に切に望む。

五月二日　バス・レクリエーション開始。古くからの入所者は信じられないと泣いた。わが寮舎は奥多摩へ。故郷に似た景色。江の島へ行った人たちは、海を見て大はしゃぎしたという。

五月二十二日　永代神社例大祭。地元のおはやしが参加した。少しずつ、外の世界と交流できるようになる気運がある。

昭和三十四年

三月十七日　邑久高校新良田教室第一回卒業生四名が帰ってきた。高卒の資格を得て、この子たちにこの先どんな道が開けるか、見届けたい。

九月十五日「としよりの日」記念式に盲人会ハーモニカ・バンドが初めて演奏した。よくここまで、できるようになったものだ。人間の持っている力はすばらしい。

十一月一日　国民年金が初めて支給されることになった。障害福祉年金と老齢福祉年金。私も加奈も対象外だ。中学校の授業補助と百合舎手伝いの手当が私たちの収入だ。いや、今も兄が半年ごとに送金してくれている。有り難い。金の入った手紙は、いつも違った局の消印が押してある。誰にも知られないように。

十二月十日　ＮＨＫ『なつかしのメロディー』を本園で公開録音。藤山一郎、淡谷のり子、松島詩子とＮＨＫ交響楽団来。十二日に全国放送される。故郷の父と母、兄たちも、この番組を聞くだろうか。

昭和三十五年

一月八日　何ということか。桜井ナカさんが殺された。園内騒然たり。

犯人の目星もつかない十一日、読売新聞朝刊に、この事件にからめて、全生園の患者たちの状況を虚実取りまぜて興味本位に書き立てた「野放しのライ患者」の記事が載った。憤ろしい。自治会は読売新聞への抗議を決めた。

二月十日　数日前より柊の垣根を、一・三メートルの高さに刈り込む作業が始まった。桜井ナカさんの事件の折、世間の恐怖を減ずるためにも、垣根を低くしてほしいとの要望が出て、それが実現した。本当は、垣根を取り払ってほしい。だが、もし垣根が無くなる日は来たとしても、差別という見えない垣根がある限り、ここは檻だ。らい予防法が続く限り。

五月七日　小学校分教室藍田教諭が本校に転任し、笹木《ささき》教諭が新任となる。

十月十六日　女子独身軽不自由舎三棟の職員看護切り替えが始まる。病者が病者を看る制度がやっと終ろうとしている。当たり前のことがやっと。

昭和三十六年

三月一日　自動車運転講習始まる。自動車を運転して故郷へ帰ろうか。紀一の顔、一目見て来ようかと、加奈と笑った。みんな帰りたい所がある。会いたい人がいる。

八月二日　軍備全廃署名九百八十六名分、東村山原水協に寄託との報告があった。原水爆禁止運動へのカンパ七千八百四十四円も寄託。自分たちにもできることがあったと思うと、うれしい。

十一月三十日　そろそろ冬。病棟の火鉢をストーブに切替えることになった。炭が手に入りにくくなっている。時代は変わっていくが、ここでは時が止まっている。

昭和三十七年

二月二十六日　葵舎跡に新築中の購買部竣工。加奈は毛糸を買ってきて何か編み始めた。

三月三日　毛糸は二つの手袋になった。青色のには赤い毛糸で自動車の刺繍が施され、赤色のには青い毛糸で星の模様が散らばっている。輝一と未生の手袋。「もう暖かくなっちゃう」と加奈は笑った。

九月十五日　昨日、藤本松夫さんが、福岡拘置所で処刑された。何ということだ。悔しい。

九月二十一日　自治会、全医労多磨支部合同で藤本松夫処刑抗議集会を開く。法務大臣と熊本地裁に抗議文を送る。

昭和三十八年

七月一日　林芳信園長退官、名誉園長となる。後任は栗生楽泉園より矢嶋良一園長が就任。

昭和三十九年

一月二十二日　購買部の商品仕入れ等のため、中古自動車を購入。62年トヨエース。十八万円。カラーテレビ、自動車、十年前には考えもしなかった物が目の前にある。

四月一日　東村山市制施行さる。

五月十五日　光田健輔死去の報伝わる。私は必ず、この人のなしたことを調べ、記録するつもりだ。病を治すという医者の本分を捨て、隔離政策を推し進めた張本人だと、私は思っている。

七月二十四日　秋川渓谷で小中学生の一日キャンプを行った。このキャンプは三名になってしまった少年少女舎の子供たちを励ますための計画。ここに入らねばならない子供たちが無くなることは何より喜ばしいことだ。全生園と九州三園以外の園内教室はすべて廃止になっている。このままでいくと、全生園分教室も閉鎖は近いのではないか。

十月三日　邑久高校新良田教室第二回卒業生の同窓会が開かれた。同窓会を開く場所が「ここ」なのが痛ましい。皆「全生園に学校があってよかった。高校に行けてよかった」と言ってくれた。

昭和四十年

十月三十日　ポスター展にて、不思議に心騒ぐ写真に出会う。加奈は、写真の少年と私の顔を見比べ、終日、落ち着かない様子だった。

十一月七日　栃木の医者の一家!!　この子が、もし紀一なら、喜びは言葉にできない。ポスターをもらってきて壁に貼った。私たちの祭壇だ。

十二月二日　東村山市議会に患者自治会への文化助成、歳末越冬資金、児童教材費について請願書提出。教材費は常に不足している。笹木先生は、生徒のために堂々と主張し、要求してくれる。

昭和四十一年

一月六日　永年勤めていた火葬係が退職。後任が得られず、自治会では外部の火葬場が使えるよう要請したが、話し合いがつかず紛糾。我等は、死して後も行き場がない。

二月七日　死亡者あり。今回から府中の都立火葬場を利用することになった。死んでからは「人並み」になったということか？

四月八日　始業式。いつまで存続する学校か分からぬが、少しでも力をつけて、社会に出してやりたい。一日も早く出してやりたい。

紀一はどこの高校に入学したのだろう。

十一月十二日　厚生省役人来園。福祉会館で五時

間に及ぶ交渉。四十二年度中に看護切替と個室整備の実施を約束。

昭和四十二年

四月十日　喜ぶべきことではないが、三十九年には三名にまで減った学校に再び生徒が入ってきた。昨年と合わせて全国各地から、新しく発病した子供が十三名も、学校のある全生園に入ってきたのである。火の消えたようだった若竹寮、百合舎に活気がもどった。繰り返すが喜ぶべきことではない。しかし、分教室が閉鎖されないでいたことは良かったといえる。全国の園内教室が閉鎖される中で、患者自治会は全生園分教室を児童生徒の最後の拠点として存続させるべきだと判断し、「入所児童に対する奨学助成金給与等」の請願書を市議会に提出。市教育委員会にも陳情活動を行っていた。

七月二十四日　小中学生及び教師父兄十七名、四泊五日の日程で栗生楽泉園へ、「林間学校」に行く。ここに入ってから、加奈の顔をこんなに長く見ないでいることはなかった。小諸や鬼押出しを回って、栗生楽泉園に着く前、草津の湯畑を見た。バスを降りて一周する。子供たちはびっくりして目を見張っている。写真の一家が歩いていたのはこの辺り、と思ったら足が震えた。楽泉園では大歓迎してくれた。忌まわしい重監房跡はコンクリートの土台が残るのみで、丈高い笹に覆われていたが、今もなお、怨嗟の声が充満しているように思われた。

昭和四十三年

四月一日　全生園付属高等看護学院進学課程設立。開校は十二日だ。三月には准看護学院卒業式及び閉校式が行われていた。

ここ数年、予想外に増えていた子供の数は今年は小学生は三名になった。昨年は六年生が七名いたが、全生園の中学に進んだ者もいるし退園して外の中学に移った者もいる。いずれ、分教室は生徒ゼロとなるのではないか。それでいい。
それがいい。

いつの間にこんなに背中が丸くなったんだろう。加奈は日記に見入る康平の後ろ姿を見つめた。どうしたのだろう、どうして過去の日々にそんなに気を引かれているのだろう。それに、あの咳。どこからともなく、不安がしのび寄ってくる。

一週間もかかって日記を読み終えた康平は、ノートを閉じ、しばらく呆然としていたが、加奈が呼びかけると、ハッとして夢から醒めたような表情で加奈を見た。

「加奈、俺たちは生きてきたんだな。ここで」

加奈はちょっと戸惑った表情をしたが、すぐ頷いた。

「ええ。二人で、いえ四人で」

「少し疲れた」と言って康平は横になり、そのまま昏々と眠った。

翌朝、康平は起き上がれなくなっていた。熱が高く、苦しそうに咳込む。

「病棟へ移しましょう」加奈の頼みで様子を見に来た婦長が、康平を一目見て言った。康平は担架で重症者室に運ばれた。加奈は青ざめて震えながら康平の手回り品をまとめた。レントゲン撮影、血液検査、喀痰《かくたん》検査、矢継早に検査が続いた。栄養剤と輸液の点滴を受けている康平の顔は、数日で頬がこけ、目が落ち窪んでいた。

週に一度、都内の大学病院から派遣されている若い相田医師は、レントゲン写真をセットすると、写真をなぞりながら言った。

「榎田さん、肺にね、影があります」

「肺？　結核――ですか？」

「痰の検査結果がラボから届けばはっきりするけど……癌の疑いがありますね。症状をみると、大分進んでいるかもしれない……」

「ガンって……」

加奈は、ハンマーで頭を叩かれたような衝撃を覚えた。

「治るんでしょう？　治りますよね」

「――今の医学では……難しい。手術と抗癌剤が治療の中心になるけれど、ここでは対応できないし、外の病院で引き受けてくれるかどうか――。手術ができる体力があるかどうかも不安です」

「手おくれってことですか――」

「……もしもね、もっと早く気づいても、肺癌はね、難しいのです」

「どのくらい……ですか。一年、二年……」

「それはまだ何とも。検査の結果を見ないと診断も確定しないし」

大学病院のラボでの検査結果は、さらに加奈を絶望の淵に沈めるものだった。

「もって三か月、場合によっては一月《ひとつき》」と医者は言った。

「故郷を見せてあげたいが、もう動かせない。誰か会わせたい人はいますか？　来てくれる人はいるだろうか」

加奈は黙って頭《かぶり》を振った。

「榎田さん、旦那さんに、告知しますか？」

「こくち？」耳慣れない語に、加奈は顔を上げた。

「患者さん本人に病名を告げるかどうかということです。普通は伏せておくのですが、もし、榎田さんが……残された時間でやっておきたいと思うようなことがあるなら……知らせてあげた方がいいかもしれない」

「――少し、考えさせてください」

「ええ。そうですね。ただ、あまり時間は残っていないと考えてください」

次の週相田医師が来るまでの一週間、加奈は、悲しみ、怒り、部屋で一人泣いた。どうかわたしの命と引き換えに、と「神さま」と取り引きをした。康平の前では、涙を隠し、強いて何気なく振る舞った。だが少しずつ、「偽りたくない」という思いがひたひたと寄せてくるのを感じた。康平さんとわたしは、故郷にも、父と母にも、そして紀一にも、偽りを残してここに来た。せめて、二人の間では偽りたくない。二人で癌という悲運を背負おう。

「間違いでした」という一言が医師の口から出るかもしれないという、一縷の望みをもって医師の前に座った加奈は、そんな望みは全くの夢想にすぎないことを悟った。

「治療法ですが……もう手術は無理だと考えます。かなり進行しているので、癌の部分を切除できたとしても、まず、他の臓器にも転移しているでしょう。手術は大へんな負担です。残された時間を縮めることになるかもしれない。あとは放射線治療がありますが、これも副作用がありますからね」

「副作用……苦しいのですか?」

「ええ、苦痛を伴います」

「では止めます。このまま静かにしていても苦しいのですか?」

「肺、ですから、呼吸が。でも痛みを止めることはできます。モルヒネも出します」

「どうか、苦しまないようにしてやってください――もう、十分に苦しんできたのですから」

「栄養のあるものを食べさせて、体力と気力で、随分長く保つ人もいます。奥さんも頑張って。――告知については、考えは決まりましたか」

「――知らせます。あの人が心残りのないように。嘘はつきたくない……」

「分かりました。では、これから一緒に――」

と、康平は、一瞬目を見開き、次いで目を閉じた。

相田医師と加奈が二人でベッドに近づいて行く

「分かっています。――あと、どれくらい……」

「一年くらいでしょうか。場合によってはもう少し。榎田さんの気力次第です」

相田医師が三か月とは言わず、一年と言ってくれたことが、加奈は、たとえようもなくうれしかった。もう一度四季に巡り会うことができると思えるのは、康平にとってどんなに気強く感じられることだろう。またもう一度桜の花を見ようね、康平さん。

　相田医師は「四人部屋が一つ空いているんですが、よかったら奥さんもそこのベッドを使えるよう、言っておきますが……」と、少しためらいがちに言った。「夜も昼もじゃ、疲れてしまうかな――」

「お願いします」夜でも昼でも康平の傍にいたいと加奈は思った。いつまでいられるか分からないのだもの、一分だって一秒だって離れたくない。

　徐々に、確実に、康平の病状は悪化していった。肺に水が溜まって、苦しそうに喘いでいる。「溺れかけているような状態なのよ」と、婦長が痛ましそうに言った。横になっているのも苦しくて半身を起こすが、五分もせず、また倒れるように横たわる。それでも、病勢が一休み、と思われる時もあって、康平は濃さを増してゆく緑に目をやって言った。

「みどりはいいなあ。生命《いのち》の色だ。河津屋敷の柿の葉はきれいだったなあ」二人が恨み抜いた河津屋敷。絶対口に出すことのなかった河津屋敷も、康平の心の中では、なつかしい子供の頃の思い出として浮かんでいるらしかった。

「なあ、加奈。俺は、らい以外の病気で死ねることがうれしいんだ。病名は癌。やっと人並になれる」

　入所者が死亡すると、死因を「癩」と記していたのを、直接の死因となった病名に変更してほしいという入所者の願いが叶ったのは昭和五年のことであった。事実、「らい」そのものは、死に至る病でなく、入所者は肺炎、結核など、別の病で命を落としてゆく。しかし、不十分な治療体制やらいによる衰弱が死をもたらしているのも事実だった。

「一人にしてしまって、すまない」

「すまないって思うんなら一人にしないで」

「加奈、俺がいなくなっても、生きてくれな。加奈がいなくなったら、未生のこと覚えててやれる者がいなくなってしまう。誰かが覚えててやらないと、未生は消えてしまう。――いつかきっと、加奈が紀一に会える日がくる。何だか俺は、そう信じられるんだ――」

「紀一を探して、呼びましょう」

「いや。そっとしておいてやろう。ここまで俺たちは自分を隠し通したんだ。最後まで潔くしたい」

「ええ、ええ」

「いつか紀一に会えたら、日記を渡してくれないか。俺がここで、生きたしるし――なんて思うのは未練か――潔くないなあ……」

「ええ、分かりました。紀一のお父さんがどんな人だったか、どうやってここで生きたか、必ず話します」

加奈は康平の、枯枝のようになった指に自分の指を絡めて言った。そんな日が本当にやってくるなんて思えない。康平のこと、未生のこと、いつかこの世で紀一に記憶のバトンを渡せる日は来るのだろうか。


康平は、園内の合歓《ねむ》の木の花が咲き初めた七月の朝、静かに息を引き取った。相田医師の言った三か月には少し足りなかった。

園内では死は「日常」だった。府中の火葬場から膝に抱いてきたお骨を収めた箱を、加奈は未生の小さな洋服と並べて机の上に置いた。

「未生、お父さんだよ。抱っこしてもらいなさい」

誰もいない部屋で、加奈は遺骨の箱と一度も着ることのなかった未生の洋服を抱いて泣いた。

葬式はしないでほしい、という康平の願いを受け止めて、加奈は葬儀はしなかった。「お経もいらない。戒名なんか意味がないよ。神も仏も俺には見えない。死ねば自由になれる、そう思うと心からうれしい。陽にも風にも、木々の緑にもなって、加奈の傍にいるからね」

康平の死を知った人たちが、悲痛な面持ちで、辛夷舎の部屋を訪れた。辛夷舎は出ていかなければならないと思っていたが、入所者が減少し、より新しい夫婦舎も出来ていたため、望むならそのまま辛夷舎の部屋にいていいと言われ、加奈はほっとした。思い出が詰まっている部屋はつらい。でも何も思い出のない部屋はもっとつらい。ここで、康平の魂とともに未生を思い、紀一の幸せを祈って生きていこう。

「いいヤツだった。穏やかで強かった。これからの全生園を引っ張っていってくれる人だったのに。惜しい、悔しい」康平を弟のように可愛がってくれた樫山隆が、写真に額を擦りつけるようにして言った。

「カナさん、つらいのう。カナさん、つらいのう」

玉木トシは、何度も加奈の手を撫でた。

　中学生と小学生が、放課後中野先生と笹木先生に伴われてやってきた。全生園の子供たちは、園外の子供たちとは比較にならないほど「死」を見てきている。教室で、「正くんは、お父さんが亡くなられたので、今日から三日お休みです」と先生から伝えられることもある。「豚舎係のジュウキチさん、重病棟へ入ったんだって」と噂が流れることもある。若竹寮、百合舎で共に暮らした子が、永遠に戻らぬことを知らされることもあった。悲しみと恐怖と諦め。子供たちの心は凍え、怯えていた。子供たちを教えていた康平の死が子供たちにどんな打撃を与えるかを思いやる余裕は、加奈にはまだ無かった。子供たちは全生園の花壇や雑木林に咲く花を一枝ずつ持ってきてくれた。机上には加奈が一輪挿しに合歓の花を入れておいたが、子供たちの手元を見て、もう少し大ぶりの花瓶を、加奈は押入れから出した。矢車草、タニウツギ、シャガ、躑躅、山吹。全生園の初夏の庭を切り取ったような花のいろいろ。

　笹木先生の所作をまねて、子供たちは緊張の手つきで焼香をした。

「榎田先生は、生徒たちの社会復帰を、いつも願っておいででした。私も、先生のご遺志を継いでがんばります」と笹木先生が言った。

「理科の実験、おもしろかった」昇一がボソッと云うと、中学の上級生たちが頷いた。

「榎の木にね、サナギがぶら下がって、オオムラサキって言うんだ、日本の国蝶だよって教えてくれた。特別授業だよって、榎の木を見に行ったんだ」

「野外観察って言うんだよ」

「そしたら、サナギの背が割れて、しわくちゃの蝶が出てきたんだ。びっくりして、この蝶病気なのって訊いたんだ」

「病気なんかじゃない、羽が乾いたら飛んでいくからって、先生が教えてくれた。見ているうちに羽が伸びて——」

「ふわって飛んだの」恵美が、待ち切れないという感じで割り込む。

「なんだよー。いちばんいいとこ取るなよ。僕が言おうと思ってたのに」

恵美はチラッと秀雄を横目で見たが、そのまま、夢見るように言葉を継いだ。「あとからあとから、オオムラサキが飛び立ったの。大きくてきれいな紫色の羽をひらひら動かして、高く高く飛んでいった。……望郷の丘よりも高く、トゲのある垣根も越えて……」

小学生たちは目を丸くして中学生たちの話に聞き入っている。加奈は胸がいっぱいになった。康平さんはこんな思い出を子供たちに残していったんだと思った。

「みんなもね、早く病気を治して、外へ飛んで行くのよ」加奈は思わず言った。

「僕たち——死なない。榎田先生の病気はガンって言ってね、大人のかかる病気だから」加奈は子供たちの恐怖を取り払ってやろうと懸命だった。子供たちに、お供え物のお菓子を分けてやって、加奈は子供たちを送り出した。一時は増えた百合舎の少女たちも、今年は三人になってしまい、寮母一人で十分に世話ができた。もう寮母手伝いも必要なくなる。これからは康平と末生に供える花を育てようか。花壇や道端を花で埋めよう――そんなことを、子供たちが手向けてくれた花々を見ながら、加奈は思った。
康平の残したわずかな遺品を整理して、大学ノートを年度順に揃えていた加奈は、六月までしか書かれなかった昭和四十三年のノートの最後のページに十枚程の原稿用紙が挟んであるのに気づいた。題目は「生まれ得ざる子供――光田健輔の癩医療」と記されていた。昭和三十九年五月十四日、光田健輔は八十八歳の生涯を終えた。康平の日記にもそのニュースが記され、「私は必ず、この人のなしたことを調べ、記録するつもりだ。病を治すという医者の本分を捨て、隔離政策を推し進めた張本人だと、私は思っている」とあった。いつの間に康平さんはこんな文章を書いていたのだろう。加奈は心震えながら、康平の残した文章を読んでいった。

生まれ得ざる子供(注4)――光田健輔の癩医療

私と加奈の間に生まれるはずだった娘に、加奈は「未生」と名付けた。「未だ生まれざる子、未生」。未生はこれから先も永遠にこの世に生まれることはない。私はあの時からずっと、「なぜ未生は生まれてこられなかったのか」を考え続けてきた。私と加奈が「癩」という病に罹患したこと自体が根本の原因ではない。私はこの病に対する、国、社会、医学界の対処に、根本的な誤りが存するのだと認識するに至った。中でも「光田健輔」という一人の医者の存在が、我が国の癩医療の方向を定める重大な役割を果たしたと考える。

昭和二十六年十一月三日、長島愛生園長光田健輔は、永年の癩医療への「献身」により、文化勲章を受章した。全国一万の療養所患者は、貧しい財布から五円ずつ拠出し、「救らいの父」に寝具一式を記念品として贈ったという。だが、この「救らいの父」光田健輔こそが、癩医療を医療の本質から疎外し、患者が子供を持つことを許さない「断種」に深く関わり、引いては女性患者に宿った生命を抹殺する施策にまで至らせた張本人であると、確信するようになった。ここ全生園には、いたる所に光田健輔の功績を讃える写真や文言がある。光田に直に接した入所者も残っていて、畏敬と親愛の情を抱き続けている人もいる。自分も初めは、「癩という、医者でさえ忌避する病の治療に携わってきた太陽のような医者」というイメージを持っていた。だが、未生を失い、心身ともに生死の境で苦悶する加奈を見続け、「らい予防法闘争」にも加わり、そして親と切り離されて暮らす全生園の子供たちとすごすうちに、あとからあとから「疑問」が湧いてきた。そして、光田健輔の「聖者像」とは別の姿が、疑問の渦の中から浮かび出てきた。光田健輔という「医者」が何をなしたかを明らかにしていくことは、父親としての私が、未生にしてやれる償いの一つだと思う。光田を知る入所者に話を聞き、文化勲章を機に記された光田に関する文章を読み、少しずつ知り得たことを元に、私なりに書いていこうと思う。未生。おまえを守ってやれなかった父の、せめてもの詫びのしるしとして、この文章を受け取っておくれ。

癩の専門医となるまで

光田健輔(注4―①)は、明治九年、山口県左波郡中ノ関に農家の次男として生まれた。高等小学校卒業後、山口の町で開業医をしていた兄の手伝いをしながら私塾で学び、十八歳で医者を志して東京へ出る。軍医森林太郎(鷗外)を頼っての上京だった。鷗外の紹介で、その友人賀古鶴所《かこつるど》の書生となり勉学に励んだ。光田は前期医師試験に一回で合格し、一年半後には後期医師試験にも合格した。軍医を志したが近視のため果たせず、東大医学部選科生となった。光田がいた東大病理学教室に、東京養育院から解剖用として重症癩患者の屍体が送られてきた。解剖助手を務めた光田は、組織標本を作りながら、結核と癩が同じ淋巴腺に共存しているという事実をつきとめた。その研究が光田の最初の論文として「東京医学会雑誌」に掲載され、この時以来、光田は癩に強い関心を抱き始める。

光田は東大医学部選科を修了後、東京養育院に勤務した。東京養育院は、孤児、捨て子、行路病者、老人、身体障害者などを収容していた施設で、その中に癩を発症している者もいた。癩の伝染性を認識していた光田は、渋沢栄一院長に隔離の必要性を進言し、明治三十二年に、養育院内に八畳三間の隔離室が設けられ、「回春病室」と名付けられた。これ以前にも主に外国人宣教師の手によって癩患者を収容する施設が作られていたが、必ずしも厳重な隔離施設ではなかったようだ。従って東京養育院内の「回春病室」は、日本における初の公的隔離施設といえよう。この時の光田の判断は、「癩は癩菌に感染して発症する」という医者としての認識によるものであり、その後の「絶対隔離」を想定したものではなかったかもしれない。しかし、光田の進言によって初の公的隔離施設が作られたことは、その後の光田の癩医療のあり方を象徴することのように思われる。

年若い光田は、回春病室の患者たちから患者の実態を聞き取り、患者が集まって暮らしている所を視察して回っている。東京市内外だけでなく、草津湯の沢部落や身延山、遠くは熊本の本妙寺部落までも訪ねたという。この光田の癩に対する情熱が、なぜ、いかにして、患者を苦しめる方向に変質してしまったのだろうか。

明治四十年、現在に至るまで癩患者を縛りつける元となった「癩予防ニ関スル件」法律第十一号が可決、公布された。この法律が制定された目的は、患者の救護にあるのではなく、「近代化」を急務としていた日本が、対外的に面目を保つべく、浮浪する患者を収容して街を「浄化」することにあった。

明治四十二年、東京府北多摩郡東村山村南秋津に「全生病院」が開院された。養育院副院長の職にあった光田は、医長に任ぜられ、以後全生病院を拠点として癩医療界に君臨する道を歩み出すことになる。

「断種」

「断種」。このことについては、本心を言えば、書きたくない。このことにまつわる記憶を消してしまいたい。だが、これこそが光田健輔の為した最大の誤ちではないかと私は思う故、萎えようとする気力を奮い立たせて書いていく。

(注4—②)患者の完全隔離を目指す療養所は、患者の終生の生活の場となる傾向を強めるにつれ、男女間に性交渉が生じ、赤ん坊が生まれることになるのは、自然のなりゆきだった。初め光田は、院内で生まれた乳児を里子に出したり、養育院に預けたりしたが、対応には限界があり、ついには出産予防策を講じざるをえないと考えるようになった。

大正三年、全生病院長に任ぜられていた光田は、大正四年、全療養所に先駆けて、ワゼクトミー（精管結紮手術）を採用、執刀した。それ以来、患者同士の婚姻の届出は、「断種」が条件となってしまった。「中絶」がいかなる経緯で始められるようになったかについては把握できなかったが、現に、産み月近くまで育った子供の生命を絶った残酷な施術が行われた例は、耳にしている。どんな状況下にあっても、生まれようとする生命を抹殺することは許されない。「断種」「中絶」は、人間を人間として認めない行為だ。癩患者は、光田にとって「人間」ではなかったのだと思う。現在夫婦者で暮らす仲間の一番の心残りは、子供を持てなかったことだ。抱くことのできなかった子供への思いは終生消えることがない。さびしさに猫を飼ってみたり、大きな人形を可愛がったりしている女たちの胸の中を、光田に見せてやりたい。昭和二十三年に施行された優生保護法には、優生手術の対象者として「癩罹患者」を挙げている。そもそも「優生」とは何なのだろう。母性保護？　加奈の心身を傷つけたのは優生手術をしたことだ。

三園長の証言

（注4―③）昭和五年、日本初の国立癩療養所長島愛生園が設立開園、翌年、光田は初代園長に就任した。愛生園に赴く際、光田は全生園の医官、医療嘱託員、雇員、看護人計五人を伴い、同時に、患者八十一名を共に転院させた。この八十一名は、木工、印刷、畜産、農業、和裁などの技能を持ち、愛生園の開拓者たるべく光田から見込まれた人々だった。

以後二十年に渡り長島愛生園長の職にあった光田は、昭和二十六年に文化勲章を授与されるが、その直後（十一月八日）、参院厚生委員会「社会保障制度の調査に関する件」中の「らいに関する件」で、林全生園長、宮崎恵楓園長らとともに参考人として招聘された。世に言う（注4―④）「三園長証言」である。

林園長の証言――

らいはもう一歩で全治させられる。――将来の収容は療養所の状態を十分認識させ、家族が生活に困る時は国家保障が大切である。病名の変更は一時の効果でまた元通りになると思うが、学会の意見を聞いて変えたらよい。

光田園長の証言――

収容には強権を発動せねば何年でも同じことのくり返しになり、家族伝染はやまない。幼児の感染を防ぐため、らい家族のステルザチヨン（優生手術）をすすめてやるのがよい。今度、刑務所ができたら逃走罪をつくり、一人を罰して多数を改心させるようにしたい。

宮崎園長の証言――

らいの数を出しますことは、古畳を叩くようなもので、叩くほど出て参ります。出てこないのは叩かないだけです。――いくら施設を拡張されましても沈澱患者がいつまでも入らないということになれば、らいの予防はいつまでも徹底いたしませんので、この際本人の意志に反して収容できるような法の改正ですか、そういうことをしていただきたいと思います。

「らいはもう一歩で全治させられる」と、らい医療の進展を踏まえ、患者や家族の立場にも配慮を示している林証言に対し、光田、宮崎証言は、強制収容を強化するために法改訂を求めるものであった。しかも光田は、患者の家族にまで優生手術を勧めるという、妄言を吐いている。

この時の議事録は密かに筆写され、昭和二十七年、全生園で初めて開かれた全患協支部長会議で発表された。この証言内容は、全国の患者の大反発を呼び、昭和二十八年の予防法闘争を戦うエネルギーへとつながっていったのは、皮肉な結果といえよう。

感傷主義と科学的見地

医者とは何か、ということを考えると、光田は本質的には「非医者」としか言えないのではないだろうか。なぜなら、医者はあくまでも科学的見地に立って病の治癒を目指すのが「仕事」だと思うからだ。科学的見地とは対極にあるのが、癩という病にまつわりつく感傷性ではないだろうか。例えば、世に知られる『小島の春』の著者小川正子のように。

（注4―⑤）小川正子は、昭和十八年に四十一年の短い生涯を閉じた。小川は甲府高女生の時、熊本に回春病院を設立し癩患者の収容と看護に献身して生涯を終えたハンナ・リデルの存在を知り、心動かされたという。女学校卒業後、結婚と離婚を経て医者を志し、東京女子医専に入学。ある日、全生病院を見学し、院長の光田健輔を知って、「癩者のためにすべてを捧げつくしている」光田に深い感銘を受けた。小川は細

菌学を専攻していたが、周囲の反対を押し切って長島愛生園に押しかけた。光田が院長に就任していたからである。

光田は小川に検診行を命じた。検診行とは、身を潜めて暮らしている患者の元を訪ね、療養所入所を勧めるための巡行である。京都大学病院の小笠原登医師や東大病院皮膚科で癩の科学的治療法を模索していた太田正雄医師（歌人木下杢太郎）のように、癩は感染力の微弱な皮膚病であり、治癒可能な病気であると認識している医者もあったのに、光田は不治の伝染病であるから、患者は死ぬまで隔離するのが「根絶」する唯一の方法であると狂信的に主張した。小川は、この光田の「狂信」を盲目的に信じた。光田は、身の置きどころもなく隠れ住む患者を訪ねて入所を勧めるのに小川が女性であることが有効に働くことをよく知っていたのだろう。小川は三十二歳から三十五歳までの三年間、四国を周って患者を訪ね歩いた。『小島の春』はこの三年に渡る検診行の記録である。小川自身は、心からの優しさと信念をもって患者に語りかけ、患者の心を入所に向けていった。だが、小川は果して、一度入園したら終生家へは戻れないこと、結婚、妊娠はいわば御法度で、結婚しようとすれば、男は断種、女は中絶を強制されることを知らせたであろうか。私自身、断種、中絶がなされることを知っていたら、ここへは入らなかった。紀一を置いて、遺体の上がらぬ湖の底に沈む方を選んだかもしれない。檻の中で生きるより、自由のまま死ぬ方を選んだかもしれない。『小島の春』には数多《あまた》の小川の短歌が載せられている。

　これやこの夫《つま》と妻《わ》の一生の別れかと想へば我も泣かるる

この歌は、小川が「終生隔離」であることを十分に認識していたことを物語っている。一方、小川自身が「一生の別れ」に加担していることに気づいていない。

夫と妻が親とその子が生き別る悲しき病世にな
からしめ

「悲しき病」を「世になからしめ」るのが医学の本来の使命であろう。終生隔離、断種とともに光田が犯した大罪は、「癩を治す」という医者としての根本の仕事を放棄したことにある。先にも触れた太田正雄は、次のように記している。

「癩は不治の病であらうか。それは実際今まではさうであった。然し今では、此病を医療によって治療せしむべき十分の努力が尽されて居たとは謂へないのである。殊に我国に於いては、殆ど其方向に考慮が尽されて居なかったと謂って可い。そして早くも不治、不可治とあきらめてしまって居る。従って患者の間にもそれを看護する医師の間にも、之を管理する有司の間にも感傷主義が溢れ漲ってゐるのである。明石海人の歌は絶望の花である。北条民雄の作は怨恨の焔である。而して『小島の春』及びその動画は此感傷主義が世に貽《おく》った最上の芸術である。（中略）

癩根絶の最上策は其化学的治療に存《あ》る。そして其事は不可能ではない。『小島の春』をして早く此『感傷時代』の最終の記念作品たらしめなければならない」

これはプロミン開発以前の論述である。太田は科学・医学の可能性を信じ、治療薬の開発を模索していた。一方光田は、プロミンの驚異的な効果が実証され、多くの患者が軽快していく事実を前にしてもなお、「安心して大風子をやっておれ。何十年もの実績あるものに信頼をおいた方がいい」と、医者とは思えぬ、非科学的発言をして憚らなかった。この頑迷さ、狂信が、どれほど多くの患者を不幸に追い立てたことだろう。にもかかわらず、光田を慕う医官、患者は少くない。小川正子は、小川が患者を連れて長島に着いた時、光田は患者を見て「涙をいっぱいためていらした」と記し、「その涙を見た時、私は生きてもっと働きたいと思った」と書く。光田という人物の発する何かが、理知ではなく情動的なもの、太田の言う「感傷」を、接する者の心に呼び起こすということだろうか。光田は、患者を自分を崇拝する帰依者として、教祖として君臨する教団のようなものを作りたかったのではないか。光田の「大家族主義」とは、そんな雰囲気をもつものだったのではないか。

日本の癩医療「隔離絶滅」の方向を決定していったのは「国策」であり、一個人に責めを負わせるものではないだろうが、少くとも医療現場の中枢にあったのが光田健輔という「医者の務めを放棄した医者」でなかったら、患者たちはこれほど理不尽な苦痛を強いられずにすんだのではないか。光田健輔が文化勲章を授与されたことの正当性、妥当性は、後世の判断に委ねることになるだろう。

未生、こんな文章を書いてみても、おまえへの償いにはなるはずもないね。この文章を書いている時間、書くために書物を読み、人から話を聞いた時間そのものが、私にとっては掛け替えのない充実した時間だった。ここに入所している者の日々の苦痛は「無聊」にある。朝目覚めても何をする当てもなく日暮れを待つ。私には教室で学ぶ子供たちがいたけれど、それでも空しさは逃れようもない。未生、おまえはそんな私に「生きる時間」を与えてくれた。ありがとう、未生。

そこまでで、康平の文章は終わっていた。康平が直接「未生」について語ることはほとんど無かったが、康平はずっと、未生を心に抱きしめていたのだと思って、加奈は胸がしめつけられた。どれだけ泣いても尽きない涙が、またあふれた。「生まれ得ざる子供」の原稿の後に、もう一枚原稿用紙があった。

黒インクで書かれた「生まれ得ざる子供」とは異なり、ブルー・ブラックのインクで、原稿用紙のマス目を無視して書かれている。病床に伏してから力を振り絞って記したのか、手蹟はかなり乱れていた。その文章は「紀一へ」で始まっていた。

——紀一へ。

目を閉じると、二歳半の君の顔が浮かんでくる。君は何の愁いもなく、籠の中でぐっすり眠っていた。育ててやれなくてすまない。どうか、許してほしい。君がこの手紙を読み、私とお母さんが君を育てられなかった理由《わけ》を知る時は来るだろうか。きっと驚くだろう。だが、どうか冷静に、科学的に受け止めてほしい。

草津のポスターの写真の少年を、私とお母さんは、いつの間にか私たちの紀一だと信じるようになった。もし君が、和田先生のところで育ててもらっているのなら、君も医者になることがあるかもしれない。その時はどうか本物の医者になってほしい。本物の医者とは、常に治療法を探求し続ける医者のことだ。そして何よりも患者の言葉に耳を傾け、患者の幸せを第一に考えることのできる医者のことだよ。もちろん、医者でなくてもいい。君が人の幸せに寄与することのできる人に成長することを、僕は自分の全てをかけて祈っている。

この世にあって、僕にとっての最高の幸せは、君の父であることだ。そして最大の不幸は、この病に罹患してしまったことだ。君は光《ひかり》、病は闇。間もなくこの世を去る僕は、闇を脱し、光のみの世界に行くよ。

いつの日かお母さんに再会する時がきたら、どうか、お母さんを大切にしてやってください。そして、未生のことを忘れないでやってください。

この世でも、そして別の世でも、いつも君のことを思っています

父より——

涙で文字がかすむ。加奈は幾度も中断しながら康

平の「遺書」を読み進んだ。康平さん、康平さん。幾度も原稿用紙を撫でながら、加奈は思った。いつの日か、自分はこのノートと「生まれ得ざる子供」の原稿と、「紀一へ」を紀一に渡そう。その日を頼りに、自分はここで生きていこう。康平さんと未生の傍で。

（注1）岡山県立邑久高校新良田教室に関しては、『倶会一処』190〜191頁に依拠。
（注2）「望郷の丘（望郷台）」に関しては『倶会一処』57〜60頁に依拠。
（注3）以下の年月日ごとの出来事の記録は、『倶会一処』巻末の年表に依拠。
（注4）「生まれ得ざる子供――光田健輔の癩医療」に関して
①「癩の専門医となるまで」の叙述は、『倶会一処』18〜23頁に依拠。
②「断種」の叙述は、『倶会一処』50〜52頁に依拠。
③長島愛生園移転の叙述は、『無菌地帯』109〜111頁に依拠。
④「三園長証言」の叙述は、『無菌地帯』234〜238頁に依拠。証言内容は235頁より引用。その他「三園長証言」に関しては、『倶会一処』『検証・ハンセン病史』『開かれた扉』などにも記述されている。
⑤小川正子及び「小島の春」の叙述は、『「らい学級の記録」再考』中の論文〈「感傷主義」の諸相（「小島の春」論）〉252〜259頁に依拠。「太田正雄」の論も、同書238〜239頁より引用。

第十四章
嵐を越えて

合格間違いなしと言われていたけれど、試験は何が起こるかわからない。輝一は、受験後、自分が間違えたと判った箇所だけが頭を駆け回って、不安だった。

佐和子からの電話、次いで届いた電報に、和田医院の茶の間は喜びに湧き立った。

「よかった。これでおまえも、医者への第一歩を踏み出したな」清弘も珍しく高ぶった表情で、輝一の肩を叩いた。

「文弘にもね、知らせました。キイちゃんの顔見に明日、帰ってくるそうです。明日、お祝いしましょうね。佐和子は今日のうちに帰るでしょう。——それにしても武弘はどうしているかしら。宮崎へ行ってから、たった一ぺん葉書をよこしただけで音信不通。こちらからは何べんも手紙を出してるんだけどねえ」

「便りがないのはいい便りって言うから」もう春休みに入ってのんびりしている千都子が晶子をなだめるように言った。

輝一にとって、それまでの生涯で、その日ほど深く安堵した日はなかった。

「新聞発表は明日ね」

「おお。輝一、学校へは連絡したか。後で挨拶に行くとしても、まず電話しておきなさい」と清弘が勧めた。学校でも喜んでくれたが、未だに「もっと上を狙えたのに」と担任は未練がましかった。

夕方、佐和子が帰って来て、また一頻《しき》り和田家は喜びに包まれ、タキを混えての夕食になった。

「キイちゃん、桂もおめでとうって」

「うん」輝一は頷いた。何と言っていいか、言葉が浮かばなかった。

「あっ桂さん。白いワンピース、ステキだったよね」千都子の方が答えた。

「わたしね、あんな洋服作る仕事がしたい。デザイナー」

「ええっ、千都子はそんなことを考えてたの?」晶子は驚いた。そういえば千都子がどんな方面に進みたいかなんて考えていなかった。まだまだ子供、うちの末っ子って思ってたけど……。千都子は地元の石橋高校の一年を終えようとしていた。一年前、中学校に受験高を提出する用紙を前に、晶子は驚いていた。

「宇都宮の女子高へ行くんじゃないの!?」

「うん。石橋高。女子高へは行かない。女子ばっかりの学校なんて気持悪い」


言い出したら退かないのは、幼い子供の頃からだった。

「いいじゃないか、本人の希望する通りで。上の子供たちもみんな、自分の道は自分で決めてるんだからら。子供が望む教育を受けられるよう、親は親でがんばるさ」

清弘に千都子の志望を伝えた時、清弘はそう言って笑った。

「毎年のように合格のお祝いができて、ほんとにうれしいことですね。いい春ですねえ」

タキが少し涙声で言った。束の間、皆黙って、「いい春」を噛みしめた。

「あらっ、誰か――」タキが耳を傾ける仕草をした。

「えっ、こんな時に急患――?」晶子がさすがに困惑した表情を見せた。玄関ではなく、家族の出入りする台所口の方に人の気配がする。タキが立って行って引き戸を開けた。

「えっ、ああっ」と、タキの言葉にならないくぐもった叫び声に、皆一斉に戸口の方を見やった。

「武弘さん！　武弘さんじゃありませんか」

タキの言葉に、晶子と佐和子が弾かれたように戸口へ駆け寄った。

「どうしたの、武弘！」

「武兄さん！」

二人の声に驚きと狼狽があふれている。清弘と輝一、千都子も戸口へ走った。夕闇の中に、黒い人影がうずくまっていた。

「武弘——。輝一、そっち側を支えてくれ」

清弘と輝一で武弘を立ち上がらせ、肩で支えて茶の間に運んだ。

「お父さん、すみません。お母さん、ごめん」武弘はタキが三枚並べ敷いた座布団に横たえられると、そうつぶやいて気を失った。

「佐和子、聴診器」武弘の脈をとり、瞳孔を見ながら清弘が命じた。聴診器を武弘の胸に当てている清弘の手が震えているのを、佐和子も輝一もドキドキして見ていた。

「大丈夫。命に別状はなさそうだ。脱水症状が出ているから、リンゲル液を入れよう。佐和子、用意してくれ」

「はい」佐和子は処置室からキーパーとリンゲル液を運んできた。清弘は素早く武弘にリンゲルの針を刺した。

「しばらく眠れば意識を取り戻すだろう。起き上がれるようになったら体を拭いてやってくれ。今夜はこのまま、ここで眠らせよう。私と母さんで付き添うから心配ない。——ああ、輝一、すまなかったなあ。せっかくの合格の日に」輝一は慌てて首を振った。

「そんなこと。武弘兄さん、大丈夫？　一体何があったんだろう——」

「何があったんだろう」は、皆の疑問だった。落ち窪んだ眼窩《がんか》、こけた頬。顔中、煤を被ったように汚れている。

眠れぬ一夜を明かした一家は、六時頃には全員起き出していた。武弘は夜半に意識が戻って、茶の間に続く小部屋の布団に横たわっていた。傍らに晶子が昨日の衣服のまま座っている。一旦は帰って朝早く駆けつけたタキが台所で朝食の用意をしている。武弘の顔の汚れは、晶子が湯を絞ったタオルで丁寧に拭いてやったため、大方は落ちていた。

「タキさんのお味噌汁、食べてみる？」佐和子が盆にお椀を乗せて運んできた。

「お父さん、食べさせてもいいですか？」晶子が清弘に確かめるように尋ねた。

「ああ。極度の疲労だろう。特にどこが悪いというわけではなさそうだ。怪我もないし」

皆一様にホッとした。そして安堵の後から、疑問と不安が込み上げてきた。どうしたのだろう、武弘は。どうやって宮崎から帰って来たのだろう。航空大学はどうしたのだろう。味噌汁とお粥を食べた武弘は、また泥のような眠りに引き込まれていった。

夕方、ぽっかりと目を開けた武弘は、小声で晶子を呼んだ。

「母さん、風呂入れるかな」

「ええ。沸いてるわ。お父さんに入っていいかどうか訊いてくるから」

「おお、目が覚めたか。風呂？　大丈夫だろう。汚いままより落ち着くだろう。――だが、うーん、俺が一緒に入ろう。倒れたりしたら大変だからな」

本当に久しぶりに、清弘と武弘は一緒に風呂に入った。武弘は痛々しく痩せて、髪は油で固めたように汚れていた。

「目を閉じてろ」シャンプーを振りかけて、清弘は武弘の髪を洗った。何杯も何杯もお湯を掛けて髪を濯ぎ、体を洗うと、武弘は湯舟に体を浸けて四肢を伸ばした。

「ああ、いいなあ、うちは」

小さな子供の頃から、他人《ひと》は泣かせても自分は決して泣かなかった武弘の目から涙があふれていた。武弘の涙を見ているのがつらくて、清弘は、「先に上がるぞ。のぼせないうちにおまえも上がれ」と言ってガラス戸を開けた。

家に残してあったセーターとズボンを着て、武弘も夕餉の席に着いた。

「キイちゃん、夕べはすまなかった。合格おめでとう」武弘は輝一に言った。輝一はほんのり笑って「ありがとう」と言い、さらに何か言いたそうにしていたが、言葉にはならなかった。

「ざまあねえな、オレ。――オレ、飛行機乗りにはなれないんだ。なれないって分かったんだ」皆、ウッと息を詰めて、お茶碗とお箸を置いて武弘を見つめた。

「実習が始まって、そりゃあ楽しかった。空を飛ぶのはほんとに気持がよかった。だけど、次第に高度が上がって飛行時間が長くなると、オレは死ぬんじゃないかと思った。鼻が痛い。鼻に棒を突っ込まれたように痛くて鼻血が出た。気が遠くなって、教官がついているから墜落することはなかったけど、一人だったら落ちると思った。そういえばオレ、中学の頃から鼻が悪かったよね。鼻中隔湾曲症って言ったか。入試の時はもちろん健康診断があったんだけど、鼻は見過ごされていた。気圧の変化が関係するんだと思う。我慢して我慢して、何とかパイロットになりたいと思った。でも、恐ろしいんだ。自分だけならいい。でも民間のパイロットになってお客を乗せるんだ。もし気を失って操縦不能になったらどうする？　諦めるしかないと決意した。教官に辞めたいと申し出たら、教官は、もう少しやってみろと引き止めた。航空学校に入学を許可したのはよりすぐりの人材だ。戦後の日本の航空界を背負って立つ立場だと。教官はオレが黙って逃げるのではないかと心配して、クラスメイトを監視につけた。――やっとスキを見て、帰りの汽車賃だけ持って駅まで走った。鈍行を乗り継ぎ乗り継ぎして、一昼夜かけて小金井に着いたんだよ。食べ物を買う金は無かったから、ホームの水だけ飲んで……。すみません。

情けない息子だ……」

「大変だったのね……」晶子の目はまっ赤だった。

「手紙をくれれば迎えに行ったのに」

「手紙は――恥ずかしくて出せなかった。あんなに大威張りして家を出たのに」

「無事に帰って来たんだ。それで十分だ」と清弘が言った。皆、一斉に頷いた。

「お帰りなさい、武弘兄さん」千都子が、娘らしい澄んだ声で言った。

「ほんとうに、よくご無事で……」タキもしきりに目元を拭っている。

佐和子は、思ってもみなかった武弘の病に驚きつつ、別の不安が湧いてくるのを覚えた。身体は無事に戻ってきたけど、精神の方は？　あの負けん気の強い武弘兄さんが、この挫折を受け入れることができるのだろうか。立ち上がる術を見つけることができるのだろうか。

輝一は武弘が痛ましくてならなかった。飛行機乗りになるのは武弘兄さんの昔からの夢だった。やっと夢が現実になると思ったのに、諦めるのはどんなにつらかったことだろう。自分は武弘兄さんに何もしてあげることができない。――武弘の心の翳りが、自分の運命に大きな影を投げかけることになるとは、輝一は露ほども思わなかった。


武弘は二日目も、茶の間の続きの小部屋で、うとうとと半睡状態で過ごした。

「眠るだけ眠らせてやりなさい。あまりいろいろ訊いたりしない方がいい。そうだな、鶏肉の入った野菜スープを作ってやってくれ」

「はい。武弘が好きな小麦まんじゅうはどうでしょう」

「ああ、何を食べてもいい。甘い物は気持が落ち着くし、エネルギーも出るしな」

食卓では皆、口数が少なかった。足音を立てるのも憚るようにそっと忍び足で歩くのを武弘は敏感に感じ取って苛立った。まるで腫れ物に触るようじゃないか。オレは膿を持ったハレモノか。文弘兄さんは実験が長引いて帰れないって連絡してよこしたって、母さんがタキさんに言ってた。よかった。文弘兄さんに、今のこのザマを見られたくない。一方、武弘は文弘だけが、自分の苦しみを理解してくれるような気もしていた。男兄弟だものな。輝一はダメだ。あいつはそもそも兄弟なんかじゃない。

二日経って、武弘は離れの元の部屋に移った。輝一は元の文弘の部屋を引き継いでいたため、武弘の部屋は、ほとんど五年前に出て行った時のままだった。本棚に目をやると、大学入試の問題集と飛行機関係の本が並んでいた。最も大事にしていた数冊は、宮崎まで携えて行ったが、それは下宿に置いてきたままである。あれほど自分を魅了していた飛行機の操縦席に座れたというのに、そこは自分の席ではなかった。目まで突き通るような痛み、教官の叫び声——ああ、何ということだ。

心身に重い疲労がのしかかっていた。昼間はうとうとしてしまって、夜になると目が冴えてしまう。豆電球の黄色っぽい光を見つめていると、暗闇の中で課された航空大学校受験の一齣《ひとこま》が浮かんできた。六日間にも渡る不思議な試験だった。一次試験は一般的な英語、数学、物理の学科試験で、百人ぐらいの受験者がいたのを覚えている。学科試験に合格すると、身体機能テストや心理テストが延々と続いた。目、耳、呼吸器、神経系統、あらゆる身体の部位の機能がテストされた。目は視力はもちろん、視野、動体視力、遠近差把握など、あらゆる側面から診察、計測される。暗い中で、右手と左手でたぐる糸の長さを同じにするテスト、パッとフラッシュが焚かれ、新聞が読めるようになるまでのタイムを測るテスト、目隠しをして直線の上をずれずに歩くテスト、円の中で足踏みをして、できるだけ同じ位置に足を置くテスト。身体も、身長、体重などの基本的な計測の他に、手の長さ、爪の形、皮膚の色と張り、髪の形状なども、細密に調べる。ロールシャッハテストや医師の百問の問いに間髪を入れず答えるテスト。——面白がって楽しんでやらなければ、凄まじいストレスに曝されるか、反抗を誘発される、苛酷な試験だった。武弘の性格の根底には、自分を客観的に見る覚めた目があり、それはやや皮肉っぽいユーモアと結びついていた。真っ向から緊張し切って取り組むのではなく、風変わりなテストを楽しむ余裕があの苛酷な六日を乗り切らせてくれたのかもしれないと、今にして武弘は思い当たった。

宮崎は陽光にあふれていた。北関東の空っ風の吹き荒ぶ風土とは異なり、太陽まで近く感じられるほど温暖で、街路には椰子《やし》や棕櫚《しゅろ》が異国風の風景を作っていた。航空学校の学生は、宮崎の街では大人気だった。戦争の傷跡から立ち上がることを希求していた日本人にとって、「民間航空機のパイロットを養成する学校」は希望の星だった。街の若い娘たちは航空学校の学生というだけで想いを寄せ、店屋の女将さんたちは、自分の息子のように世話をやきたがった。学生証を見せれば、バスも映画も無料だった。ああ、オレたちは、まるで王子様のように愛されていた。——物理学や英語、航空法、気象学、みんな目新しく楽しかった。飛行機に乗るのは比べる物がないほど楽しかった。前後にシートのある二人乗りで、急降下、側面飛行、宙返り、少しも恐ろしくはなかった。あの空中の緊張感、遮るもののない空を飛んでいく解放感、地上に降り立った時の達成感、安堵感。あれを味わって、失って、オレはこれから先どうやって生きていけばいいのか。

武弘の俊敏さを愛した教官は、武弘の「障害」を知ると、

「そんなふうになる学生は見たことがない。まず、医者によく診てもらいなさい。おそらく気圧の変化が原因だと思うが、練習機じゃない旅客機の内部は気圧はコントロールされているから大丈夫だ。辞めようなんて考えるなよ」と気遣わし気に言った。

診察してもらった宮崎の耳鼻科の医者に、「鼻中隔がかなり曲がっているが――果してそれが痛みの原因かどうか。随分何度も手術してるようだね。もしさらに手術をしても、今の症状が改善するかどうかは何とも言えない」と告げられて、武弘は暗いトンネルの真ん中に置き去りにされたような不安に閉ざされた。出口も入り口も見えない。息苦しくなるようなドロリとした闇。暗闇の中で、武弘は少しずつ決意に近づいていった。旅客機にだって乗るわけにはいかない。大勢の人の命を預かるのだ。こんな疾患を持った者は、コックピットに座るべきではない。

教官がクラスメイトに指示した監視の目をくぐって、武弘は宮崎発の最終列車に飛び乗った。最終列車なら、逃亡が分かっても追いかけてくる汽車はない。博多駅の待合室で始発を待って堅いベンチで夜を明かした。ホームの水道で顔を洗い、大阪行きの始発に乗り込んで座席に座ったとたん、意識を失うように眠りに引き込まれた。目が覚めると岡山だった。明るい陽光が窓から差し込んでくる。ぐらりと心が揺らいだ。痛切に宮崎の空が恋しかった。戻りたい。立ち上がりかけた時、鼻の奥に痛みが走った。

「お兄さん、どうなさった」

向かいの席の初老の男が声をかけた。ハッと鼻に手をやると、馴染みの、ぬるりとした感触があった。鼻血。慌ててポケットから手拭いを出して押さえた。血はすぐ止まったが、それは自分に対する最後通牒《つうちょう》のように武弘には思えた。戻れない。空には戻れない。初老の男はゴソゴソと包みを開け、握り飯を取り出した。

「よかったら食べんかね。ばあさんが五つも入れてよこしたで」男は二個を差し出した。グーッと腹が鳴った。

「腹減ってなさるんじゃろ。大阪までは駅弁も買えんで、さ、食べなされ」竹の皮に乗った塩むすびと味噌をつけて焼いた焼きむすび。「すみません。いただきます」武弘は頭を下げておむすびを受け取った。男はさらに、アルミのコップに水筒の水を注いで渡してくれた。武弘は貪るように飲み干した。

「ああ、咽が乾いとるだな。ほら、もう一杯。」コップ二杯の水を飲み、二つのおむすびを食べると、飲んだ水がそのまま涙に変わったかのように、涙があふれてきた。鼻血で汚れた手拭いで、武弘は涙を拭った。

「大丈夫かね。どこまで行きなさる」

「宇都宮の近くまで。東北本線の宇都宮――」

「ほーお、遠いのう。わしは東京から北へは行ったことがない。親ごさんが待っとるんじゃな。無事着きなされよ」

ああ、自分はどんなふうに見えるのだろう。こんな見ず知らずの人からも心配されるほど打ち萎れて見えるのだろう、と思ったら、急に恥ずかしくなり、自分を叱責した。しっかりしろ、武弘。武弘が背筋を伸ばして座り直すと、男は目を細めて笑った。

「なあ、兄さん。桃太郎の話は知ってるじゃろ？」

ああ、岡山は桃太郎の伝説の――と、武弘は思い当たった。「桃太郎はよ、どこが偉いのかのう。鬼は桃太郎のことが、どんなにか恐ろしかったろのう。分捕り品ってのは、そもそも誰のもんだったんだか」

男は悪戯っぽく目を輝かせてそんなことを言った。「あー」と言って武弘が目をパチパチさせていると、男はまた笑って、「な、何でもなあ、いろんな見方ができるってことよ。思い詰めなさるな。さあて、わしは広島で降りるで、水筒は持って行きなされ。駅で水を汲んで入れれば、宇都宮まで水に不自由はせんじゃろう。水筒？　これは親父が日露戦争で支給されたもんでな、わしは使いたくないんじゃが、これがあるうちは、かみさんが新しいのを買ってくれんのよ。失くしたって言えば、少しは怒られても、新しいのを買わんわけにはいかなくなるで――の？あっ、これも持って行きなされ」

男は残ったおむすび一個も武弘の膝に乗せて、広島駅で降りて行った。名前も住所も訊かなかった——と、武弘は白々と明け初めた離れの障子を見つめて悔いた。

隣の部屋では、輝一が音を立てるのを憚かりながら、前橋へ立つ準備をしている気配がしていた。

「机はどうする？」晶子の声がした。

「今まで使ってたのがあるけど、これは元々文弘兄さんのだから……」

「文弘は気にしないと思うけど——そうね、前橋で新しいものを買いましょう。お母さんからのお祝い」

「ほんとう？　引き出しのたくさんあるのが欲しかったんだ。この机、引き出しには文弘兄さんの物が入ってて——」

「えっ、そうだったの。それは悪かったねー。文弘もちゃんと空っぽにしていけばいいのに。じゃあ、持ってくものは衣類と本ぐらいかな。下宿は賄いつきだし。そうだ、入学式の背広買わないとね」

「学生服でいいよ」

「だめよ。みんな背広ですよ」佐和子の声がした。

用事があるからと、佐和子は武弘を案じつつ、一旦前橋に戻っていたようだったが、また帰ってきたらしい。

「あら、佐和子、いつ来たの？」

「今。キイちゃんの支度手伝って、一緒に前橋に行こうと思って。そうだ、お母さん。明日宇都宮へ行きましょうよ。キイちゃんの背広、わたしが見立ててあげる。少しいい物買ってあげてよ、ね」

武弘の胸に固い塊が込み上げてきた。いつも輝一、輝一だ。母さんも佐和子も、父さんだって。いつもキイちゃんのことばかり気に懸けている。この家の息子はオレなのに。輝一は——輝一なんか。子供の頃から、輝一は闖入者《ちんにゅうしゃ》だった。オレが受けるはずの愛情をみんなアイツが奪った。飛行機乗りになろうという夢に向かっていた時は輝一の存在も許せた。自分には自分だけの掛け替えのない世界がある。あった。だが、今はもう――。憤怒の火の玉が腹の中を駆け廻った。

翌日の夕食は、武弘の帰宅で取り止めになってい た、輝一の合格を祝う膳を囲むことになった。

「合格祝いっていうには間延びしちゃったけどね」と千都子。

「入学祝いかな。キイちゃんの前途を祝う会よ。和田医院一のホープだもの。キイちゃん、背広着て、お父さんに見せてあげてよ」

と、佐和子が母親のような口振りで言った。オレの時はどうだっけ。武弘はぼんやり記憶を辿った。そうだ、文弘兄さんのお古をもらったんだ。武弘の方が文弘より少し大柄だったが、着られないほどの差はなかった。輝一は文弘や武弘よりずっと華奢な体つきで、シャツやセーターはともかく、背広は合わせようもないのは、武弘にも分かっている。だけど――。グレイと紺の混じったカシミヤ入りの背広は輝一にぴったりで、清弘のネクタイを借りて結ぶと、清潔感が漂う、初々しい若者がそこにいた。

「キイちゃん、よく似合うよ。ね、わたしの見立てはすごいでしょ」

「うん。きっとモテるよね。佐和姉ちゃん、よーく見張ってないとムシがつくよ」

「入学式には、わたしが行っていいですか、お父さん」と晶子が清弘に訊いた。

「いいよ。大学の入学式に来る親なんていないよ。佐和姉ちゃんがいるし」輝一は慌てて断った。

「そうか。そうだな。文弘の時も武弘の時も佐和子の時だって行かなかったよな。――だが、俺も久しぶりに医学部のキャンパスに行ってみたい。医専の同級生で教授になってるヤツもいるから、輝一のこと、頼んでくるか」

「へえ。じゃ、お父さんとお母さん一緒に行けばいいじゃない。わたしはタキさんに泊ってもらえば平気だから。ね、タキさん」千都子がタキを振り向くと、タキも甘やかすように頷いた。

何という騒ぎだ。一人黙って夕餉をつついていた武弘は、自分の胸に込み上げてきた怒りの激しさに自分で驚いた。抑えようもなく武弘は箸を置いて立ち上がっていた。皆、不審と驚きが入り混じった表情で武弘を見上げた。

「何だ。医学部に入ったのがそんなに偉いか。輝一は、輝一なんか何でこの家にいるんだ。輝一、おまえは一里塚の榎の下に捨てられてたんだぞ。シロと一緒に。おまえなんか犬っころと同じだ」

輝一は、何を言われているのか分からない、といったぼうっとした目で武弘を見つめていた。武弘が言ったことの意味が分かると、顔が蒼白になった。

「ぼくは、ぼくは――。榎の下、シロ」

清弘が体を震わせて立ち上がり、武弘の横面を平手で打った。

「何を言うか。お前は――お前はそれでも男か！」

武弘は打たれた頬を手で押さえてうずくまった。晶子は立ち竦んで、武弘と輝一を交互に見て震えていた。

「キイちゃん、キイちゃん」佐和子が抱きかかえるようにして輝一の背を撫でた。輝一はそっと佐和子の手を外し、背広の上着を脱ぎ捨てると、戸外へ走り出た。

「輝一は捨て子ではない。育ててくれと頼まれた子だ。この家に生まれたのではないことは輝一にも説明してある。お前が言った言葉は人の言葉ではない。少なくとも人間を大事に思う者の言葉ではない」

「武弘、どうして――」晶子は武弘の顔を両手で挟んだ。晶子は激しく悔いていた。この武弘に暴言を吐かせたのは自分のせいだ。母親なのに、武弘の心の内に気づいてやらなかった自分のせいだ。夢破れてぼろぼろになって帰って来た武弘。武弘には、輝一の合格に浮かれている一家の様子が、どんなにかつらく感じられたのだろう。武弘をどう扱っていいか分からず、ハラハラしながらも、そっとしておくより他ないと思っていた。でも武弘は、家族から見放されていると感じたのかもしれない。そんなことはない。そんなことはないのに。武弘は何でも自分でできる子だと思って、こまごまと面倒を見られるのは嫌いなんだと思っていたけど、この子は、この子は誰よりも、愛されることを求め、認められることを欲していたのだ。今までは摑み切れなかった武弘の心が、一瞬にして理解できた。

「輝一、待ちなさい」清弘が輝一を追って外に出た。

「お父さん、キイちゃんはきっとあそこよ」佐和子が自転車を引き出してきた。

「榎の木まで、行ってきます」

走り通しで走ったのだろう。佐和子が一里塚に近づいて行くと、輝一は、夕闇に紛れるように、榎の幹に寄り掛かっていた。

「キイちゃん、お家へ帰ろう」佐和子は、小さな子供をあやすように呼びかけた。

「佐和姉ちゃん、この木の下にぼくは、いたんだね」

「さあ。わたしは知らない。キイちゃんはね、突然うちに現れたの。まるで――まるで初めからいたみたいに。キイちゃんはうちの子だよ。わたしの弟」

「――武弘兄さん、つらいんだね……」

佐和子は胸が熱くなった。この子は、キイちゃんは、自分のつらさより、武弘のつらさを思ってるんだ。

「ぼくが、和田医院に生まれた子供じゃないことは、高校に入る時、お父さんから説明してもらった。ぼくは、和田医院の子供になるにはどうすればいいか考えて、医者になろうとしたんだ。――姉ちゃん、ぼくを生んだ親たちは、どうしてここにぼくを置いていったんだろう――どうしてぼくをいらなかったんだろう……」

輝一の声は夕闇に溶け込むように、小さくなっていった。

佐和子は、武弘の不甲斐なさが腹立たしくてならなかった。自分で選んだ道じゃないか。挫折したら、自分で別の道を選び直せばいい。何だって自分で決めてきたんじゃないか。文弘兄さんのようにキイちゃんに優しくすることもなく、まるで無視してきたのに、自分がつらくなると、キイちゃんに当たって。

「キイちゃん、お父さん、育ててくれと頼まれたって言ってたでしょ。どうしてキイちゃんが家の子になったか、知ってる限り話してくれると思う。お父さんの話を聞きましょう。そして、わたしと群馬へ行こう。小金井から離れよう」

もう黄昏時も過ぎた紫色の夕暮れの中を、自転車は輝一が引き、佐和子は荷台を摑んでゆっくり歩いて行く。荷台を放したら輝一が自転車に乗ってどこかへ行ってしまいそうで、佐和子は指が痛くなるほど固く、荷台を握りしめていた。

門口のところに、武弘も含めて全員が佇んでいた。

「よかった、キイちゃん」晶子が走り寄った。

「自転車は、わたしが納屋へ仕舞ってきます」タキが輝一に替わって自転車を押した。

「輝一、すまなかった」清弘が掠れた声で言った。

「お父さん。本当のことを教えてください。ぼくは誰なんだろう」

「食事の続きをしよう。腹が減ってると気持も落ち着かない。晶子、タキさん、けんちん汁を温め直してくれないか」

そうだ、今日はキイちゃんの好きな牛肉入りのけんちん汁を作ったんだっけ。山形出身の同級生に教えてもらった牛肉入りのけんちん汁は、佐和子の帰省のたびの、輝一の楽しみになっていた。牛肉はたやすくは手に入らなかったので、家族にとってもご馳走だった。皆、黙々と食べた。ああ、この家にいつもの楽しい夕餉のひとときは返ってくるのだろうか。佐和子は味も分からぬまま、食べ物を飲み込んだ。お皿や茶碗を下げ、香りのよい焙じ茶が配られると、清弘は思い切ったように話し始めた。

「あ、タキさん。タキさんも一緒に聞いてください。輝一を育ててくれたのだから。十六年前の今頃、輝一はこの家へやって来た。一里塚の榎の木の下で籠の中で眠っていたのを見つけてくれたのは、省平さんだ。そう、シロが傍らで籠を守っていた。――だが、輝一は捨て子じゃない。輝一のご両親は、輝一を和田崇弘、私の父に託したんだ。手紙と預金通帳が輝一の衣服と一緒に包みに入っていたよ。手紙には、自分たちはどうしてもこの子を手元で育てることができない。和田先生の寛い御心を恃《たの》みに、この子をお願いします、と記してあった。私の父、おまえたちにはお祖父さんが頼まれたわけだが、お祖父さんはもう亡くなっていたから、私はどうしようか迷ったよ。――だが、私は親父に負けたくなかった。親父を信じて子供を頼んでいったのなら、私が引き受けて育ててやろうじゃないかと考えた。全く、心の狭い人間だよ、私は。そんな不届きな考えで子供の運命を決めるなんて――。手紙には自分たちの名も子供の名さえ記してなかった。よほど深いわけがあって、素姓を知られたくなかったのだろう。あるいは親父なら、誰か心当たりがあったのかもしれないが……。みんな知ってる横浜の岡谷先生が、輝一の将来を心配して、施設育ちとして戸籍を作ってくださった。そして、私たちと同じ姓になるよう養子として迎えた。輝一、それで良かっただろうか――すまない、三年前に本当のことを言わないで。ご両親の行方は全く分からないんだよ。預金通帳の名義は――何と親父の名になってたんだよ。よほど親父を信頼してたんだなあ」

半ば目を閉じてそこまで話して、清弘は冷たくなった焙じ茶を飲んだ。

「キイちゃんは大事に大事に育てられた子って、すぐ分かったわ」晶子が潤んだ目をして言った。

「着ているものも上等だったし、体も清潔で健康そうだった。うちの茶の間で目を覚ますと、ちょっと不安そうに周りを見てたけど、佐和子が御飯食べようって言うとすぐ笑って、今までずっとそうしてたみたいに、佐和子と御飯食べたの。こちらの言うことはよく分かるみたいなのに自分からはあまりお話しなくて、自分のことはキイちゃんて言ったけど、お父さんお母さんのお名前は言えなくて、トータン、カータンってしか言わなかった。手紙のことはお父さんからちょっと聞いたけど、わたしは読んでいない。大先生宛で、本当なら自分も読むべきではないのだからって言われて。育てられるかって訊かれて、四人も五人も同じです。タキさんもいてくれるしって。ごめんね、キイちゃん、こんな乱暴な言い方して。佐和子がね、もう、キイちゃん、キイちゃんって夢中で……千都子が生まれて、みんな赤ん坊に気を取られてしまって、佐和子はさびしかったのかもしれない。いつもキイちゃんの傍を離れなかった――キイちゃんを育てたのは、わたしでもタキさんでもなく、佐和子だったかもしれない。文弘と武弘が男の子の仲間に入れようと連れ出すと、佐和子もついてってキイちゃんの世話をやくので、文弘も武弘もあきらめた感じでね――」

晶子は泣き笑いの表情で、あとからあとから言葉を継いだ。

清弘と晶子の話を聞きながら、輝一は、一枚一枚、謎の衣が剥がされていくような心細さに身を竦めた。でも、肝心なことは何も分からない、と思った。自分は誰なのか。両親はどこの誰なのか。なぜ自分を榎の下に残して消えてしまったのか。清弘と晶子がどんなに庇おうとも、自分は武弘の言う通り"捨て子"なのだと思った。犬のシロと置き去りにされたのだ。

「ごめんなさい」輝一は小さな声で言った。

「ごめんなさい」という以外の言葉は浮かんで来なかった。自分は生まれてきてはいけなかったんだ、と輝一は思った。

「オレが悪かった。あやまるのはオレだ」武弘が低い声で言い、うなだれた。輝一に向かって「捨て子、犬っころと同じ」と言ったとたん、武弘は自分の醜悪さに呆然とした。父さんも言ったように、オレが言ったことは「事実」だと思う。だが、事実だからといって、あんな残虐な言葉を人に浴びせていいはずはない。――オレはずっと輝一が邪魔だった。妬ましかった。輝一はオレや文弘兄さんより頭が良くて、人を惹きつける力がある。輝一に接する人はみんな輝一を放っておけなくなるみたいだ。父さんだって、輝一が来てから子供と風呂に入るようになった。オレと文弘兄さんだけの時は、子供なんか眼中になかったのに……。武弘は払い切れない蟠り《わだかま》を振り払うように頭を振って、一語一語、考えながら話しかけた。

「キイちゃん、おまえがこの家へ来たことには、おまえには何の責任もない。いつか、分かる時が来れば、生みの親のことも分かるだろう。生みの親が誰であっても、キイちゃんはこの家で育ったんだ。この家の子だ。どうか、そのことを受け入れてくれないか。そして――大人になるってことは、自分で自分を育てていくことなんじゃないだろうか。オレはこれからどうやって一人前の男になるか、ゼロから、いやマイナス――ドン底から立ち上がらなくてはならない。キイチ、キイちゃん、おまえもこれからは自分で自分を育てていくんだ。そうだろ?」

清弘は驚いた。武弘が人間としての道を踏み外さないでくれたことが、心の底からうれしかった。誰が何と労わるよりも、武弘の言葉が輝一を救うだろうと思った。

輝一は、武弘の言葉をまっすぐに受け止めた。そうだ。自分という人間を造るのは自分自身なんだ。自分に対しての責任は自分にあるのだ、それは誰だって同じなんだ、と思った時、石のように固まっていた心身から、ふっと力が抜けた。自由なんだ、僕は。輝一は顔を上げて言った。

「武兄さん、負けないよ」

「おう」

「あらら、佐和姉ちゃん。男同士、同盟ができたみたいよ。わたしたちも女子同盟結ぼうよ」

「えーっ、千都子とじゃあ、心細いなあ」

清弘は、子供たちが誇らしかった。爆発した自分の非を認めて詫びることができる武弘、「負けないよ」という言葉で武弘を許した輝一、ふざけ合って雰囲気を変えようとする佐和子と千都子。いい子供たちだ。本当にいい子供たちだ。——それに反して、俺はどうだ。未だに肝《きも》が据わらない。ここで、輝一の両親の手紙の中身を話す覚悟はまだない。風呂——あの風呂だって、俺の怯懦《きょうだ》の一つなのに。輝一の両親がどこへ行ったか、俺はいつ輝一に言えるだろう。もちろん、絶対の秘密を望んだ両親との「約束」はある。だが、本当に黙ったままでいいのだろうか。輝一が医者の道を志したことを知ったら、両親はどんなに喜ぶことだろうか。全生園。おそらく今も、二人はそこにいるだろうのに。

結局、輝一の入学式には佐和子だけが出席することになった。「心配な患者さんもいるしな」清弘は言った。晶子は迷いに迷っていたが、「文弘と武弘の時も行かなかったからね。でも卒業式には出席させてね、キイちゃん」と言った。

「大学の入学式に来る親なんていないよ。佐和姉ちゃんだけだって恥ずかしいよ」

前橋に発つ朝、輝一が起き出して、足音を忍ばせて部屋を出る気配に気づき、武弘も起き上がった。輝一がどこへ行こうとしているか、武弘には分かった。見え隠れにあとを追う。果して、榎の幹に寄り添うように佇む輝一の姿が見えた。輝一は空に広がる枝を見上げ、太い幹に手を当てた。肩が揺れている。泣くな、輝一。思わず駆け寄ろうとする武弘を、内なる声が制した。泣かせてやれ。キイちゃんは今、両親の腕に抱かれているんだから。輝一、おまえはここから出発すればいい。自分で自分を造るんだ。男と男の約束だぞ。

入学式の朝は晴れていた。同じ北関東で、栃木と大きな風土の違いはない前橋だったが、心なし、空気が冷たかった。

　早々と佐和子が下宿を訪れ、ネクタイを結んでくれた。

「これからは自分で結ぶのよ」

「今日だけだもの、背広なんか。大学へはセーターなんかでいいんだろう」

「うん。まだ白衣は着ないしね」

　正門の前で戸崎桂が笑みを湛えて待っていた。

「おめでとうございます、輝一さん。本当におめでとう、佐和子さん」

　桂は、光沢のあるグレイのスーツ姿だった。佐和子は紺のスーツをまとっている。

「わたしもね、入学式出ますからね」

「えーっ、父兄代表はわたしよ」

「いいから。わたしはファン代表」

　輝一の胸がドキンと鳴った。スーツ姿の桂は、白いワンピースの時より大人びて、美しかった。輝一は、自分が恋とも言えない憧れを桂に抱いているのを自覚した。が、その自覚は、すぐにさびしい諦めに変わった。僕は、どこの誰とも分からない人間だ。桂さんのような女性《ひと》を想う資格はない。輝一は、胸に悲しみが広がっていくのを覚えた。

　入学式の開始を告げる、群馬交響楽団が演奏する「見よ、勇者は還りぬ」が式場に響いた。勇者……僕は今は未だ勇者じゃない。でも、いつかきっと勇者になって、還ろう。どこか、本当に自分が自分になれる場所へ。


　文弘も輝一もいなくなったガランとした離れで、武弘はほとんど終日、一人ですごした。食事は母屋の茶の間で取ったから、晶子も清弘も、武弘が元気とは言えないまでも、落ち着きを取り戻しているのが分かって、ひとまず安堵していた。「しばらく一人にしてやった方がいい。今まで自分の思い通りに突っ走ってきたのだから、少し立ち止まって考えるのもいいだろう」と清弘は晶子に言っていた。「まあ、うまいもんでも食わせてやるさ」と。

晶子は、武弘が何を求めていたか、今にして気づいた。思い切り甘えさせてやればよかったのだ。心も身体も人一倍丈夫で、この子は何の心配もない、と思い込んでいた。よく鼻炎を起こし、耳鼻科の医者に診てもらってはいたが、そんなに激しい発作を起こすなんて思いもしなかった。飛行機乗りを志さなかったら、鼻の病も大きな障害にはならなかったかもしれない。全く、お父さんだって、医者だっていうのに、どうして武弘がパイロットには向かないって分からなかったのかしら。自分の悔いから目を外らしたくて、晶子はつい、清弘に八つ当たりする。心は、あの子の心は誰よりも弱かったのかもしれない。穏やかだが決して意志を曲げない文弘、生まれながらのナースのような世話やきの佐和子、末っ子で誰にでも甘えを受け入れてもらえる千都子。そして、そして素直でいじらしい輝一。あの子には、どこがどうというわけではないけれど、人の心を切なくさせるところがある。この子に笑ってほしい、という気持にさせられる。高校に入る時、この家に生まれた子ではないと知らされ、今度は榎の下で拾われた子と知らされてしまった。可哀そうに。ああ、だから、わたしもタキさんも、お父さんだって、輝一のことはいつも気懸かりだった。——それが武弘を傷つけていたとも気づかずに。武弘は乱暴で喧嘩も強かった。あの強さも、満たされない思いの裏返しだったんだろうか。親の愛情は、子供の数で割り算するものじゃなく、五人いれば五倍になるものを。

宮崎の航空大学校は退学の手続きをとり、友だちに頼んで、アパートに残した物は処分してもらった。写真と書物は、友だちが気を利かせて郵送してくれた。武弘は中身を一瞥すると、そのまま封をして押し入れに仕舞い込んだ。自室に残していった飛行機関係の本や受験参考書も仕舞った。ある日、何の気なしに隣の部屋の本棚に並んでいた、誰の物かはっきりしない文学全集の一冊を手に取って読み始めた武弘は、自分でも不思議なくらい、夢中になって読みふけった。教科書に載っている以外、小説というものは読んだことがなかった。小説とは、こんな面白いものだったのか。『次郎物語』の三人の兄弟の心情は、いずれも、自分のことのように分かった。漱石の『こころ』、鷗外のドイツ三部作。『舞姫』の主人公の二重の挫折、将来を嘱望された明治の青年としての社会的挫折と、エリスを狂気に追いやった一人の人間としての挫折が、自分のことのように応えた。メルヴィルの『白鯨』、ヘミングウェイの『老人と海』。エミリー・ブロンテの『嵐が丘』。拾い子のヒースクリフを嫉むヒンドリーの心中の黒い渦は、痛いほど分かった。分かるとともに恥じた。ヒースクリフの暗い熱情に比して、輝一はなんと、弱々しく清らかなんだろう。総合点の足を引っ張らない程度の成績は取れたが、文系科目は得意ではなかった。「まっ、そういう考え方もあるな」という高校の国語教師に苛立って、正解ってものは一つだろう、文学なんてあやふやなもんだと、かすかな蔑みを抱いた。だが今、これまで疎遠だった文学の世界に触れていくと、武弘はつくづくと、国語教師の言ったことが胸に沁みた。人間ってもんは複雑だ。一筋縄ではいかない。理不尽で悲しい……。

清弘も晶子も、強いて何も言わず見守る姿勢をとっていたが、武弘の体調が戻っていくにつれ、このままでは鬱屈してしまうのではないかと心配になってきた。

「もっと体を動かさないと。あの武弘が家の中でじっとしているのは……」

「ああ。俺も気になっていた。――自動車の免許取らせるか？」

「自動車!?　自動車、買うんですか、買えるんですか!?」

「さあな、どうだろう。とにかく武弘を少し外へ出してやらねば」

戦後二十年以上が経ち、日本の経済復興は目を見張るものがあった。自動車は一般家庭にも普及しつつあり、和田医院が自家用自動車を持っていない方が不思議なくらいだった。

「俺は免許を取りに行っている暇がない。おまえ、取ってきてくれないか」

武弘に言うと、武弘は少し驚いたようだったが、すぐ「はい」と返事をした。武弘も家に閉じこもっているのがさすがに嫌になってきたのだろうと、晶子は武弘の外出着を揃えてやりながら思った。

いつの間にか季節は初夏に移り、小山までの国鉄沿線は麦が黄褐色に熟れ、麦を刈った田には水が入り始めている。木々の緑、麦畑の黄を映す水張り田を見ていると、武弘は鼻の奥がツンと痛くなってくるのを覚えた。コックピットの痛みではなく、涙がにじむ時の痛みだった。

飛行機の操縦に比べれば、自動車の運転はあっけないほど簡単だった。ガソリンや機械油の匂い、シフトレバーの手触り、武弘は目まいがするほど懐かしかった。

「何といっても地面の上を走るんですからね」と武弘は晶子に笑った。久しぶりの武弘の笑顔が、晶子には涙の出るほどうれしかった。武弘の教習所通いは一月《ひとつき》ほどで終わった。教習所の教官たちが見物に並ぶほどの技倆で、武弘は難なく免許を取得した。免許証を手にした時は、うちひしがれていた武弘の心に、わずかに自信がよみがえってきた。

「まあ、初めは軽でいいだろう」

「軽って？　ああ、小さい自動車のこと？　それだって高いんでしょ？」

清弘は珍しく照れ臭そうに笑った。

「実はな、土地があるんだ」

「土地？」

「親父が俺を宇都宮で開業させるつもりで買っておいた土地があった」

「宇都宮？」

「桜四丁目。交差点近くの、黒髪荘っていう公務員施設の向かいあたり。一月前、栃木県の医師会があったろ、その時向坂《こうさか》さんから、手放す気はないかって訊かれた。そんな土地があることは、俺だって忘れていたのにな。向坂さんは子供さんが開業する土地を探しておられたようだ。向坂さんは石橋で開業されているが、子供さんは宇都宮へ出してやりたいと。輝一が開業するまで待つことも考えたが、そもそも輝一が開業医になるかどうかは予測がつかないし、文弘はともかく、武弘の気持もあるし……。子供らの不和のタネになるくらいなら、売り払って子供らの教育費に当てた方がいいかと思うんだ。輝一も千都子もまだまだ金がかかる。武弘だってどうなるか分からない。必要な時に使ってこそ、生きた金になるんじゃないか――」

「――そんな土地があったの!?　税金払ってたはずなのに、気がつかなかった……」

「ポケット晶ちゃんに分かるはずがない」

「ポケット晶ちゃん」というのは、晶子の子供の頃からの綽名《あだな》だった。いつも、ゴム輪や木の実や折り紙やらでポケットを膨らませ、泣いている子がいると、ポケットから取り出して遊んでやる。一方、何を言われてもポケッとした顔つきをしている「ポケット晶ちゃん」。「どうして晶子はそうポケッとした顔してるのよ。それでよく看護婦さんやれるわね。手術の介添えなんて、できるの――」と姉から呆れられても、「これがわたしの顔でございます」と怒りもせず答える。結婚してからも、随分ポケッとぶりを発揮して、でもその「ポケッと」が、生真面目な性格の清弘には安らぎだった。

「二百坪しかないから、そんなに大金にはならないが……」

車を買った残りは定期預金に回し、晶子はホッと一息つく思いだった。

「これで、千都子がどこへ行きたいって言っても大丈夫。毎年の授業料ぐらいは毎月の収入で何とかなるから」

「医者の自家用車としては最低クラス」と憎まれ口を利きながらも、武弘は楽しそうに運転席に座った。

「これで雨の日の往診も楽になる」と清弘は心底うれしそうだった。武弘は日曜祭日を除くほぼ毎日、二時から四時までの、清弘の往診のドライバーを務めた。四時から六時までが医院での午後の診療時間だったが、六時を過ぎて呼び出しブザーを鳴らす患者にも快く応じていた。

「仕事を終えてからじゃ、六時はきついものな。こっちは家にいればいいんだから」

清弘の往診についていくうちに、武弘は、それまでの人生で見聞きすることのなかった人々の暮らしに接した。昭和四十四年、豊かになった日本人の暮らしに、落ちこぼれたように取り残された人々。古びた藁屋根は灰色にそそけて、ぐしには実生の幼木が並んで生えている。饐《す》えたような匂いのする土間、赤茶けた畳。病み衰えた老人は清弘が枕元に座った時、最後の息に喘いでいた。間もなく息を引き取った老人の死亡診断書は、「明日取りに来られるかな？」と訊くと、孫娘らしい少女が「はい」と答えた。医院までの道のりを考えて、清弘が「あ、いい。明日近くに往診に来る時届けよう。今夜は祖母ちゃんと、祖父ちゃんの傍にいてあげるといい」

「すみません。和田先生、あのう……」と亡くなった老人の連れ合いの老婦人が言いにくそうに言った。

「ああ、診療費はあとでいいですよ。都合がついた時で。隣組とかへの連絡は大丈夫？」と言うと、老婦人は黙って頷き、清弘に深々と頭を下げた。

「あの患者さんは、昔は羽振りが良くてね。遊び人で随分お祖母さんを泣かせたそうだ。息子が事故で死んで、嫁さん、あの女の子の母親だが、働きに行くと言って、家を出て行って、数回送金してよこしたきり、行方知れずだ。息子が死んで一年も経たないうちに、お祖父さんも卒中で倒れて、ずっと寝たきりでなあ。大きな家も、田畑も売って、やっと暮らしていたようだが、これからお祖母さんと孫娘でどうやって暮らしていくんだか」

「……町の方で何とか――？」

「ああ。生活保護を申請するほかないかもしれんなあ。旧家の誇りもあって、お祖母さんにはつらいことだろうが……」清弘は深い溜息をついた。

酒乱の息子が暴れて投げつけた薪が母親の頭を直撃し、「大へんなことが起こってしもうた。先生、すぐ来てくだせえ」と、隣家の住人が駆け込んで来たこともある。夜十時を過ぎていた。田舎道を飛ばして、清弘と武弘がついた時には、母親は既に頭から血を流して死んでいた。息子は酔いも醒め果てて、体を丸めて泣きじゃくっていた。

「先生、この人は殺す気はなかったんだ――。お祖母ちゃんが転んで頭ぶつけたってことにしてくろ」おろおろと嫁が頼んだ。

「無理だ。警察に連絡しなければならない。どうしてミネさんがこうなったかは、警察が調べる。正直に話した方がいい。人は自分のやったことを認めて、償いをして、それでやっと心の重荷が少しは軽くなるんです。旦那さんのためにも本当のことを話した方がいい」

息子は裁判で、過失傷害致死罪で三年の実刑を受けた。刑を終えて帰って来た息子はきっぱりと酒を断ち、女房が、恨んでいた清弘に「先生の言われたことがよく分かりました」と、一斗の米を持ってきたのは、事件から五年後のことだった。

開業医の清弘の手に余る病人も少なくなく、清弘は済生会宇都宮病院や国立栃木病院へ紹介状を書いたり、精神科に受診を勧めたりしなければならないこともあった。小児癌を疑って済生会病院に紹介した子供の母親は、「ほんとに、先生に見つけていただいて助かりました。先生は久代の命の恩人です」と、清弘の手を握りしめて、泣いて、笑った。

医院に来るのが趣味のような六十を過ぎた女性も何人かいて、待合室では憚りもなく大声でおしゃべりして、他の患者から文句が出るようにもなっていた。

「佐藤ハナさん、あなたは血圧が少し高いだけでどこも悪くないよ。何か仕事っていうか、人の役に立つことをしようと心がけてください」清弘が遠慮もせず言うと、ハナはプーッと膨れて、これからは高橋医院へ行くと言う。「どうぞ、どうぞ」清弘は取り合わなかった。ハナは、しばらくは来院しなかったが、また顔を見せるようになった。

「大方、高橋さんのところでも断られたんだろう」と、清弘は笑った。「待合室は静粛に」と大きく書いた貼り紙をしたので、「少しは小声になったみたい」と晶子は笑っていた。「エネルギーが余っているんだなあ。何かやることがあれば自分の身体のことばっかり気にしないようになるんだが、まあ、嫁さんを苛めるより、ここへ来てる方がマシか」

清弘について歩くうち、武弘は、さまざまな人の暮らしを見ることになった。否応なしに、生と死の狭間に立ち合わねばならないこともあった。医者って、何とつらい仕事なんだろう。武弘は父親の仕事の重さを改めて痛感した。だが、そのつらさ、重さを越えた喜びがあることも実感していた。

「やあ、トクさん、顔色いいねえ」という清弘の顔を、トクは病み疲れた顔で見上げて、「先生、今日もいい男だねえ」と、歯の抜けた口を開けて笑う。「痛かったら、夜でもいいから知らせてください」清弘は看護の嫁さんに囁いた。「痛みだけでも抑えてやらないと――」

和田医院には子供も大勢来た。田舎の開業医は「内科だけ」なんて気取っていられない。小児科も、簡単な外科も担当する。自分の子供の機嫌など取ったこともない清弘が、幼児を泣かせまいと懸命におどけた顔であやしている。子供はびっくりして清弘の顔をまじまじと見ていたが、ケラケラと笑い出した。

「笑ってもなあ。聴診器が聴きずらい」と清弘は渋い顔になる。するとまた、子供はベソをかき始める。高熱でぐったりしている子供を抱えて、まっ青になって飛び込んで来た若い母親には、穏やかに、丁寧に病状を説明して、看護のポイントを教える。「扁桃腺の熱ですから、大丈夫ですよ。二、三日は熱が続くけれど、命にかかわることはない。水分をたくさん取らせて、眠らせてやりなさい」一週間程して、元気になった子供と母親が訪れた。喉を見て、聴診器を胸に当てる。

「おお、全快。よかったね」

「先生、ハイ」子供が包みを差し出した。

「実家が新潟なんです。母がこの子の見舞いに来てくれて、持ってきてくれました。笹団子。昨日作ったものだから、大丈夫です」

秋が深まるにつれて、武弘の心の中で、少しずつ自分の進みたい道が見えてきた。医者になりたい。往診の帰路、後部座席に寄り掛かって目を閉じている清弘に、武弘は言った。

「父さん、少し話があるんです」

「ん、そうか。午後の診療まで三十分ぐらい時間があるか。川の方へ回ってみるか」

秋の大気は澄んで、はるか北西に連なる山脈は藍色の稜線を描いていた。木々は黄褐色に輝き、河原の石にも水面にも秋の陽が差している。

「子供の頃、毎日のように来ていた。文兄さんとキイちゃんと」

「俺もだ。この川はうちの揺り籠のようなものだなあ」清弘は懐かしそうな目で、遙かな山脈を眺め、足元の流れを見つめた。

「何だ、話って」

「医者になります」

「――そうか。飛行機乗りと違って、医者という仕事は――うん、地を這うような仕事だぞ。相手は、身体を、そして心を病んだ人たちだ。いわば、ずっと健康でない人たちと向き合わねばならない――武弘は、弱い者は嫌いだろう?」

「ここ数か月、父さんの仕事を見てきたから、大変な仕事なのは分かっています。でも、這い回る地には花が咲くことも分かりました。やり甲斐のある仕事です。——それに僕も弱いから——」

「そうか。やってみるといい。だがな、医学部に入るのは大変だぞ。いくら武弘でもな」

「覚悟しています。今からでは三月の受験は間に合わない。父さんの手伝いしながら、浪人させてください。国立、目指します」

「国立じゃなくてもいいさ。入学金は何とかしよう。うむ、そうすると、千都子と同じ入学になるかな」

「うわっ、そりゃ困る」

「せめて下級生にならないよう、頑張るさ」

「……キイちゃんは大丈夫かな。オレが医者を目指すって知って」

「心配ないよ。輝一は競争心など、これっぽっちもない子なんだ。ほんとうに信じられないほど、邪気のない子だ。あの子の両親はどんな方たちなんだろうと、時々考えていた。頭もとびきりいい。何だか天から降りて来たように思われて、いつか天に帰ってしまうんじゃないかって不安になるような子だよ……」

「それなのに、オレは……」

「あんな形で知らせたくはなかった。……だが、事実はいつかは知れる」

「父さん、本当はもっと知っているんじゃないんですか?」

「えっ」

「キイちゃんのご両親のこと。亡くなっているのなら、それは気の毒だけれど、ある意味ではキイちゃんも思い切りがつくかもしれない。でも……生きているんじゃないんですか? どこかで」

清弘の胸は激しく揺れた。言えない。今は言えない。いつか事実を話す日がくるかもしれないが、それはまず輝一に話さねばならない。他の誰でもなく。

第十五章　それぞれの地へ

群馬大学医学部での最初の一年は、穏やかに過ぎていった。輝一は、家を離れた一人暮らしに戸惑うこともあったが、看護学校を卒業し、そろって大学病院に勤務し始めた佐和子と戸崎桂に見守られて、高校とは全く違った、大学の自由な空気を胸いっぱいに吸って伸び伸びと勉学に励んでいた。大学の講義には難なくついていくことができた。一年次はまだ一般教養が多く、高校のくり返しのような講義には退屈を覚えることもあったが、既知のことを記憶するのではなく、「未知」を発見し、仮説を立て、実証するという学問の本質を示唆される講義には、驚きと喜びで胸が高鳴った。臨床の医者は病気にではなく病人に向き合うのだという概論担当の教官の言葉、近代医学史に記されている数々の医学界の新発見、発見に至るまでの研究者の苦難のプロセスを、輝一は感動をもって吸収していった。

医学部の学生は、大学内でも、前橋の街でも、憧れと尊敬をもって遇されていた。中央から離れた北関東の地方都市前橋の大学が医学部を擁していることを、前橋の市民たちは大きな誇りとしているようだった。医学部長の新入生向けの講演を聞いて、輝一は改めて医学に携わる者の心構えについて思いを深くした。

「君たちは医学を志す者として、社会から期待と尊敬を寄せられている。君たちは周囲の人々から大切に扱ってもらっているだろう。だがそれを、当たり前と思ってはならない。限りなく謙虚であれ。限りなく研鑽を積みなさい。謙虚さを忘れ、研鑽を怠れば、医学は時に暴力にもなる。Mの文字の衿章が光を放つか否かは、君たち自身にかかっている」

輝一は清弘の姿を思い浮かべた。お父さんのMは光り続けていると。

佐和子は水曜日と土曜日に輝一の下宿を訪れ、洗濯をしたり、アイロンをかけたりしていた。土曜日は夕食を共にすることもあった。桂を混えて三人で食堂に出かけることもあったし、佐和子の手料理を当てにしている輝一の友人たちと、狭い六畳で食卓を囲むこともあった。人々の生活は急速に豊かになり、土、日は外で食べる学生が多くなったため、下宿の夕食は土、日は出なかったが、その代わり、自炊もできるよう、台所を使ってもいいことになっていた。医学部の学生は県外から来ている者が多く、一人暮らしの学生たちに、佐和子の作る家庭料理は大好評だった。キャンパスの内外で佐和子を見かけると、幼な顔の残る一年生たちが「佐和子さーん」と呼びかけて手を振る。「ほら、佐和子の親衛隊」と桂はからかった。佐和子は「食べたいだけよ」と口を尖らせたが、目は笑っていた。

「ほんとに佐和子は面倒見がいいのね。それにしても輝一くんはすごいんだね。抜群に頭が切れるって、学生たちが噂してたわ」

「うん。うちの一番輝く星だもん」

「だから輝一くんって言うんだ」

二人は顔を見合わせて笑った。

輝一が二年を終える時、輝一は大きく心を揺さぶられる出来事に出会った。心ひそかに憧れていた戸崎桂が、輝一の前から姿を消したのである。桂は大学病院を辞め、栗生楽泉園の看護婦になったのである。しかも、住み込みだった。

「えっ、楽泉園って!?」

「ええ、そう。あの、草津のハンセン氏病療養所――」

「どうして。ああ、看護の仕事はどこでだって大切だけど、でも――」

「うん。みんな驚いた。お家でも大反対だったそうよ。でも桂は、家とは縁を切ってでもって言って、行ってしまったの」

「何かわけがあるんだね、桂さんの決意には」

佐和子は黙って頷いた。

「驚いて問い詰めたわたしに、桂は話してくれた。――桂はね、高校生の時、先輩と恋をしたの。恋っていっても、勉強を教えてもらったり、たまに映画に行ったりの子供っぽい恋。その先輩はすごく優秀で、群大の医学部に入ったの。お家はね、あまり豊かじゃなくて、親戚中の希望の星でね、お祖父さまや叔父さまたちが少しずつ学費を援助してくれて、それに、桂のお父さんの戸崎病院から奨学金をもらって、医学部を卒業して、助手になった――」

「篠田さん、篠田泰之さんだね――」

「ええ、篠田さん。桂の家では医学部の助手になった篠田さんを、桂の結婚相手として認めたのね。で、すぐ身元調査が行われた。すると――」佐和子はつらそうな目で輝一を見た。

「篠田さんの母方の祖母の弟さんが、ハンセン氏病だったことが分かったの。その方はもう亡くなっていて、篠田さんは存在さえ知らなかったって。もう、桂の家では大騒ぎで、絶対につき合うなって、桂に命じた。篠田さんにもそのことを告げて、桂に近づくなと言った」

「医者なのに――」

「ええ。桂の家は代々の医者なのにね……。草津っていう所は、昔からハンセン氏病者が集まるところだった。明治の頃は個別に滞在していたけれど、次第に湯の沢に追いやられてコロニーを作っていたの。法律でハンセン氏病者は強制的に収容隔離されるようになって、全国に国立の療養所が建設されて、湯の沢の人たちも栗生楽泉園に収容された。――草津の人々はだから、ハンセン氏病に対して独特の感覚を持っているのだと思う。ある意味、身近で慣れているとも言えるし、反面、見知っているから忌避するとも言えるかしら。戸崎病院は、先代くらいまではハンセン氏病者も診察したかもしれない。小金井あたりでは、直接ハンセン氏病者に接した医者は少ないでしょう。お父さんも何も言っていないし。――桂はね、初めは篠田さんと一緒に逃げようと思ったって言ってた。東京かどこかへ行って暮らそうって。でも、篠田さんは打ちのめされていた。桂の思いも拒否して、心を閉ざしてしまった。桂は、今は何を言ってもだめだろう。しばらくそっとしておいて、篠田さんが立ち直ってくれるのを待とうって決心したんだって。そして、自分の親たちが許せないって、人でなしって言ってたわ、桂。篠田さんに申し訳ない、なんて謝ったらいいか分からないって」

「いつのこと？　いつからそんなふうに――」

「夏の終わり頃からかなあ――」

そういえば、と輝一は思った。前期はあんなに朗らかだった桂さんが、後期になってからは笑顔もなく、一緒にご飯を食べる事も無くなっていた。訝しく思いながらも、僕は、僕は、自分のことばかりにかまけて――。

「どうして楽泉園に？　まさか――」

「いえ。篠田さんが、ハンセン氏病を発症したなんてことじゃないの。篠田さんは、行方知れずになってしまったのよ」

「行方知れず!?」

「年が明けて、篠田さんは誰にも一言も言わず、医局に辞表を出して消えてしまった。アパートも引き払っていた。お母さんが出した手紙が『受け取り人不明』で返送されてきて、不審に思ったお父さんがアパートに駆けつけた時は、引き払ってから一月も経っていた。当然桂のところへも問い合わせがあって、桂も医局の人たちに聞き回ったけど、誰も知らなかった――」

「桂はね、何とか気丈に仕事はしてたけど……。もちろん桂が何か大きな心配事があるらしいことは感じてた。でも、今は話せないって言うんで、それ以上踏み込めなかった。ほんとにわたし、友だち甲斐がないよね。どうして一緒に悩んでやらなかったんだろう」

佐和子は初めて涙を見せて、しばらく黙って顔を伏せていた。

「三月になって、桂は楽泉園を訪ねたのよ。ハンセン氏病のこと、知らなくてはならないって。患者本人だけでなく、家族や縁者まで悲嘆の底におとし入れる病が他にあるかって。桂の悲しみは怒りに変わった。怒りが桂を奮い立たせたのね。桂は楽泉園で入所者と話し、たくさんの悲嘆に触れ、でも生きる人たちの強さも感じたのね。楽泉園ではいつも、医者不足、看護婦不足なのを知って、自分はここに来る、ここで仕事をするって決心した——」

そうか。映画のシーンのような、高原の風に吹かれるプリンセスのような桂さんは、そんな嵐に襲われていたのか。僕は何も知らずに白いワンピースの桂さんに憧れていたけれど、桂さんは悩み抜いて、自分の意志で進む道を決めた。すごい人だな、桂さんは。輝一はふと、楽泉園の門の彼方に歩み去って行く桂の後ろ姿が見えたような気がした。盲導鈴のさびしい音が鳴る道を、桂の背が小さく小さくなっていく。

「どんなにお家で反対しても、桂は考えを変えなかった。わたしはもう一人立ちできるんだからって。勘当でも何でもすればいいわって。篠田さんっていう有為《うい》の人物を、ご本人には何の責任もない理由で抹殺してしまったご両親と、それをどうすることも出来なかった自分が許せないんだと思う。贖罪の思いがあるのでしょう、桂には。看護婦の宿舎も園内にあるんだけど、休暇には前橋へも出るから、会えるわねって言ってた。何ていうか、余裕のあるところが桂のすごいところね。わたしも頑張らなくちゃ。まだわたしは、自分の道を見つけていないもの」

佐和子はホーッと息を吐いて、長い話を終えた。

「看護婦の仕事は奥が深い。毎日、新しい発見がある。やり甲斐のある仕事だわ。それに……キイちゃんが群馬にいる限り、キイちゃんの世話やけるしね」

「僕は大丈夫だけどさ。でも、佐和姉ちゃんのご飯当てにしてるヤツがいっぱいいるからなあ。『さわめし』って言ってるんだよ」

「さわめし？」

「佐和姉ちゃんの飯ってこと。そろそろ、さわめし食いたいとか、金欠病につき、さわめし処法頼むとかって」

「じゃ今度の土曜、来たい人はどうぞって言っといて」

戸崎桂という人の面影をそれぞれの胸に抱いて、二人はさびしく微笑みあった。


もう一つの驚きは、武弘が横浜市立大学医学部に合格したことだった。こちらの驚きは、輝一にとって安堵と解放感を伴う驚きだった。文弘も武弘も医者にならず、養われ子の自分だけが医者になることに、輝一は決して軽くはない心の負い目を感じていた。よかった。武兄さんが、小金井で和田医院の跡を継ぐかどうかは別として、医者を志してくれたことは、父さんにとって大きな喜びだろう。それにしても武兄さんは見事に立ち直ってくれた。仕事で帰れない佐和子より一足先に帰省した輝一は、茶の間に入るとすぐ、輝一を見て立ち上がった武弘に言った。

「武兄さん、すごいや。横浜市立の医学部って、実力も人気も抜群の医学部ですよね」

「ハハハ。第一志望の東北大は玉砕さ。国立に入れなくて、親父には済まないんだが。もう浪人はコリゴリだしな――」

「公立なら、国立並みでしょう、学費は」

「まあ、そうかな。佐和子が働くようになってくれて、助かるよな」

「お二人もお医者さまになることになって、わたしももう、鼻が高いですよ」と、タキが相好を崩す。

「タキさん。何か忘れてない？　わたしだって受かったんだからね。医療関係でないと市民権がないんだから、この家は――」

と、千都子がふくれっ面で言った。

「はい、そうでした。千都子ちゃん立派でしたね。自分の意志を貫かれて、ねえ。これでうちには誰もいなくなってしまいます」タキは淋しそうに肩を落とした。

千都子は武蔵野美術大学の産業デザイン学科に現役合格したのである。初めは服飾デザインに興味を示していたが、千都子の関心はいつか舞台美術の方へ移っていて、「劇団に入る」と言い出したのを、晶子が「とにかく大学へ」と懇願して、美大を受験させたのだった。「ほんとにうちの子かしら、この子」と晶子が嘆くほど、千都子は和田医院の「変わり種」だった。女子高を嫌って、高校は石橋高校に入り、男子生徒を従えて町を闊歩した。スカート丈は足首まで下げて、お河童か三つ編みがほとんどの女子生徒の中で、天然にカールした髪を肩まで伸ばしている。土曜日の放課後になると、歳より幼いぐらいの顔を無表情に保って、まっすぐに前を見て、駅から伸びる大通りを、男女七、八人のグループの先頭に立って歩く。町の人々はこの「異様な」グループを、千都子の父親の仕事に絡めて「院長回診」と呼んでいた。グループは、警察はもちろん、学校から譴責《けんせき》されるような行為は何もしない。一キロほど町並みを歩いてまた戻り、駅近くの喫茶店でコーヒーを飲むだけだった。

「千都子、やめてちょうだいよ」と晶子が頼むように叱ると、「何もしてないよ。週に一度の気晴らし」と取り合わない。

「まあ、人を傷つけてるわけじゃないから。少し様子を見て――」と、武弘は苦笑いしていた。誰も清弘に告げる者はいなかったので、清弘はしばらく千都子の「回診」を知らなかったのだが、「スピーカー」

と呼んでいる患者に、「先生んとこのバッチっ子は、先生よりえらいのかねえ。院長さんだと」と笑われて、晶子に問いただし、「なんでまた」と呆れ返った。

「よく、学校から怒られないなー」

「先生に呼ばれて叱られたみたいですけど、放課後歩いちゃいけないって校則、あるんですか、とすまして訊き返したそうです。みんな悪いことするような子じゃないんで、しばらく様子を見ようってなったらしいですよ、学校でも。何でも、先生が一人、少し離れてついてくるようになって、〝お付き〟とか〝侍従〟とか呼ばれてるんですって」

晶子は深い溜め息をついた。タキだけは、「千都子ちゃんは……淋しいんですよ。文弘さんも武弘さんも佐和子さんも、みなさん優秀で、いつも褒められていたし、先生も奥さんも、キイちゃんのことは特別に気にかけておいでだったし。みんな千都子ちゃんのことは、ペットっていうんですか、可愛がるけど、一人前には扱っていないっていうか。千都子ちゃんは、上の方たちと同じように認めてほしいんですよ。すみません。差し出がましいこと言って。大丈夫ですよ。じき、落ち着きますよ」

タキの見込み通り、千都子は高三になると、「院長回診」グループを解散し、美術室に入り浸った。日曜日には武弘と一緒に大宮の予備校に通って、デッサンに励んだ。学校の勉強はほとんどしないから、成績はせいぜい「普通」だったが、模擬試験はよく出来て、担任を驚かせていた。

二人も大都会へ出ることになって、学費はともかく、住居代、生活費が大変と、晶子は喜びの中にもつい、思案顔になった。

「キイちゃんの生活はわたしが引き受けるから。授業料とお小遣いは家の方からお願いします。下宿代分はわたしが家へ送るから。キイちゃんにはわたしからって分からないように」と、佐和子は晶子に申し出た。「わたしも、お父さん、お母さんに不自由なく勉強させてもらったんだもの。先に行く者が後から来る者を支えるのは当たり前よ」ためらう晶子に、佐和子は朗らかに言った。

「おお、武弘くんが横浜へ来るか。そりゃいいな。うちに来ないか」

横浜の岡谷信人に武弘が合格を知らせると、岡谷は、思わず受話器を耳から離したくなるほどの大声で言った。

「うちって――」

「うん。娘一家が住んでいた離れが敷地にあるんだが、自分たちの家を建てて出て行ったんで空いてるんだ。2DKの小さな家だけど、誰も使わないと荒れるからな、使ってくれると助かる。部屋代？　いらん、いらん。時々力仕事をしてもらえれば十分だ。建物は全く独立しているから、気詰まりなことはないと思うが――」

武弘が清弘に受話器を渡すと、岡谷は同じようなことを言って、「じゃあな、決まったぞ」と一方的に言って電話を切ったと、清弘は半ば呆れて言った。

「いいか武弘。少し窮屈かもしれないが……」

「いいえ。岡谷小父さんにいろいろ教えてもらうことができて、好都合です」

「ほんとにいいのかしら、甘えてしまって。助かりますけど……」晶子は心もとなげだった。

「わたしも住みたいな、横浜」

千都子が突然に言った。

「ダメだ、ダメだ。おまえがいては、俺は勉強にならない。千都子はお姫様だからな、俺はお付きになってしまう」

「千都子の学校までは遠すぎます。寮へ入ったらどう？」

「寮!?　寮へなんか入ったら、わたしは窒息してしまう。気が狂ってしまう。死んでしまう」

「そう簡単に人は死にませんよ。でもまあ、千都子には寮は無理かもねえ。周りの方たちが困るでしょうし……。千都子、近いうちに、お母さんとお部屋探しに行きましょう。岡谷先生のところにもご挨拶に伺わないと」

「横浜は私が行こう」清弘が両手を突き上げて伸びをする仕草をしながら言った。

武兄さんにも千都子ちゃんにも、新しい春が始まる。桂さんにも。輝一は、時が過ぎてゆくことへの痛みにも似た思いに、一瞬息を止めた。


文弘は仙台、武弘は横浜、佐和子と輝一は前橋、千都子は東京吉祥寺と、和田医院の五人の子供たちがすべて家を離れ、ガランとした古びた医院で、清弘と晶子は何十年ぶりかで二人だけの朝を迎えた。タキが来るのは八時半、診療前の掃除が始まる時刻である。子供たちが巣立って、タキの仕事はほとんどなくなり、タキは「お暇を……」と言ったが、晶子は、「先生がタキさんのお料理の大ファンだし、わたしもさびしくて……今まで通り来てもらえないかしら」と頼み込んでいた。

武弘が横浜へ発ってしまって、清弘は仕方なく自動車の運転免許を取ることにした。木曜日の午後と土曜日の午後、日曜日しか時間が取れないため、免許が手に入るまでには四か月を要した。学課は何とでもなるが、技能の方は、理屈は分かっても体の反応は鈍くなっていて、清弘は、教習所の若い教官に叱責されるたび、屈辱と情けなさで心が萎えた。そうか、俺も自分では気づかずに、患者さんたちを傷つける言葉を口に出していたかもしれないなあ。まるで自分が全能の神ででもあるかのような態度で……。清弘は忸怩たる思いに、さらに気持が沈んだ。

「お父さん、大丈夫ですか。本当なら休める時に教習所へ行くのだもの、疲れるでしょう。わたしが代わりましょうか」

「代わるって、晶子が？　俺が取れないとでも思ってるのか！」晶子の「気遣い」に腹を立てて、清弘は気を取り直した。

やっと免許を取得した清弘は、自分でも戸惑うほど気持が高揚し、その勢いで、

「晶子、新しい車買うぞ」と言い、小声で「買っていいかな」とつけ加えた。晶子は、贅沢など全く無縁に生きてきた清弘の「買い物」が微笑ましくて、「何とかなるでしょう。どんな車になさるの？」と訊いた。

「うむ。分からん。武弘に訊いてみるか」電話の向こうで、武弘は少し驚きながらも、うれしそうだった。

「今度の土曜日に帰りましょうか。一泊しかできないけど。——軽の方は下取りに出しますか？　もし僕がもらえるならうれしいけど」

「車、そっちで使うのか」

「ええ。岡谷医院には車が無いのです。横浜は交通の便がいいから不自由ではないけれど。部屋代代わりというわけではないけれど、時々乗せてあげられればと——」

「ああ、そりゃあいい。だが岡谷さんの承諾を得ておきなさい」

土曜日には家に着くと早速、武弘は清弘を乗せて自動車販売店をめぐった。たくさんのカタログをもらってきて、夜遅くまであれだ、こうだと話している男たちを、晶子は、まるで子供が玩具屋《おもちゃ》へ行ったみたいだと呆れた。日曜日の午後、紺色のブルーバードが和田医院の駐車場からはみ出しそうに停まった。

「大きな車ですねー。どうしてこれに？」と晶子が驚くと、清弘は「名前がいい」と言った。「名前？」「ブルーバード。青い鳥に乗って往診に行けば、ん、いいんじゃないか？」晶子は吹き出した。

古い軽は、武弘が横浜まで運転して帰ることになった。

「大丈夫か、横浜まで遠いぞ」

「平気です。車は地上を走るんですから、落っこちませんからね。母さん、朝早くでも一緒に乗って練習させてください。母さんが乗ってれば、父さんも慎重になるでしょう」

入学して三年目、医学課程一年に進むと、いよいよ本格的に医学の専門科目を学び始める。解剖学、生理学、医化学、微生物学、公衆衛生学、神経精神科学、医学概論、二年になると病理学、衛生学、法医学、内科学、外科学、産科学及び婦人科学に医学史が加わり、学生は午前九時から五時まで、ぎっしり詰まったカリキュラムに追われた。三年、四年になると解剖実習も始まり、実際に人体内部を見ながらの授業が進んでいく。内科、外科、産婦人科の他、眼科学、小児科学、皮膚泌尿器科学、耳鼻咽喉科学、整形外科学、麻酔学、脳神経科学。それぞれの科目は講義と共に臨床実験が入ってきて、息つく間もない厳しい日々に、医学生たちは、時に己の非力に苦しみ、自分が医者という仕事の適性を備えているかどうか、悩む者もいた。

輝一は、日常生活でも精神面でも、佐和子のそれとなく支援を受け、さして抵抗を覚えることもなく、専門科目を咀嚼していった。何よりも輝一は学ぶことが好きだった。輝一は何科を専門とするかは全く白紙だった。群大に入った時は漠然と、和田医院を継がなければと思っていたが、武弘が医学部に入った今は、自由だった。むしろ、自分は和田医院を継ぐべきではないと悟っていた。

輝一(注1)が医学部四年に進んだ年、群馬大学医学部眼科に、泉信司《いずみしんじ》教授が第三代教授として就任した。東京大学眼科学教室助教授だった泉を、群大は三顧の礼をもって招聘したのである。着任早々、泉教授の講義は、学生たちの心をがっしりと摑んだ。それまでの教授のイメージとは違った、ツイードの上着やストライプのシャツ、彫りの深い顔立ちにかすかな違和感を覚えていた学生たちは、講義が進むうち、外見など意識から消えて、講義に惹きつけられていく。該博な知識と発想力豊かな研究、豊富な臨床体験を背景に、最先端の眼科医療について、独特のレトリックを駆使して歯切れよく展開する教授の講義は、前橋という、東京から少し離れた地方の大学に、衝撃的な新風を巻き起こした。

「眼球は地球より大きい。解らないことが一杯あるんだ」

「患者に二流の診療をしてはならない」

輝一も泉教授の講義に胸を高鳴らせた学生の一人だった。インターン制度は、数年前に廃止されており、医学部六年を修了した者は、医師国家試験を通れば開業することも可能になっていたが、卒業後すぐ開業する者は殆ど無く、勤務医として経験を積んだり、大学の医局に籍を置く者が多かった。医局に入ると、午前は大学病院で診療に当たり、午後からは夜遅くまで研究室でテーマを決めての研究に当たった。輝一は、もう少し勉強したいと、まず佐和子に相談し、佐和子も清弘も晶子も賛成していた。

「キイちゃんは、開業医よりも研究職の方が向いていると思う」と佐和子はうれしそうに微笑んだ。

何科の医局に入局するかは、学生たちにとって、医者としての将来を左右する大きな岐路だった。学生たちは、己の行くべき方向を決める羅針盤を求めて、各科の教室を訪ねた。そんな中で、泉教授は一学生に対して丁寧に対応してくれると、学生たちを感激させていた。

輝一が眼科教室に入局を決めたことを聞いて、清弘は少し淋しさを覚える一方、安堵していた。輝一の繊細さは、細かく微妙な手際を要する眼科に向いている。内科医はどうしても、人の死に立ち会うことを避けられない。輝一には、それは重すぎるかもしれない。診療にしても研究にしても、輝一はきっと優秀な眼科医になるだろう。

輝一が眼科の医局に入ってからも、佐和子は引き続き、大学の附属病院に勤務していた。既に勤務七年目を迎え、医師からも患者からも頼りにされる中堅の看護婦になっていた。輝一とは勤務のシフトが合わないことも多く、「さわめし」を一緒に食べる時間もままならぬ日々が続いていたが、ほんの時たま休みが合うと、佐和子は輝一をドライブに連れ出した。

「たまには息抜きしないと。山や川のエネルギーをもらいに行きましょう」

どこで時間を見出したか、佐和子は運転免許を取得して、月賦で「スバル」を買っていた。丸味を帯びた白い車体は、雪うさぎみたいに見えた。

「どうしてこの車にしたの？」

「名前がいいから。スバルって星の名だよ」清弘も「名前がいいから」と言ってブルーバードを買ったことを聞いていた二人は、「お父さんと同じだ」と吹き出した。

群馬は北から西へ、山々が峰を連ね、渓谷や温泉に恵まれている。新緑の榛名湖、躑躅の館林、夏の軽井沢。秋にはなつかしい野反湖まで走った。空は突き抜けるほど青く澄み渡り、黄や紅に染まった葉が「雪うさぎ」に降り注いだ。道筋にある栗生楽泉園の門も黄葉に包まれていた。九年前と同じく、いやさらにさびしく、盲導鈴は秋の音色を響かせていた。その音は、人の心に偽りを許さない澄んだ響きを湛えていた。佐和子が言った。

「キイちゃん、桂が好きだったのね」

輝一は、門の奥に目をやりながら、頷いた。

「憧れてた……」

「人って悲しいね」

「えっ？」

「人の思いは、なかなか叶わない」

佐和姉ちゃんにも叶わない思いがあるのか——。輝一は、フロントガラスの葉っぱを払いながら思った。

医局での一年が終わりに近づく頃、輝一は自分の充実感とは裏腹に、佐和子が沈んでいくのに気づいて、落ち着かなかった。

「佐和姉ちゃん、何かあった？」と訊いても、佐和子は首を振って「何もないよ」と笑っていた。だがその笑顔が無理に作ったものであることを、輝一は感じ取っていた。

自分も佐和子もずっと前橋にいると思い込んでいた輝一は、突然、佐和子が前橋を去ると聞いて、激しく動揺した。

「お父さんが、帰ってくるようにって。お母さんも歳をとってきたし、和田医院を手伝うようにって」

お母さんはあんなに元気じゃないか、と輝一は釈然としないものを感じたが、反対することはできなかった。反対できる立場ではない、と悲しかった。

「キイちゃん、免許取りなさい。雪うさぎ、置いてくから」と、佐和子はさびし気に笑った。

眼科の医局は充実していた。泉教授は「元帥」の渾名で呼ばれるリーダーシップを発揮して、「眼科」を、群大医学部の中で最も有名で勢いのある医局に育てつつあった。

「大学の教室は、学ぶだけではいけない。先輩に遠慮せず研究して、追い越さなければいけない。下克上の世界なのだ」

「世の中、金で解決できることはしょせん大したことではない」

「三毛猫は三毛猫でもみな違う。簡単に文献を信じるな。権威者はほどほどに、病気から学べ」

泉教授の数々の「名言」を、輝一は後々まで胸に刻んでいた。泉教授は、好奇心に満ちて、教える以上のことを悟り、細かな作業を厭わない輝一の資質を見抜き、鍛え上げようとした。医者の仕事は、患者の症状を細やかにキャッチし、検査データを読み、持てる知識を動員して病名を絞り込んでいくのが基本だ。丁寧で鋭い観察力、推理力、想像力も、病名を絞り込んでいく上では大切な資質だった。「カンの良さが大切」と教授は言い、輝一の繊細な感覚を評価していた。一方、「もう視力は回復しない」と患者に告げることのつらさに、青ざめ、口籠る輝一に、危うさを感じてもいた。

「和田、医者には図太さ、鈍感さも必要なことがある」と叱ることもあった。

佐和子がいなくなった医局二年目、輝一は、自分でも思いがけないほどのさびしさに苛《さいな》まれていた。医局に通う道筋は佐和子の思い出に満ちていた。「雪うさぎ」のフロントガラスに映る山脈、ゴトンと車輪が躍ねる橋、川波の輝き。佐和子は内科に配属されていたため、病院内で言葉を交わす機会はほとんど無かったが、たまに廊下や食堂ですれ違うと、佐和子はいつも温かい笑みで輝一を包んでくれた。僕はこんなに佐和姉ちゃんに頼り切っていたんだ。どうして姉ちゃんは自分を一人残して帰ってしまったんだろう。己を奮い立たせて、研修に全エネルギーを注いでさびしさを振り払おうとしていた輝一に、予期せぬ知らせが届いた。佐和子が七月初めに結婚することが決まったという、晶子からの手紙だった。

「相手の方は、小山市で五代続いた医家の跡継ぎで、川《かわ》野《の》佳《よし》史《ふみ》さんといい、お父さんと二人で産婦人科の医院をなさっています。私は、そんな旧家に嫁げるような躾はしていないし、佐和子にはもっと自由に自分で結婚相手と出会わせてやりたいと言ったのですが、これまで何でも佐和子の思い通りにさせていたお父さんが、このことではひどく頑《かたく》なで、こんな良縁はない、の一点張りなのです。確かに経済力はおありでしょうし、佐和子も医者の仕事は十分飲み込んでいるわけだから、うまくいくと考えていいのでしょう。でも私は、佐和子が縁談を承諾しながら、少しも喜びを見せていないことが気がかりでなりません。

　去年の冬頃から、お父さんと佐和子はひどく深刻な様子で何か話していたのよ。何の話なのかは、お父さんも佐和子も私には話してくれません。そのうち、お見合い、結納と流れ出した水のように、止めるすべもなく結婚が決まっていきました。何だか、私には佐和子が自分を捨ててしまっているように思えて——。先方の方に不足があるわけではないのよ。佳史さんもお父様も腕のいい産婦人科医で、お母様も上品で優しそうな方です。

キイちゃん。こんなことを言うのはあなたにだけです。あなたは兄弟の中でも一番佐和子と仲良しだったから、もしや、佐和子が何か言ってはいないかと……。

結婚式は七月十一日です。日曜日だから、キイちゃんも、もちろん来てくれるでしょう？　文弘、武弘、千都子も前日には帰ってくるでしょう。あなたの背広は佐和子に見立ててもらって買っておきます」

そうか、そうだったんだ。佐和姉ちゃんは結婚するんだ。輝一は言葉にならない思いが込み上げてきて、気がつくと手紙を握りしめていた。幸せになってほしい。あの、強くて思慮深くて、そしてどんな時も優しかった佐和姉ちゃん。この世で一番幸せになってほしい。そう思う気持に偽りはなかった。だが輝一は、心の芯のところに固く冷たい鉛の塊が居座ったのを感じた。かすかに吐き気がした。

七月十日、和田医院は慌ただしい空気に包まれていた。十一日は日曜日で休診なので問題ない。前日の十日も午後は休みにしたらと晶子が言うと、清弘は「俺が嫁に行くわけではない」と不機嫌に言うと、ブルーバードを駆って一人で往診に行ってしまった。夕刻になるにつれ、一列車毎に、といった間隔で子供たちが到着した。兄弟が久しぶりに揃って、タキは相好を崩している。

「次は千都ちゃんですかね」とタキが言うと、「わたしは一番若いんですからね、最後ですよ。文弘兄さんも武弘兄さんも三十過ぎてるんですよ。タキさん、どうして女にだけそんなこと言うの？　そういうの、男女差別って言うの」と憎まれ口をききながら、タキ手作りの「お焼き」にかぶりついた。

「うわっ、これカンピョウ!?」千都子は干瓢が大の苦手だった。

輝一には、佐和子と言葉を交わす機会はほとんど無かった。佐和子は、心なしか輝一を避けているように思われた。文弘、武弘、輝一の三人は離れで、二部屋を隔てている襖を開けて床をのべた。すると清弘がやってきて、「今夜は俺もここへ寝かせてくれ」と言う。「あっちは女どもがうるさくて眠れない。タキさんも泊まってるから」

武弘と輝一で清弘の布団を運んできて、四組の布団が敷きのべられた。

「飲みましょう、お父さん」文弘が母屋へ行って、晶子と一緒に酒とつまみを運んできた。

「飲みすぎないでくださいよ。明日、和田家の男がみんな二日酔いの顔してたら困りますからね」と晶子に釘を刺されて、

「ええ、分かってます。でもホラ、こうやって集まれるのは、今度いつになるか……ですからね」と文弘が穏やかな口調で言うと、晶子は「ほんとに」と言って目を潤ませた。

輝一は、酒は飲めないわけではなく、学生時代も医局に入ってからも、誘われれば断らなかった。しかし、本音のところ、酒席の雰囲気は好きではなかった。日頃物静かな人が急に居丈高になったり、豪快でさっぱりしていると見えていた人が繰り言を言って泣いたりする。酒の勢いを借りて先輩に突っ掛かっていく人もいる。輝一は、医局の酒宴は好きだった。喧嘩のように見えても、話の中身は取り組んでいる研究についての議論であり、言葉を交わすうちにユニークな発想が閃いたりする刺激的な酒盛りは楽しかった。今夜は酔ってしまうかもしれない、酔ってしまいたいと、輝一は思った。「おおっ、キイちゃん強いな」武弘から勧められるままに飲んでいるうちに、自分でも気づかぬうちに寝入ってしまっていた。目を覚ますと、しらじらとした夜明けの光が部屋に差し込んでいた。七月のことで、四人は雨戸も閉めず、障子も開け放して眠っていた。ぼんやりした薄明の庭に、ひっそり佇む人影が見えた。

「佐和姉ちゃん」呟いて起き上がろうとする輝一を、隣の床の清弘の手が押さえた。

「行くな。一人にさせてやれ」

宇都宮のグランドホテルで行われた結婚式は、川野家側と和田家側では出席者の数にかなりの差があった。川野家側は親類縁者も多く、病院の看護婦、佳史の友人、医者仲間、小山市の著名人などが顔を並べ、華やかに浮き立っていた。和田家側は、清弘も晶子も兄弟は今は無く、縁者も遠方で暮らしていたため日頃のつきあいも薄く、晶子に頼まれて出席した者たちは、華美な式の雰囲気に気押されたように、口数も少なかった。最も色取りを添えるはずの、花嫁の友人たちがいなかった。佐和子は子供時代からの友人を二名しか招いていなかった。「看護学校や大学病院の方たちは？」と晶子が訊いても、「もう辞めたんだから」と、取り合わない。桂さんも招かなかったんだ、と輝一は心がざわめいた。

一壇高い花婿、花嫁の席で、佐和子はまっすぐに頭を上げて、遠くを見るような目をしていた。何だか、敵方に嫁ぐ武家の娘のようだと輝一は思った。佐和子は輝一の方を見ようとしなかった。晶子に促されて佳史に酒を注ぎに行った時、一瞬、佐和子は輝一を見つめ、小さな声で「キイちゃん」と呼んだ。

「姉ちゃん」

「キイちゃん」

ふと輝一は、楽泉園の鈴の音が聞こえた気がした。鈴の音の彼方に消えてゆく佐和子の後ろ姿が見えた気がした。桂さん、佐和姉ちゃん。自分が大切に思う女《ひと》は、みんな遠くへ行ってしまう。宴会のざわめきの中で、輝一は一人、霧の中に取り残されたような、寄る辺ない思いがしていた。

結婚式が終わって、その日のうちに輝一は前橋に戻った。診療と研究に明け暮れる日々をすごしながら、輝一は索漠とした思いに苦しんでいた。何を見てもさびしく、何をしても心楽しまなかった。忙しい方が楽だと思って、夜勤も望んで引き受け、休日も研究課題に取り組んだ。(注2)研究課題は「糖尿病網膜症発症過程の解明」だった。これには「眼底の蛍光造影」が不可欠だった。蛍光造影が始まるまでは、糖尿病網膜症は、「黄斑部の疾患」と思われており、眼底の中央部だけを見ていれば重要な病変をほぼ把握できると解釈されていたが、眼底を周辺まで見る試みがなされて、次々と新しい発見があった。輝一が医局一年目の頃は、画角三十度のカメラで眼底を三十枚ぐらいに分割撮影し、紙焼きした物を貼り合わせて眼底の全景写真を作っていた。輝一は飽かずカメラを操作し、写真を貼り合わせた。輝一が医局にいる間には完成していなかったが、間もなくキャノンが画角六十度の眼底カメラを開発、眼底のパノラマ画像がずっと容易に得られるようになる。パノラマ画像により発見されたことは、「眼底の中間部周辺部に血管閉塞がまず生じ、これに血管新生が続発する」という事実だった。血管閉塞は検眼鏡では判定しにくいためそれまでは注目されていなかったが、「これこそ糖尿病網膜症の悪性化の鍵」だということが判明していった。輝一の丹念な作業は、この新発見につながる仕事だった。

輝一は正月に二日だけ帰省し、年始挨拶に訪れた佐和子と佳史に会った。佳史は清弘と地域医療の話をし、晶子には、

「佐和子はほんとうによくやってくれています。母もいい嫁がきてくれたと喜んでいます」

と如才なかった。しかし、佐和子は半年でひどく痩せてしまっていた。ふっくらと優しかった頬はこけ、顎が鋭く尖っている。優しく温かかった目は、怯えるように落ち着かなかった。

「輝一君、泉教授の元じゃ、大へんでしょう」と佳史が輝一に話しかける。

「ずっと大学の方でやっていくの？　それとも臨床に？」

「分かりません。まだ二年目ですから」

「いいなあ、若くて。僕なんか親の病院を継ぐ以外の道は許されなかった――」

黙って俯いていた佐和子が、佳史の話を遮るよう

に言った。

「キイちゃん、自分の好きな道に進むのよ、ね」

輝一が佐和子を見ると、佐和子は、深い湖のような目で輝一を見つめ返した。佐和姉ちゃんは幸せなんだろうか、今。輝一は胸が塞がるような苦しさを覚えて声が出せず、ただ頷いた。

前橋の冬は厳しい。赤城颪《おろし》は容赦なく電線をうならせ、窓ガラスを凍りつかせた。やっと明日は節分という日、輝一は廊下で「猿グループ」の先輩とすれ違った。先輩は小さな赤ん坊猿を抱いて、何か囁いていた。思わず立ち止まって耳を傾けると、先輩は窓際に立ち、仔猿を窓ガラスに近づけて、「あれが赤城だ、あれが榛名だ、あれが妙義だ」と指さしていた。動物舎で生まれた仔猿を実験棟に連れていく途中らしい。生まれてまだ一度も外の世界を見たことのない仔猿に、先輩はせめて一度でも、との思いで群馬の美しい山脈を見せてやっていたのだろう。輝一はそうと察して、激しく動揺した。あの仔猿は、生きられないのだろうか、いや眼科なのだから、生命は保たれるのだろう。だが……あの仔猿の目は、目はもう見えなくなるのだ、見えなくさせられるのだ。だから先輩はああして……。輝一は廊下を走って外の通路に出た。片手で柱に掴まり、片手で涙を拭った。しばらく冷たい風に吹かれているうちに、落ち着きを取りもどした輝一の心に一つの決意が浮かんできた。僕はもうここには居られない。人間だけを相手にする仕事をするんだ。人が光を取り戻す手助けをしたい。もし、永遠に視力を失う人を診なければならないとしても、人間なら言葉で、なぜそうなのか話してあげることができる。つらい心に寄り添ってあげることができる。動物はいやだ。つらすぎる。前橋を離れよう。佐和姉ちゃんといた街を去ろう。

翌日、輝一は午前の診療が済むと、研究室から休みをもらって小金井に帰った。翌日は始発で戻るつもりだった。お父さんとお母さんに話さなければ、と輝一は思った。自分が大学で研究者になることを期待しているのは察していた。文弘が東北大理学部で博士課程を修了し、助手を経て講師になって研究に打ち込んでいる姿を見て、輝一自身も研究職に憧れていた。――だが、自分にはできない、無理だ。清弘と晶子に、輝一は言葉に詰まりながら、あの仔猿に出会った苦痛を語った。

「すみません……」

「キイちゃんは優しいから……」

と晶子は涙ぐみ、「あっ」と声を上げた。「群大辞めたら栃木の病院に来てよ、ね」

「のん気だなあ、母さんは」と清弘は苦笑し、

「そうか。輝一は人の死に直面するには繊細すぎるから、眼科はいい選択だと思っていたが、落とし穴があったなぁ……」と嘆息した。

「いいさ。好きなようにしなさい。輝一はこれからだ。きっと納得できる道が見つかるよ」

どこからか、「鬼は外、福は内」の声が聞こえてきた。

「そうそう。キイちゃん、豆撒きしてね、お父さんは、面倒だって言うのよ」

翌日、輝一は自分の指導担当の先輩に意思を伝え、先輩から泉先生にご都合を訊いておくからと言われて数日後、輝一は、外来診療の終った眼科部長室のドアをノックした。

「お入り」と教授は力強い声で応じた。

「どうした、和田くん」

「先生、今年度までで、医局を出たいと思います」

教授は、緊張で拳を握りしめている輝一を見つめた。

「何かあったか？　研究は順調のようだが」

「はい、いえ」仔猿のことも佐和子のことも言い出せるはずもない。

「和田の家は医者だったな。家へ帰るのか？」

「いえ、父は内科医ですから」

なおも泉教授は輝一を見ていたが、ほっと息を吐

いて、

「君が言い出すまでには考え尽くしたのだろう。勉強熱心で勘《かん》が鋭く、いい研究者になると思って見ていたんだが。少し繊細すぎるかなとも思っていたが。繊細なのはいいことだ。だが、場合によっては鈍さも必要なことがある。――そうか、で、ここを辞めた後の当てはあるの？」

「いいえ、未だ何も」

「それじゃあ、医局に、いくつかの病院から募集が来てるから見てみるといい。どこへ行っても、君ならやれるよ。もし難しい症例に出会ったら、相談に来なさい。――もしまた、研究にもどる気になったら、もどって来てくれ」

　輝一はうれしかった。怒鳴りつけられるか、突き放されるかと覚悟していたが、教授はまるで輝一の心を見抜いているかのように受け止めてくれた。一瞬、このままずっと泉先生についていきたいと思ってしまうほどに。


　国立栃木病院、高崎済生会病院、国立武蔵野病院、(注3)浦和日赤などから眼科医の募集が来ていた。栃木からも群馬からも離れたかった輝一は、国立武蔵野病院に応募し、採用された。東京には医大も多いから無理かもしれないと思ったが、ここでも「泉先生の医局にいたなら」と面接でも言われ、輝一は改めて泉教授の名の重みを実感した。先生の名に恥じないよう、精一杯がんばろう。さびしさと不安の霧に閉ざされていた輝一の心に、ぽっと明るい陽が差した。


　国立武蔵野病院は、東京都清瀬市にある総合病院だった。武蔵野の面影を残す雑木林がようやく芽吹き初める頃、輝一は佐和子からもらった「雪うさぎ」を職員駐車場に停めた。

「佐和姉ちゃん、今日からここが僕の仕事場だよ」

「和田先生、迷わずにおいでになれましたか？」職員通用口に入ると、婦長のラインの入ったナースキャップを被った看護婦が笑みを湛えて出迎えてくれた。

「ええ、別に迷わなかったけど……」

「この辺り、『病院通り』って呼ばれてるくらい、大きな病院が並んでいて、初めていらっしゃる方は、よく間違われるんですよ」

「僕、面接に来ましたから。その時はバスだったけど。ああ、そう言えば病院が多いところだなあ、ここらへんは」

「清瀬、久米川間に、都職員療養所、山崎病院、生光会療養所、薫風園病院、上宮教会清瀬療園、救世軍清瀬病院、都立小児病院、結核研究所付属病院、信愛病院、ベトレヘムの園病院、それから全生園——」

　婦長は街並みをたどるように、病院の名を挙げていった。

　病院長と事務長に引き合わされ、眼科の区画に案内された輝一は、視力検査表や眼底検査の器具に、気持が落ち着くのを覚えた。三月二十八日に群大医局を辞し、荷物の整理をして送るものは送り、アパートを引き払って、三十日には清瀬のアパートで荷物を受け取った。昨日一日を新しい部屋の整理に費し、今日四月一日に着任という慌ただしい数日だった。眼科診療区画は、よそよそしい感じは全くなく、「お帰り」と迎えてくれているように思えて輝一はわずかに涙ぐんだ。眼科長を含めて眼科医は三人、午前八時から九時までは入院患者のケアに当たり、午前中が外来で、午後は手術になる。輝一は群大病院では主執刀を務めたことはなく、武蔵野病院でも、当分は副手として経験を積まねばならなかった。外来診療のブースは三つあり、眼科長には重篤患者や緊急のケースが優先的に割り振られるシステムになっていた。初診で受け持った患者は原則として治癒するまで担当する。夕方六時からは医師三人と婦長、看護婦でカンファレンスを行った。

　眼科長の佐倉良介《さくらりょうすけ》は、穏やかで人の意見をじっくり聞くが、最後の決断は自分で下し責任を負うという、上司としては理想的なタイプで、輝一は「師に恵まれている自分の幸運」を実感していた。先輩の松原修《まつばらおさむ》は輝一より十歳年長で、経験は十分らしかった。子供が生まれたばかりらしく、「あー、昨夜も夜泣きされてー」と、ボサボサ髪で病院に駆け込んでくることもあった。子供かあ。輝一には実感のない世界だった。松原医師の衣服から漂ってくる赤ん坊の匂いに輝一は戸惑った。

間もなく輝一は、自分が難なく患者に対応していることに気づいた。少し診断に迷うケースはあったが、佐倉眼科長に相談すると、大抵は「うん、それでいいだろう」と支持してもらえた。手術の手順もよく頭に入っていて、佐倉医師の動きの先を読んで補助することができた。僕は群大で随分鍛えてもらってたんだな、と輝一は、空っ風の吹き抜ける医局の寒ささえ懐かしい気がした。産科に呼ばれて、未熟児の保育器の酸素濃度を相談されることもあった。小さな命を救う酸素であっても、過度に供給されると網膜を痛め、失明に至るケースもあった。生命と目とのぎりぎりのせめぎ合い。輝一が群大医局の先輩に電話してアドバイスを請うと、先輩は泉教授に取り次いでくれ、教授は輝一にデータを確かめて酸素濃度を判断してくれた。その赤ん坊が後遺症を残すこともなく退院した時、輝一は初めて、自分が医者としての仕事をしたという実感を得た。わざわざ眼科に回って、涙ぐんで礼を言う母親の腕の中の赤ん坊の目蓋に、雑木林の木漏れ陽が踊っていた。輝一は、あの仔猿を思い起こしていた。どんな実験だったかは、今も知らない。知りたくない。でも、本当にありがとう。一つ一つの実験が、今日のこの日の赤ん坊の健やかな目をもたらしたのだと輝一は思った。

近くの小学校に眼科検診に赴くこともあった。痛くない検診だから、子供たちはそれほど緊張してはいない。授業が無くなるので、むしろ喜んではしゃいでいる。昔のようにトラコーマのような流行《はや》り病はほとんど見られず、子供の近視が急速に増えていた。結膜炎もアレルギー性が目立つ。

「お家の人と病院へ行って診てもらいなさい」

と指示すると、子供は悲しそうな顔になる。

「目はね、大事だろ。早くお医者さんに診てもらって安心しようね」

「先生の病院？　なんて言うの？」

「国立武蔵野病院って知ってるかな？　でも近くの眼科でいいんだよ」

「先生んとこ行く」

「そう。待ってるよ」

そんな会話を交わすこともあった。

春は桜を見る余裕もなく、慌ただしく過ぎて行った。五月に入って初めての休日、お昼頃目覚めた輝一を、前触れもなく文弘が訪ねてきた。

「よお、キイちゃん」子供の頃からの呼び名で呼んで、文弘は輝一の部屋に入ってくる。アパートは六畳ほどのダイニングキッチンと八畳ほどの寝室といった間取りで、寝室には実用的な机と本棚、ベッドが置かれているだけで、ひどくさっぱりしていた。造りつけのクローゼットに収まっているのか、洋服類も見えない。ダイニングの小さなテーブルに向き合うと、文弘は「これ、母さんから」と、食べ物の詰まったタッパーを取り出した。鶏肉の唐揚げ、厚焼き卵、竹の子と鰊の煮物、カブの糠づけ、フキ味噌、赤飯などがきれいに詰まっていた。

「腹減ったな、これでお昼にしていいかな。俺が食っちゃうと母さんとタキさんに怒られるかな。あっ、こっちはタキさんから」と、文弘はもう一つの包みを取り出した。

「タキさん得意のお焼き」

「あ、僕、今起きたばかりで朝ご飯まだなんです。あれー、もう十二時になるのか。じゃお昼ですね。一緒に食べましょう。ビール、あったかな」

輝一は、冷蔵庫からビール瓶を出した。

「乾杯。キイちゃんの就職祝いだ」

「ありがとう。文兄さんも講師、おめでとう」

「父さんと母さんは、少し未練があるらしかったな。キイちゃんが大学教授になるのを期待してたようだ。何かあったか、キイちゃん……聞いちゃまずいかな」

お父さんは何も言わなかったんだな、と輝一は思った。晶子とタキの手料理を口にすると、心の錠が解ける気がして、輝一は仔猿を見た衝撃を文弘に話していた。

「動物実験――か。それはなあ、キイちゃんには応えたかもしれないね……。俺なんかは、蝶たちの命をいっぱい奪って〝仕事〟にしてる。考えてみれば罪深いことだ。蝶の研究したって、人間に直接役に立つわけじゃないし。――だが、目の前に謎があれば、謎を解きたくなるのは、人間の一つの性《さが》なんだろうよ。人間の人間たる所以っていうか。蝶には大迷惑かもしれないが、俺は蝶の謎を解きたい。キイちゃんは人間の目の病を治したい。人は、自分が好きな道を見つけて進んでいければ幸せなんじゃないだろうか」

「佐和姉ちゃんが、自分の好きな道に進みなさいって……」

「うん。佐和子なあ。佐和子自身はどうなんだろう。好きな道に進んだんだろうか、幸せなんだろうか。何だか痩せて、笑わなくなったって、母さんが心配してた……。あれっ、ほとんど食っちゃったな。怒られるなー。さあて、せっかくの休みに邪魔しちゃったな、そろそろ――」

「仙台へ？」

「いや、横浜で学会があるんだ。今夜は武弘のところに泊めてもらう。仙台、小金井、清瀬、横浜。俺も彷徨《さまよ》える蝶みたいだな」

「武兄さんは外科を選んだんだね」

「うん。武弘にはぴったりだ。ああいったデリカシーのないヤツは外科がいい」

「武兄さんはデリカシーがないわけじゃ……」

「武弘は自分の心に対しては敏感だけど、他者の心に対してはイマイチ、イマニさ。他者の心を汲み取れるようになって初めて、いい医者になれるんだと思う。お父さんみたいに。――キイちゃんはきっといい医者になれる」

駅まで車で送る、と輝一が言うと、

「飲んじゃったろ、キイちゃん」と笑って、

「食料は腹に収まったから荷物は無いし、キイちゃんも少し歩かないか。新宿へ出たいんだ」

文弘に誘われて、輝一は初めて病院通りを久米川駅に向かって歩いた。病院通りは青葉に包まれていた。葉の一枚一枚に陽光がきらめき、樹間を幾筋もの光の帯が通っていた。

「いいところだな、仙台によく似ている」

「そう。仙台って行ったことないな」

「夏にでも、おいでよ。海も山も豊かなところだ。人情に厚い街だよ。おっ、アオスジアゲハだ。楠の木があるな」

エメラルドのように光る緑の筋の入った大型の蝶がひらひらと樹間を舞っていた。

「ここで、十年以上前になるかな、クロアゲハを見た。高校の先生をお見舞に来た。松本の」

「ああ、松本。霧ヶ峰に連れてってもらった――」

「そうだったな。ほら、クロアゲハだ。キベリタテハ、ルリタテハ、ヒオドシチョウ。榎が見える。もう少しするとオオムラサキが飛ぶよ。この広大な森は何なんだろうね」

その時、オルゴールの音のようなメロディーが耳に入ってきた。「甍の波と雲の波」楽しい弾むような曲のはずなのに、そのメロディーはひどくもの悲しく五月の空に響いていた。輝一は思わず足を止めた。この響きは――そうだ、栗生楽泉園の盲導鈴の音だ。では、ここは――。

「どうした、キイちゃん」文弘が振り向く。「いえ」急ぎ足で文弘を追うと、垣根が切れて門が立ってい

た。「国立療養所多磨全生園」と墨書した板が門に嵌め込まれている。ロータリーの向こうに、大きな平屋の建て物が見えた。国立療養所……楽泉園、全生園。やはりここは、ハンセン氏病療養所なんだろうか。

病院通りの並木も尽き、小さな商店が建ち並ぶ通りに入って、文弘は「ここからはバスにしよう」とバス停で立ち止まった。待つほどもなくやって来たバスを見送って、輝一は一人、来た道を戻った。全生園の分厚い緑は、何人《なんぴと》も足を踏み入れることを許さない障壁となって、内と外を隔てていた。

夏もすぎて、武蔵野病院を囲む林も、病院通りの並木も、木々は秋の色に染まっていった。風が吹き渡ると、木の葉はまるで鳥の影のように空を渡っていく。そこここに、落葉を焚く煙が立ち昇っていた。吹き飛ばされた落葉は、病院の廊下にまで入り込んで、カラカラと音を立てた。

輝一は病院勤務にも慣れ、充実した日々を送っていた。輝一は、できる限り一人一人の患者に時間をかけて診療することを心がけていた。大人でも子供でも、それぞれの生活が分からなければ治療も捗《はかど》らない。医者側の理論を一方的に押しつけても、実行されなければ何にもならない。普段は口数の少ない輝一だが、患者に対しては丁寧に説明し、冗談を言って笑わせたりするので、看護婦たちは「患者さんになりたい」と言ったりしていた。

初めて白内障の手術の主執刀を任された時は、さすがに緊張したが、泉教授の手際を思い起こし、何度も手順をイメージして模擬練習をすることで、スムーズに施術することができた。

「器用だな、和田くんは」佐倉眼科長が目を細めて褒めてくれ、婦長もにっこり頷いた。それ以上に、包帯を取って、霞んでいた世界がはっきり見えてきた時の患者の喜びと驚きは、輝一にもたらされた最大の贈り物だった。

「先生、ありがとうございます。うれしい。孫の顔も見える。海も花も見えます。本も読めます。生き還った思いです」

「僕の方こそ、ありがとうございます。こんな若造を信じてくださって」

木々はすっかり葉を落とし、版画のようなくっきりしたシルエットを冬の空に描いていた。

（注1）群馬大学医学部眼科医局に関する記述は、『群馬大学医学部五十年史』及び『群大眼科五十余年史』に依拠。本文302～303頁の教授の言葉は『群大眼科五十余年史』3・99頁より引用。305頁の言葉は同書105・110・152頁より引用。
（注2）「糖尿病網膜症発症過程の解明」に関しては『群大眼科五十余年史』92・94頁に依拠。
（注3）「国立武蔵野病院」は架空の病院で、実在しない。

第十六章　佐和子

和田医院の茶の間は久しぶりに賑わっていた。文弘と武弘、輝一、千都子はそろって、晶子とタキの正月料理に舌鼓みを打った。

「うまいなあ、タキさんのお煮しめ」

「昆布巻きも柔らかくておいしい」

「千都子も作り方習っとけよ」

「わたし食べる人だもん」

「やっぱり仙台の笹かまは味が違うね」

「武兄さんは何持ってきたの？　シュウマイかあ、芸がないねー。わたしは吉祥寺の有名な、有名な、ドーナツでーす」

「清瀬ってとこは何が名物なんだか分からなくて……こんな物で」

輝一は出しそびれていた包みを出した。

「おおっ、キイちゃん、越乃寒梅じゃないか。よく手に入ったなあ」

「手術を担当した患者さんからいただいた。ごめん、貰い物で」

「さ、開けて開けて。飲もう、母さんもタキさんもいかが？　口当たりのいいお酒だよ」賑やかに笑って、話して、清弘まで酔いつぶれて寝入ってしまった。

夕方になって、千都子が初詣でに行きたいと言い出し、「そろそろ酔いも醒めたかな」と、文弘がブルーバードを運転することになった。助手席に清弘が、後部に晶子と輝一と千都子が座った。武弘は、「俺は無神論者だからパス」と言って、越乃寒梅の残った酒瓶を抱えて離れに引っ込んでしまった。どの神社に行くか一頻《ひとしき》り揉めたが、千都子が「ドライブしようよ」と言うので、少し距離のある中村八幡宮に行くことになった。中村八幡宮は、流鏑馬《やぶさめ》が催される由緒ある神社だった。

小金井の短い町並みを抜けると、冬枯れの田畑が広がる茶色と灰色の景色が続く。田川に懸かる坪山橋を渡り、江川を越えると鬼怒川だった。鬼怒川の川面には夕日が映えて、そこだけが不思議に明るかった。大道泉橋を渡り、しばらく北上すると、中村八幡の社の森が見えてきた。

正月なので、八幡宮は灯が点り、人の姿もあったが、混み合うほどではなく、境内では甘酒が振る舞われていた。晶子は真剣な面持ちでお守りを探している。

「お母さん、何のお守り?」千都子が訊くと、「まず、安産祈願ね。佐和子の」と言う。昨日、佐和姉ちゃんは悪阻《つわり》がひどくて来られないと知らされて驚いた。そうか、もう一年半になるんだものな、佐和姉ちゃんは赤ん坊を生むのか。「よかったね、お母さん」と言いつつ、輝一は心がすっと冷えるのを覚えた。

「ええ。これで佐和子も、川野病院の嫁になれるでしょう」

「えっ」

「佐和子が身籠ったって聞いて、お父さんは本当にほっとしたらしいのよ――佐和子が笑顔を見せなくなって――あちらでうまくいっていないんじゃないかって。口には出さないけどね。わたしもずっと……でも、これで良い方へ向かうんじゃないかと思うの」

一家は、自分の願い事とともに、佐和子の無事な出産を祈った。輝一は、

「東京で一人でも多くの人を治してやれますように。佐和姉ちゃんが幸せでありますように」と祈った。「無事な出産」という言葉は、心がざらついて、

口にできなかった。でも、どこにいても、何をしていても、佐和姉ちゃんが幸せでありますように、と輝一は思った。

二月になって、晶子から涙声で電話があった。

「キイちゃん、佐和子がね、佐和子が――流産してしまったの。もう五か月になっていたのに。階段から落ちて、お腹を強く打って」

「ええっ、それで佐和姉ちゃんは！」

「救急車で済生会へ運ばれて、佐和子は大丈夫だったけど……赤ちゃんは――ダメだった」

「どうして川野病院で対応しなかったの？　すぐ手当てすれば……産科なんだもの」

「院長さんも佳史さんも留守で。熱海の方へゴルフに行ってて。気を失ってる佐和子を、お母さんが見つけてくださって。もし誰も気がつかなかったら……」

「……」

「それでね、退院後もしばらく、家で静養させようと思うの。佐和子がね、川野には戻らないって言うのよ。あのしっかりした娘が、泣きながら」

「僕、帰ろうか。一日ぐらいなら帰れるよ」

「いいえ。佐和子ね、誰にも会いたくないって言うの。お父さんはもう、オロオロして。あんなにうろたえるお父さん見たの、初めてよ。あらっ、わたし、なんでキイちゃんに電話したのかしら。文弘にも武弘にも、千都子にもまだ話してないのに。佐和子のことはキイちゃんにって思ってしまって……」

何とか身体は癒えても、佐和子は川野に戻ろうとはしなかった。佳史は何度も訪れ、佐和子を連れて帰ろうとしたが、佐和子は拒み続けた。三月の声を聞き、春めいた日差しが障子に当たっている離れの縁側で、晶子は、ずっと心にわだかまっていた疑問を、口に出した。

「どうして階段から落ちたの？　何があったの？」

佐和子はじっと俯いていた。晶子が佐和子の両手を取って握りしめると、佐和子は子供のように晶子の膝にすがって泣いた。泣きながら言った。

「ハサミ」

「ハサミ?」

「大きな裁ち鋏が階段に置いてあったの。刃を広げて。危ないって避けようとしたら——足を踏み外して。ハサミも一緒に落ちて、ここが切れて——」佐和子は太股の傷を見せた。晶子は驚きの余り、言葉が出なかった。

「どういうこと、それ。ハサミって、誰かが置いたの?　そういうことなの?」

佐和子が頷く。

「誰?　誰が」

「婦長」佐和子は苦いものを飲み込むような表情で言った。

「婦長って、先代の頃から病院にいる行田《こうだ》さんのこと?」

佐和子は何度も頷いて、自分の体を自分の腕で抱いた。

「わたしは、川野に行ってしばらくは、看護婦として、手術にも立ち合ったし、外来の手伝いもしていたの。群大でしっかり勉強したし、大学病院にも七年もいたのよ。大抵のことは分かっていた。産科にも二年いたし。なのに婦長は、わたしの看護婦としてのあらゆる仕事にダメ出しをして、せせら笑った。『大学病院にいても、こんなこともできない方がいるんですね』って。病院によって少し手順が違うこともあるけど、どう考えても、婦長の言うことの方が変だった。わたしのやり方を嘲笑って、やり直させて、手術直前にわたしの言った通りに戻されているのに気づいたこともある。佳史さんは婦長を頼っていて、婦長のしていることが見抜けなかった。婦長の告げ口を信じて、だんだん、わたしを現場から遠ざけるようになって——わたし、説明しようとしたんだけど、そうすれば、どうしても婦長を悪く言わざるをえない。佳史さんは婦長を信じ切っていて、わたしの言うことを、何をバカなと、逆にわたしを叱った。――どうして婦長がそれほどわたしを目の敵《かたき》にするのか。わたしが何をしたというの。それが分かればいいのだけれど……」

　晶子は茫然として佐和子の話を聞いていた。そんなことがあったなんて。この一年半は、佐和子にとっては針の筵に座らされているような苦しさだったろう。つらかったろう。可哀想に――。

「婦長、行田さんのこと、調べてみましょう。どういう人なんだか、どうして佐和子を痛めつけたのか。鋏って何？　万一……」と晶子は青ざめた。命の危険さえあったのだ、この娘は。

　だが、和田の家で調べるまでもなく、婦長に関わる、川野病院の陰の部分が明らかにされた。数日後、姑の真佐《まさ》が小金井の家を訪れたのである。春の気配はどこかへ行ってしまって、雪がちらついてきそうな曇天の午後だった。少し迷ったが、晶子は真佐を茶の間に通した。とり繕わず話したいと、晶子は心を決めていた。清弘には、まだ川野での佐和子の苦しみや婦長の行為については話していなかった。どう話していいか、気持が決まらなかった。

　真佐は、清弘と晶子と佐和子に両手をついて、深々と頭を下げた。

「本来なら、佳史と院長がお詫び申し上げなければならないのですが、今日は、私から二人の前では言いにくいこともすべてお話ししたいと思いまして、一人で伺いました。佐和子さんの――事故以来、ずっと考えておりまして、家の恥もお話ししてお詫び申し上げようと心を決めました。院長にも佳史にも、今日こちらへ伺うことは言わずに参りました」

「すべてお話ししたい」と言いながらも、真佐はなかなか言い出せないらしく、手の中のハンカチを揉みしだいていた。

「もしや、婦長さんのこと――でしょうか」晶子が思い切ったように言った。

「ああ、聞いていらっしゃいましたか。それなら

――ええ、佐和子さんの事故は婦長のしわざです。私がもっと気をつけて見ていればよかった。いえ、早くに佐和子さんをこちらに預かっていただけばよかった――」

「婦長とは何のことです?」清弘が、何か重大な事が話される予感を持ったのか、緊張した面持で訊いた。

「では、本当に婦長さんが鋏を――」と晶子は思わず口走った。

「そうです。ものすごい音と叫び声で私が廊下に出ましたら、もう佐和子さんは階段下のフロアに体をくの字に折って横たわり、呻いていました。側に鋏が転がっていた。階段を見上げましたら、婦長が踊り場に立って下を見下ろしていました。目を引きつらせて、まっ青になって。救急車を早くって命じましたら、さすがにそれにはすぐ従って、救急車を呼びました。まさか、私に気づかれるとは思っていなかったのでしょう。私はすぐ鋏を拾って隠しました。今は、実家の兄のところに保管してもらっています。――すみません。警察沙汰になるのは私も避けたかった。本当は婦長を突き出してやりたかったけれど……世間の騒ぎになり、病院の評判に傷がつくのは――すみません、避けたかったのです」

「川野さんや、佳史くんは――」

清弘が激しい衝撃を必死で抑えて訊いた。

「話しましたけれど、院長も佳史も、まさかと言って信じようとしません。佳史などは、佐和子が鋏を持ったまま滑り落ちたんじゃないの、なんて言う始末です。院長は、いい加減にしろと、私を怒鳴りつけて……」

「いい加減にしろって……」

「婦長は、院長の、私の夫の愛人でしたから」

清弘も晶子も言葉が出なかった。

「先代の院長の頃から、行田は川野病院の見習い看護婦をしていまして、夫とはほぼ同年齢でした。夜学に通って正看の資格を取った、向学心旺盛な娘だったようです。夫とは相性がいいというのか、身近にいた行田と夫は、親密な間柄になったようです。でも、夫の両親は、結婚は許しませんでした。夫も親の反対を押し切るほどの一途さはなかったのでしょう。夫の母、私の姑は、あの娘は心に企みがある、と嫌っていたそうです。私は、何も知らず見合いをして、川野に嫁ぎました。行田にしてみれば、どれほど憤ろしく、つらかったことでしょう。夫の両親は、町役場勤めのサラリーマンに行田を嫁がせ、病院も辞めさせました。恐らく、かなりのお金が渡ったものと思います。私ですか？　私は何も気がつきませんでした。そういう方面には疎い方でしたから……。父は地方裁判所の判事で、私たち一家は随分いろいろな地方を回りました。どこが故郷だか分からなくしてしまって、すまないね、と父はよく言っていました。どこに行っても土地の人たちとは深いおつき合いはなかった。公平な立場でいなければならないのよって、母も言っていた……。ですから、父と母は、小山に代々続いた医者の家に娘を嫁がせて、随分安心したのだと思います。お前は小山の地に根を下ろして、土地の方たちのお役に立てるようになりなさいと、送り出してくれました。でも……」

「行田さんがまた、病院に戻ってきた――」

「はい。行田は嫁ぎ先とうまくいかず、離縁になってしまいました。院長先生に比べたらあんたなんかと、結婚相手に始終言っていたそうですから、相手とも親御さんたちとも、うまくいくはずはありませんよね。行田は女の子を一人儲けていて、連れ帰っていました。離縁した行田は院長に泣きついて、再び川野病院に雇ってもらったのです。頭も良く腕も確かで、行田は次第に病院での地位も上がり、婦長にまでなったのです。どんな因果によりますものか、行田の娘より半年ほど後に、佳史が生まれていました。行田はしょっ中娘を病院に連れてきて遊ばせていましたので、佳史と行田の娘は姉弟のように育ちました。行田は、自分の見果てぬ夢を娘に託したのでしょうか、娘と佳史が親しくなるように仕向けた――と思います。小さい頃は『佳史ちゃんを守ってあげなさい』と娘に言い聞かせ、少し気の弱いところのある佳史は、学校でも何かと娘、桃《もも》江《え》と言いますが――を頼るようになりました。行田は桃江ちゃんを看護婦にしたいと願っていましたが、桃江ちゃんは病気の人と接する仕事は嫌だと母親に逆らい、保母の資格を取って、市内の保育所で働いていました。佳史と桃江ちゃんがどんなおつき合いをしていたのか、私は気がつきませんでした。突然、佳史が『桃江ちゃんと結婚したい』と言い出しまして、私はどんなに驚きましたことか。――その頃には、さすがに私も夫と行田の経緯を知るようになり、『先代の奥さまがおいでのうちは行田も遠慮してたようだけど、今じゃあ、院長先生にまた何かおかしげなそぶりしてるよ。気をつけなせえ』と教えてくれる方もいて……。母娘二代に渡って、この病院に入り込もうとしているのかと、私は……逆上しました。じっと心に溜めてきた婦長への憎しみ、嫌悪感が噴き出したのだと思います。あ、桃江ちゃんは明るくて世話好きで、いい娘さんです。保育園でも子供たちに慕われ、お母さんたちの評判もよくて。桃江ちゃんは、『佳史くんは好きだけど、病院に入るのは……考えさせて』と言ったそうです。まあ、桃江ちゃんが大乗り気ではなかったので、私が強硬に反対しますと、自分の意思を貫く強さのない佳史はあっさり諦め、私に対して憚るところのある院長も、婦長の懇願を受け入れず、結婚の話は立ち消えになりました。

私は、私は愚かにも、佳史の結婚を急ぎました。佳史も良いお嬢さんと結婚すれば、桃江ちゃんのことも忘れるだろう、もう少し大人びてしっかりしてくれるだろうと。佐和子さんは、私どもにとって、理想的なお嬢さんでした。優しいお顔立ちで、でもしっかりしたお人柄。大学附属病院で看護婦をなさっていた。雨に濡れてすっきりと立つ、菖蒲《あやめ》の花のような方、と私は一目で佐和子さんに心惹かれました。私と同じ『佐』の字がつくお名前で、私が持つことのできなかった娘として大切にしようと思いました。婦長に対して、一人味方ができたように思って、心強かった。――でも、婦長にとっては、佐和子さんは自分の夢を打ち砕いた敵と映ったのでしょう。佐和子さんを苛み続けた揚げ句、とうとうこんなことに――」

真佐は声を詰まらせた。誰も黙っていた。清弘は腕を組んで、目を瞑っている。

「あ、お茶、冷えてしまいましたね。淹れ替えましょう」と言って晶子が立ち上がった。川野家の応接間とは比べものにならない質素な茶の間に三月の午後の日が斜めに差し込んでいる。

「あらっ、雲が切れましたね」真佐は、まだ枯れ色の庭に目をやって呟いた。突然、真佐の目から涙がこぼれ落ちた。

「私の生家も、こんな雰囲気の家でした。なつかしい。私もこんなお家に嫁ぎたかった。父は、仕事柄厳格でしたけど、誰よりも自分に厳しかった。私は、父は正しい人だって信じて育ちました。母は父を敬い、でも日常生活では父を、何と言いますか、守っていました。父は、母がいなかったら何もできなかった。デパートにも銀行にも行ったことがなくて、だから、父も母も川野家の経済力に惹かれたわけではないんです。多分、医者という仕事への崇拝が、私の結婚を進めさせたのだと思います。人を救う尊い仕事って思っていました。夫と婦長のことも調べれば分かったでしょう。でも父は『調べる』ということ自体、思いつかなかったのだと思います。調べて人を裁く仕事をしておりましたのにね。罪を犯すのは別種の人間とでも思っていたのでしょうか。そのあたりが、父の一つの限界だったのだと思います。清らかだけれども狭い。人はもっと弱く、さびしく、危ないものなのに……。そうです、私も弱かった。

不誠実だった――」

佐和子は驚いて真佐を見た。

「不誠実だなんて、お義母《かあ》さんが……」

「私は、夫や婦長、佳史からも逃げたのです。諍《いさか》いをするのが嫌で、ちゃんと向き合わず、見ないふりをしてきた。川野の人たちが少しずつ膿《う》んでいくのを、自分だけは別、みたいな顔をして、放っておいたんです。それは、自分自身の心をも腐らせていくことだったのに。

佐和子さん、今度こそ私は、婦長を辞めさせるよう院長に話します。婦長が何をしたか、鋏を兄に保管してもらっていることを話せば、スキャンダルになることを恐れて、院長も、婦長を辞めさせざるを得なくなるでしょう。婦長を辞めさせることができたら、佐和子さん、戻ってきてもらえますか？ああ、でも佐和子さんにとって、問題は佳史ですよね。私は、たった一人の子供佳史を、育て損ねてしまいました。誰にでも愛想がよく、でも自分が不利になれば裏切る。裏切っていることを意識することもなく――。私は佳史を、一本筋の通った人間に育てることができなかった。私が投げやりだったために……。本当に、本当にすみません」

「投げやり」という言葉に、佐和子は「ああっ」と胸の中で悲鳴をあげた。投げやりだったのはわたしの方だ。婦長の嫌がらせと戦うことを放棄し、佳史さんが何をしようが、どこへ行こうが、どうでもよかった。わたしはわたしの心を川野に持っていかなかった。川野に嫁いだのは、心に鍵をかけた、抜け殻のわたしだった。不誠実だったのはわたし、わたし。佐和子は深く項垂《うなだ》れた。

「佐和子さん、佳史を受け入れてやってもらえないでしょうか。あの子には叱ってくれる人が必要です。私も、叱ります。ああ、でも佐和子さんは母親ではないのですものね、佳史を敬い、愛情を持てなければ……」

「川野さん、佐和子もまだ、気持の整理がつかない……自分で自分の気持が摑めていないのではないかと思います。どんな傷にせよ、癒えるには時間が必要でしょう。もうしばらく家で養生させて、よく考えさせたいと存じます」

真佐にというより、自分に言い聞かせるような口調で言って、清弘は頭を下げた。真佐の話を聞いて、佐和子を苦境に追いやった川野家への怒りに清弘の腸《はらわた》は煮えくり返った。と同時に、佐和子の気が進まないのを押し切って嫁がせた己の浅慮を激しく悔いていた。浅慮、いや恐怖だった、と清弘は己を顧みる。あの恐怖については誰にも言えないと、清弘は心の封印を押し直した。

春の花は黄色から始まる。福寿草が枯れ葉を分けて咲き出し、マンサク、サンシュユ、レンギョウが枝に満ちて、春の気配も濃くなってきた頃、佐和子は清弘と晶子に「川野には戻らない」と告げた。芽吹いたばかりの若葉、咲き続く花々が佐和子の心を「未来」に向けさせたのかもしれない。美容院に行く気力もなく伸びるにまかせていた髪を、『ローマの休日』のヒロインのようなショートカットにした佐和子を見て、晶子は涙ぐんだ。

「似合ってるよ、佐和ちゃん。新しい出発ね。佐和ちゃんは資格もあるんだから、どこでも仕事ができるでしょ。もちろん、家でお父さんを手助ってもいいんだし。わたし？　わたしは引退かな――」と言って、笑った。

川野では、少し渋ったが、結局は佐和子の申し出を受け入れた。佐和子の決心が固いのを見て取り、一方、佐和子の事故に関して、それとない噂が流れ始めたのを抑える方策として、佐和子の影を消す方が得策と判断したようだった。婚礼の品々は戻してもらったが、慰謝料は断った。佐和子の受けた苦痛を金銭などで贖ってほしくなかった。「川野の金など見たくもない」と、清弘は川野からの使者に言った。一方、佐和子は愛情を持たずに結婚した自分を恥じ、清弘も己の抱く秘密が重かった。

真佐は「必ず婦長は辞めさせます」と伝言を寄越したが、実際に婦長が病院を退くには相当の時間を要した。行田は否認を通そうとしたが、「鋏は弁護士の兄が保管している。鋏には佐和子の血も、あなたの指紋もついている。辞めなければ傷害罪で訴える」と真佐に詰め寄られ、院長も佳史も肩を持ってはくれないことを悟って、諦めたらしい。「何よりも私に現場を見られていたことが、行田を弱気にさせたようです」と、真佐は晶子への手紙に書いていた。真佐は続けて記していた。

「行田はそれでも、佳史に桃江ちゃんをと企んでいたようでしたが、その願いは桃江ちゃんによって破られてしまいました。桃江ちゃんは、大人になるにつれて、母親と院長のことも知り、佳史との仲も、母親が企んだことかもしれないと気づいて、自分は母親の道具になんかならないって家を出てしまいましてね、何と、お母さんを亡くした保育園の子のお父さんと結婚してしまったのです」

婦長がいなくなると、「婦長の悪行」が次から次へと噴出した。初めての出産で不安に包まれている若い母親に「いつまでもお嬢さんでいては赤ちゃんは育ちませんよ。お隣の井本さんをごらんなさい」と、言葉は丁寧でも、母親がさらに自信を失くすようなことを言う。「お隣の井本さん」は四人目の出産で、赤ん坊には慣れ切っているのだ。一か月健診に訪れた母親には、「えっ、一か月経ったのですか。二週間ぐらいかと思いましたよ」と言って母親を不安と焦燥に陥らせる。見かねた主任が「一か月の標準ですよ。よくお世話なさってますね」と慰めたら、その後一週間、主任に口を利かなかった。そんなエピソードが次から次へと出てきて、院長も呆れ返った。「なんで院長の私が知らないのだ」と怒ったら、「ドクターのいらっしゃるところではしませんから」と主任に睨みつけられて院長も閉口した。中には、気に入らない産婦の赤ん坊のお尻を抓《つね》って泣かせていたという物騒な「目撃談」まであった。

真佐は、そんな噂が耳に入るたびに、婦長の専横を放置しておいた自分を悔い、院長や佳史の不甲斐なさが腹立たしかった。一方、二代に渡る川野病院への渇望を満たし得なかった一人の女の執念と愚かさが哀れだった。いや、愚かなのは婦長だけではない。嫁いだ地に根を下ろして、地元の方たちのお役に立ちなさいと言った父母の思いに沿うことを、自分は何もしていない。可惜《あたら》半生を、ただ虚しくすごしてしまった。佳史を鍛え直し、他者を大切にすることのできる人間に育て直そう。まずそれを、これからの自分の役割にしよう。佳史は女性にチヤホヤされるのを当然のことと受け止めている。佐和子さんは佳史をチヤホヤしなかった。礼儀正しく接していたが……そう、無関心だった、と今にして真佐は気がついた。佐和子さんの心には何があったのだろう。婦長に痛めつけられて怯《ひる》んだというだけではない、固い砦のようなものがあったように思われた。佳史のような深みのない男は、佐和子さんには物足りなかったには違いないが……。それにしても、と真佐の心は沈んだ。せっかく授かった赤ん坊。無事生まれていたら、川野の家も変わったかもしれないのに。「起死回生」の小さな命が失われたことを、真佐は心から惜しみ、悲しんだ。佐和子さんの身体は大丈夫だろうか。いつかまた、小さな命を宿すことができるだろうか。わずか二年で縁《えにし》の糸が切れた佐和子の行く末を思って、真佐の胸は痛み続けた。

深い悲しみと悔いが佐和子を襲ったのは、正式に離婚が成立してから後《のち》だった。それまでは、黒い奔流に放り込まれ、半ば意識も無く浮き沈みしながら流されていくような感覚だった。少しまどろんでも、鋏や婦長の顔が頭に閃めいて、目が覚めてしまう。群大病院でも評価されていた自分の技術を認めようとしない婦長と夫。真佐に、川野家の積み重なった「事情」を聞かされ、それは、いっそうの嫌悪と拒否を生んだ。もういやだ。佐和子は自分まで汚れたような気がして、何度もお風呂に入って体を洗わずにはいられなかった。だが、一通りの区切りがついて、佐和子の胸に、心の奥に押し隠していた悲しみと悔いが、紛らしようもなく浮かび上がってきた。たった五か月でこの世を去った我が子。ああ、何があっても、あの子を守ってやるのが、わたしの、母親の使命だったのに。婦長が自分を目の敵にするわけは分からなくても、もっと賢く、婦長の攻撃を躱《かわ》す術はあったろうに。群大病院の産科にいた時、自分は何人もの、子供を失くした女《ひと》に出会った。自分ではその女《ひと》たちの心に寄り添って看護に当たったつもりでいた。今思えば、自分は何と浅い人間だったのだろう。「お若いのですから、また赤ちゃんできますよ」「流産してしまう赤ちゃんは、そういう因子を持っていることが多いのですよ」嘘ではない。だが、何と心ない言葉だったのだろう。母親にとっては、その子が絶対なのだ。この世に生み出してやれなかったことを、母親はひたすら悲しみ、己を責め、子に詫びるのである。

春の花が黄色から薄紅へと移っていっても、佐和子の心身はなかなか癒えなかった。離れの庭に一本だけある枝垂れ桜の、五分咲きほどの果敢なげな花を見ながら、佐和子は、川野での短い結婚生活の中で、忘れられない一時《ひととき》があったのを思い出していた。佳史と真佐と佐和子は、思川提を歩いていた。堤には「思川桜」と名づけられた桜が立ち並んでいる。「思川桜」は、染井吉野よりは花弁の色が濃く、花期も十日ほど遅い、小山市民が誇る「郷土の桜」だった。うららかな桜提は、行き交う人でいっぱいだった。佳史と真佐の後を、佐和子は少し遅れて歩いていた。すると、ふっと先に行く二人の姿が佐和子の視界から消えて、いつの間にか佐和子は輝一と二人、桜の下で遊んでいた。「キイちゃん」「佐和姉ちゃん」呼び合う幼い声が聞こえる。夢を見ているような思いで立ち止まると、「佐和子、どうかした?」と、佳史が怪訝そうな顔で振り向いた。

風が出てきた。枝垂れ桜の枝はゆらゆらと揺れている。キイちゃん、キイちゃんは今、どこでどんな桜を見ているのだろう。

第十七章
母の住む場所

三月半ば、輝一は佐倉眼科長から松原医師の退職を知らされた。

「富山の済生会病院へ行かれる。お父さんが脳梗塞で倒れられて、お母さん一人ではお世話し切れなくなったようだ。一家で富山に移って、お母さんを支えねばならなくなったと、言われてね。口惜しいと言っておられた。充実した毎日を過ごさせてもらっていたのにと。松原さんの後任には、宮田新吾《しんご》先生がやって来られる。年齢は、松原さんより少し上かな。この方は松原さんとは反対に、郷里で開業していたのに、お気の毒に、お子さんを亡くされてね。子供が元気で笑っていた家に住み続けるのは耐えられないと、医院を閉じて東京へ出て来られた。副眼科長をお願いすることになるでしょう」

「そうですか。松原先生が――。僕も随分お世話になりました。さびしいな……」

「うん。春はさびしい季節だね」佐倉は急にくだけた口調になった。

「去る人、来る人。子を亡くす人、子が生まれる人。こんな小さな世界でも、いろんな人生が行き交う」

四月五日夕刻から、松原医師の都合で三月中には開けなかった眼科所属員の送別会が池袋の料理屋で行われた。松原医師の他、定年退職の事務職員と、寿退社の看護婦一人、計三名を送る会だった。武蔵野病院は、水曜日は診療は午前中で終わるので、雑用を片付けて、一旦アパートに寄って着換えて行こうかと眼科エリアを出ようとした輝一を、佐倉眼科長が呼び止めた。

「和田くん、少しいいかな」

「はい」

眼科長室に入っていくと、松原医師が椅子に座っていた。松原は輝一を見ると立ち上がり、両手を差し出して輝一の両手を握った。

「やあ。ほんの数日離れていただけなのに、ここへ入ったら、何ともいえない気持がして、ね。僕は人生の選択を誤ったかもしれないなんて、ひどく狼狽した。和田くん、ほんとにお世話になりました」

輝一は、感情を露わにした松原に驚きながら、しみじみとうれしかった。いい人だな、松原先輩。

「和田くんも掛けなさい。送別会も控えて忙しいところ、二人とも済みません。本来は三月中に決めるべきことだったのですが、いろいろ考えていて、今日になってしまった……松原先生、やはり和田くんにお願いしようかと――」

「ええ。それがいい。僕からもお願いします」

「何でしょう、何か?」

「全生園の診療のことです」

「全生園って、この近くにある――?」

「ああ、知っていましたか?」

「広大な敷地で、療養所って看板がありましたから、病院なのだろうと――」

「ええ。それではハンセン氏病療養所であることは?」

「ああ、やはりそうだったんですね。草津の栗生楽泉園と似ているなあと思っていました。盲導鈴のさびしい音を聞きましたから――」

「栗生楽泉園――そうか、和田くんは群馬大でしたね。大学で、何か交流がありましたか」

「いえ、僕自身は何も。看護学校で姉の同級生だった人が楽泉園の看護婦をしていますが……。大学の皮膚科の講義でも、ほとんど触れなかったと記憶しています。らい菌による伝染病とだけ。患者はすべて法律で療養所に入所させられる……のですよね」

佐倉が答えようとするのを制するように、松原が口を開いた。

「そう、今もまだ強制収容が続いている。新患者はほとんどいなくなったようだが、未だに千人もの患者が入所している。ハンセン氏病自体は完治しているのに、郷里には帰れないんだ。顔面や手足の疾患とともに眼病を発症する方が多くてね、仕事に就くのは容易でないし――何よりも差別の壁が立ちはだかっている」

「眼病というと?」

「らい菌(注1)が毛様体、虹彩、角膜などの毛細血管に達し、増殖しながら強膜、脈絡膜、網膜へ進み、炎症をくり返し失明に至る。失明がどれほどの衝撃を与え絶望をもたらすか、僕たち眼科医は骨身に徹して知っている。末梢神経麻痺はハンセン氏病の主症状だが、顔面神経麻痺で瞼を閉じる力が弱くなり、下瞼がめくれて兎眼《とがん》と言われる状態になる。さらに三叉神経麻痺で角膜の知覚が鈍っているところに目が閉じられないとなると、角膜が乾いて炎症を起こすんだね。炎症がひどいと潰瘍化して失明に至るケースもある。早期に炎症を治療していれば失明は免れるんだが……。白内障を放置しておいて失明同然になっている患者もいる。ハンセン氏病療養所に眼科医は必須なんだ」

「もしや、松原先生が木曜日に出張しておられたのは――?」

「そう」今度は佐倉が身を乗り出した。

「患者さんの運動が実って全生園には新しい治療棟が竣工したばかりです。院内の医師だけでは手不足でね、国立や公立の病院との医療提携が求められていて、今は全生園の医師一人と、うちから一人、それに慈恵医大から一人が診療に当たっています。松原さんには五年間、行っていただいた。その前は私が。新治療棟完成で設備も充実し、手術が必要なケースは園内で手術をしています。逆に言えば、園外での手術は、受け入れが困難だということです。偏見は医療関係者にさえ、あるんです……」

「僕はね、和田くん。全生園で人生に対する目が開かれた思いがしてるんだ。ここを離れる心残りの一つは、全生園の患者たちなんだよ」

「宮田先生は経験も豊富でいらっしゃるが、開業医から勤務医になられて、初めは戸惑うこともあるだろうから。やはり、ここは和田くんが適任かと、今も松原さんと話していたんですよ」

「和田くんなら、腕はいいし。それに……何というか、患者さんに対する共感力があって、患者は自然に和田先生の言うこと聞くんだよなあ。僕なんか怒鳴りつけたくなる患者にも構えるところがなくてさ」

「どうだろう、引き受けてもらえないだろうか」

二人から聞く初めての話に、輝一は驚きはしたが、ためらうことなく答えた。

「はい。医者を必要とする患者のところへ行くのが医者ですから」

佐倉は微笑んで輝一を見つめた。

「和田くんらしいね。ヒポクラテスの誓いをそのまま受け止めている。ありがとう」

「これで僕も心残りなく富山に行けます」

「あ、そうそう。一応このことはご両親にお話しておいた方がいいと思います。お父上も医者だと聞いていますから、ハンセン氏病についての理解もおありでしょう。でも何も知らせずにおくのは、何というか、フェアではないという気がしましてね。——おおっ、もうこんな時間だ。どうです、一緒に出ませんか」

輝一は「雪うさぎ」を病院に置いていくことにし、アパートに寄らずに、三人で清瀬行きのバスに乗った。その夜は珍しく痛飲した。全生園のことはまだ雲を摑むような感じで実感がなかったが、心のどこかに小さな棘が刺さったような、かすかな不安があった。とにかく勉強しなければ、と思った。どんな患者さんたちなんだろう。松原さんにもっと詳しく聞きたいと思ったが、送別会で話題にすべきことでもなかった。大体、僕だって松原さんが全生園に行っていることを知らなかったくらいだし。

二日酔いで頭が痛んだ。少し風に当たろうと思って、昼休み、輝一は外に出た。足は自然に全生園に向いていた。空を遮るほどの桜。桜の枝から枝へロープが渡され、雪洞《ぼんぼり》が吊られている。日が落ちれば灯が入って、花見になるのだろうか。ちらほらと人影が見える。病院内の者ではなく、街の人たちらしい。老人夫婦も花を見上げ、手をつなぐ母子連れも歩いていく。どうやら花見どきには、この道は開放されているらしい。輝一はどこかほっとしている自分に気づいた。

その夜、輝一は清弘に電話を入れた。

「今度、全生園に出張診療に行くことになりました。一応言っておかないとと思って」

「あ」と息を飲む気配があった。

「今、全生園と言ったか？」

「ええ。知っていますか？　ハンセン氏病の療養所です。武蔵野病院の隣にあるんですよ。これまでも、うちの病院が診療の手助けをしていたんです」

「……」

「どうかした？　お父さん」

「うん。――そうか、そうか。患者さんのいるところへ医者はいかなければならない。うん、分かった」

清弘が自分と同じ言葉で全生園行きを了解してくれたことが、輝一はうれしかった。

翌朝早く、輝一は清弘の電話に起こされた。

「朝早くてすまない。輝一、明日帰って来られないか？」

「え、明日？　何かあった？　お母さん、佐和姉ちゃん……」

「いや、変わりないよ。少し、話したいことがあってね。急ですまないが」

「そう。今は年度始めでいろいろ……あ、でも夜遅くなら何とか」

「うん。大変だろうが、そうしてくれるか。日曜日は休めるんだろう？　――全生園にはいつから行くのだ？」

「来週の木曜日から。全生園のことが気になっているの？」

「いや、そこで診療するのはいいんだ。だが、私は話しておかなければならないことがあって」清弘は一人言のように呟いて、そのまま電話は切れた。

輝一の胸に得体の知れない不安が広がった。話しておかなければならないこと？　それは自分の生みの親のことだろうか。榎の木の下に置き去りにされていたことも明かされた今、残っている謎は、父と母の素姓のこと以外にはないだろう。「全生園」と言ってからだ、と輝一は思った。全生園と自分の生みの親との間にどんな関連があるんだろうか。

宮田医師ともう一人、週に二回、半日だけ勤務するアルバイトの医局生を迎え、輝一は年度始めの仕事に忙殺されて、気がつけば土曜日の診療も終わり、日は傾きかけていた。窓の外では花びらが夕映えの光を受けて舞い落ちている。慌てて電話を掛け、「やっぱり今日のうちに帰った方がいいかな」と訊くと、清弘は少し間を置いて、

「そうだな。そうしてくれるか」と言った。

家に着いた時は十時を過ぎていた。

「お帰り、キイちゃん。疲れたでしょう」佐和子が少し訝しげな表情で迎えた。

「お父さんが、帰ってこいって。話があるんだって」

「うん。お母さんとわたしにもそんなこと言ってた。何かしらね。まずは、ご飯食べて。わたしたちは先にいただいたの。キイちゃん、何時になるか分からなかったから……」

鯖の塩焼きと菜の花のお浸し、芹の天ぷらという春らしいメニューに、輝一は目を見張った。さらに佐和子が揚げたての鶏の唐揚げを運んできた。

「これはね、キイちゃんにだけ特別。わたしたちのご飯にはなかったの」

子供の頃のように、佐和子はこまごまと輝一の世話をやいた。晶子は輝一が食べるのをうれしそうに見ながらお茶を喫《の》んでいる。清弘は「お帰り。忙しいところすまなかったね」と言って輝一を迎えてから、書斎に籠っている。

三人で香りのよい玄米茶を飲み、煮梅を丸ごと入れたお饅頭を食べていると、清弘が入ってきた。封筒を持っている。清弘は輝一と向かい合って座り、輝一に封筒を差し出した。

「読んでみなさい。――ずっと黙っていてすまなかった」

輝一は里見康平が書き残した手紙を読んでいった。途中から、手が震えてきた。紀一。紀一って……。最後の一文を読み終えて、輝一は茫然として顔を上げた。

「僕の両親は――全生園へ行ったのですね。ハンセン氏病を発症して」

卓に向き合って座っていた晶子と佐和子が息を飲んで顔を見合わせ、次いで輝一の方を見た。

「そうだ。輝一を守るために、榎の木の下に輝一を置いて、全生園に向かわれた。里見康平さんと加奈さん、輝一のご両親は私を、実は私の父をだが、信じて、命よりも大切な我が子を託してくださったんだ。今から二十年以上も前、ご両親は、ハンセン氏病患者がどんなにひどい差別を受けるか、知り抜いておられた。子供を自分たちから離す以外、子供が無事に生きていける道はないと」

「では、父と母は今、全生園に……」

「そのはずだが……長い時間が経っているから。ハンセン氏病は今は治る病気になっている。お二人も治っていて不思議はない。もしかしたら退所されていることもありうる。今、どうされているかは、私には分からない……。黙っていることは、ご両親との約束だった。だから最後まで輝一には話さないつもりだった。あの世まで私が持っていく秘密だった。――だが、どんな運命によるものか、輝一が全生園へ行くという。衝撃だった。一晩中眠れずに考えて、黙っていることは許されないと心を決めた。輝一が全生園に行く前に話さなければと焦って、気がついたら輝一に電話していた。――だが、電話してからも気持はずっと揺れていたよ。黙っていてもいいんじゃないか、里見さんの頼みなんだから。せめてもう少し時間を置いて、それとなく全生園の様子を聞いてからでもいいんじゃないか……。だが、そう思う後からすぐ、輝一が何も知らされず、両親と会っているのに分からないなんてことはあってはならないという思いが湧き上がってくる。さっき、輝一の顔を見るまで迷い続けた。――輝一は、酒を飲む齢になっても、二つ半で家へ来た時と同じ、まっすぐな目で私を見た。偽ってはならないと分かったんだ。輝一はもっと早くご両親のことを知ることができたのに……すまなかった」

「でも、キイちゃんはご両親と一緒には暮らせなかったんでしょ？」

佐和子が落ちついた声で言った。

「ああ。身内の方に引き取られるか、施設に入るか――」

「身内？　僕に身内がいるんですか？」

「いるはずだ。だが、身内に託していけば、手紙にも書いてあるように、自分たちの行方を追求されると思ったのだろう。輝一を天涯孤独の身にしておくことが輝一を守ることだと、ご両親は信じていた」

「お父さんは、そのご両親の願いを受け入れて――」

と晶子は言いかけて言葉を飲み込んだ。

「そういうことになるが、依頼されたのは私の父の方だ。輝一をこの家で育てようと思ったのは、私の意志だよ。私には、父に対する対抗心のようなものがあったのかもしれない。父がこれほどの信頼を寄せられていたなら、私にもできるはずだと――」

「全生園に行ったなんて。僕は、僕は、もしかしたら僕の本当の親は、刑務所に入っているのかもしれないと思ったこともある。知りたくて、知りたくなくて――」

「キイちゃん」佐和子がすっと体を輝一の傍に寄せて、輝一の手を握りしめた。

「キイちゃんは医者になった。ね、それは運命なのかもしれない。キイちゃんは、ハンセン氏病について、正しい知識を持ってるでしょ。ハンセン氏病はごく普通の伝染病だもの。昔は効く薬がなかったから難病、業病と言われたけど、プロミンが使われるようになって、全快できる病気だと分かった。まして、遺伝性なんか全くないもの。キイちゃんは医者になった。キイちゃんはご両親のお役に立ってあげられるのよ。全生園の医者として」

「佐和子の言う通りだわ。わたしだって看護婦なんだから、よく分かります」

「全生園で、父と母に会うことはできるのだろうか……」輝一が呟いた。

「ああ、会えると思う。だがな、里見という名で入所されたかどうかは分からないんだ。当時は本名を隠して入所するのが一般的だったようだ。家族に迷惑をかけまいと、自分から縁を絶って、その後の人生を別の名で送ったと聞いている。でも、医者という立場なら本名や出身地を調べる術があるかもしれない。――会いたいか、輝一」

輝一は頷いた。「生きていてほしい」

「すまなかった。もっと早く会えたのに、黙っていて――」

「約束だったから。僕の両親の必死の頼みだったから――」

「お父さん」晶子がふと気づいたといった顔で訊いた。

「このことは誰も知らないの？　お父さん以外……」

「岡谷先輩にだけ、相談した。岡谷さんは、何も迷うことはない。育ててやれって勧めてくれた。いろいろ教えてもらったよ」

「それで、戸籍のことも、手を尽くしてくださったのね」晶子が得心がいったという顔で言った。

その夜をどう明かしたか、輝一の記憶は朧ろだった。一人になりたい、東京へ戻りたいと思ったが、もう終電も終わっていた。離れの空いた部屋に佐和子が床を延べてくれ、隣の佐和子が使っている部屋に、佐和子と晶子が寝んだようだった。まどろんでは目覚め、目覚めてはまどろんだ明け方の夢に、シロが出てきた。シロは浅い息をして横たわっていた。「シロ、シロ」と呼ぶと、必死に目を開けて、輝一を見上げる。小学校を卒業して中学校に入るまでの、落ちつかない時期だった。「老衰だからなあ、仕方ないんだよ、キイちゃん」と文弘が慰めてくれた。佐和子は輝一以上に悲しみを露わにして泣いていた。シロは最期は眠るように息を引き取った。「シロ、シロ、えらかったねえ」とタキがシロの頭を撫でている。輝一もこらえ切れず泣きじゃくった。――頬が冷たい、と思って目覚めると、輝一は布団の中で泣いていた。昨夜の清弘の話が一気に蘇ってきた。ここは小金井の自分の部屋、だったところ。あの話は夢ではない、現実なんだ――。

「お早よう、起きた？」と襖が開いて佐和子が顔を覗かせた。

「うん、今何時？」

「九時くらい」

「うわっ、寝坊だーっ」輝一は慌てて起き上がった。涙の跡をパジャマの袖で拭いて、

「今さ、シロの夢見てたんだ」と言うと、佐和子は「あ」と言って目を見張り、

「今日、シロのお墓参りに行こうか、御飯食べたら」と微笑んだ。

「お彼岸の時、お父さんとお母さんのお墓にも風邪引いて行けなかったから……」と晶子も同行を申し出た。「俺が乗せてくよ。シロのついでじゃあ、親父とお袋に怒られるなあ」と、清弘も苦笑しながら言った。

お昼近く、四人を乗せたブルーバードは、雑木林の中の墓所への小道をゆっくり走った。「この道、

擦れ違えないものねえ」と佐和子が不安そうに清弘を見た。シロは、この辺りの風習で、人間の墓所を囲む石垣とは道を挟んだ空き地に葬られている。四人はまず「和田家之墓」と刻まれた墓石の立つ区画にお参りをした。墓誌には「和田富弘、いく、倫弘、崇弘、関」と亡くなった順に名が刻まれていた。

「お父さん、お父さんと里見さんとの約束を昨日まで守ってきました。昨日、約束を破った。それで良かったでしょうか」清弘は胸の中で言って手を合わせた。

「お父さん、お母さん、子供たちをお守りください。五人の子供を」と晶子は祈った。

「キイちゃんをお守りください。キイちゃんが幸せになりますように」佐和子は、ひたすら祈った。

輝一は、黙って頭を下げた。和田医院の人たちに僕と僕の両親はどれほど感謝してもし切れない。こんな心優しい家族はどこにもないと思う一方、輝一は父と母が恋しかった。


「シロの墓」と書いた素木の墓標の下にシロは眠っている。省平さんが作ってくれた木箱に、お気に入りの毛布でくるんだシロを納めて葬った日のことを、輝一は群馬、東京と移り住む日々の忙しさに紛れて、ほとんど思い出すこともなかった。今、父と母が、どんな思いを託してシロを自分の傍に残したかを知り、自分がどんなにシロに心慰められていたかが胸に沁み、輝一は再び、涙をこらえ切れなかった。シロ、ありがとう。シロ、僕の父さんと母さんは、どんな人たちだった？　シロの墓は、シロのお気に入りだった黄色い毛布を掛けたように、タンポポの花に覆われていた。

家に戻るとタキが来ていて、草餅を作っていた。

「輝一さんが戻られてるって、おくめさんが教えてくれたんでね。まあ、おくめさんの地獄耳、いや目は、だあれも逃げられんなー。なんでキイちゃん来たって教えてくれなかったんですか、もう」

「急にね、昨日遅く帰って来たのよ。佐和子が元気になったかどうか見に来たみたい」

「そうですよ。佐和子さん、もう過ぎたことは忘れて、先生のお手伝いなさいませ。先生のブルーバードが川へ落っこちないうちに」

「えーっ、お父さんの運転、そんなに危なっかしいの？」

「そうですね。ちょっと危ないかな」と輝一も言って、一同わっと笑った。キイちゃんが笑った、と佐和子は泣きそうになった。

「草餅食べたら眠くなった。夕方まで寝ててもいいかな。六時の汽車に乗るから」と輝一は言って、欠伸《あくび》をしながら離れに去った。三人は暗黙のうちに「タキさんには言わない。とにかく今すぐには」と了解し合っていた。

「じゃ、帰ります。明日は早くから仕事だし」

駅までは佐和子が見送った。暮れなずむ春の日も、夕焼けの色が薄れ、菫《すみれ》色に変わっていく。一番星が出ていた。

「僕、ほんとうに和田医院には迷惑をかけた——」

「何を言うの。キイちゃんが来てくれたこと、わたしは奇跡のようだって思ってる。神さまが、キイちゃんをうちに連れて来てくださったんだと思ってる。キイちゃんのいない和田医院なんて考えられないもの」

「姉ちゃん、佐和姉ちゃん」輝一は小さな声で呼んだ。自分はこの人に支えられて生きてきた、と輝一は思った。

夕方、上野に向かう電車は空いていた。ボックス席に一人、輝一は刻々に暮れてゆく空を見、色を失ってシルエットになってゆく山脈を見ていた。この風景を、父さんと母さんも目に映しながら上野に向かったのだろうか。もっと遅く、人目につかないように僕を榎の下に残したのなら、最終列車だったのかもしれない。電車のシートに肩を寄せ合い、深く俯いている父と母の姿が浮かんできて、輝一の胸は締めつけられるように痛んだ。痛みの底には暗い恐れが潜んでいるのを、輝一は認めまいとして、振り払えなかった。輝一の世代では、日常生活の中で「癩」について話を聞くことはほとんど無かった。自分は医学部で学んだから、ほんの少し、知識を持ってはいるけれど……。幼児期の濃密な接触が最も危険というなら、僕はまさにそのケースだ。だが、感染力は低いと学んだ。なら、どうして父と母は、僕を「孤児」にしてまで、自分たちと切り離そうとした？ハンセン氏病者を社会の人々はどう思い、どう扱ってきたのか。ハンセン氏病の両親を持つ医者は、どうすればいいのか。さまざまな想念が頭の中に渦巻き、輝一は両手で頭を抱えた。

不意に、桂の姿が浮かんできた。桂さん。苦悩の末に、姿を消した恋人を苦しめるハンセン氏病の患者さんの役に立ちたいと、楽泉園の盲導鈴の向こうに、自分の意志で歩んで行った桂さん。勇敢な、優しい桂さん。輝一の心の渦巻きを、桂の後ろ姿が鎮めてくれたように感じた。桂は振り向いて微笑んだ。

「輝一くん、しっかりなさい。わたしたち医療に携わる者は、患者さんの傍にあるのが仕事よ。患者さんが病と闘うのをお手伝いするのが仕事でしょ？」

そうだ、僕は医学を学んだ。科学的に考える訓練を受けてきたはずだ。発症したら治療すればいい。ハンセン氏病について僕はあまりにも知らなすぎる。知らないから恐れるんだ。きちんと学ぼう、学んで立ち向かおう。なぜ、治る病となってからも患者は収容され続けているのか。なぜ、父と母は、僕を祖父母に託すこともせず、孤児として育つ方を選んだのか。いったい、日本の医学界は、ハンセン氏病をどう扱ってきたのか。次から次と疑問が噴き出し、輝一は窓の外の闇を睨んで考え続けた。事実を見据え、疑問を解いていく。それこそが科学だ。輝一の目に、自分を招く一筋の道が見えてきた。全生園で精一杯、患者さんと向き合おう。父さんと母さんを探そう。父さんと母さんは、今も全生園にいるんだろうか。

佐和子が輝一を駅まで送りに出ている間、晶子は抹茶を立てて清弘に差し出した。

「新茶が出る前に飲み切ってしまいたいですからね」

「おい、おい、俺は残り物処理係かい」

黒い茶碗に抹茶の緑が美しい。

「きれいだなあ、うまかった。ご馳走さま」清弘は茶碗を置いて、深く頭を下げた。

「晶子、すまなかった。黙っていて。晶子にだけは言うべきだった」

「いいえ。輝一のご両親の、たっての望みだったのですもの。約束だったのですもの」

「だが万一の場合は、子供たちに迷惑をかける。まさか発症することはないだろうが……もし世間に知られたら輝一はここにいられなかったし、うちの家族も差別されていたかもしれない……」

「わたしは、身近にらい患者を見たことはない。噂を聞いたこともなかった。それでも恐怖は植えつけられていました。知らされていたら、輝一を育てられなかったかもしれない。秘密というものは、口に出してしまえば必ず伝わってしまうものです。黙っててくださってよかった。黙っているのは、さぞつらかったことでしょう……。これからも、世間に対しては黙っていましょう。申し訳ないけれど、タキさんにも当分の間、話さずにおきましょう」

「うん。世間は甘くないからな。理屈では動かない。理不尽で恐ろしい力を持っているものだよ、世間というものは——」

「でもね」

「ん？」

「わたしは、お父さんが子供たちやわたしを傷つけるはずはないって、守ってくれるって信じてますから。あらっ、わたし、お芝居のセリフみたいなこと言っちゃった」

晶子は照れくさそうに笑った。この人を嫁さんにして、俺はほんとに良かった。そんな思いを込めて、清弘は言った。

「もう一服たのむ」

佐和子が帰ってきて、三人で黙しがちの夕食になった。それぞれが心の内に思うことがありすぎて言葉にならなかった。晶子が二階に上がって行くのを待って、清弘は佐和子を書斎に呼んだ。入ってきた佐和子は、ドアを閉めると、立ったまま言った。

「お父さん、お父さんがわたしを川野へやったのは、わたしの思いを許さなかったのは、キイちゃんのご両親がハンセン氏病だったからなの」

「座りなさい」清弘は掠れた声で言った。佐和子がソファに浅く腰を下ろすと、清弘は、ソファの背のあたりに視線を置いて話し出した。

「そうだ。どうしても受け入れることができなかった。ハンセン氏病の家の者と縁組みをすることは、佐和子だけの問題じゃなく、文弘、武弘、千都子、いやこの家だけでなく、親戚中にまで累を及ぼすことになる——そう思った。そんなふうに考えるのは偏見だ、差別だとは、頭では分かっている。けれど、理屈抜きに、恐ろしかったんだよ。世間は未だハンセン氏病者を受け入れてはいない——」

「じゃあ、姉弟だから、というのが本当の理由ではなかったのですね」

「——もちろん、そのことも気にならなくはなかった。だが、佐和子と輝一が血のつながらない姉弟だということは皆知っているし、輝一は医者、佐和子は看護婦、二人で医院をやっていくのも自然のなりゆきと見てもらえるだろう——」

「見てもらえる？　誰に？　人がどう見るかがそんなに大切ですか。——わたしがキイちゃんを想うことはいけないことですか？　姉弟のままでいい。キイちゃんの手助けをして、傍で見守ってやりたかった。お父さんは、わたしの思いは道ならぬことだって言った。冷水を浴びせられた気がしました。父親からそんなふうに言われなければならないことなんだって、自分を恥じた。恥じなければならないって思ってた。だから、だからキイちゃんを巻き込んではならないって思って、川野へ嫁ぐことにしたのよ。だから、わたしは死んだ心を持って川野へ行ったのよ。だから、子供を失くしたのも、わたしが悪いんです。川野の方にも泥沼みたいな事情があったけど、一番悪いのはわたし。わたしは空っぽだったんだから。

お父さん、どうして今になって、キイちゃんの両親のことを明かしたの――」

「輝一が全生園に診療に行くことになったと聞いて、運命だと思った。止めたはずの歯車がギギギギと音を立てて回り出したような気がした。なあ、佐和子。輝一が、自分を生んでくれた親と会いながら、それと知らないというのは、許されないだろう?　それこそ人の道に反する、人の心を踏み躙《にじ》ることだ。輝一は何も言わなかったが、心の奥では親を探し求めていただろう。親御さんたちは、まして、輝一に会いたかったことだろう。ハンセン氏病は、数多い病の一つにすぎない。致命的な病でもない。それでも、死よりも忌避される病気になってしまった。縁者にハンセン氏病者がいることが知れると、結婚だってできなくなる現実があったんだよ。理屈じゃない。今だって私は、世間には知られたくないと思っている。愚かで、怯懦《きょうだ》な人間だ、私は」

「お父さんは、里見さんの手紙を読んで、キイちゃんを手元で育てる道を選んだ。どこか別の場所、横浜の施設へ送ることだってできたのに。ずっと秘密を抱えて、キイちゃんを見守ってきた。怯懦な人間のできることではないわ。お父さんとお母さんは、キイちゃんを素晴らしい人間に育て上げた。キイちゃんの存在自体が奇跡のようなもの、人の良心の証しだわ……」

「文弘や武弘、千都子にも話さなければならない、な。だが、世間に知らせることはない。ハンセン氏病は、多くの病の一つにすぎない。感染の惧れもまずない。公表するなんてこと自体、差別だ」

「キイちゃんは、どんな思いで汽車に乗っていることでしょう。どんな思いで今夜をすごすことでしょう。キイちゃんは今までにも、自分が進んできた道が突然行き止まりになり、振り向けば、来た道も消えてしまったような思いを、くり返し味わってきた。それでもあの子は、自分の運命を恨むこともなく、まっすぐに歩いてきた。——そうだ、桂、桂がいたわ！　キイちゃんはきっと、桂のことを思い起こして、自分を立て直すわ！」

「桂さん？」

佐和子は戸崎桂の選んだ生き方を清弘に話した。

「そうか。草津の戸崎さん。私も桂さんのお父さんと同じだね——。男はダメだね。体面ばかり気にして何もできない。医者なのに、病人を排除する。女は潔い。大切に思う人をどこまでも守ろうとする。

佐和子、自分の心に正直に生きるといい。佐和子の心は佐和子のものだ。すまなかった。佐和子を、授かった命を失くすような事態に陥らせたのは、私が怯懦だったからだ。いつも怯えながら、善人のふりをしていたんだな、俺は……」

自分の心を見つめ、重く沈んでいく清弘に、佐和子はきっぱりと言った。

「そんなことない。お父さんは桂のお父さんとは違う。大丈夫。キイちゃんは、負けないわ」

静かに書斎のドアを閉めて、佐和子は離れの自室に行った。「大丈夫、キイちゃんは負けないわ」清弘に言った言葉を、佐和子は胸の中で、呪文のようにくり返した。花を散らす風は震えるほど冷たかった。三日月は沈み、無数の星がきらめいていた。


「里見康平、加奈」。輝一は、清弘から教えられた名を胸に秘めて、全生園の診療に赴いた。桜の花はとうに終え、紅い蕊《しべ》が散っている。若葉が出はじめた枝を見上げて、輝一は深呼吸した。「病に苦しむ人のところへ医者は行く」このシンプルなフレーズを肝に据えて、輝一は全生園の受付に歩を進めた。

昨日、突然輝一のアパートにやってきて、輝一の「新しい出発」を祝ってくれた兄弟たち。みんなが自分の背中を押してくれた。「明日は午後は休診でしょう？　午前中の仕事が終わったらすぐ、帰っていてもらえる？」とだけ言って、理由《わけ》は何も言わない佐和子からの電話を訝しみつつ、輝一は、午前の仕事が終わるとすぐ、アパートに戻った。着いて間もなく、佐和子がアパートのドアをノックした。佐和子は入るや否や部屋を見渡して、「あらあら。キイちゃん、ちょっとの間、外へ出ててくれない？少し片づけるから。洗濯物はこれだけ？」前橋にいた時と同じように、佐和子は屈託なく世話をやいた。清弘の衝撃的な話に気持が乱れて、病院の診療は休まずやっていたが、アパートに帰ると気力が尽きてベッドに倒れ込み、深夜に目覚める二日間だった。いつもはすっきりと片づいている部屋も、さすがに乱雑になっていた。一時間半ぐらい、本屋を覗いたり、堀端の径を歩いたり、公園の鳩やチューリップを眺めたりしてアパートに戻ると、部屋はさっぱりと片付き、洗濯物が風に揺れていた。いい匂いがする。あっ、「さわめし」。久しぶりだなあと思いながらドアを開けると、佐和子のベージュ色の靴に並んで、大きな茶色のローファーに赤い運動靴が狭い玄関を占領していた。

「おおっ、キイちゃん」武弘が椅子から立って輝一を迎えた。「キイ兄さん」と千都子が顔を向ける。脚より細そうなジーパンと、ふわっとした丈の長いセーター姿で、千都子は野菜を切っていた。

「おなか空いたでしょ。さ、ごはんごはん」聞き慣れた、佐和子の「ごはんごはん」に、輝一も思わず言い慣れた言葉を返していた。

「今日はなあに？」

「スキヤキ。お母さんが上等のお肉を持たせてくれたの」

「お豆腐とシラタキ、ネギと白菜は千都子が買って来たの。ここへ着いたとたん、お使いに行かされて。

人使い荒いよね、佐和姉ちゃん」

「酒もさ、俺が持ってきた浦霞《うらかすみ》をさ、料理に使うって言うんだよ、佐和子は」

「みんな来てくれたの――」輝一は胸がいっぱいになった。

「文兄さんもそろそろ着く頃よね」と千都子が言ったとたん、「ついたぞー」という文弘の声がした。

肉も野菜もてんこ盛りの鍋がテーブルに乗せられた。椅子は二つしかないので、机の椅子とソファをテーブルの周りに寄せて、五人はやっと座ることができた。

「キイちゃん、よかったな。ご両親に会えるといいな」

文弘が輝一の湯飲みに酒を注いだ。

「では、俺たち兄弟の縁《えにし》を祝して」と武弘が湯飲みを揚げる。「キイちゃんの新しい出発を祝して」と佐和子が言うと、「佐和姉ちゃんも再スタートだね」と千都子が佐和子を見つめた。

「カンパーイ」カチカチと湯飲みがぶつかり合う。

「兄弟の縁」輝一は武弘の言葉を噛みしめた。

「キイちゃん、俺はな、外科だ。全生園で外科の応援が要《い》る時は声を掛けてくれ」

「武兄さんの外科、おっかないよねー。ズバズバ切られそう」

ああ、こうやってみんな、僕を受け入れてくれてるんだ。輝一は涙ぐみそうになって、慌てて酒を飲み干した。

「みんな……平気なの？　僕の親たちの病気……」

「俺は医者だぜ。ハンセン氏病のことだって素人よりは知ってるぜ。父さんから岡谷の小父さんに連絡があって、俺は小父さんから詳しく教えてもらった。お父さんは小笠原登先生っていう京都大学病院の医者に心動かされて輝一くんを育てる決意をしたって、小父さんは言っていた。日本中が『癩』は不治の病、患者は隔離すべきだって方向に流れていった時、敢然として『通院で治せる』と主張した人だ。

医者はな、自分のために戦うんじゃなくて、病人のために戦うんだってことを、自然体で実践した医者だよ。論文も読ませてもらった。臨床に基づく、疫学的にも説得力のある論だと思った。俺も全く覚えてないけど、キイちゃんの名字、『和田』にする前は『笠原』にしたんだって。小笠原先生の名字をもらおうって、父さんと小父さんで考えたんだって」

　四人は食べるのも忘れて、武弘の話に聞き入っていた。

「『癩』はね、もう過去の病気だ。新発症者は急激に減っている。恐怖の病に仕立て上げたのは、国の政策だよ。恐ろしいのは人の心の偏見と差別だ。原爆症だって、差別を恐れて隠す人が多いそうだ。無《む》辜《こ》の人たちが原爆で命を奪われ、後遺症に痛めつけられ、その上差別に苦しまねばならない。少し前から報道され始めた水俣病だって、国や県は工場廃液による水銀中毒だという事実を認めようとしない。病理や疫学の立場では、原因の認定は慎重にならざるを得ないんだろうが、俺たちは臨床医だ。現場で大切にすべきなのは目の前の患者。患者を救う――救うなんて言い方はオコがましいけどな、それが最優先さ。キイちゃんも、ハンセン氏病の上に眼まで傷《いた》めた人たちの苦しみを、少しでも和らげてやれよ」

「うわーっ、武兄さんすごい。見直した」

　感動を表に出すのが照れくさくて、千都子はおどけた。輝一と佐和子は深く頷いて武弘を見つめた。

「あらっ、メディカル三兄弟。千都子は仲間外れでさびしいよー。文兄さん、私とノン医チーム組もう」

「俺だって理系さ。やっぱり千都子だけが仲間外れだなあ」

「千都子はね、たくさんの人に夢のひとときをあげる仕事してるの」

　千都子は武蔵野美大の産業デザイン学科を卒業して、さらに二年、研究生として大学に残り、一年前から劇団Sの美術部で働いていた。

「これからはね、日本でも新しい生の舞台を楽しむ時代が来ると思うの。歌舞伎やお能のような伝統芸能とはまた違う、子供も大人も楽しめるお芝居やミュージカル。わたしね、ロンドンに行くつもり。お金貯めて、必ず行く」

「おう、俺が給料取れるようになったら、カンパしてやるよ」

「うん。ありがとう。でも武兄さん、当てにできるかなあ……」

「僕も少しならカンパできるよ」

「うん、キイ兄さんは当てにしてる」

遠慮なくからかい合う楽しさに、輝一は心が解放されていくのを覚えた。和田医院で育ててもらったことがどれほど有り難いことか、身にしみて分かる。「誇り」と輝一は思った。人としての誇りを、僕は和田医院の人たちから与えてもらった。その誇りを失わないよう、僕は医者としての仕事をしよう。

いつの間にか肉も野菜も尽きようとしていた。「うまかった。さわめし」輝一が言うと、佐和子はうれしそうに目を細めた。「今日は生憎夜勤なんだ」と一足先に横浜へ向かう武弘に文弘も同行した。「岡谷の小父さんと話したいからな。武弘をこれほど心服させているんだものな」と言い、玄関先で少しためらった後、輝一を抱き締めて言った。

「キイちゃん、俺たちは何があっても家族だよ。兄弟だ。言うまでもないけどな。何かあったら、相談してくれよ」

輝一は言葉が出ず何度も頷いた。佐和子と千都子は、後片付けをして、二人そろってアパートを出た。

「じゃあね、キイちゃん。部屋が散らかった頃、また来るわね」

「へーえ。じゃわたしのところへも来てお掃除してよ」

「ご免こうむります。千都子はお母さんに来てもらいなさい。お母さんもたまには出かけないとね」

そんなことを言いながら帰って行く二人を、輝一はいつまでも見送っていた。

春の夕暮れは、いつまでも夕暮れのままで夜にならないように思われた。白い靄が漂い、半月も霞んでいる。バス停まで歩きながら、突然千都子が言った。

「佐和姉ちゃん、そろそろ姉さんでいるの止めれば――」

「えっ」

「キイ兄さんのお姉さん、止めなよ。好きなんでしょ」

激しい驚きで、佐和子は否定するのも忘れて言った。

「だって、キイちゃんがどう思っているか……分からないもの」

「お母さん、言ってたよ。佐和姉ちゃんが川野さんにいる間、ずっとキイ兄さんは沈んでたって。群大辞めたのも、佐和姉ちゃんがいなくなったからじゃないかって。キイ兄さん、自分でも自分の気持に気づいていないかもしれないけど、この世の誰よりも佐和姉ちゃんのこと好きなんだと思うよ、千都子は」

「お母さんが……」

「そう。お母さんってね、太っ腹よ。お父さんよりずっと肝が据わってるっていうか、暢気って言うか。一番大切なことは何かって、本能的に分かってるんだ。お母さんはね、きっと佐和姉ちゃんとキイちゃんの味方になってくれるよ」

佐和子は、父から「道ならぬこと」と言われた時の心の傷が、柔らかく癒えていくのを覚えた。誰よりも佐和姉ちゃんのことが好き。ああ、ほんとうに？佐和子は息がつけないほどうれしかった。

「いーのちーみじーかし、こいせよおとめー」千都子が歌い出した。

「千都子のバーカ」

「佐和姉ちゃんのノロマ」

「紅き唇あせぬ間に　熱き血潮の冷めぬ間に」声には出さず、佐和子は胸の内で歌った。

「武蔵野病院さんには、本当にお世話になっております。本年も引き続き診療を引き受けていただきまして――」と、看護婦長を名告る五十代ぐらいの年頃の看護婦が挨拶をした。しっかりした、揺るぎない人だな、と輝一は思った。ここで働くには、何かの事情があったのだろうか。婦長に導かれて、眼科の診療エリアに入っていく。全生園医官と数名の看護婦が迎えてくれた。

「ここの眼科を預かっている葉室《はむろ》といいます。よろしくお願いします。もう一人高梨先生がおられますが、今日は慶大病院のほうへ出向いています。私は毎日ここに勤務していますが、高梨先生が不在の週二日を、和田先生と慈恵医大の医局の秋山先生にお願いしています」

「眼科の患者さんは多いのですか？」

「ええ。ハンセン氏病の合併症では、最も深刻なのが眼疾ですからね。それに、患者が高齢化しつつあるので、一般的な眼疾も増えていましてね。午前中は診療、火、木の午後は手術日に当てています。場合によっては別の曜日にオペすることもありますが」

「分かりました。未熟者ですが、よろしくお願いします」

輝一は丁寧にお辞儀をした。診療ブースは二つあって、輝一はBブースの診察椅子に座った。

「先生。こちらが今日の診療予定のクランケのカルテです。十八人分あります」と、看護婦がカルテの束を輝一の机に置いた。診療開始まで十分あった。輝一は何気ないふうに、十八枚のカルテを繰った。里見康平、加奈の名は頭に焼きついている。里見の姓はカルテには無かった。「名は変えているかもしれない」とお父さんも言っていた、と輝一は思った。今日初めて診療に来た者が、受診者の本名を訊くことなど許されるはずもなく、まして入所者の名簿を閲覧させてもらう機会などあるはずもない。輝一は少し落胆を覚えると同時に、どこかホッとする思いがした。僕はまだ父さん、母さんに会う覚悟ができていないんだな、と思った。とにかく今は、目の前の患者に集中しよう。

診療が始まった。ほとんどの患者は五十代を越えている。八十歳に達している者もいた。重篤な患者は葉室医師の担当になるのだろうか、輝一の前に座わる患者は、比較的元気で明るかった。輝一は患者の訴えに耳を傾け、丁寧に病状と治療方針を説明し、患者にしてほしいことを伝えた。

「体力が弱ると目にも影響します。しっかり食べてよく眠ってください」

年齢が高くなるほど後遺症が顕著だった。全く眉の無い患者。移植した眉が歯ブラシのようにゴワゴワで、心ならずも、瞼を開ける指が震えた。唇がめくれたように下がっている者、指が欠け落ちた者。ああ、酷い病気だ、と輝一は胸が詰まった。相沢加《か》吉《きち》という患者は、片足が義足で、顔が歪んでいた。片方の目は摘出して、義眼を嵌めている。

「一つ目ですからね、大事にせんとね。先生頼んます」と頭を下げた。症状は結膜炎だったが、「一日三回、薬を差してください」と言うと、困惑した表情になった。「先生、目薬、差しにくくてよー」と言って差し出された手を見ると、両方の手の親指と人指し指が欠損していた。小さな点眼薬の容器は扱いにくいはずだ。何でも当たり前と思ってはならないと、輝一は自分の鈍感さを恥じた。

年齢が下がると、ほとんど外見は健常者と変わらない。優しい顔立ちで物腰の美しい久井梅乃は、緑内障を発症していた。視野検査をすると、前回の検査より少し進んでいる。「病気の進行を遅らせる薬を差して、色の入った眼鏡を必ずかけていてください」と言うと、「先生、わたしの目が見えなくなるのとわたしの寿命が尽きるのと、どっちが先でしょう……見えているうちに死にたいんです」と輝一の目を見つめた。

「それは……僕にも分かりません。でも、僕にできること、今の医学でできる最善の治療をさせてもらいます。久井さんも目を陽にさらさないように眼鏡をかけて、薬を必ず差して、見える生活を延ばしましょう」

「はい」久井梅乃はにっこり笑った。

後に看護婦が「久井さん、喜んでましたよ。久井さんって呼んでもらってうれしかったって」「えっ?」「久井っていうのは本名じゃないけど、でもちゃんと姓を呼んでくれた、ずっと呼び捨てだったり、梅ちゃんって言われてたからって」

群大でも武蔵野病院でも、子供以外の患者は、姓に「さん」をつけて呼んできた。それが当たり前と思っていた。

「久井って本名じゃないんですか——本名って分かるんですか?」

「本人が言わない限り、分かりませんね。もちろん原票には記載があるはずですが、許可がない限り閲覧はできませんし。でも、園名を、園名って言うんですけど、決める時は、何かゆかりのある名をつける場合が多いようです。生まれ故郷の地名とか、知っている人の名とか」

二回目の診療の時も、輝一は里見康平、加奈を見出すことはできなかった。先週とは違うカルテが三枚あったが、先週の患者の内二人は姿を見せなかった。「中込さんと相沢さんはどうしたかな?」と輝一が残ったカルテを見ながら呟くと、

「中込さんは発熱しましてね。病棟に入っています。相沢さんは——亡くなったんです」

「亡くなった!? だって先週は——」

「ええ。診察していただいた翌々日、動脈瘤が破裂してしまって——。カルテを外しておくのを忘れてしまいました。すみません」

「そうですか、そんなことが……」輝一は後遺症が最も酷く残っていた相沢の一つ残った目を思い出した。

「僕もお線香を上げさせてもらっていいでしょう

か」

「はい。ですが、引き取り手がいないので、お骨は全生園の納骨堂に納められています」

「納骨堂？」

「ええ。まだご存じないですよね。敷地の東の端、バス通り沿いの林の中にあるのですが」

輝一は帰りがけに、教えられた納骨堂を探してみた。治療棟を出て、正門の方向を背にして広い通りを行くと、十字路に出た。立ち止まって左を見ると、奥にかすかに鳥居が見え、反対側の道の先は林に吸い込まれている。何故ともなく、輝一は林を目ざした。道は林を分けて続き、その先に門が見えた。南門と記した標識板があり、その先はバス通りだった。林の入り口に小高い丘があった。頂上まで、螺旋状に小径がついている。輝一は、子供の頃の遠足気分に誘われて、登って行った。丘は青葉に覆われ、朱色や紫の躑躅が翳りない明るい花をつけていた。眺望がきく、というほどではないが、全生園の全景が見て取れ、輝一は荒くなった息を静めながら四方を見渡した。すぐ下に運動場のような広場と、古い校舎のような建物が見え、細い通りを挟んで、池の水面が見えた。青葉の中にきらりと光る十字架を乗せた屋根が見え、気がつくと、何棟かの建物が連なっているのが分かった。宿舎ではないようだ。――不思議な場所だった。日蓮宗、真言宗の寺、カトリック教会、秋津教会と記された建物が軒を連ねている。ここは、常に「死」と隣合わせの日々を送らねばならない所だったのだと、輝一は茫然として、その異様な一角を見つめた。昨日まで共に暮らした病友を悼み、今日は生き残ったわれとわが心を慰めるために、「宗教」は、ここでは外の世界より一層、必要とされたのだろう。入所者たちは、故郷の家の宗派に依って祈り、弔われることにこだわったのかと、輝一は痛ましかった。里見の家の宗派は何だったのだろう、僕は里見の家のことについては何も知らないと、輝一は思った。目指した納骨堂には辿り着けず、その日は「探検」はそこまでにして、輝一は正門から帰途についた。

　週一回、全生園に赴くたびに輝一は園内を歩いた。治療棟から北東方向へ道を辿り、野球場、永代神社を回り、敷地の東端の林に包まれた納骨堂まで歩いた。故郷の墓に入ることが叶わなかった幾多の霊。死者となってなお受け続ける差別の現実を見て、輝一は、里見の父と母が自分を「孤児」にした心中を、初めて理解できる気がした。小高い丘は、「望郷の丘」と呼ばれていることを教えられ、父と母も丘の天辺に立って、故郷の方向を望んだのだろうかと思った。この段々を父も踏み、この手摺りに母も縋るのか。宗教施設の南の林の中に、細長い建物があった。ガラス窓から覗いてみると、広い畳敷きの部屋が連なっている。押入れもついていて、明らかに人の住む建物のようだったが、誰もいない。次の週婦長に尋ねてみると、「百合舎と若竹寮です」という返辞だった。「ハンセン氏病を発症した子供たちが暮らしていた宿舎です。男の子は若竹寮、女の子は百合舎と言いましてね。多い時は二、三十人もの子供たちが、親と引き離されて共同生活をしていました。小学一年生から中学三年生まで……。向かいの運動場と校舎に毎日通ったのですよ」

「今は誰もいないようだったけど」

「ええ。もう子供はほとんどいなくなりました。小学校は二年前に閉校になり、百合舎も無人になりました。男の子は中学生が二人おりますけど、二年後には高校に進みますから、中学校も閉校になります」

「高校はどこへ？」

「岡山県の長島愛生園内にある邑久高校へ入学するのです。高校受験より前に完治して退園できれば、普通の高校に進めるのですが……」

　納骨堂へ向かう道筋にも、望郷の丘へ行く道筋にもたくさんの宿舎が建ち並んでいる。高尾、秩父、筑波、榛名、と山の名で統一された名の宿舎が並ぶ一角もあり、菫、菊、水仙、萩と、優しい花の名が並ぶ通りもあった。宿舎の狭い庭には草花が育てられ、洗濯物が風に揺れているが、人影はほとんど無く、物音もしない。まるで異次元の町のような、現実感のない、果敢ない空間だった。時たま、杖に縋り黒ガラスの眼鏡をかけて歩いてくる人に出会うと、輝一の胸はドキンと鳴った。もしや――。

一月《ひとつき》が過ぎても、輝一は父と母の消息を知ることはできなかった。ふと思いついて看護婦に尋ねてみた。

「以前に診察を受けて、治療に来なくなってしまった患者さんはいますか？」

「ええ、何人か。亡くなった方は別として、治療を拒否している人もいましてねえ。治療すれば視力を取り戻す可能性は高いのに……」

「病名は？」

「葉室先生は、進行した白内障と診断されていました。手術をすれば今よりはずっと見えるようになるからって、随分勧めたのですが……」

「治療を拒否って言いましたよね。どうして？　何か事情があるのですか？　費用とか……」

「いいえ。治療費は個人負担ではないので問題ありません。何か本人の心の有り様のようなのです。見えなくていい、見たくない――と。自分は生きているのが申し訳ない。自分だけがこの世を見ているのは申し訳ない――と」

「自分だけ――？」

「一緒に入所した旦那さんを亡くして、何か、子供も見捨てたと――詳しいことは言わないので分かりませんが。若い時には、少女舎の世話係をしたり、旦那さんは中学校で教えていたと聞いています」

一緒に入所した旦那さん。輝一の胸の鼓動が激しくなった。

「何という患者さんですか、名前は？」

「えーと、榎田さん、榎田カナ子さんと言います。旦那さんは……覚えていませんが、調べますか？」

「カルテがある？」

「はい。カナ子さんのならすぐ出せます。旦那さんの方は今すぐには……」

「治療できるのならしなければ。榎田カナ子さんのカルテ、見せてください」

母だ、と輝一は思った。榎田カナ子。里見の名を伏せる時、僕を置いて行った榎の木と、和田医院の「和田」の名を合わせて、「園名」にしたのに違いない。名は加奈ではなく片仮名にして。渡されたカルテを見て、輝一は、榎田カナ子は里見加奈だと確信した。生年月日は大正十四年十月七日、入所日昭和二十八年四月十日。現在は五十二歳になるはずだった。四十代の後半から、目の霞み、視力低下の症状が出て、点眼薬を処方されていたが、五十歳を過ぎた頃から急激に視力が衰え、現在は物の形がぼんやり分かる程になってしまった。緑内障や網膜剥離ではないので、これ程の視力低下はないはずで、カルテにも「後遺症の一種か、心理的要因か?」とメモ書きがあった。さらに手術拒否の理由として、「極度の手術恐怖」と記されていた。

「この榎田さんという患者を、次回に呼んでおいてもらえますか? 僕も診察してみたい。治せるものなら治したいですからね」

「そうですね。誰でも気持が変わることがありますからね。もう一度光を取り戻してあげたいですね。榎田さん、優しい、いい方です。外見上の後遺症は全くなくて、引き受け人があれば、外へ出て暮らせる人なんですよ」

次の診療日までの一週間、輝一は自分では落ち着いているつもりだったが、ふと気がつくと、周囲を忘れて、頭の中の思いを追っていた。「和田先生」と何度も看護婦に呼ばれたり、午後の診療が始まる時間を過ぎても、中庭の藤棚の下で物思いにふけっていたりした。どんな様子の人なのだろう。僕のことが分かるだろうか。「落ち着け」と自分に言い聞かせて、輝一は、梅雨入り前の輝くような青葉をくぐって、全生園の治療棟へ向かった。

十五人の診療を終えた。待合室には誰もいない。

「榎田さんは来ていないのですか」と訊くと、

「あ、今迎えに行っています。一人では来られないので。一昨日《おととい》でしたか、レントゲン検査の時出会ったので、眼科に新しい先生が見えましたよ、和田先生っておっしゃる若い先生って言ったら、何だかハッとした顔をして、『ワダ先生、ワダ先生』って繰り返してました。──ほら、あそこに見えましたよ」

看護婦に導かれて歩いてくる婦人は、白いブラウスに黒いスラックスを穿いている。白髪まじりの髪を首筋のところで一つにまとめていた。入り口の段差で、少し躓《つまず》きそうになる。輝一は立ち上がりそうになって、慌てて座り直した。まだだ、落ち着け。

「榎田カナ子さんですね」

「はい」俯いたまま、カナ子は答えた。

「武蔵野病院から来ている和田です。しばらく診察に見えていないというので、診せてもらいたいと思って、お呼びしました」

榎田カナ子は、体をぴくりとさせて顔を上げた。青白い顔は化粧っ気が無く、ただ眉だけは薄く眉墨が引かれていた。

「あの、あのう……」

「どうしましたか、榎田さん」看護婦が声をかけると、

「和田先生──和田っておっしゃるのですか。声が、何だか似ていて……」

「声？　誰に似ているの？」

「ええ、あのう、亡くなった主人に。あっ、失礼しました、変なこと言って」

輝一の鼓動が激しくなった。この人だ。この人は母さんに違いない。動揺を押し隠して、輝一は静かに話しかけた。

「僕の声が旦那さんに似ているのですか。僕、田舎訛りがあって恥ずかしいのですが、訛りが似ている

のかな？」

「先生は、東京の方じゃないのですか？」

「ええ。出身は栃木、大学は群馬です」

「栃木」カナ子は急に立ち上がった。

「どうしたの、榎田さん」看護婦が慌ててカナ子の肩を押さえて座らせる。

「榎田さん、声が似てるなら、いっそ顔も見てみませんか。手術をすれば見えるようになるんですよ」

「手術は、二度としません」

「つらい手術を受けたことがあるのですね」

「そうです。わたしは子供を、生んでやれなかった。未生にこの世を見せてやることができなかった。わたしは、自分だけ、この世を見てはならないんです。康平さんも、未生も見えないんだから」

榎田カナ子は、迸《ほとばし》るように言って、滝のように涙を流してむせび泣いた。

「つらい思いをなさったのですね……。そんなに泣いては、今日は診察は無理かなあ。また来週話しましょう」

輝一は、つとめて明るく言った。看護婦も頷いて「また来週、先生に診ていただきましょう」と、カナ子を促して去って行った。

傍で黙って様子を見ていた婦長が、痛ましそうに言った。

「榎田さんのように、中絶させられた者が大勢いたのです」

「中絶!?」

「ええ。榎田さんが入所した頃は、まだ、男性は不妊手術を受けることが、夫婦として過ごせる条件でした。女性は――もし、妊娠するようなことがあれば、中絶させられました」

「……そんなことが、病院で、どうして。患者たちは、承知したんですか」

「優生保護法の中絶理由の一つに、癩が入っていて。――それを盾に取って、強制的に手術がなされていたのです」

「優生保護法――知らなかった。今は、まさか」

「はい。さすがに。今はハンセン氏病は治癒可能で、早ければ数か月、長くても数年で完治しますから、強いて全生園内で結婚しなくてもいいようになりましたし。ここに残っている患者は、子供を持つ年頃を越えていますから。榎田さんは、入所して間もなく妊娠が分かり、中絶させられたようです。榎田さんは、流された子を未生って呼んで、いつも冥福を祈っているんです。妊娠二、三か月でしたから、男女の区別はつかなかったはずなのですが、榎田さんは女の子って思い込んでいるのです。――だからね、絶対に手術はしないと。もし手術しなければ命を失うとしても、自分は手術はしないと、心を決めているんですね。そして――その、未生ちゃんと旦那さんのいないこの世は見たくないと思いつめて、眼の手術も受けようとしないのです」

「榎田さんにとっては、見えない方がいいのでしょうか……」

「いいえ。でも、榎田さんが見たいって気持になってくれないと。そのためには、希望を持つことが必要です。希望があって初めて、榎田さんはこの世を見たいと思うでしょう。何か、生きる希望が見つかるといいのですが……。今は、死ぬ日を待ってすごしているようなものです」

輝一は、返答することもできず、息を詰め、そして吐いた。重い、重い母の運命。父の、妹の運命。

「私ももう一度、榎田さんの心を開かせる術を考えてみます。何だか、和田先生になら、心を開いてくれるような気がします。今日みたいに、自分の思いを外に出すことなんか、滅多にないんですよ」

「来週、また来てくれるといいけど……」

「私も働きかけてみます。先生のお名前、教えてもいいですか？」

「ええ、ああ。和田輝一、そう伝えてください」

榎田カナ子は、自分を我が子だと分かるだろうか。心を閉ざし、目を閉ざしている母。僕を見たいと思ってくれるだろうか。どうかもう一度、この世の光で僕を見てほしい。

挨拶もしどろもどろになりながら、輝一は治療棟を辞した。いつの間にか、足は納骨堂に向いていた。里見康平のお骨は、今も榎田カナ子の部屋に祀られているという。今すぐ母の部屋に行くことはできない。せめて納骨堂に詣でたかった。生い繁る木々の葉の影を壁に映して、納骨堂はしんと静まっていた。人影はなかったが、誰か詣でた人があったらしく、花立てには白と紫の菖蒲が活けられ、薄く線香の煙が漂っていた。

次の診療日、すべての診療が終わっても、榎田カナ子は姿を見せなかった。問いかける目をした輝一に、婦長は、

「呼びにやったのですが、気分が悪いと伏せっていて――いえ、身体の具合というより、神経衰弱といいますか、ひどく気持が混乱しているようです。食事もあまりとっていないと介助の者が心配していま
す。何か言っているようなので、口元に耳を寄せると、『子供は親を許してくれるだろうか』と繰り返していると言います。中絶させられた子供のことでしょうか。私が先生のお名前を教えましたら、じっと考え込んで、首を振って『まさか』と呟いて、また考え込んでいました。――先生、大変失礼ですが、先生は榎田カナ子のことを、ご存知なのではありませんか？」

輝一は、婦長の、気遣わしげな顔を見返して言った。

「母、だと思います」

「えっ、ええっ？」

「私の生みの母だと思います。私が二歳半の時、両親は私を置いて全生園に入所しました」

それから輝一は、言葉に詰まりながら、榎の木と和田医院のこと、全生園に診療に来るようになるまでの経緯を、婦長に話していた。午前の診療を終えて、看護婦たちは、昼食をとりに行ったらしく、眼

科室には婦長と輝一だけが残っていた。

「もし、生きているのなら、会えるかもしれないと思いました。父は――父には会えなかった――」

「そうですね。榎田さんは、ここの中学校で教えていて、子供たちに慕われていました。残念です。あ、それにしても……運命というのでしょうか。何物かが、先生をここに寄越してくださった」

「養子であることは知っていましたが、榎の下に置き去りにされたことは大学に入る時まで知らなかった。どうして幼い僕を置いて行ったのか分からず、つらかった。ここで仕事をすると決まった時、やっと和田の父が、両親が全生園に入所したことを話してくれたのです。当時の社会状況を考えれば、父と母が、自分たちとは関わりのない所で育ってほしいと願った気持は理解できます。僕は本当に幸せなことに、和田医院に引き取られて医学を修めることができました。医学を修めたから、ハンセン氏病にも科学的に向き合うことができる。父も母も、何の罪もないのに……。父にはもう会えませんが、母の目を治してやりたい。僕を見てほしい。父の話を聞きたい……」

輝一は覚えず泣いていた。

「きっと、榎田さんも気がついているのです。でも、どうしていいか分からなくなっている。先生に自分を受け入れてもらえるかどうか、恐れているのでしょう。輝一というのは、本名というか、元々のお名前なのですか？」

「元々は紀一と書くと、和田の父が教えてくれました」

輝一はメモ用紙に「紀一」と書いて婦長に見せた。

「発音は変わらないように、文字だけ変えたそうです。榎の木と和田の田、父と母も、忘れ難い文字を合わせて名字にしたのでしょう」

「もし、よろしかったら、榎田さんの部屋へいらっしゃいませんか？」

「いいのですか、居住区域を訪ねても」

「大丈夫です。昔は家族とも面会室でしか会えなかったと聞いていますが、今は随分自由になりました。お二人でお話しなさってください。あ、このことは、先生のお許しがなければ誰にも言いません。葉室先生にも。守秘義務ですから」婦長は温かく微笑んだ。

榎田カナ子の部屋は、不自由者棟の一室だった。

「榎田さん、お客さまです。入りますよ」

夏布団に薄い膨らみを見せて、榎田カナ子は横たわっていた。婦長の呼びかけに驚いて、カナ子は半身を起こした。

「お客さま？　わたしに？　一体どなたですか」

「母さん、きいちです。和田、いえ、里見きいちです」

榎田カナ子は、目を見張って両手を差し伸ばした。婦長がスッと障子を閉めて去って行った。輝一は加奈の両手を取り、固く握り締めた。

「母さんですよね。里見加奈さん。キイ坊のかあたん」

自分の記憶のどこに、そんな呼び名が仕舞われていたのだろうか、輝一が、頭に浮かんだ「キイ坊のかあたん」という呼び名を口に出したとたん、加奈は激しく震え出した。

「キイ坊、キイ坊。じゃあ、やっぱり先生は紀一!?」

「そうです」

加奈は、両手で輝一の体中を撫でた。

「ここが紀一の頭、これが肩、胸、手……」

「そうです。きいちです」

はっと気づいたように、加奈は手を引っ込めた。

「触ってしまった。ごめんなさい」

「大丈夫。病気はとっくに治ってるんだ」

輝一は加奈の細い身体を抱き締めた。

「ほんとにすまなかった。あんなに小っちゃいあんたを、榎の木の下に置いてきて……」

「いいんだ。僕はちゃんと育ててもらって、医者になった。眼科の医者」

「ああ、有り難い。和田先生はわたしらの願いを聞き届けてくださった。ほら、康平さん、聞いてる？キイ坊だよ。キイ坊、父たん」

机の上にお骨箱が載っていて、紫陽花の花が供えられていた。輝一は無言で瞑目し、手を合わせた。お骨箱の傍らに、小さな女の子の洋服があった。

「未生、兄さんだよ。やっと会えたね……」

そうか、これが陽の目を見ずに抹殺された妹か。輝一は、紅い洋服を撫でた。悔しかった。悲しかった。

それから診療日のたびに、輝一は榎田カナ子の部屋を訪ね、和田清弘と晶子、文弘、武弘、佐和子と千都子、タキのことを話した。群馬大学のこと、武蔵野病院へやってきた経緯を話した。カナ子は時に涙ぐみ、時に微笑みながら聞き入っていた。加奈も康平の思い出や世話をしていた百合舎の少女たちのことを、ぽつりぽつりと語った。だが、里見の家のこと、郷里のことは何も言わなかった。

「母さん、目の手術受けてくれないか。僕のこと見てください」

夏が終わるまでに、輝一は何度か、手術を勧めていた。「手術はできない」と言っていた加奈の心が解《ほぐ》れてきたのは、秋風が立った日だった。

「母さん、吾《われ》木《も》紅《こう》が咲いたよ。父さんと未生にお供えしよう」

輝一が林の中で見つけてきた吾木紅に、加奈はそっと手を触れた。「いい色だろうね、吾木紅」

「見てごらん、自分の目で」

「未生は許してくれるかねえ……」

「未生もね、見たがってると思うよ。母さんが見えないと、未生も見えないんじゃないかな」

「……そうかもしれないね」

「和田医院のみんなにも会って――」

「お礼を申し上げないと。そう――では、お願いします。ああ、キイ坊がお医者さまになって、わたしの目を治してくれる。神さまはいるんですね」

加奈の気持が変わらないうちにと、早速に手術が行われることになった。何回か診察して、白内障の手術をすれば、見えるようになる可能性は十分にあると輝一は判断していた。

手術の手順を葉室医師と打ち合わせて少し遅くなった輝一は、治療棟の端に、ドアがあるのに気づいた。今まで気がつかなかったけど、何だろう、このドアは。白く塗られたドアには、上部にクローバー型の擦りガラスが嵌っている。鳥の影のようなものがガラスを横切ったように見えて、輝一は心がざわめいた。何だろう、何の部屋なんだろう。ノブに手を掛けると抵抗なく回った。鍵を掛け忘れたのだろうか。何かに誘《いざな》われるように、輝一はドアを押して入って行った。部屋の中は薄暗く、高窓からの光が斜めに差している。空気は澱んでいて、ガラス戸の嵌った戸棚があった。中にはズラリと広口のガラス瓶が並んでいる。標本室？　輝一は戸棚に近づいて目を凝らした。目に映った「標本」が何であるか、脳が把握した時、輝一は凍りついた。胎児。ホルマ(注2)リン液に漬かって、月齢の異なる胎児の入っている瓶が十数本並んでいた。婦長の話が頭に浮かんできた。中絶。この瓶の中の胎児たちは、中絶された胎児の標本に違いない。なぜ、何のために。胎児たちの標本を残すことに一体どんな意味があるのか。医学を隠れ蓑にした人間の残虐さ。瓶にはシールが貼られ、おそらく中絶した日付だろう、数字が記されている。数字は、未生が命を絶たれた時より、ずっと古い年を示していた。未生はまだ、胎児の形をなしてはいなかったはずだと気づいて、ほっとしながらも、悲しかった。高窓から差す光に照らされて、瓶の中の気泡がゆっくり立ち昇っているのが見えた。気泡は胎児の目尻に止まり、胎児の涙のように光っていた。

輝一は後ろ手にドアを閉めると、後をも見ずに走った。転げるように外に出て、木立の陰にうずくまって吐いた。今日は母さんには会えない。自分の動揺を気取られたくない。用事があって帰ったと伝えてもらおう。ああ、母さんの目が見えるようになっても、あのガラス瓶だけは絶対に見せたくない。あの子たちを、何とかして葬ってあげたい。せめて納骨堂へ祀ってあげたい。輝一は、闇の中を漂うように、覚束ない足取りで歩いて行った。

　数日経っても心は疼《うず》いた。何とか気を取り直して、輝一は手術の前日の夕刻、加奈の元を訪れた。

「先週は急な呼び出しがあって、来られなくてすみませんでした」

「お医者さんだもの、急な仕事が入るのは当たり前。今日もわざわざ、大変だったねえ」

「執刀は葉室先生です。僕も助手につきます。術後、しばらくは目を塞いで休んでもらいますけど……明日中には会えますよ、僕の顔に」

「お父さんは――いい男でしたよ」加奈は悪戯っぽく言った。加奈が、そんな茶目っ気を出してくれたことが、輝一は無性にうれしかった。

「僕は、母さんの血が入ってるから……普通かな」

「あらっ」加奈は小さく声を立てて笑った。母の笑い声を聞くのは初めてだと、輝一は思った。

　手術当日はきれいな秋晴れだった。母が光を取り戻す日の空を、輝一は振り仰いだ。午前中は診療、午後はいよいよ手術になる。白内障の手術は、日を置いて片眼ずつ施術するのが原則だったが、加奈の場合は、手術に対する抵抗感を考慮し、両眼、一気に行うことになっている。

　――ゆっくりと包帯を取っていく。包帯の下の母の目は閉じられていた。もう夕暮れが迫っていて、病室は淡い光だった。

「目を開けてください、里見加奈さん」

　榎田カナ子は今日で終わる。光を取り戻した母は、今日から里見加奈として生まれ変わってほしい、と輝一は思った。加奈はそっと瞼を開けた。

「夕暮れみたい」と加奈は言った。

「夕暮れですよ。明かりをつけてみますね」輝一は電灯のスイッチを入れた。

「あっ」と言って、加奈は目を閉じた。

「大丈夫。ゆっくり目を開けて、自分の指を見てください」

加奈は両手を広げて、目の高さに上げた。

「ぼんやりと、ああ見える。わたしの指……」

成功！　輝一はほっと安堵し、次いでパアッと喜びが弾けた。

「そう、まだはっきりとは見えないと思います。これから徐々に眼鏡を合わせたりして視力を出していきますからね」

加奈は、輝一の方に顔を向けてじっと見つめた。

「お父さんより、いい男だ」と言ってクスッと笑った。

「そりゃあよかった。母さんの血が入って――」その先は言葉にならなかった。もう少し経てば、もっとはっきり見えるようになるだろう。母さん、母さん。キイ坊のかあたん。


その年の年末年始の休日、輝一は母をアパートに招いた。佐和子が料理を拵えにきてくれた。榎田カナ子が母だと判明して以来、輝一はすべてを和田の家に伝えてあった。清弘と晶子は小金井の家に加奈を招きたがったが、加奈は「わたしがお訪ねしたら、ご迷惑をおかけする」と言って承知しない。きっとまだ、和田の両親に会ったり、榎の木の側に行ったりする気持の整理がつかないのだろうと、輝一は加奈の心内を推し測っていた。焦ることはない、これからだ。

加奈はまだ、自分と康平と紀一が住んでいた家がどこにあるかも話そうとはしなかった。ある時、「河津屋敷はどうなったべなー」と呟いたことがあった。「河津屋敷？」と訊き返すと、「あ、何でもね」と慌てて首を振った。輝一と親しむにつれ、加奈の言葉に訛が混じるようになった。輝一が少し戸惑うと加奈は「あ、齢とったら、祖母ちゃんの言葉になった」

と恥ずかしそうに笑った。外出も外泊も自由にできるし、退所して、輝一と二人で暮らすこともできる。だが加奈は全生園を退所しようとはしなかった。「お父さんも未生もここに眠ってるから」と。

ある日、診療時間が終わり、いつものように部屋を訪ねると、加奈は十五冊の大学ノートと十数枚の原稿用紙を輝一の前に置いた。

「お父さんの日記と、紀一への手紙。これを、生きて紀一に渡せる日が来ようとは思ってもみなかった」

アパートに帰って、輝一はまず、ブルー・ブラックのインクで記された「手紙」を読んだ。まるで輝一の将来を見通し、医者としての指針を与えてくれたかのような手紙に、輝一の心は激しく揺さぶられた。「最高の幸せは君の父であること」。父さん、こんなに自分の存在を肯定してくれる言葉はない。父さん、父さんは僕の最高の誇りです。母さんと未生は、きっと僕が守り通します。「生まれ得ざる子供

――光田健輔の癩医療」。全生園の礎を作っていた頃の光田医師は、あの、ガラス瓶の中の胎児たちを想定していたであろうか。光田健輔のとったらい医療の方策が誤りであったことは、輝一の知識でも明らかだった。どこで、どうして、こんな迷い道に光田医師は入り込んでしまったのだろう。権力の座にある者の危うさ、と輝一は思った。父さん、僕は父さんの言う「本物の医者」になれるよう精進します。

日記は少しずつ読もう、と輝一は原稿用紙をノートに戻した。十五年に渡る日々の記録は、里見康平という人間の魂を伝えてくれるだろう。父さん、僕はやっと父さんに会えるんだね。

加奈は佐和子とはもう何回か会っていた。加奈の手術が成功したことを聞き、佐和子は全生園に出向いた。

「もっと早くお目にかかりたかったのですが、キイちゃんが、手術が済むまでそっとしておく方がいいって言うものですから。ほんとによかったですね！　も

ううちの母なんか、まるでドラマみたい、なんて感じ入ってました。もう目も不自由なくなられたのですから、退所して、キイちゃんと暮らしてあげていただけませんか。お母さんがここを出ないなら、わたしが来ようかなあ。看護婦募集って貼り紙があったもの」と言うと、加奈は、

「ごめんなさいねえ。なかなか外の世界に出る勇気がなくて。もう少し、待っててください。佐和子さんがここの看護婦さんになってお家を離れられたら、和田先生がお困りになるでしょう」

佐和子は、清弘が輝一に両親の行き先を明かして以来、鬱屈から抜け出し、清弘のアシスタントを勤めるようになった。わたしがキイちゃんを守る、という子供の頃からの輝一への意識が蘇えり、スイッチがパンと入るように生き生きと看護婦の仕事を再開していたのである。

「大丈夫です。母が、わたしだってまだまだよ、なんて張り切っていますから」

佐和子が加奈を街に連れ出すこともあった。洋服を買う、といったことになると輝一はお手上げで、佐和子が所沢のデパートで、セーターや冬のスラックスを選ぶのを手伝った。

佐和子は家から正月料理を重箱に詰めて持って来ていた。昆布巻き、きんとん、伊達巻き、田作り、蒲鉾などの定番の品に、和田家自慢の鮎の甘露煮も詰めた重箱、なますや白菜漬け、またお煮しめなどは、タッパーに入れてきた。

年越し蕎麦は清瀬駅前の蕎麦屋から出前を取ったが、佐和子は天婦羅を揚げると言い出した。「天婦羅だけは揚げたてでないと」と、佐和子は、輝一が買いはしたが一度も使ったことのない支那鍋で、海老を揚げ、さつま芋を揚げた。

「キイちゃんは、子供の頃からさつま芋の天婦羅が大好きで、いつもわたしの分もねだって、分けてあげるまで、わたしの顔じっと見てるの」

「タキさんの天婦羅おいしかったもんなあ」

「うん。まあわたしもタキさんには負けちゃうけど。わたしたちみんな、タキさんのお料理で育ったんですよ」

加奈はうれしそうに二人のやりとりを聞いていた。

「ああ、ほんとうに、輝一はご兄弟の仲間に入れていただいていたのですね。お正月、皆さんは——」

輝一と二人だけでないと、加奈の田舎訛りは出てこない。

「文弘兄さんは、フィリピンへ蝶を採りに行ってます。武弘兄さんは、年末年始、一手に当番を引き受けたんですって、特別手当稼ぐんだって。千都子はね、何と何と、NHKの紅白の舞台装置作りのスタッフに雇われたんです。臨時のアルバイトですけど。家へ帰れるのは早くて二日って言ってたわ。加奈さん、紅白見ましょうね」

「まあ、紅白の。皆さん本当に、ご活躍ですね！」

「千都子なんか下っ端の下っ端ですよ。でも、あの子が好きな道を見つけてくれて、ほんとによかった。加奈さん、千都子ね、高校生の頃、『院長回診』やってたんですよ」

「院長回診？」

佐和子の説明に、加奈は楽しそうに笑った。この普通の生活。もう永遠に自分からは失われてしまったと思っていた普通の生活の豊かさに、加奈は目が眩むほどの幸福感を覚えていた。

紅白を最後まで見て、輝一はベッドに、加奈と佐和子はカーペットの上に貸し布団を敷いて寝《やす》んだ。加奈さんのお布団買わなくちゃ、もっと広いアパート探さなくちゃ。そんなことを思いながら、佐和子は眠りに引き込まれていった。

元旦、佐和子はびっくりして飛び起きた。加奈も輝一も布団の中にはいない。台所の方から美味しそうな匂いが漂ってくる。うわっ、寝坊しちゃった！佐和子は顔を赤らめて素早く身仕度し、台所との境の戸を開けた。

「姉さん、おめでとう」

「佐和子さん、明けましておめでとうございます」

「わたし……お元日に寝坊して……」

「疲れたのでしょう。昨日はずっと動き詰めだったから」

加奈は、和服にまっ白なエプロン姿で、雑煮を作っていた。テーブルには、昨日佐和子が持ってきた重箱と取り皿が並べられている。

「長いこと、お料理してないので戸惑ってしまって。田舎のお雑煮ですが……」

急いで洗面を済ませて、佐和子がテーブルに着くと、加奈もエプロンを外して椅子に座った。兄弟が集まったあの日以来、輝一は折り畳みの椅子を買い、佐和子が家で余っている食器類をいくつか運んできていた。

「明けましておめでとうございます」佐和子は面映ゆい思いで頭を下げた。

「加奈さん、着物似合うんですねー。古風でモダンで、不思議な柄。何という織物なんでしょう」

「銘仙です。母が、嫁入りの時に持たせてくれた――。これだけは諦められなくて持ってきました」

加奈は片袖を膝に拡げて、愛しそうに撫でた。紫紺の地に、少し抽象化された紅と白の椿の花、濃淡さまざまな緑の葉が散っている。

「若い時の着物で、年甲斐もないけど……」

「僕、着物のことなんか分からないけど、よく似合ってるよ。綺麗だよ」

キイちゃんにしては一世一代の褒め言葉だと、佐和子は噴き出しそうになった。

三月末、輝一は次の年も全生園の診療を担当することを葉室医師と佐倉医師に申し出ていた。加奈が母だと判って以来、輝一は二人の上司に両親のこと、自分の生い立ちのことは話してあった。二人とも「運命の不思議」に驚きつつ、医者としての科学的な目と、社会の理不尽さを見据える目との両方を備えていて、「お母さんに会えてほんとうによかった。このことが和田くんの医者としての力量を、より高めてくれると思う。今まで通り、仕事を続けてください。でも、お母さんの病気のことは、迂闊に言わない方がいい。世の中の人が皆、病気を正しく理解しているわけではないからね。ハンセン氏病は普通の病気なんだから、わざわざ打ち明ける必要はないんだ」といった意味のことを言った。

加奈はまだ、全生園を出て輝一と暮らすことを承知していない。でもきっと、父と妹とともに自分の元に帰ってくれるだろうと、輝一は加奈の心が解ける日を待っていた。

（注1）「ハンセン病における視力障害」に関しては、国立ハンセン病資料館企画展「かすかな光をもとめて」の図録に依拠。

（注2）現実には全生園では、解剖室に三十五体の胎児の「標本」を保管していた。（「朝日新聞」平成十七年一月二十八日付記事）

第十八章
国蝶の生れ立つ樹

七月に入って、文弘から輝一に連絡が入った。「先日、小金井に寄った時見たら、一里塚の榎にオオムラサキの蛹がたくさんついていた。お母さんに見せてあげたらどうかな。誰でも蝶が飛び立つのを見ると、気持が晴れ晴れするものだよ」

まだ、ためらっている加奈を、ドアから押し入れるようにして、輝一は「雪うさぎ」に乗せた。

「ドライブしよう、母さん。電車より時間がかかるけど、きっといい気持だよ」

クーラーに氷を詰め、缶ジュースを入れた。お昼はぜひ家で、と晶子は言って寄越していた。母さんと僕の初めての旅、と輝一の心は弾んだ。目の保護のために、加奈は薄く色のついた眼鏡をかけている。加奈のバッグに、康平の写真と未生の洋服が入っているのを輝一は知っていた。

「疲れたら後ろの座席で横になってもいいんだ」と言いながら、輝一はゆっくりと車をスタートさせた。

早くも穂がつんつん出ている青田の広がり、荒川、利根川と渡る川面の輝き、遠くに並ぶ紺青の山脈。加奈は、手を伸ばさんばかりに、北関東の夏の風景を受け止めていた。

「輝一、見えるっていいねえ。みどりって、こんなにきれいなんだねえ」

途中で何度も休憩を取りながらだったので、和田医院に着いた時は十二時を過ぎていた。清弘も晶子も佐和子も、そしてタキも、玄関の外に立って加奈を迎えた。加奈は少しよろめきながら車から降りると、頭が膝につくほど深々とお辞儀をした。何か言おうとするが、言葉にならない。

「さあさあ、お上がりください。おなか空きましたでしょう」と晶子が茶の間に誘った。加奈は茶の間に正座して、額が畳につくほど体を二つに折って「ありがとうございました」と言った。「輝一をこんなに立派に育てていただいて……」あとはただ涙だった。

「里見さん、お礼を申し上げねばならないのは私どもの方です。輝一のような子を育てさせてもらって、私は何とか人として生きてこられた……」

「揚げたてですよー」と言いながら、佐和子が山のような天婦羅を運んできた。茄子、茗荷、青紫蘇と、瑞々しい夏野菜がいい匂いを放っている。

「うーん、佐和子が揚げたのは茄子だけね。あとはタキさんでしょう」

「あら、どうして分かるの？　タキさんのとそんなに違う？　お母さんだって……」

「まあ、まあ。母娘喧嘩はそれくらいにして、タキさんを呼んできなさい。一緒にお昼にしよう」

タキがやってくると、加奈はまた、一頻り涙にくれた。

「輝一がどれほどお世話になりましたことか。どうか、わたしたち夫婦をお許しくださいませ」

タキも胸が一杯の様子で目元を指で拭っている。タキは突然両手を差し出して加奈の手を取った。

「よくご無事でいてくださった。キイちゃんはどんなにうれしかろ。でかした、でかした、でかした」

タキの「でかした」が可笑しくて、皆わあっと笑い出した。

「オオムラサキは、昼すぎに羽化するって文兄さんは言ってたけど、今日は車に乗り通しでお疲れでしょう。一里塚へ行くのは明日にしましょうか」という佐和子の提案で、加奈と輝一は、離れで休むことになった。輝一の使った机、輝一の読んだ本を愛しそうに撫でて、加奈は微笑んだ。

「少しお昼寝しませんか」と佐和子が布団を敷いて勧めると、よほど疲れていたのか、加奈は素直に横になり、程なく寝入ってしまった。愁いをすべて拭い去ったかのような安らかな寝顔を見ているうちに、輝一もいつの間にか寝入っていた。加奈の方を向いて、加奈の手を両手で握って眠る輝一を、佐和子は痛いほどの愛しさを込めて見つめていた。

「夕御飯はお寿司の出前を取りました。夕御飯作ってるとお話しできなくて損ですものね」と晶子が澄ました顔で言う。

「牛肉入りけんちん汁は、わたしが作ったからね」と佐和子。夕食後はみんなで浴衣に着換えて離れの縁側に集まった。加奈の浴衣は晶子が自分と同じ柄のものを用意していた。白地に藍の沢瀉《おもだか》がさわやかだ。帯だけは異なる色合いで、晶子は芥子色、加奈は小豆色だった。佐和子のは紺地に白い合百の模様で、帯は灰色と黄緑を混ぜたような色合いだった。

「男はつまらんなあ輝一」清弘が輝一と自分の浴衣を見比べながら言った。二人とも黒に灰色の小さな石が散らばっているような地味な模様だった。「霰《あられ》もようって言うのよ、ね」と晶子が加奈に同意を求めるように言った。暗くなった庭先にスーッと光が動いた。

「螢よ、ほたる」佐和子が声を上げた。どこから飛んできたのか、数匹の螢が青白い光を放って舞っている。

「ああ、園でも子供たちが草むらから採ってきて蚊帳の中に放ちましてね」

加奈がなつかしそうな目をして言った。

「子供――子供の患者さんも？」

「はい。親元から離されて――」

「どうして⁉　子供まで」晶子が憤然として清弘に詰め寄った。「私に言われても……」と言いかけて、清弘はハッとして加奈を見つめた。

「いや、私は、私たち医者は責任を免れない。医者はハンセン氏病の実体を一番よく知り得る立場にいた。細菌による感染症であること。感染力はごく弱いこと。栄養と休養を十分にとって免疫力をつければ自然治癒もあったのだ。小笠原先生がおっしゃったように。ましてプロミン開発後は、隔離の必要は全くなくなっていた。医者、殊に療養所で患者を診ていた医者こそが、患者が不当に扱われてきたことを怒り、患者の社会復帰を助けねばならなかったのに、国の政策に無批判に加担して患者を苦しめた。医者の一人として恥じています」と言って、加奈に向かって頭を下げた。輝一は清弘の言葉に、康平の記した「光田健輔の癩医療」の内容を思い重ね、二人の父への敬愛の念が胸いっぱいに広がるのを覚えた。

「輝一、私は弱い人間だ。お前が家へ来て、迷いがなかったわけではない。偏見がなかったわけではない。『世間』は恐ろしかった。だが、お前はいつでも、この子を育ててよかったと思わせてくれる子だった。お前にも、この家で育てられてよかったと思ってもらえたら、それこそが私と晶子にとって、人間として生きられた証しだよ」

皆黙って清弘の言葉に聞き入った。輝一は言葉にならない思いを込めて、清弘と晶子を見つめた。晶子は清弘の方に身を寄せて、顔を清弘の肩に埋めた。晶螢はいつの間にか、どこかへ去り、天空に半月が光っていた。

翌朝、輝一は静かに起き上がった。加奈は隣の床で眠っている。午前四時、東の空がわずかに白んでいた。輝一は、自分がシロと眠っていた朝まだきの榎の木を見たいと思った。離れから直接道路に出る枝折り戸を開けると、門の方から人影が近づいてきた。二人は何も言わず、肩を並べて歩いた。行く先は言う必要がなかった。通りはまだ目覚めていない。新聞配達や豆腐売りが通りに姿を見せるのはもう少し後だ。榎が見えてきた。空は明るさを増し、昔日、旅人が一里ずつの行程の目印として仰いだ榎は、くっきりとした枝張りを朝の空に描いていた。

ここが僕の出発点だったのだ、と輝一は思った。今日、僕はここからまた新たに出発しよう。そしてこれからも続く旅の折々に、僕はここへ帰ってくるだろう。今傍らを歩いているこの人に、僕の旅の道連れになってほしい。輝一は、ずっと心に抱いてきた願いを見据えた。

「佐和……さん。東京へ来てくれないか。ずっと一緒にいてほしい」

佐和子は、輝一を見つめてこっくりと頷き、花が咲くように笑った。二人は指を絡め合って榎を見上げた。無数の蛹が見える。らい予防法廃止法案が成立するまでには、まだ十七年の闘いを経なければならない昭和五十四年の夏、もうすぐ蝶となって飛び立つ蛹たちは、朝の光を浴びて、静かにまどろんでいた。

この物語は事実を背景にしたフィクションです。また、「ハンセン病」の呼称については時代背景をふまえて、「癩」「らい」「ハンゼン氏病」「ハンセン氏病」「ハンセン病」と使い分けています。

癩予防ニ関スル件

（明治四十年三月十八日法律第十一号）

*『無菌地帯』資料に依拠。

第一条　医師癩患者ヲ診断シタルトキハ患者及家人ニ消毒其ノ他予防方法ヲ指示シ且三日以内ニ行政官庁ニ届出ツヘシ其転帰ノ場合及死体ヲ検案シタル時亦同シ

第二条　癩患者アル家又ハ癩病毒ニ汚染シタル家ニ於テハ医師又ハ当該吏員ノ指示ニ従ヒ消毒其ノ他予防ヲ行フヘシ

第三条　癩患者ニシテ療養ノ途ヲ有セス且救護者ナキモノハ行政官庁ニ於テ命令ノ定ムル所ニ従ヒ療養所ニ入ラシメ之ヲ救護スヘシ但シ適当ト認ムルトキハ扶養義務者ヲシテ患者ヲ引取ラシムヘシ

必要ノ場合ニ於テハ行政官庁ハ命令ノ定ムル所ニ従ヒ前項患者ノ同伴者又ハ同居者ニ対シテ一時相当ノ救護ヲ為スヘシ

前二項ノ場合ニ於テ行政官庁ハ必要ト認ムルトキハ市町村長（市政町村制ヲ施行セサル地ニ在リテハ市町村長ニ準スヘキ者）ヲシテ癩患者及其ノ同伴者又ハ同居者ヲ一時救護スルコトヲ得

第四条　主務大臣ハ二以上ノ道府県ヲ指定シ其ノ道府県内ニ於ケル前条ノ患者ヲ収容スル為必要ナル療養所ノ設置ヲ命スルコトヲ得

前項療養所ノ設置及管理ニ関シ必要ナル事項ハ主務大臣之ヲ定ム

主務大臣ハ私立ノ療養所ヲ以テ第一項ノ療養所ニ代用セシムルコトヲ得

第五条　救護ニ要スル費用ハ被救護者ノ負担トシ被救護者ヨリ弁償ヲ得サルトキハ其ノ扶養義務者ノ負担トス

第三条ノ場合ニ於テ之カ為要スル費用ノ支弁方法及其ノ追徴方法ハ勅令ヲ以テ之ヲ定ム

第六条　扶養義務者ニ対スル患者引取ノ命令及費用弁償ノ請求ハ扶養義務者中ノ何人ニ対シテモ之ヲ為スコトヲ得但シ費用ノ弁償ヲ為シタル者ハ民法第九百五十五条及第九百五十六条ニ依リ扶養ノ義務ヲ履行スヘキ者ニ対シ求償ヲ為スコトヲ妨ケス

第七条　左ノ諸費ハ北海道地方費又ハ府県ノ負担トス但シ沖縄県及東京府下伊豆七島小笠原島ニ於テハ国庫ノ負担トス

一　被救護者又ハ其ノ扶養義務者ヨリ弁償ヲ得サル救護者

二　検診ニ関スル諸費

三　其他道府県ニ於テ癩予防上施設スル事項ニ関スル諸費

第四条第一項ノ場合ニ於テ其ノ費用ノ分担方法ハ関係地方長官ノ協議ニ依リ之ヲ定ム若シ協議調ハサルトキハ主務大臣ノ定ムル所ニ依ル

第四条第三項ノ場合ニ於テ関係道府県ハ私立ノ療養所ニ対シ必要ナル補助ヲ為スヘシ此ノ場合ニ於テ其ノ費用ノ分担方法ハ前項ノ例ニ依ル

第八条　国庫ハ前条道府県ノ支出ニ対シ勅令ノ定ムル処ニ従ヒ六分ノ一乃至二分ノ一ヲ補助スルモノトスル

第九条　行政官庁ニ於テ必要ト認ムルトキハ其ノ指定シタル医師ヲシテ癩又ハ其ノ疑ヒアル患者ノ検診ヲ行ハシムルコトヲ得

癩ト診断セラレタル者又ハ其ノ扶養義務者ハ行政官庁ノ指定シタル医師ノ検診ヲ求ムルコトヲ得

行政官庁ノ指定シタル医師ノ検診ニ不服アル患者又ハ其ノ扶養義務者ハ命令ノ定ムル所ニ従ヒ更ニ検診ヲ求ムルコトヲ得

第十条　医師第一条ノ届出ヲ為サス又ハ虚偽ノ届出ヲ為シタル者ハ五拾円以下ノ罰金ニ処ス

第十一条　第二条ニ違反シタル者ハ弐拾円以下ノ罰金ニ処ス

第十二条　行旅死亡人ノ取扱ヲ受クル者ヲ除クノ外行政官庁ニ於テ救護中死亡シタル癩患者ノ死体又

ハ遺留物件ノ取扱ニ関スル規定ハ命令ヲ以テ之ヲ定ム

入院者心得

（公立療養所第一区府県立全生病院）

本院入院者ハ左規格項ヲ遵守スルコト

一、博愛仁慈ノ精神ニ基キ各人相親和シ相互扶助ヲ念トスル事

一、礼儀ヲ重ムジ謙譲ノ美風ヲ養フ事

一、人ニ接スルニハ誠実ヲ旨トシ喧嘩口論或ハ他人ニ危害を及ボス等ノ所為アルベカラザル事

一、言語ニ注意シ品行ヲ慎ミ男女猥リニ交通セザル事

一、職員ノ命ヲ守リ事ニ当リ勤勉ナル事

一、濫リニ院外ニ出デ又ハ所定ノ地域内ニ立入ラザル事

一、博戯賭事又ハ之ニ類スル行ヲ為サザル事

一、規律ヲ重ムジ集会寝食等ノ時間ヲ励行スル事

一、各自衛生ヲ重ムジ療養ニ努ムルハ勿論居室内外ヲ清潔ニ保チ「ガーゼ」、繃帯、ボロ、紙屑類ハ所定ノ容器以外ニ投棄セザル事

一、隔離病室ニハ猥リニ出入リセザル事

一、火気ニ注意シ火災ヲ起サザル事

一、肌脱、裸体ト為リ其他不体裁ノ行為ヲ慎ム事

一、同居者ニシテ起居不自由ナル者ニ対シテハ懇切ニ之カ介補ヲ為ス事

一、濫リニ金品ノ貸借ヲ為シ院内ノ公共物ハ勿論他人ノ所有物件ヲ無断ニ私スルガ如キ行為アルベカラザル事

一、貸与品及給与品ハ努メテ大切ニ取扱ヒ亡失、破損、汚穢又濫費セザル様注意スル事

一、総テ質素ヲ旨トシ華美贅沢ニ亘ラザル様心掛クル事

一、其他常ニ品性ノ陶冶人格ノ向上ニ努メ以テ本院

ヲシテ理想的療養所タラシムル事

国立癩療養所患者懲戒検束規定

（昭和六年一月三十日認可）

第一条　国立癩療養所ノ入所患者ニ対スル懲戒又ハ検束ハ左ノ各号ニ依ル

一　譴責　叱責ヲ加エ誠意改悛ヲ誓ハシム

二　謹慎　三十日以内指定ノ室ニ静居セシメ一般患者トノ交通ヲ禁ズ

三　減食　七日以内主食及副食物ニ付常食量二分ノ一迄ヲ減給ス

四　監禁　三十日以内監禁室ニ拘置ス

五　謹慎及減食　第二号及第三号ヲ併科ス

六　監禁及減食　第四号及第三号ヲ併科ス

監禁ハ前項第四号ノ規定ニ拘ラズ特ニ必要ト認ムルトキハ其ノ期間ヲ二箇月迄延長スルコトヲ得

第二条　入所患者左ノ各号ノ一ニ該当スル行為ヲ為シタルトキハ譴責又ハ謹慎ニ処ス

一　所内ニ植栽セル草木ヲ傷害シタルトキ

二　家屋其ノ他建物又ハ備品ヲ毀損シ若ハ汚瀆シタルトキ

三　貸与ノ衣類其ノ他ノ物品ヲ毀損若ハ隠匿シ又ハ所外へ搬出シタルトキ

四　人ヲ誑惑セシムベキ流言浮説又ハ虚報ヲ為シタルトキ

五　喧嘩口論ヲ為シタルトキ

六　其ノ他所内ノ静謐ヲ紊シタルトキ

第三条　入所患者左ノ各号ノ一ヲ為シタルトキハ謹慎若ハ減食ニ処シ又ハ之ヲ併科ス

一　濫リニ所外ニ出デ又ハ所定ノ地域ニ立入リタルトキ

二　風紀ヲ紊シ又ハ猥褻ノ行為ヲ為シ若ハ媒合シテ之ヲ為サシメタルトキ

三　職員ノ指揮命令ニ服従セザルトキ

四　金銭又ハ物品ヲ以テ博戯又ハ賭事ヲ為シタルトキ
五　懲戒又ハ検束ノ執行ヲ妨害シタルトキ
第四条　入所患者左ノ各号ノ一ニ該当スル行為ヲ為シタルトキハ減食若ハ監禁ニ処シ又ハ之ヲ併科ス
一　逃走シ又ハ逃走セシムトシタルトキ
二　職員其ノ他ノ者ニ対シ暴行若ハ脅迫ヲ加ヘ又ハ加ヘムトシタルトキ
三　其ノ他所内ノ安寧秩序ヲ害シ又ハ害セムトシタルトキ
第五条　一個ノ行為ニシテ前三条中二以上ノ規定ニ該当スルトキハ情状ニ依リ其ノ何レカ一ノ規定ニ依ル処分ヲ為スコトヲ得
第六条　懲戒又ハ検束ニ処セラレタル者其ノ執行ヲ終リ又ハ執行ノ免除アリタル後再ビ第二条又ハ第三条ノ規定ニ該当スル行為ヲ為シタルトキハ第二条又ハ第三条ノ規定ニ拘ラズ第四条ノ規定ニ依ル処分ヲ為スコトヲ得
第七条　二人以上共同シテ第二条第三条又ハ第四条ノ規定ニ該当スル行為ヲ為シタル者ハ其ノ行為ニ付同一ノ責ニ任ズ
人ヲ教唆シテ第二条第三条又ハ第四条ノ規定ニ該当スル行為ヲ為シタル者ハ実行者ニ準ズ教唆者ヲ教唆シタル者亦同ジ
第二条第三条又ハ第四条ノ規定ニ該当スル行為ノ実行者ノ行為ヲ幇助シタル者及之ニ対シ教唆ヲ為シタル者ハ実行者ニ準ズ但シ其ノ処分ハ之ヲ減軽ス
第八条　第二条第三条又ハ第四条ノ規定ニ拘ラズ行為ノ情状憫諒スベキモノハ酌量シテ懲戒又ハ検束ヲ減軽又ハ免除スルコトヲ得
第九条　懲戒又ハ検束ハ宣告ノ上執行ス
第二条第三条又ハ第四条ノ規定ニ該当スル行為ヲ為シタル者逃走シタルトキハ其ノ懲戒又ハ検束ハ欠席ノ儘宣告シ其ノ執行ハ収容後之ヲ行フ但シ他ノ療養所ニ収容セラレタルトキハ当該療養所ノ

長ニ委託スルコトヲ得

前項ノ場合ニ於テ宣告ヨリ一年ヲ経タルトキハ其ノ執行ヲ免除ス懲戒又ハ検束ノ執行中逃走シタル者ニ対シテハ前二項ノ規定ヲ準用ス

第十条　懲戒又ハ検束ニ処セラレタル者改悛ノ情著シキトキハ其ノ懲戒又ハ検束ノ執行ヲ免除スルコトヲ得

第十一条　左ノ各号ノ一ニ該当スル場合ハ懲戒又ハ検束ノ執行ヲ免除又ハ停止スルコトヲ得

一　大祭祝日、一月一日、一月二日、十二月三十一日又療養所ノ祝祭日並懲戒又ハ検束ニ処セラレタル者ノ父母ノ祭日

二　懲戒又ハ検束ニ処セラレタル者其ノ父母ノ訃ニ接シタルトキ

三　懲戒又ハ検束ニ処セラレタル者療養上必要アリト認メタルトキ

前項第二号ノ場合ニ於テハ其ノ停止期間ハ之ヲ三日マデ延長スルコトヲ得

らい予防法

（昭和二十八年八月十五日法律第二百十四号）

第一章　総則

（この法律の目的）

第一条　この法律は、らいを予防するとともに、らい患者の医療を行い、あわせてその福祉を図り、もって公共の福祉増進を図ることを目的とする。

（国及び地方公共団体の義務）

第二条　国及び地方公共団体は、つねに、らいの予防及びらい患者（以下「患者」という）の医療につとめ、患者の福祉を図るとともに、らいに関する正しい知識の普及を図らなければならない。

（差別的取扱の禁止）

第三条　何人も、患者又は患者と親族関係にある者に対して、そのゆえをもって不当な差別的取扱をしてはならない。

第二章　予防

（医師の届出等）

第四条　医師は、診察の結果受診者が患者（患者の疑いのある者を含む。この条において以下同じ）であると診断し、又は死亡の診断若しくは死体の検案をした場合において死亡者が患者であったことを知ったときは厚生省令の定めるところにより、患者、その保護者（親権を行う者又は後見人をいう。以下同じ）若しくは患者と同居している者又は死体のある場所若しくはあった場所を管理する者若しくはその代理をする者に、消毒その他の予防法を指示し、且つ、七日以内に、厚生省令で定める事項を患者の居住地（居住地がないか、又は明らかでないときは、現在地。以下同じ）又は死体のある場所の都道府県知事に届け出なければならない。

2　医師は、患者が治癒し、又は死亡したときは、すみやかに、その旨をその者の居住地の都道府県知事に届け出なければならない。

（指定医の診察）

第五条　都道府県知事は、必要があると認めるときは、その指定する医師をして、患者又は患者と疑うに足りる相当な理由がある者を診察させることができる。

2　前項の医師の指定は、らいの診療に関し、三年以上の経験を有する者のうちから、その同意を得て行うものとする。

3　第一項の医師は、同項の職務の執行に関しては、法令により公務に従事する職員とみなす。

（国立療養所への入所）

第六条　都道府県知事は、らいを伝染させるおそれがある患者について、らい予防上必要があると認めるときは、当該患者又はその保護者に対し、国が設置するらい療養所（以下「国立療養所」という）に入所し、又は入所させるように勧奨することができる。

2　都道府県知事は、前項の勧奨を受けた者がその勧奨に応じないときは、患者又はその保護者に対し期限を定めて、国立療養所に入所し、又は入所させることを命ずることができる。

3　都道府県知事は、前項の命令を受けた者がその命令に従わないとき、又は公衆衛生上らい療養所に入所させることが必要であると認める患者について、前二項の手続をとるいとまがないときは、その患者を国立療養所に入所させることができる。

4　第一項の勧奨は、前条に規定する医師が当該患者を診察した結果、その者がらいを伝染させるおそれがあると診断した場合でなければ、行うことができない。

（従業禁止）

第七条　都道府県知事は、らいを伝染させるおそれがある患者に対して、その者がらい療養所に入所するまでの間、接客業その他公衆にらいを伝染させるおそれがある業務であって、厚生省令で定めるものに従事することを禁止することができる。

2　前条第四項の規定は、前項の従業禁止の処分について準用する。

（汚染場所の消毒）

第八条　都道府県知事は、らいを伝染させるおそれがある患者又はその死体があった場所を管理する者又はその代理をする者に対して、消毒材料を交付してその場所を消毒すべきことを命ずることができる。

2　都道府県知事は、前項の命令を受けた者がその命令に従わないときは、当該職員にその場所を消毒させることができる。

（物件の消毒廃棄等）

第九条　都道府県知事は、らい予防上必要があると認めるときは、らいを伝染させるおそれがある患者が使用し、又は接触した物件について、その所持者に対し、授与を制限し若しくは禁止し、消毒材料を交付して消毒を命じ、又は消毒によりがたい場合に廃棄を命ずることができる。

2　都道府県知事は、前項の消毒又は廃棄の命令を受けた者が命令に従わないときは、当該職員に、その物件を消毒し、又は廃棄させることができる。

3　都道府県は、前二項の規定による廃棄によって通常生ずべき損失を補償しなければならない。

4　前項の規定による補償を受けようとする者は、厚生省令の定める手続に従い、都道府県知事に、これを請求しなければならない。

5　都道府県知事は、前項の規定による請求を受けたときは、補償すべき金額を決定し、当該請求者にこれを通知しなければならない。

6　前項の決定に不服がある者は、その通知を受けた日から六十日以内に、裁判所に訴をもってその金額の増額を請求することができる。

（質問及び調査）

第十条　都道府県知事は、前二条の規定を実施するため必要があるときは、当該職員をして、患者若しくはその死体がある場所若しくはあった場所又は患者が使用し、若しくは接触した物がある場所に立ち入り、患者その他の関係者に質問させ、又は必要な調査をさせることができる。

2　前項の職員は、その身分を示す証票を携帯し、且つ、関係者の請求があるときは、これを呈示しなければならない。

3　第一項の権限は、犯罪調査のために認められたものと解釈してはならない。

第三章　国立療養所

（国立療養所）

第十一条　国は、らい療養所を設置し、患者に対し、必要な療養を行う。

（福利増進）

第十二条　国は、国立療養所に入所している患者（以下「入所患者」という）の教養を高め、その福利を増進するようにつとめるものとする。

（厚生指導）

第十三条　国は、必要があると認めるときは、入所者に対して、その社会的更生に資するために必要な知識及び技能を与えるための措置を講ずることができる。

（入所患者の教育）

第十四条　国立療養所の長（以下「所長」という）は、学校教育法（昭和二十二年法律第二十六号）第七十五条第二項の規定により、小学校又は中学校が、入所患者のため、教員を派遣して教育を行う場合には、政令の定めるところにより、入所患者がその教育を受けるために必要な措置を講じなければならない。

2　所長は学校教育法第七十五条第二項の規定により、高等学校が、入所患者のため、教員を派遣して教育を行う場合には、政令の定めるところにより、入所患者がその教育を受けるために、必要な措置を講ずることができる。

（外出の制限）

第十五条　入所患者は、左の各号に掲げる場合を除いては、国立療養所から外出してはならない。

一、親族の危篤、死亡、り災その他特別の事情がある場合であって、所長が、らい予防上重大な支障を来たすおそれがないと認めて許可したとき。

二、法令により、国立療養所外に出頭を要する場合であって、所長がらい予防上重大な支障を来たすおそれがないと認めたとき。

2　所長は前項第一号の許可をする場合には、外出の期間を定めなければならない。

3　所長は、第一項各号に掲げる場合には、入所患者の外出につき、らい予防上必要な措置を講じ、且つ、当該患者から求められたときは、厚生省令で定める証明書を交付しなければならない。

（秩序の維持）

第十六条　入所患者は、療養に専念し、所内の紀律に従わなければならない。

2　所長は、入所患者が紀律に違反した場合において、所内の秩序を維持するために必要があると認めるときは、当該患者に対して、左の各号に掲げる処分を行うことができる。

一、戒告を与えること。

二、三十日をこえない期間を定めて、謹慎させること。

3　前項第二号の処分を受けた者は、その処分の期間中、所長が指定した室で静居しなければならない。

4　第二項第二号の処分は、同項第一号の処分によっては、効果がないと認められる場合に限って行うものとする。

5　所長は、第二項第二号の処分を行う場合には、あらかじめ、当該患者に対して、弁明の機会を与えなければならない。

（親権の行使等）

第十七条　所長は、未成年の入所患者で親権を行う者又は後見人のないものに対し、親権を行う者又は後見人があるに至るまでの間、親権を行う。

2　所長は、未成年の入所患者で親権を行う者又は後見人のあるものについても、監護、教育等その者の福祉のために必要な措置をとることができる。

（物件の移動の制限）

第十八条　入所患者が国立療養所の区域内において使用し、又は接触した物件は、消毒を経た後でなければ、当該国立療養所の区域外に出してはならない。

＊第四～六章は割愛。

らい予防法改正に関する付帯決議

一、患者の家族の生活保護については、生活保護法とは別建の国の負担による援護制度を定め、昭和二十九年度から実施すること。

二、国立のらいに関する研究所を設置することについても、同様、昭和二十九年度から着手すること。

三、患者並びにその親族に関する秘密の確保に努めると共に、入所患者の自由権を保護し、文化生活のための福祉施設を整備すること。

四、外出の制限、秩序の維持に関する規定については、適正慎重を期すること。

五、強制診断、強制入所の処置については、人権尊重の建前にもとづきその運用に万全の留意をなすこと。

六、入所患者に対する処遇については、慰安金、作業慰労金、教養娯楽費、賄費等につき、今後その増額を考慮すること。

七、退所者に対する更生福祉制度を確立し、更生資金支給の途を講ずること。

八、病名変更については十分検討すること。

九、職員の充実及びその待遇改善につき一段の努力をすること。

以上の事項につき、近き将来本法の改正を期すると共に、本法施行に当たっては、その趣旨の徹底、啓蒙宣伝につき十分努力することを要望する。

（昭和二十八年八月六日　参議院厚生委員会）

らい予防法の廃止に関する法律

（平成八年法律第二十八号）

（らい予防法の廃止）

第一条　らい予防法（昭和二十八年法律第二百十四号）は廃止する。

（国立ハンセン病療養所における療養）

第二条　国は、国立ハンセン病療養所（前条の規定による廃止前のらい予防法（以下「旧法」という。）第十一条の規定により国が設置したらい療養所をいう。以下同じ。）において、この法律の施行の際現に国立ハンセン病療養所に入所している者であって、引き続き入所するもの（第四条において「入所者」という。）に対して、必要な療養を行うものとする。

（国立ハンセン病療養所への再入所）

第三条　国立ハンセン病療養所の長は、この法律の施行の際現に国立ハンセン病療養所に入所していた者であって、この法律の施行後に国立ハンセン病療養所を退所したもの又はこの法律の施行前に国立ハンセン病療養所を退所していた者であってこの法律の施行の際現に国立ハンセン病療養所に入所していないものが、必要な療養を受けるため、国立ハンセン病療養所への入所を希望したときは、入所させないことについて正当な理由がある場合を除き、国立ハンセン病療養所に入所させるものとする。

2　国は、前項の規定により入所した者（次条において「再入所者」という。）に対して、必要な療養を行うものとする。

（福利増進）

第四条　国は、入所者及び再入所者（以下「入所者等」という。）の教養を高め、その福利を増進するように努めるものとする。

（社会復帰の支援）

第五条　国は、入所者等に対して、その社会復帰に資するために必要な知識及び技能を与えるための措置を講ずることができる。

（親族の援護）

第六条　都道府県知事は、入所者等の親族（婚姻の届出をしていないが、事実上婚姻関係と同様の事情のある者を含む。）のうち、当該入所者等が入所しなかったならば、主としてその者の収入によって生計を維持し、又はその者と生計を共にしているると認められる者で、当該都道府県の区域内に居住地（居住地がないか、又は明らかでないときは、現住地）を有するものが、生計困難のため、援護を要する状態にあると認めるときは、これらの者に対し、この法律の定めるところにより、援護を行うことができる。ただし、これらの者が他の法律（生活保護法〈昭和二十五年法律第百四十四号〉を除く。）に定める扶助を受けることができる場合においては、その受けることができる扶助の限度においては、その法律の定めるところによる。

2　援護は、金銭を給付することによって行うものとする。ただし、これによることができないとき、これによることが適当でないとき、その他援護の目的を達するために必要があるときは、現物を給付することによって行うことができる。

3　援護のための金品は、援護を受ける者又はその者が属する世帯の世帯主若しくはこれに準ずる者に交付するものとする。

4　援護の種類、範囲、程度その他援護に関し必要な事項は、政令で定める。

（都道府県の支弁）

第七条　都道府県は、前条の規定による援護に要する費用を支弁しなければならない。

＊第八条以降は割愛。

「らい予防法の廃止に関する法律」付帯決議

ハンセン病は発病力が弱く、又は発病しても、適切な治療により、治癒する病気となっているにもかかわらず、「らい予防法」の見直しが遅れ、放置されてきたこと等により、長年にわたりハンセン病患者・家族の方々の尊厳を傷つけ、多くの痛みと苦しみを与えてきたことについて、本案の議決に際し、深く遺憾の意を表するところである。

政府は、本法施行に当たり、深い反省と陳謝の念に立って、次の事項について、特段の配慮をもって適切な措置を講ずるべきである。

一、ハンセン病療養所入所者の高齢化、後遺障害等の実態を踏まえ、療養生活の安定を図るため、入所者に支給されている患者給与金を将来にわたり継続していくとともに、入所者に対するその他の医療・福祉等の確保についても万全を期すること。

二、ハンセン病療養所から退所することを希望する者については、社会復帰が円滑に行われ、今後の社会生活に不安がないよう、その支援策の充実を図ること。

三、通院・在宅治療のための医療体制を早急に整備するとともに、診断・治療指針の作成等ハンセン病治療に関する専門知識の普及を図ること。

四、一般市民に対して、また学校教育の中でハンセン病に関する正しい知識の普及啓発に努め、ハンセン病に対する差別や偏見の解消について、さらに一層の努力をすること。

右決議する。

（平成八年三月二十六日　参議院厚生委員会）

参考文献

＜書籍＞

『倶会一処《くえいっしょ》　患者が綴る全生園の七十年』　多磨全生園患者自治会編　一光社
『無菌地帯　らい予防法の真実とは』　大竹 章著　草土文化
『検証・ハンセン病史』　熊本日日新聞社編　河出書房新社
『開かれた扉　ハンセン病裁判を闘った人たち』　ハンセン病違憲国賠訴訟弁護団著　講談社
『書かれなくともよかった記録「らい病」だった子らとの十六年』　鈴木敏子著　鈴木敏子
『「らい学級の記録」再考』　鈴木敏子著　学文社
『ハンセン病文学全集 10 児童作品』　大岡 信／大谷藤郎／加賀乙彦／鶴見俊輔編　皓星社
『医者の僕にハンセン病が教えてくれたこと』　和泉眞蔵著　シービーアール
『ここに人間あり　写真で見るハンセン病の39年』　大谷英之著　毎日新聞社
『証言・日本人の過ち　ハンセン病を生きて──森元美代治・美恵子は語る』　藤田真一編著　人間と歴史社
『隔離　故郷を追われたハンセン病者たち』　徳永 進著　岩波書店
『片居からの解放　ハンセン病療養所からのメッセージ』　島 比呂志著　社会評論社
『生まれてはならない子として』　宮里良子著　毎日新聞社

『いのちの初夜』　北條民雄著　高松宮記念ハンセン病資料館

『ハンセン病　資料館　小笠原登』　大谷藤郎著　財団法人藤楓協会

『どくとるマンボウ昆虫記』　北　杜夫著　新潮社

『新・ポケット版　学研の図鑑　昆虫』　岡島秀治監修　学研教育出版

『小学館学習まんがシリーズ　名探偵コナン理科ファイル　昆虫の秘密』　青山剛昌原作／ガリレオ工房監修　小学館

『群馬大学医学部五十年史』　群馬大学医学部五十年史編集委員会編　群馬大学医学部

『群大眼科五十余年史　１９４３～１９９８』群馬大学医学部眼科学教室編

＜図録＞

『ちぎられた心を抱いて　隔離の中で生きた子どもたち』　国立ハンセン病資料館

『国立ハンセン病資料館　常設展示図録２００９』　国立ハンセン病資料館

『かすかな光をもとめて　療養所の中の盲人たち』　国立ハンセン病資料館

『隔離の百年　公立癩療養所の誕生』　国立ハンセン病資料館

『「全生病院」を歩く　写された20世紀前半の療養所』　国立ハンセン病資料館

あとがき

高校に入って間もない頃､私は「ライノイローゼ」になった。きっかけは、真岡駅で見知らぬ中年の女の人から時間を訊かれたことだった。女の人は、今で言うホームレス風のみすぼらしい身なりで、マフラーのようなもので頬かぶりをしていた。よほど無防備に見えるのか、何人かで連れ立っていても、道を訊かれたり、時間を訊かれたりすることの多かった私は、高校入学に際して買ってもらった腕時計を見て、「三時四十分です」と答えた。たまたま、中学校で担任だったT先生が居合わせて、その様子を見ていた。

「あの女の人、頬が変に紅かったよな。ライ病か何かじゃないか」

「えっ?」その時は何とも思わなかった。

理由は不明だが、幾月かの後、その時のことが鮮明によみがえり、私はひどい不安に襲われた。ライ病? あの女《ひと》が? 私はあの時、あの女《ひと》に触わった? いや、ただ短い会話をしただけだ。でも……。人間の体というものは、全身を眺め回せば痣《あざ》の一つや二つはあるし、知覚が鈍く感じられるような気がする箇所もあるものだ。――だってこれはジョンに噛まれた痕だし、ここはブユに刺されて……。そう否定するあとから駅の女の人の紅い頬が頭に浮かび、不安は増殖して、ついに「自分はライ病に違いない」と思うようになった。どうしよう、両親に打ち明けなければ。朝早く一人起きて、板戸の節穴から差す斜めの光の筋を涙でかすむ目で見ていたことも何回かあった。母の背後に正座して､「私は……」と言い出そうとしたが、母に怪訝な顔で振り向かれ、言葉が出なくなった。鋭い親なら、子供の屈託に気づくはずではあるが、親は親で忙しく、高校生にもなっている娘の心内の波浪に立ち入るまでもないと思ったのだろうか、父も母も、私の陥ったノイローゼには、ついに気づかなかった。

どうやってノイローゼから脱け出せたのかも覚えていない。痣はいつの間にか消え、どうやら自分はライ病ではない、と思えるようになった。あの女のひとがライ病で、もし接触したとしても、ライには、長い潜伏期間というものがある、あの女《ひと》に出会って数か月後に発症するはずはない、と、多少の知識も私の恐怖を鎮めてくれた。こうしてライノイローゼは終息したが、この期間の恐怖と絶望感は、後々まで私の心から消えなかった。

そのうちに、私は、この恐怖と絶望感の源は何なのかと考えるようになった。いかにして自分に、このようなライへの恐怖が植え付けられたのかと。具体的な記憶はないが、恐らくは母だ、と思った。母は情愛の深い人だが、ひどく臆病で過敏な性向を持ち、蛇や排泄物に対する闇雲な恐怖を我が子にも無意識に伝えていた。それは、比較的一般的なことで、心理学、精神医学的にも解釈が可能なようだ。だが、ライに対する恐怖は？　母にライへの恐怖を植え付けたものは何だったのか。それは私の心にずっと蟠《わだかま》る謎となった。

その謎の答えを探す旅に出る直接的なきっかけとなったのは、二〇〇八年十月十七日付の朝日新聞「天声人語」だった。ハンセン病を発症して療養所に隔離された子供たちの思いを伝えようとする、ハンセン病資料館の企画展「ちぎられた心を抱いて」を見て書かれた文章である。私は、謎を閉じ込めた心の鍵がカチリと開くのを感じ、さっそくに、ハンセン病資料館のある東京都東村山市の全生園を訪れた。「天声人語」に引かれていた子供たちの詩文、絵や工作、囚われの日々を写した写真、一つ一つが胸に迫ってきた。

その後も三回ほど全生園を訪れ、園内を歩いた。納骨堂、望郷の丘、教会や寺院、そして林の中で廃屋となっている百合舎……。訪れるたび資料館で書物や図録を入手し、読み耽った。――そんな日々を重ねて、物語は少しずつ形になっていくのだが、道は平坦ではなかった。和田医院側の物語は特に苦労することもなく書いていけたが、全生園側の場面になると、筆が止まってしまう。分からないことが多すぎて、書くあとから疑問が湧いてくる。書き悩んでいる私を励ましてくれたのは、「ちぎられた心を抱いて」の子供たちだった。

「おばさん、がんばってよ。僕たちがいたこと、みんなに知らせて」

「わたしたち、帰りたかった。お父さん、お母さんと暮らしたかった。おばちゃん、わたしのココロを分かって」

と、子供たちが囁きかける。写真の少女の目差しが私を貫く。こうして、私が追い求めた謎への一つの答えとなる『国蝶の生れ立つ樹』は、誕生した。

日本が近代国家として世界に進出していく陰で、「ライ病を表に出さず、隔離してその絶滅を図る」という、人間の尊厳を踏みにじる施策がとられ、ライへの忌避は、私の母のようなごく平凡な人の心にも毒のように忍び入った。いわば、国民の大多数が、マインド・コントロールを受けていたような具合だったのだと思われる。どんな病であれ、何よりも大切なのは、偏見を持たず、科学的に向き合うことだ。ライはライ菌による感染症だ。科学的に菌の属性を解明し、人体を損う作用を失わせる方策を見出すこと。それ以外の対処法はない。日本のライ医療は、科学的見地を失い、国立療養所は、断種や中絶さえ是とする、一種異様な「ムラ社会」を作り出してしまった。この不気味な現実を見据え、感傷に陥らず、精神主義に偏らず、科学的に病を究明し、病者に人間としての敬意をもって向き合うこと、そこにこそ、病者及び病者でない者双方の、人間としての誇りが保証されるのだと思う。

物語を書いていくに当たり、迷い続けたことがある。ライの悲惨を描くことが恐怖の再生産になりはしないかという危惧と、一方、患者の味わった苦難を過少表現してはならないという自戒の間の迷いである。現在ハンセン病は治る病気だ。日本では新発症者はほとんどいない。だが、インド、インドネシア、アフリカ各地では、今も少なくない罹患者がいる。どうか、この国々においても、最新の治療薬と生活環境の改善により、ハンセン病で苦しむ人が無くなるように、切望している。

設立以来の全生園の歴史を刻明に記した多磨全生園患者自治会編『倶会一処』、全生園入所者の思いを切実な筆致で描いた大竹章著『無菌地帯』、全生園分教室で十六年に渡り教鞭をとった、鈴木敏子著『「らい学級の記録」再考』『書かれなくともよかった記録』等の著作に、心からの敬意を表します。これらの著作は、読む者に「人間」への思いをよび醒まさせる、奇跡のような力を持っています。

私には全く不案内な、大学医学部関連については、真岡女子高卒業生の林ノブ子さんから、『群馬大学医学部五十年史』『群大眼科五十余年史』を見る便宜を図っていただき、感謝に耐えません。この書物が無かったら、物語は今の形には出来上がらなかったかもしれません。

物語中の蝶や草花への愛好は、私が今は亡き父から伝えられたものです。木の名、花の名、そして蝶の名を教えてくれた父は、いつも、いつまでも、私の心の寄る辺です。

四冊目も、表紙は宇賀地洋子さんにお願いしました。二〇一二年初秋、洋子さんを小金井の一里塚にお連れして、榎に会ってもらいました。榎は今はオオムラサキを宿すことはないようですが、亭々としてそびえ、大きな陰を作っています。

下野新聞社事業出版部の嶋田一雄さん、井田真峰子さん、いろいろ力を貸していただきまして、誠にありがとうございました。

心を吸い込まれるように美しい、オオムラサキの紫の羽に乗って、この物語に込めた私の思いが、皆さんの御許に届きますように。

神山奉子

〈著者略歴〉

神山　奉子（かみやま　ともこ）

栃木県立真岡女子高等学校卒業。

東北大学教育学部卒業。

県立高校に国語科教員として勤務。

2006年、第27回宇都宮市民芸術祭文芸部門創作の部で「のりうつぎ」が市民芸術祭賞を受賞。

同年、第60回栃木県芸術祭文芸部門創作の部において「梨花（リーホア）」が文芸賞を受賞。

2009年、第3回ふるさと自費出版大賞文芸部門で『花の名の物語』が最優秀賞を受賞。

著書　『のりうつぎ』『花の名の物語』

　　　『短篇集Ⅱ 金銀甘茶』

住所　宇都宮市上戸祭町3078-2

〈表紙カバー・扉絵〉

宇賀地洋子（うがち　ようこ）

栃木県生まれ。東京藝術大学・大学院彫刻科修了。二科展にて「安田火災美術財団奨励賞」を受賞。フランス国立芸術大学エコール・デ・ボザール留学。木彫・ブロンズ・木版画等を制作し各地で個展を開催。現在、埼玉県在住。
ホームページ
http://www16.plala.or.jp/ugati/

国蝶の生れ立つ樹

2014年2月4日初版第一刷発行
著　者　神山　奉子（かみやま　ともこ）
表紙カバー・扉絵
　宇賀地洋子（うがち　ようこ）
発　行　下野新聞社
〒320-8686　栃木県宇都宮市昭和1-8-11
電話 028-625-1135（事業出版部直通）

印刷・製本　晃南印刷株式会社

ISBN978-4-88286-535-3